SUSAN WIGGS
El abrazo de la doncella

Editado por Harlequin Ibérica.
Una división de HarperCollins Ibérica, S.A.
Núñez de Balboa, 56
28001 Madrid

© 2009 Susan Wiggs. Todos los derechos reservados.
EL ABRAZO DE LA DONCELLA, N° 92 - 1.1.10
Título original: The Maiden's Hand
Publicada originalmente por Mira Books, Ontario, Canadá
Traducido por Victoria Horrillo Ledesma

Todos los derechos están reservados incluidos los de reproducción, total o parcial. Esta edición ha sido publicada con permiso de Harlequin Enterprises II BV.
Todos los personajes de este libro son ficticios. Cualquier parecido con alguna persona, viva o muerta, es pura coincidencia.
™ TOP NOVEL es marca registrada por Harlequin Enterprises Ltd.

® y ™ son marcas registradas por Harlequin Enterprises Limited y sus filiales, utilizadas con licencia. Las marcas que lleven ® están registradas en la Oficina Española de Patentes y Marcas y en otros países.

I.S.B.N.: 978-84-671-7921-7
Depósito legal: B-43363-2009

Para mi colega Barbara Dawson Smith, con cariño y gratitud, por todos estos años de amistad

AGRADECIMIENTOS

Quiero dar las gracias a Joyce Bell, Betty Gyenes y Barbara Dawson Smith por prestarme generosamente su tiempo y su apoyo. Y también a los muchos miembros de GEnie® Romance Exchange, un boletín de noticias electrónico, por tantas conversaciones interesantes.

Gracias especialmente a Trish Jensen y Kathryn van der Pol por su eficacia como correctoras.

Soy más falso que promesa de borracho.

> William Shakespeare.
> *Como gustéis*, acto III, escena V.

PRÓLOGO

Oliver de Lacey había muerto miserablemente. Había subido a la horca balbuciendo y suplicando, y su último acto como mortal había sido orinarse encima.

Esa mañana se había levantado en su húmeda celda de Newgate, había suplicado una última vez engendrar un descendiente en la hija del carcelero, había mentido entre dientes al sacerdote que fue a darle la absolución y vomitado su último desayuno.

Ahora estaba pagando por sus muchos pecados.

Después de la ejecución, su descenso al infierno no fue como esperaba. De hecho, rayaba lo peculiar. Estaba oscuro, sí, pero ¿qué eran esas diabólicas rendijas de luz gris y esos crujidos como de madera? Y si había abandonado su cuerpo mortal, ¿por qué tenía aquel molesto dolor en el cuello? ¿Por qué olía a madera recién cortada?

Aquello era nuevo y especialmente horrendo para un hombre que no esperaba morir ajusticiado como un delincuente de poca monta, nada menos. Siempre había sabido que moriría joven. Pero se había esforzado por asegurarse una muerte gloriosa. Soñaba con perecer en un duelo, montando a caballo, o quizás incluso mientras estuviera en la cama con la mujer de otro.

No colgado del cuello mientras una muchedumbre sedienta de sangre le increpaba (¡Dios no lo quisiera!).

Al menos nadie sabía que quien había muerto al amanecer era lord Oliver de Lacey, barón de Wimberleigh. Le habían arrestado, juzgado y sentenciado bajo el nombre de Oliver Lackey: un granuja cualquiera, con el rostro cubierto por una poblada barba, que había incitado más de un motín.

Menos mal. Así había ahorrado a su familia una tremenda humillación. Se habían ido todos al extranjero a pasar la primavera, y al volver descubrirían que Oliver se había esfumado sin dejar rastro.

¡Ah, qué desperdicio!, pensó con fastidio mientras aquel extraño medio de transporte lo conducía a la condenación eterna. Había querido dejar su huella durante el poco tiempo que pasara sobre la tierra. Con ese fin, había enamorado a todas las mujeres que se cruzaron en su camino, luchado en cada batalla que se topó, probado cada manjar, leído cada libro, y se había embarcado en cada aventura al alcance de un joven noble y de buena disposición. Había vivido deprisa y con pasión, vorazmente, sabedor de que su enfermedad acabaría por doblegarlo algún día.

Y esa mañana, una hora antes de que cantara el gallo, había muerto como un cobarde.

—Dicen que ha muerto de mala manera —aquella voz traspasó la carreta con destino al infierno en la que viajaba Oliver—. ¿Vos lo visteis?

Cielo santo, qué voz más horrible y profana.

—Sí, lo vi —aquella voz, en cambio, era dulce como el trino de la alondra al amanecer—. No tuvo ni pizca de dignidad. No sé por qué Spencer insistió tanto en llevarse a éste.

¿Spencer? ¿El diablo se llamaba Spencer?

—Los caminos de Spencer —dijo la voz horrenda—, como los del Señor, son inescrutables. ¿Sabe que venís?

—Claro que no —contestó la mujer—. Cree que sólo ayudo con el cifrado. No debe enterarse.

—Rayos y centellas, esto no me gusta. Ni un pelo.

Amén, pensó Oliver. La muerte se volvía más rara por momentos. Descender al infierno era un asunto sumamente extraño.

Los crujidos y el traqueteo cesaron de repente.

«¿Y ahora qué?», se preguntó Oliver. Se preparó para una avalancha de fuego y azufre.

—Ahora tened cuidado. ¿Hay alguien por ahí? —preguntó el hombre.

—Sólo el enterrador jefe, en su choza. ¿Le disteis el vino bien cargado?

—Oh, sí. No moverá ni un hueso.

—Pero veo una luz en la ventana —dijo la mujer.

—Sí. Más vale que hagamos un poco de teatro, entonces. Acercad la carreta al borde de la fosa. Vamos a sacarlo —la carreta se sacudió—. So. ¡So! Maldito penco deslomado. Casi se mete en la fosa. Pasadme ese cincel. Voy a quitar la tapa.

Un chirrido resonó en el aire, seguido por un relincho.

—¡Rayos y truenos! —siseó el hombre—. ¡Cuidado con la caja! Vais a volcarla.

Una raya de luz se abrió a los pies sin vida de Oliver. Luego empezó a inclinarse, a resbalar, hasta que sus restos cayeron por una abrupta pendiente. Aterrizó sobre algo polvoriento y mucho más pestilente que cualquier cosa que se hubiera hecho en los calzones.

—Oh, no —susurró la mujer—. ¿Qué hemos hecho, doctor Snipes?

«Sí, ¿qué?», se preguntó Oliver.

—Ha caído a la fosa —dijo ella como si hubiera oído su pregunta.

«¡Ah!», pensó Oliver. «Al menos esto empieza a tener sentido». El infierno era una sima, tal y como lo había descrito el señor Dante. Aunque allí hacía frío. Un frío que calaba los huesos.

—Hay que sacarlo —dijo el hombre llamado Snipes.

«Sí, sí, por favor». Oliver intentó hablar, pero de su garganta herida no salió ningún sonido.

—¡Mirad, doctor Snipes! Se ha dado la vuelta. ¡Santo cielo, se ha salvado!

«¿Salvado?».

Oliver vio un par de sombras cernerse sobre él, un cielo gris y nublado tras ellas.

—¿Señor Lackey? ¿Me oís? —dijo la mujer.

—Sí —la voz le salió como un fino silbido.

—¡Habla! ¡Alabado sea Dios!

¿Por qué alababa a Dios aquel instrumento del diablo? ¿Y por qué se dirigía a él llamándolo Lackey? Seguramente el diablo conocía su verdadera identidad.

—Señor Lackey, tenemos que sacaros de ahí —dijo Snipes.

—¿Dónde estoy? —ya estaba. Había hablado. Con voz horriblemente rasposa, claro, pero inteligible.

—Yo, eh, bueno, estáis cerca de la acequia de la City, al otro lado de Greyfriars —dijo Snipes—. En un, eh, en un cementerio para pobres.

—¿Esto no es el infierno? —preguntó Oliver tontamente.

—Algunos dirían que sí —murmuró la mujer.

Dios, le encantaba su voz. Era de esas voces que adoraba en las mujeres: dulce, pero no aguda, enérgica y precisa como una cítara bien afinada.

—El cielo no es, desde luego —dijo—. ¿El purgatorio, entonces?

—Doctor Snipes —susurró la mujer—, cree que está muerto.

—Estoy muerto —afirmó Oliver con su voz rasposa. El polvo y la paja se removieron cuando levantó el puño. Estornudó—. Morí de mala manera. Vos misma lo habéis dicho.

Habría jurado que la oía ahogar una risilla.

—Señor, os colgaron, pero no moristeis.

—¿Por qué no? —Oliver se sentía ligeramente ofendido.

—Porque nosotros no lo permitimos. Sobornamos al verdugo para que acortara la cuerda y nos aseguramos de que os bajaran, os declararan muerto y clavaran la tapa de vuestro ataúd antes de que murierais.

—Ah —Oliver se quedó pensando un momento—. Gracias —luego gruñó—: ¿Queréis decir que supliqué, me humillé y me ori... me puse en ridículo para nada?

—Eso parece.

Un gallo cantó a lo lejos.

—Vamos, hay poco tiempo. Tenemos que sacaros de ahí. ¿Podéis moveros?

Oliver intentó sentarse. ¡Jesús, qué débiles tenía los miembros! Logró incorporarse un poco.

—Esto está lleno de bultos —se quejó—. ¿En qué clase de agujero estoy metido?

—Ya os lo ha dicho *mistress* Alondra —contestó Snipes—. Es una tumba para pobres.

Alondra. Su nombre era tan delicioso como su voz.

—Convendría que os dierais prisa —dijo ella—. Podrían pegaros alguna enfermedad.

—¿Quiénes? —preguntó Oliver.

—Los muertos. Es una fosa común, señor. Ahí un montón ahí abajo, cubiertos con tierra y paja. Cuando la fosa está llena, se tapa.

—Y todo ese limo es un magnífico abono cuando empieza a crecer la hierba —comentó solícitamente el señor Snipes.

—¿Queréis decir...? —Oliver sintió una náusea. Se levantó de un brinco—. ¿Queréis decir que me habéis arrojado sobre un montón de... cadáveres?

—Ha sido un accidente lamentable —dijo Alondra.

Oliver había pasado varias semanas en Newgate, soportando la mala comida y el aire pútrido. Lo habían colgado casi hasta la muerte. Era imposible que tuviera fuerzas para hundir las manos en la tierra húmeda y salir de la tumba a gatas.

Pero lo hizo.

En cuestión de segundos estaba tendido sobre la hierba fría y cubierta de rocío, intentando recobrar el aliento.

—Por Dios, qué asco —silbando, se dio la vuelta. Sus salvadores se inclinaron para mirarlo. Snipes llevaba el manto negro y el sayo de los enterradores, y a la luz incierta del amanecer Oliver vio un brazo retorcido y seco, una nariz y una barbilla prominentes y un pelo blanco y plumoso bajo una gorra plana.

—Voy a decirle al enterrador que hemos dado sepultura a este pobre pecador —Snipes se alejó cojeando entre las sombras, camino de la choza que se veía a lo lejos.

—¿Tenéis fuerzas para levantaros? —preguntó Alondra.

Oliver la miró.

—Dios mío —dijo con los ojos fijos en su cara pálida y ovalada, en sus rasgos delicados e iluminados por el alba, rodeados por un nimbo de cabello lustroso y negro que escapaba de una sencilla cofia—. Dios mío, sois un ángel.

Los labios carnosos y rojos de la mujer se tensaron por las comisuras.

—Nada de eso.

—Es cierto. Estoy muerto. He muerto y he ido al cielo y vos sois un ángel, y voy a pasar la eternidad a vuestro lado. ¡Aleluya!

—Tonterías —sus gestos se volvieron bruscos cuando le

tendió la mano—. Vamos, dejadme que os ayude. Tenemos que llegar al refugio.

Tiró de su mano, y su contacto infundió en Oliver una fuerza milagrosa. Al erguirse, vio que era más alto que ella. Por un momento se sintió profundamente unido a aquella mujer. Pero no sabía si ella sentía lo mismo, o si siempre tenía aquella expresión de pasmo.

—¿El refugio? —susurró él.

—Sí —ella se limpió a hurtadillas la mano en el delantal—. Os quedaréis allí hasta que vuestro cuello esté curado.

—Muy bien. Sólo tengo una pregunta más que haceros, señora.

—¿Sí?

Oliver le dedicó su mejor sonrisa. Ésa que las mujeres de buena cuna decían que podía eclipsar la luz de los astros.

Ella ladeó la cabeza: estaba claro que le faltaba educación para dejarse deslumbrar como era debido.

—¿Sí? —repitió.

—*Mistress* Alondra, ¿queréis tener un hijo mío?

CAPÍTULO 1

—Spencer, no vas a creer lo que me dijo ese rufián —Alondra se paseaba por el inmenso dormitorio del priorato de Blackrose—. ¡Valiente canalla!

—¿Lo que te dijo? —Spencer Merrifield, conde de Hardstaff, tenía una forma encantadora de levantar una ceja de modo que pareciera un signo de interrogación de color gris. Sentado en su amplio lecho, con el cuerpo enjuto apoyado en cojines y almohadones, parecía bañado por la luz del atardecer que entraba por la ventana circular—. ¿Hablaste con él?

—Sí. En... en el refugio —le supo mal contar aquella mentirijilla, y se quedó mirando el dibujo de las baldosas del suelo. A Spencer le parecería mal que hubiera presenciado la ejecución. Pero el refugio lo llevaban personas piadosas que compartían sus mismas aspiraciones.

—Entiendo. Bueno ¿y qué te dijo Oliver de Lacey?

Ella arrugó el ceño y se dejó caer en un taburete, junto a la cama, metiéndose las suaves faldas de cachemira entre las rodillas.

—Creía que se llamaba Oliver Lackey.

—Ése es uno de sus alias. En realidad es sir Oliver de

Lacey, barón de Wimberleigh, hijo y heredero del conde de Lynley.

—¿Él? ¿Un noble? —aquel hombre llevaba una camisa sucia, un chaleco de fustán corriente, calzas y medias hechas harapos. Iba descalzo: los zapatos se los quedaban siempre los guardianes de la prisión. Parecía tan vulgar como un perro callejero... hasta que le sonrió.

Spencer la observó atentamente, como si quisiera asomarse a su pensamiento. Ella conocía bien aquella mirada. Cuando era muy pequeña, solía comparar a Spencer con el Todopoderoso, con todos los poderes de Su condición.

—A veces va de incógnito —explicó Spencer—. Supongo que para ahorrar humillaciones a su familia. Pero ¿qué te dijo el joven lord?

«¿Queréis tener un hijo mío?».

Alondra se puso colorada al recordarlo. Había respondido quedándose boquiabierta de asombro. Y luego, humillada hasta lo más hondo de su alma, se había alejado, ordenándole que se escondiera en la carreta hasta que el doctor Snipes regresara con ellos y llegaran al refugio.

—Voy a tenderme —había dicho Oliver—, pero me tendería más contento si os tuviera debajo.

Menos mal que el doctor Snipes había vuelto y le había ahorrado el tener que responder.

Ahora miró a Spencer y sintió tal oleada de espanto y mala conciencia que le temblaron las manos. Las escondió entre los pliegues de sus faldas.

—No recuerdo sus palabras exactas —dijo, mintiendo de nuevo—. Pero tenía una actitud de lo más insolente.

—Puede que su roce con la muerte lo hubiera puesto de mal humor.

Era un comentario extrañamente comprensivo, viniendo de un hombre tan poco tolerante. Alondra parpadeó, sorprendida. Intentó que sus mejillas sonrojadas perdieran parte de su calor.

—Le vendría bien aprender modales.

—¿Merecía morir, sea un rufián o un hombre de honor?

—No —musitó ella, avergonzada al instante. Tomó la mano de Spencer; la tenía fría y seca por la edad y la mala salud—. Perdóname. Me falta generosidad de espíritu.

Él le apretó los dedos un momento.

—No puede esperarse que una mujer entienda los motivos que impulsan a un hombre a jugarse la vida.

Ella sintió el impulso repentino de apartar la mano, y con la misma rapidez lo sofocó. Le debía todo cuanto era a Spencer Merrifield. Si de vez en cuando sus comentarios bienintencionados le molestaban, debía ignorarlos con buen humor.

—¿Y qué elevado propósito tienes pensado para Oliver de Lacey? —preguntó.

Veía la llama del sol moribundo reflejada en los ojos grises y brumosos de Spencer, que parecían atravesar su alma. A veces temía su sabiduría, porque parecía conocerla mejor de lo que se conocía a sí misma.

—¿Spencer? —Alondra se tocó el rígido corpiño gris, preguntándose si la gorguera o la toca se le habrían torcido.

—Tengo un propósito en mente para ese joven. Querida mía —añadió él—, estoy cada vez más enfermo.

Un nudo de temor se alzó en la garganta de Alondra.

—Entonces buscaremos otro médico, consultaremos...

Él la hizo callar con un ademán.

—La muerte es parte del ciclo de la vida, Alondra. Está por todas partes. No me da miedo el más allá. Pero debo pensar en ti. La casa de Evensong ya es tuya, desde luego. Pienso dejarte todos mis bienes terrenales, todo mi dinero. No te faltará nada.

Alondra apartó la mano y la metió entre las rodillas, buscando calor cuando un escalofrío insoportable se apoderó de ella. Él hablaba con tanta naturalidad, cuando en realidad su muerte cambiaría la vida de Alondra irrevocablemente.

—Tienes diecinueve años —observó él—. La mayoría de las mujeres ya son madres cuando alcanzan tu edad.

—No me arrepiento de nada —dijo ella tajantemente—. A decir verdad...

—Calla. Escucha, Alondra. Cuando yo muera, te quedarás sola. Peor que sola.

¿Peor? Ella contuvo el aliento. Luego dijo:

—Wynter.

—Sí. Mi hijo —aquella palabra sonaba en sus labios como una maldición. Wynter Merrifield era hijo de su primera esposa, doña Elena de Dura. Muchos años tras, antes del nacimiento de Alondra, el matrimonio se desplomó bajo el peso del desprecio de doña Elena por su esposo inglés y sus flagrantes aventuras con hombres más jóvenes. Como la Iglesia de Inglaterra y la Iglesia de Roma, un cisma surgido del odio y la infidelidad separó a Spencer y Elena.

Y Wynter, ahora un fornido lord de veinticinco años, fue la víctima.

Al abandonar a Spencer, doña Elena no le dijo que estaba esperando un hijo. Refugiada en Escocia, dio a luz a Wynter y le educó para que odiara tanto a su padre como lo odiaba ella y para que fuera tan devoto de la reina María como Elena lo había sido de Catalina de Aragón.

Hacía dos años y medio que Wynter había vuelto al priorato de Blackrose para acechar como un ave carroñera la enfermedad de su padre. Alondra lo veía furtivamente por la ventana de su alcoba todos los días. Delgado, moreno y guapo como un joven dios, recorría a caballo las tierras a lo largo y a lo ancho, cruzando al galope con su corcel negro los hermosos prados verdes de la orilla del río, o las colinas en cuyas terrazas pastaban las ovejas.

Pensar en él la sacaba de quicio, y se levantó para acercarse a la ventana. El sol descendía sobre los agrestes montes Chiltern, a lo lejos, y en el valle del río se amontonaban las sombras.

—Por ley —dijo Spencer cansinamente—, Wynter debe heredar mis tierras. Le corresponden a mi único heredero varón.

—¿Es tu heredero? —preguntó ella de mala gana, aunque no se atrevió a darse la vuelta para mirar a Spencer.

—Es una cuestión espinosa —reconoció Spencer—. Yo desconocía su existencia cuando repudié a mi primera esposa e hice anular el matrimonio. Pero en cuanto supe que tenía un hijo, le hice legitimar. ¿Cómo no iba a hacerlo? Él no pidió nacer de una mujer que le enseñó a odiar.

Alondra oyó el tintineo del cristal cuando Spencer se sirvió más medicina.

—No he debido preguntar. Naturalmente, es tu hijo y tu heredero —se estremeció y siguió mirando por la ventana, sacudida por una tormenta de recuerdos amargos—. Tu único hijo.

—Tienes que ayudarme a detenerlo. Wynter quiere halagar a la reina María convirtiendo el priorato de Blackrose en un monasterio. Convertirá este lugar en un semillero de idolatría papista. Los monjes que vivían aquí antes de la Disolución eran pecadores lascivos —continuó Spencer—. He sudado sangre en estas tierras. Necesito saber que seguirán igual cuando yo no esté. ¿Y qué será de ti?

Ella corrió al taburete, junto a la cama.

—Intento no pensar en la vida sin ti. Pero, cuando pienso en ella, me veo trabajando todavía con los Samaritanos. El doctor Snipes y su esposa cuidarán de mí —se le había pasado por la cabeza que quizá poseyera cierto grado de astucia, que tal vez incluso pudiera valerse por sí misma. Pero sabía que no podía decírselo a Spencer.

Él señaló el baúl que había a los pies de la cama.

—Abre ese baúl.

Ella hizo lo que le pedía, usando una llave de la anilla de hierro que llevaba sujeta a la cintura. Encontró un montón de libros y documentos enrollados.

—¿Qué es todo esto?

—Voy a desheredar a Wynter —dijo él. Alondra sintió dolor en su voz, vio un destello de mala conciencia en sus ojos apagados.

—¿Cómo? —cerró la tapa y apoyó los dedos sobre el baúl—. Tú quieres a tu hijo.

—No puedo fiarme de él. Cuando lo veo, noto en él una dureza, una crueldad, que me ponen enfermo.

Alondra pensó en Wynter, con su cabello y sus ojos de azabache, su cuerpo fibroso de espadachín y su boca, que era aún más agria cuando sonreía. Era un hombre de extraordinaria apostura y profundos secretos. Una combinación peligrosa, como ella sabía bien.

—¿Cómo vas a hacerlo? —preguntó sin darse la vuelta—. ¿Cómo vas a negar a Wynter lo que le corresponde por nacimiento?

—Necesitaré tu ayuda, querida Alondra.

Ella se volvió, sorprendida.

—¿Qué puedo hacer yo?

—Buscarme un abogado. No puedo confiar en nadie más.

—¿Me confiarías esa tarea? —preguntó ella, impresionada.

—No hay nadie más. Necesito que encuentres a alguien discreto y sin embargo totalmente falto de escrúpulos.

—Es tan impropio de ti...

—Tú hazlo —un ataque de tos le hizo encorvarse, y Alondra se acercó apresuradamente y le dio unas palmadas en la espalda.

—Lo haré —dijo con voz tranquilizadora—. Encontraré al bribón con menos escrúpulos de todo Londres.

Alondra estaba en la puerta principal de la elegante casa londinense. Costaba creer que Oliver de Lacey viviera allí, junto al Strand, una franja de la ribera del río donde las grandes mansiones de la nobleza se alzaban codo con codo, y los jardines dispuestos en terrazas descendían hasta el borde del agua.

La puerta se abrió, y Alondra se descubrió mirando a una anciana rolliza, con una trompetilla pegada a la oreja.

—¿Está lord Oliver de Lacey en casa?

—¿Eh? Oliver no es nada laxo en casa —la mujer golpeó el suelo con su bastón de madera de cerezo—. Nuestro querido Oliver puede ser muy diligente cuando se empeña en algo.

—Laxo, no —dijo Alondra alzando la voz e inclinándose hacia la trompetilla—. De Lacey. Oliver de Lacey.

La mujer sonrió.

—No hace falta que grites —se dio unas palmadas en el delantal desgastado—. Ven junto al fuego y cuéntale qué quieres a la vieja Nance.

Alondra se adentró unos pocos pasos en el interior de la casa, y se quedó sin habla. Se sentía como si hubiera entrado en el interior de un inmenso reloj. Por todas partes (en la chimenea, al pie de las escaleras, por las paredes) veía grandes bielas y ruedas dentadas, conectadas entre sí con cables y cadenas.

Le dio un vuelco el corazón. ¡Aquello era una cámara de tortura! Quizá los de Lacey fueran católicos encubiertos que...

—Cualquiera diría que te has dado un susto de muerte —Nance meneó su bastón—. No son más que cacharros inútiles inventados por el padre de lord Oliver. Fíjate —tocó una manivela al pie de la ancha escalera, y una plataforma se deslizó hacia arriba entre grandes chirridos.

Durante los minutos siguientes, Alondra vio maravillas inimaginables: una silla que se movía sobre rieles para ayudar a la anciana ama de llaves a subir y bajar las escaleras, un ingenioso mecanismo para encender la enorme lámpara redonda que colgaba del artesonado del techo, un reloj mecánico alimentado por el calor de las brasas del hogar, y un fuelle accionado a distancia por poleas.

Nance Harbutt, que se hacía llamar orgullosamente la señora de Wimberleigh House, le aseguró que tales máquinas podían encontrarse en toda la casa. Eran el fruto de la imaginación de Stephen de Lacey, conde de Lynley.

—Ven a sentarte —Nance señaló un extraño sillón que parecía apoyado sobre patines.

Alondra se sentó, y de pronto soltó un grito de sorpresa. El sillón se movía adelante y atrás, como un balancín empujado por una suave brisa.

Nance se sentó a su lado, ordenando varias capas de faldas.

—Su Señoría fabricó este sillón después de casarse con su segunda esposa, cuando empezaron a llegar los niños. Le gustaba sentarse aquí con ella y mecerlos hasta que se dormían.

La imagen que evocaban las palabras de Nance hizo que Alondra sintiera un extraño calor. Un hombre con un bebé sobre el pecho, una mujer cariñosa a su lado... Esas cosas le eran ajenas, tan ajenas como el enorme perro que dormitaba sobre los juncos dispersos por el suelo, delante del hogar. El animal, de pelo largo, tenía el cuerpo famélico de un galgo, con piernas mucho más largas.

Un lebrel ruso, le explicó Nance, llamado *borzoyas* en lengua autóctona. Lord Oliver los criaba, y el macho más bonito de cada camada recibía el nombre de Pavlo.

Alondra se obligó a prestar atención a Nance Harbutt, la anciana sirvienta de la familia de Lacey. El ama de llaves tenía tendencia a divagar, y le molestaba enormemente que la interrumpieran, así que Alondra guardó silencio.

Randall, el mozo que la había acompañado desde el priorato de Blackrose, esperaba en la cocina. Habría encontrado la cerveza o la sidra, y de poco le serviría ya a Alondra. Ello no la incomodaba en lo más mínimo. Randall y ella tenían un acuerdo. Ella no hablaba de sus borracheras, y él no hablaba de sus actividades con los Samaritanos.

Según Nance, el sol salía y se ponía por obra y gracia de lord Oliver. No le cabía ninguna duda de que su joven señor no sólo había colgado la luna, sino también el sol y todas y cada una de las estrellitas plateadas que había en el cielo.

—Quisiera ver a lord Oliver —dijo Alondra cuando Nance se detuvo un momento para tomar aire.

—¿Ser él? —Nance frunció el ceño.

—Verlo —repitió Alondra, hablando directamente a la trompetilla.

—Claro que sí, querida —Nance le dio unas palmadas en el brazo. Luego hizo una cosa curiosa: le quitó la capucha del manto de viaje negro y la miró fijamente—. Dios del cielo –dijo, levantando la voz. Recogió su delantal y empezó a abanicarse.

–¿Ocurre algo?

–No. Por un momento tu cara me ha recordado a la que puso la segunda mujer de lord Stephen el día que la trajo a casa.

Alondra recordó lo que Spencer le había contado sobre la familia de Oliver. Lord Stephen de Lacey, un hombre excéntrico y poderoso, se casó joven. Su primera mujer murió al dar a luz a Oliver. La segunda era de ascendencia rusa, afamada por su singular belleza. Aunque Alondra se sintió halagada por la comparación, pensó que la vieja sirvienta debía de tener la vista tan débil como el oído.

–Bueno, entonces –dijo Nance con energía–, ¿para cuándo es el niño?

–¿El niño? –Alondra la miró estupefacta.

–¡El niño, muchacha! El que te ha hecho lord Oliver. Y ya era hora, alabado sea Dios...

–Señora... –a Alondra le ardían las orejas.

–Y no será porque mi querido muchacho no lo haya intentado. Sería preferible casarse primero, claro, pero Oliver siempre ha sido la...

–Señora Harbutt, por favor –dijo Alondra, casi gritando a la trompetilla.

–¿Eh? –Nance dio un respingo–. Santo cielo, chiquilla, no estoy sorda como una tapia.

–Lo siento. Me habéis entendido mal. No... –no sabía cómo describir lo horrorizada que se sentía por la sola sugerencia de que pudiera ser una mujer deshonrada que llevaba en su seno al bastardo de un bribón–. Lord Oliver y yo no nos conocemos tan bien. Quisiera hablar con él sobre un asunto. ¿Está en casa?

–Por desgracia, no –Nance resopló. Luego pareció animarse–. Pero sé dónde está. A estas horas siempre se ocupa de negocios importantes.

Alondra se sintió inmensamente aliviada. Quizás el joven aristócrata se ocupara en nobles tareas, sirviendo en el Parlamento o haciendo buenas obras entre los pobres.

Tal vez fuera un placer inesperado verlo en el desempeño de sus elevadas tareas.

Al fondo de la taberna más lúgubre de la ribera sur del río, Oliver de Lacey apartó los ojos de la mesa de juegos y miró al desconocido que, envuelto en un manto negro, acababa de entrar. Una mujer, a juzgar por su esbelta figura y su actitud indecisa.

–Rayos y centellas –dijo Clarice, moviéndose sobre su regazo–. No me digas que los puritanos han vuelto a tomarla con nosotros.

Oliver disfrutó del movimiento sugerente de sus nalgas suaves. Clarice no era más que un trozo de carne añeja con volantes en medio de un lupanar, pero era una mujer, y él adoraba a las mujeres sin reservas.

Y más que nunca ahora que le habían dado una segunda oportunidad de vivir.

–Ignórala –dijo y, al frotar el cuello de Clarice con la nariz, sintió el olor de la lascivia–. Seguro que es un carcamal sarmentoso que no soporta ver a la gente disfrutar de la vida. ¿Eh, Kit?

Sentado frente a él, al otro lado de la mesa, Christopher Youngblood sonrió.

–Tú, de hecho, disfrutas demasiado de ella, amigo mío. Las juergas constantes le roban su sabor.

Oliver levantó los ojos al cielo y miró a Clarice en busca de comprensión.

—Kit está enamorado de mi media hermana Belinda. Está guardando su virtud para ella.

Clarice sacudió la cabeza, y sus rizos amarillos brincaron sobre sus hombros desnudos.

—Qué lástima.

Rosie, la otra ramera, se inclinó hacia Kit, agarró su gorguera almidonada y le obligó a mirarla.

—Que esa dama se quede con su virtud —declaró—. Yo me quedo con sus vicios —le dio un sonoro beso en la boca y golpeó la mesa alegremente mientras el joven se ponía colorado como un pimiento.

Riendo a carcajadas, Oliver pidió más cerveza y llamó a Samuel Hollins y Egmont Carper, sus compañeros de apuestas predilectos, para jugar una partida de dados. Con el ánimo lubricado por la cerveza y las mujeres, hizo girar el dado en su cubilete.

Y ganó. Vaya si ganó. Aquélla era su primera salida desde aquel desgraciado incidente (se negaba a llamarlo «ahorcamiento»: le sonaba demasiado tétrico), y la suerte que le había librado de la muerte parecía haberlo impregnado como el dulce perfume de una mujer.

Tenía más suerte que un gato con nueve vidas, y jamás se le ocurría preguntarse si se lo merecía. Tampoco se le pasaba por la cabeza el hecho de que aquel incidente fuera extremadamente inusual. Dos desconocidos habían arriesgado su vida para rescatarlo.

En una casita cerca de Saint Giles, le habían procurado una bacía llena de agua caliente, una cuchilla de afeitar y ropa limpia. Y él se había aseado, afeitado y vestido y había vuelto a casa para dormir un día entero.

Y se sentía como nuevo, salvo por la magulladura del cuello, que ocultaba hábilmente con una hermosa gorguera, y por una leve rojez en los ojos.

Sus salvadores, el doctor Phineas Snipes y *mistress*

Alondra, se habían preguntado en voz alta por qué aquel misterioso Spencer le había salvado la vida.

Oliver de Lacey no se preguntaba el porqué. Lo sabía. Era porque estaba bendecido. Bendecido con el físico de un ángel, de lo cual sabía sacar el mayor provecho, a pesar de no tener ningún mérito en ello. Bendecido con una familia grande y cariñosa cuyo único defecto era que se daba mucha prisa en perdonarle todas sus transgresiones. Bendecido con un ingenio rápido y una lengua mordaz. Bendecido con el ansia de vivir.

Y condenado, también, a morir joven. No había cura para su enfermedad. Los ataques de asma eran pocos e infrecuentes, pero, cuando se presentaban, le golpeaban como una tormenta. Durante años había librado cada batalla, pero sabía que al final la enfermedad lo vencería.

—¿Ollie? —Clarice le acarició la oreja con la lengua—. Te toca lanzar los dados.

Como un perro sacudiéndose el agua, Oliver se libró de sus pensamientos. Hizo una tirada magistral. Un siete perfecto. Clarice gritó de alegría. Carper entregó a regañadientes su moneda y Oliver metió un ducado en el carnoso escote de la mujer que lo acompañaba.

—¿M-milord? —una voz suave e insegura interrumpió su ensoñación.

Con una expresión triunfal todavía en la cara, Oliver levantó los ojos.

—¿Sí?

La puritana vestida de negro lo miró. Una mano blanca y fina retiró su capucha.

Oliver se levantó, desalojando a Clarice de su regazo.

—¡Vos!

Mistress Alondra asintió con la cabeza. Tenía la tez blanquísima, los ojos de un gris luminoso y del color de la lluvia, y su labio inferior temblaba.

—Señor, me gustaría hablar con vos.

Sin mirar siquiera a Clarice, él alargó el brazo y la ayudó a levantarse.

—Por supuesto. *Mistress* Alondra... —señaló a sus compañeros y le fue diciendo a toda prisa sus nombres—. Sentaos —dijo. Aquella mujer le hacía sentir un extraño desasosiego. A la luz neblinosa de la lámpara de la taberna, su belleza no parecía tan etérea como al amanecer, dos días antes. Parecía, en realidad, bastante corriente con su tosco vestido y el pelo recogido hacia atrás en una prieta trenza negra.

—No hay sitio en la mesa —dijo—. Y además...

—Tengo una rodilla estupenda esperándoos —la asió de la muñeca y la hizo sentarse sobre su regazo.

Ella chilló como si Oliver hubiera prendido fuego a sus posaderas, y se levantó de un salto.

—¡No, señor! Esperaré hasta que os venga bien hablar conmigo. En privado.

—Como queráis —dijo él, y se preguntó por qué sentía el impulso de mortificarla—. Puede que tengáis que esperar mucho, entonces. Hoy me sonríe la fortuna —le tendió su jarra—. Tomad un poco de cerveza.

—No, gracias.

Oliver sentía el extraño anhelo de besar su boca puntillosa hasta que se volviera suave y carnosa bajo la suya. De acariciar aquel cuerpo esbelto y convertir su rigidez en blandura.

Consciente de que había marcado las reglas del juego, le guiñó un ojo y se volvió hacia sus compañeros.

Alondra se convenció de que estaba siendo despojada capa a capa de su dignidad. Qué necia había sido por suponer que Oliver de Lacey estaría ocupado en tareas honorables. Y era doblemente tonta por haber dejado que Randall durmiera la borrachera y haber ido allí sola. Había pagado a un barquero para que la llevara al otro lado del río. Se había movido como un ladrón por fétidos callejones repletos de vagabundos y estafadores, todo por buscar a un individuo al que Spencer, por una vez en su vida, había juzgado erróneamente un hombre de honor.

Lo único que parecía interesar a lord Oliver eran los placeres del juego, el olvido que proporcionaba una cerveza bien fuerte y los secretos terrenales escondidos bajo el corsé de encaje de aquella mujer llamada Clarice.

Una charla procaz y bulliciosa se alzaba del grupo de jugadores como una niebla, tan oscura a veces que Alondra no distinguía nada en ella. Se sentía como la llama de una vela sacudida por los vientos de la corrupción. Tercamente, se negaba a dejarse apagar.

Si él pretendía humillarla obligándola a esperar su turno, ella esperaría. Oliver de Lacey no la conocía en absoluto. Ella había aprendido lo que significaban el deber y la lealtad del hombre más honorable de Inglaterra. Por Spencer, soportaría cualquier tormento.

Naturalmente, Spencer no sabría nunca cuánto había sufrido. No podía decirle que había esperado entre rufianes, rameras y jugadores. Y, sobre todo, no podía decirle que sentía un interés íntimo y vergonzante por cuanto la rodeaba.

La sensualidad lujuriosa y cargada de descaro de la gente que flanqueaba la mesa de juego la impresionaba. Era apenas media mañana, y estaban bebiendo cerveza y vino como los invitados a una boda en el festín de medianoche.

Y en el centro de todas las miradas, como el sol lanzando su fuego sobre un grupo de astros menores, estaba Oliver de Lacey en persona.

No se parecía en nada a la víctima digna de lástima que había caído en la fosa polvorienta apenas dos días antes.

Estaba guapo como un príncipe, su pelo era una masa de ondas doradas y en su cara cincelada parecían convivir en perfecto equilibrio ángulos y líneas duras con una boca sensual y unos ojos del color de los huevos de petirrojo. En algunos hombres, tal belleza podría haber dado lugar a cierto aire de blandura, pero en Oliver de Lacey no. Su expresión tenía una rara mezcla de humor y potencia viril que encendía una chispa de turbación en Alondra.

Apenas quedaban rastros de sus padecimientos en las entrañas del penal de Newgate. Cualquier hombre que hubiera sido arrestado y condenado por provocar un motín, y luego salvado en secreto de la muerte, habría procurado no exhibirse en público tan pronto después del incidente.

Un jubón de corte espléndido y terciopelo azul oscuro realzaba impúdicamente sus anchos hombros. Un llamativo cordón dorado adornaba sus mangas en torno a sus fuertes brazos. Y cuando echaba la cabeza hacia atrás para reír, mostrando sus dientes sanos y su risa musical, Alondra apenas podía culpar a Clarice por aferrarse a él. Tenía aquel aire de potencia, de magnetismo, que hacía que cualquier persona sensata se sintiera a salvo cuando él estaba cerca.

«¿Queréis tener un hijo mío?». Aquel recuerdo la asaltó de pronto: las palabras de Oliver resonaron en su cabeza, y se odió a sí misma por asirse a ella. Él estaba bromeando, nada más.

Hacía frío en la taberna, con su yeso húmedo y sus paredes de madera, y la luz lúgubre de las lámparas. No había motivo alguno para que Alondra se sintiera acalorada. Y sin embargo así era como se sentía: como si tuviera ascuas por dentro y una fuerza exterior las avivara.

—¿Estáis segura de que no queréis sentaros con nosotros? —inquirió Oliver, observándola tan atentamente que Alondra se convenció de que había notado que tenía el cuello, las mejillas y las orejas coloradas.

—Segurísima —dijo.

Él exhaló un gran suspiro.

—No soporto veros ahí, tan incómoda —abrió los brazos como si fuera a abrazar a los que rodeaban la mesa—. Amigos míos, tengo que irme con la querida *mistress* Alondra.

Ella vio desencanto en sus caras, y en cierto modo, intuitivamente, lo entendió. Cuando Oliver se retiró de la mesa, pareció que el sol se ocultaba tras una nube.

Luego hizo una cosa extraña. Hincó una rodilla delante de Clarice. Mirándola como si fuera la reina María en persona, tomó su mano, le dio un largo beso en la palma y le cerró los dedos en torno a un regalo invisible.

—Adiós, hermosa mía.

Contemplar aquella despedida íntima y caballerosa produjo en Alondra una extrañísima sensación de anhelo. No había nada de notable en que un libertino se despidiera de su querida, desde luego, y sin embargo Oliver conseguía infundir a aquel simple acto un aire de melancólico romanticismo y de ternura. Como si adorara a aquella mujer.

Alondra se preguntó cómo sería ser amada de aquel modo, aunque fuera sólo un momento. Aunque fuera por un libertino.

Luego, él lo echó todo a perder dando un pellizco a Clarice en el trasero que la hizo reír a carcajadas. Cuando se levantó y se puso un sombrero de terciopelo azul, su pluma rozó las vigas ennegrecidas del techo.

—Kit, puede que luego venga a buscarte.

Kit Youngblood le mandó un alegre saludo. Aunque algo mayor que Oliver, más taciturno y de facciones más toscas, era casi tan guapo como él. Los dos juntos resultaban arrolladores.

—Hazlo. He echado en falta nuestras rondas mientras has estado fuera. De peregrinación, ¿no?

La mirada que intercambiaron estaba cargada de regocijo y compañerismo. Luego, sin previo aviso, Oliver tomó a Alondra de la mano y la llevó al callejón.

En cuanto se recuperó de la sorpresa, ella se apartó.

—Las manos quietas, milord, si sois tan amable.

—¿Vuestra misión en la vida es herirme? —preguntó él. Parecía bastante sobrio, a pesar de haber bebido tres jarras de cerveza en presencia de Alondra.

—Por supuesto que no —juntó las manos delante de sí—. Milord, he venido a veros para...

—Me tendisteis la mano cuando yacía sin aliento en una fosa común. ¿Por qué dais un respingo cuando yo hago lo mismo?

—Porque yo no necesito ayuda. De esa clase.

—¿De qué clase? —ladeó la cabeza. La pluma de su sombrero se curvó hacia abajo, acariciando una cara tan favorecida por Adonis que Alondra no podía menos que mirarla fijamente.

—De la que implica contacto —replicó ella, irritada por dejarse aturdir por su simple apariencia.

—Ah —lleno de insolencia viril, él alargó el brazo y pasó un dedo lentamente por la curva de su mejilla. Fue peor de lo que ella sospechaba: su contacto era tan irresistible como su belleza. Alondra sintió el vergonzoso impulso de apoyar la mejilla en su mano cálida. De mirarlo a los ojos y contarle todos los secretos que nunca se había atrevido a compartir con nadie. De cerrar los ojos y...

—Tendré que recordarlo —dijo él, bajando la mano con una sonrisa—. A la señora no le gusta que la toquen.

—Tampoco me gusta ir por un callejón con un hombre al que apenas conozco. Sin embargo, es preciso. Veréis, hay un asunto...

—¡Saludos, señores! —un grupo de hombres con camisa y gorra de marineros pasó junto a ellos dando trompicones, jurando, escupiendo y dándose empujones para entrar en la taberna.

—¡Buena pesca tengáis! —le gritó uno a Oliver—. Espero que la perca pique bien el anzuelo —la puerta se cerró de golpe detrás del hombre, sofocando sus risotadas.

Alondra frunció el ceño.

—¿Qué ha querido decir?

La sorprendió ver que Oliver se ponía colorado. ¿Por qué se sonrojaba un sinvergüenza por el comentario de un marinero?

—Debe de haberme confundido con un aficionado al deporte de la pesca —Oliver echó a andar por el callejón.

—¿Adónde vamos? —Alondra se recogió las faldas y corrió tras él.

—Dijisteis que queríais hablar.

—Sí. ¿Por qué no aquí? Estaba intentando explicarme.

Se oyó un chirrido por encima de sus cabezas, donde los edificios de madera se inclinaban sobre la calle. Oliver se volvió, agarró a Alondra y la empujó contra una pared encalada.

—¡Soltadme! —chilló ella—. ¡Sinvergüenza! ¡Rufián! ¿Cómo os atrevéis a tomaros libertades con mi virtud?

—Es una idea tentadora —dijo él con voz risueña—. Pero no era ésa mi intención. Ahora, estaos quieta.

Antes de que acabara de hablar, una cascada de agua sucia cayó desde una ventana alta. Las inmundicias llenaron la parte de la calzada en la que Alondra estaba apenas unos segundos antes.

—Ahí lo tenéis —Oliver se apartó de la pared y siguió calle abajo—. Vuestra virtud y vuestro traje están a salvo.

Avergonzada, ella le dio las gracias con esfuerzo.

—¿Adónde vamos?

—Es una sorpresa —el sonido de sus botas, altas hasta la rodilla, resonaba en la calle angosta.

—No quiero sorpresas —dijo ella—. Sólo quiero hablar con vos.

—Y hablaréis. A su debido tiempo.

—Quiero hablar ahora. ¡Por Dios, señor, que me sacáis de mis casillas!

Oliver se detuvo y se volvió tan bruscamente que Alondra estuvo a punto de chocar con él.

—Ah, *mistress* Alondra —dijo, y sus ojos azulísimos se arrugaron por las comisuras—, ni la mitad de lo que vos me sacáis a mí de las mías.

Alondra temió que fuera a tocarla otra vez, pero él se limitó a sonreír y siguió andando.

Ella lo siguió por un camino que pasaba junto a las casetas en las que se guardaban los perros para los encierros de toros, y procuró no mirar a un grupo de prostitutas enmascaradas que se había reunido para ver el espectáculo.

Por su extremo norte, el camino daba al Támesis. El ancho río parduzco estaba a rebosar de esquifes, chalupas, botes y barcazas. A lo lejos, por el este, se alzaban los mástiles enjarciados de grandes navíos de guerra y barcos mercantes, y por el oeste se cernía el Puente de Londres. Desde allí, Alondra no distinguía las tétricas cabezas cortadas de traidores que adornaban la puerta sur del puente, pero los pájaros que volaban en círculo sobre ella la hicieron estremecerse al recordarlo.

Oliver levantó la mano y en apenas unos segundos una

barcaza con tres remeros en la proa y un timonel en la popa golpeó el tope de la escalera que bajaba al río.

Él se agachó y señaló el asiento entoldado de la barcaza, diciendo:

—Después de vos, señora.

Ella vaciló. Había sido un error dejar a Randall. Lord Oliver podía estar llevándola camino de la perdición.

Aun así, la barcaza abierta y elegante parecía mucho más tentadora que el oscuro callejón, de modo que Alondra bajó los escalones de piedra hasta la línea del agua. El timonel le tendió una mano para ayudarla a subir a bordo.

—A la señora no le gusta que la toquen, Bodkin —dijo Oliver solícitamente.

Bodkin se encogió de hombros justo cuando Alondra tenía un pie en la barcaza y otro en el embarcadero de piedra resbaladiza. La barcaza se movió. Y ella cayó sobre el asiento tapizado de cuero con un golpe sordo.

Intentando conservar la dignidad, miró a Oliver con enojo. Él le lanzó una sonrisa mientras se agarraba al poste del dosel y se sentaba ágilmente en el asiento, a su lado.

Alondra miró fijamente hacia delante.

—Supongo que vamos a algún sitio donde podamos hablar en privado.

Oliver dio un codazo al remero que tenía enfrente.

—¿Oyes eso, Leonardo? Quiere tener una cita conmigo.

—No es cierto.

—Chist. Estaba bromeando. Claro que voy a llevaros a un lugar donde podamos hablar en privado. Cuando llegue el momento.

—¿Cuando llegue el momento? ¿Por qué no ahora?

—Por la sorpresa —dijo él con un exceso de paciencia llena de buen humor—. La marea está baja, Bodkin. Creo que podemos cruzar el puente.

El timonel se tiró de la barba.

–¿Río arriba? Nos empaparemos.

Oliver se echó a reír.

–Ésa es la gracia, en parte. Abajo los remos, caballeros. Más allá del puente.

Alondra confiaba en que hubiera un motín, pero la tripulación le obedeció. En perfecta sincronía, tres pares de largos remos se hundieron en el agua. La barcaza comenzó a deslizarse por el Támesis.

A pesar de su enojo con lord Oliver de Lacey, Alondra sintió un arrebato de emoción. Los remolinos agitaban el agua bajo las estrechas arcadas del Puente de Londres. Ella sabía que se ahogaba gente intentando pasar por debajo. Pero el movimiento suave y veloz de la hermosa embarcación surcando el agua le producía una deliciosa sensación de libertad. Se dijo que no tenía nada que ver con aquel hombre benevolente, lujurioso y totalmente pagano que tenía a su lado.

Unos minutos después, las olas coronadas de blanco elevaron la proa de la barca. Al aproximarse al Puente de Londres, la embarcación comenzó a corvetear como un caballo salvaje sobre el agua que se arremolinaba con estruendo en torno a los pilares.

Alondra levantó la cara hacia el agua que salpicaba. Había ido a Londres para encargarse de una transacción comercial, y allí estaba, en medio de una aventura prohibida. Giraba y se sacudía como una hoja en el agua, a merced de un hombre caprichoso que, por pura fuerza de voluntad, la había apartado de su propósito y arrastrado a una escapada que ella no debía querer experimentar.

–Ojalá escucharais lo que tengo que deciros –dijo.

–Podría hacerlo. Sobre todo, si incluye vino, dinero y mujeres.

–No.

—Entonces contádmelo después, paloma mía. Primero vamos a divertirnos.

—¿Por qué insistís en sorprenderme? —preguntó ella, agarrada a la borda de la barcaza.

—Porque —se quitó el sombrero y lo apretó contra su corazón. Tenía una expresión seria y pueril, los ojos muy abiertos y un mechón dorado que le caía sobre la frente—. Porque, sólo por una vez, Alondra, quiero veros sonreír.

CAPÍTULO 2

Alondra no le entendía en absoluto. De eso estaba segura. No alcanzaba a comprender por qué él se empeñaba en entretenerla. Tampoco sabía por qué le gustaba tanto saludar a los desconocidos que navegaban por el Támesis, saludar a voces a gente a la que no conocía de nada, navegar junto a una barca de pesca para preguntar a su dueño qué tal había ido la jornada.

Pero, sobre todo, no comprendió los gritos de alegría y la emoción de Oliver cuando cruzaron el puente. Para ella, aquella aventura fue simplemente terrorífica.

Al principio.

El fragor del agua, con su denso olor a pescado, saturó sus sentidos. Rechinó los dientes, mareada, al sentir cómo se levantaba la proa y volvía a bajar bruscamente. La velocidad soltó algunos mechones de su trenza y levantó sus faldas hasta las rodillas.

Pero el terror, una vez disipado, la exaltó. Sobre todo, cuando todo pasó.

—¿Ésa era mi sorpresa? —preguntó débilmente una vez dejaron atrás el puente.

—No. Aún no habéis sonreído. Estáis blanca como un fantasma irlandés.

Alondra se volvió hacia él y levantó con esfuerzo las comisuras de la boca.

—Ya está —dijo entre dientes—. ¿Os basta con eso?

—Es preciosa. Pero no, ésa no la quiero.

—¿Qué tiene de malo mi sonrisa? —preguntó ella—. No todos podemos ser bellos como dioses del sol, con hermosas bocas y dientes perfectos.

Él se rió, agitando su pelo mojado por la niebla.

—Os habéis fijado.

—También me he fijado en vuestro inmenso engreimiento —levantó la nariz al aire—. Estropea bastante el efecto.

Oliver se puso serio, aunque sus ojos seguían brillando llenos de alegría.

—No pretendía ofenderos, querida Alondra. Es sólo que vuestra sonrisa no era real. Una sonrisa de verdad empieza en el corazón —olvidando (o ignorando) su prohibición de tocarla, rozó con los dedos su rígido corpiño—. Amor, yo podría hacer sonreír todo vuestro cuerpo.

—Francamente...

—Es un calor que se mueve hacia arriba y hacia fuera, como una llama. Así.

Ella se quedó atónita cuando sus manos rozaron la parte de arriba de sus pechos, cubiertos por una fina golilla de linón. Sus dedos le rozaron la garganta, y luego la barbilla y los labios. Alondra pensó con horror en los remeros y en Bodkin, que iba al timón, pero mientras un horrible azoramiento se apoderaba de ella, siguió muy quieta, absorta en Oliver.

—Una sonrisa verdadera no acaba aquí, en la boca —él la observó atentamente—. Sino en los ojos, como una vela que atraviesa la oscuridad.

—En fin —se oyó susurrar ella—, no estoy segura de que yo pueda hacer eso.

—Claro que sí, dulce Alondra. Pero hace falta práctica.

Sin saber cómo, sus labios estaban apenas a unos centímetros de los de ella. Y los de Alondra temblaron con un ansia que la pilló por sorpresa. Deseaba sentir la boca de Oliver sobre la suya, descubrir la forma y la textura de sus labios. Había oído muchos sermones sobre la perversidad del deseo carnal, creía haber luchado contra la tentación, pero nadie la había advertido nunca del poder de seducción de un hombre como Oliver de Lacey.

Cerrando los ojos, se inclinó hacia él, hacia su calor, hacia el olor a taberna y a río del que estaba impregnado.

—He vuelto a tocaros —dijo Oliver, y Alondra oyó una risa sofocada en su voz—. Por favor, perdonadme —bajó las manos y se apartó.

Ella abrió los ojos de golpe. Oliver estaba arrellanado en los cojines, con una pierna levantada y una mano sumergida en el agua.

—Hace bastante frío hoy, ¿no, *mistress* Alondra?

Ella refrenó el impulso de comprobar si su golilla seguía bien puesta.

—Así es, milord —no estaba acostumbrada a que la provocaran. Y tampoco estaba acostumbrada a hombres guapos y atrevidos que repartían bromas y cumplidos insinceros como si fueran limosnas para los pobres.

No importaba, se dijo. Spencer decía necesitar a Oliver de Lacey. Y por Spencer, ella soportaría el encanto insolente del joven lord. No por placer, desde luego.

—¿Vais a escucharme ahora? —preguntó—. He venido de muy lejos para veros.

—¡Nell! —rugió él, y la barcaza se escoró cuando se inclinó para asomarse por debajo del dosel—. ¡Nell Buxley! —saludó a una chalupa que avanzaba río abajo, rumbo a Southwark—. ¡Conocí la gloria en tu regazo la última vez que nos vimos!

—Buenos días, mi señor —respondió una voz femenina

enronquecida por el vino. Una mujer sonriente, con peluca amarilla, asomó la cabeza en la chalupa–. ¿Quién es ésa que va con vos? ¿Habéis robado ya su honor?

Con un gemido de impotencia, Alondra se recostó en los asientos y se echó la capucha sobre la cara.

—¡Esto es otro lupanar! —Alondra se detuvo en seco—. ¿Por qué me habéis traído aquí?

Oliver se rió.

—Es el mercado de Newgate, amor mío. ¿Nunca habéis estado aquí?

Ella miró el enjambre humano que circulaba por los estrechos pasadizos, amontonándose en torno a los tenderetes o deteniéndose a observar las payasadas de un mono o de un perro danzarín.

—Claro que no. Por lo general, evito los lugares frecuentados por vagabundos, carteristas y señores sin oficio ni beneficio.

Mientras hablaba, vio a un muchacho correr tras un caballero entrado en carnes. El chico rozó su oreja con una pluma y, cuando el caballero levantó el brazo para rascarse, el pequeño rufián cortó su faltriquera y se escabulló con el botín.

Alondra se llevó una mano al pecho y señaló con la otra.

—¡Ese chico! Ha... ha...

—Y lo ha hecho muy bien.

—Le ha robado la bolsa a ese hombre.

Oliver echó a andar por la callejuela.

—Para algunas personas, la vida es corta y brutal. Dejemos en paz a ese muchacho.

Ella no quería adentrarse tras Oliver entre aquel bullicioso gentío, ni deseaba quedarse sola e indefensa ante las cosas terribles que podían ocurrirle. A pesar de su aparente despreocupación, Oliver, con su prodigiosa estatura y sus andares llenos de arrogancia, hacía que se sintiera protegida.

—Fijaos en esto —dijo él, acercándose al mono bailarín. Un par de personas se apartaron para dejarlo pasar. A Alondra le pareció sentir el calor de las miradas de admiración que las mujeres le lanzaban de soslayo.

Al ver a Oliver, el monito, ataviado con jubón y sombrero, comenzó a saltar de alegría por encima de su cadena. Su dueño se echó a reír.

—Milord, os hemos echado de menos estas últimas semanas.

Oliver hizo una reverencia, doblándose por la cintura.

—Y yo os he echado de menos a vos y al joven Lutero.

Alondra contuvo el aliento. Era decididamente impío bautizar a un mono con el nombre del gran reformador.

—Lutero es un tipo de fuertes convicciones, ¿verdad que sí? —preguntó Oliver.

El animalillo enseñó los dientes.

—Es leal a la princesa Isabel.

Al oír aquel nombre, el simio comenzó a saltar frenéticamente a un lado y otro de la cadena.

—Pero tiene sus dudas respecto al rey Felipe.

Nada más nombrar Oliver al odiado marido español de la reina María, Lutero se tiró al suelo, afligido, y se negó a moverse. Oliver soltó una carcajada, arrojó una moneda al amo del monito y siguió paseando mientras el gentío aplaudía.

—Sois demasiado atrevido —dijo Alondra, apretando el paso para ponerse a su lado.

Él le sonrió de soslayo.

—¿Eso os parece atrevido? ¿A vos, que salís de noche a hurtadillas para salvar la vida de criminales sentenciados?

—Eso es distinto.

—Entiendo.

Alondra sabía que se estaba riendo de ella. Pero antes de que pudiera mirarlo con enfado, él se detuvo frente a un tenderete rodeado por largas cortinas de lona.

—Pasad a ver el espectáculo de las extravagancias de la naturaleza —gritaba una mujer—. Tenemos un tejón que toca al tambor —alargando el brazo, asió a Oliver del hombro.

Él le dio una palmada en la mano y se apartó.

—No, gracias.

—¿Un ganso que saber contar? —le ofreció la vocera.

Oliver sonrió y sacudió la cabeza.

—¿Un cordero con dos cabezas? ¿Un ternero con cinco patas?

Oliver se dispuso a alejarse. La mujer se inclinó hacia él y dijo en un susurro:

—Un toro con dos pichas.

Oliver de Lacey se paró en seco.

—Eso tengo que verlo —dijo, depositando una moneda sobre su palma.

Hizo que Alondra lo acompañara, pero ella se negó firmemente a mirar. Se quedó en un rincón del tenderete, con los ojos bien cerrados y las fosas nasales saturadas por el denso olor a estiércol. Pasaron varios minutos, y cerró también los oídos a los silbidos y los abucheos que se mezclaban con los ruidos de los animales.

Al fin Oliver volvió a su lado y la sacó a la luz brillante del día. Tenía los ojos muy abiertos, llenos de asombro juvenil.

—¿Y bien? —preguntó Alondra.

—Me siento transido de emoción —contestó él, muy serio—. Y estafado por la naturaleza.

Alondra sacudió la cabeza con desagrado. Por una vez, Spencer se equivocaba. Aquel hombre grosero y procaz no podía ser el dechado de honor que Spencer le creía.

—Corazón que maquina pensamientos inicuos —masculló—, pies presurosos para correr al mal.

—¿Disculpad? —Oliver sopesó su bolsa.

—Proverbios —dijo ella.

—Vaya, gracias, mi virtuosa señora —con paso insolente, enfiló otro callejón, y Alondra no tuvo más remedio que seguirlo o quedarse sola entre el gentío. Pasaron junto a floristas y traperos, junto a puestos en los que se vendía cerdo asado y jengibre. Oliver se rió al ver unos títeres que se daban palos mutuamente en la cabeza, y repartió monedas entre los mendigos con la misma tranquilidad con que habría repartido trocitos de paja.

Después de lo que pareció una eternidad, llegaron al final del mercado. A lo lejos se veía la feria de caballos de Smithfield.

—No vamos a aventurarnos más allá —la cara de Oliver palideció levemente—. No me gustan los quemaderos.

Alondra lo siguió sin rechistar, alejándose de allí. Aunque las estacas ennegrecidas y los fosos de arena no se veían aún, sentía su proximidad como el roce de una telaraña en la mejilla.

—Es la primera cosa sensata que os oigo decir —declaró—. Pensad en los protestantes condenados que han recibido aquí el martirio.

—Intento no pensar en ellos —mientras se alejaban del mercado, Oliver exhaló un profundo suspiro—. He fracasado.

—¿Qué queréis decir?

—Quería haceros reír y sonreír, y no lo habéis hecho. ¿Qué es lo que he hecho mal?

—Bueno, para empezar, por vuestra culpa hemos estado a punto de ahogarnos al cruzar el puente.

—Creía que os parecería emocionante.

—Me ha parecido estúpido e innecesario. Igual que

vuestro saludo a esa tal Nell —Alondra levantó una ceja con aire escéptico—. ¿La gloria en su regazo?

Él tuvo la delicadeza de sonrojarse.

—Es una vieja amiga.

—¿Y qué hay de vuestra pequeña y traicionera charla con el mono? —prosiguió Alondra, enumerando sus desmanes—. ¿Y de vuestro pueril interés en las dos... en las dos...?

—Pichas de un toro —dijo Oliver solícitamente.

—Esas cosas no son causa de regocijo para mí.

—Lo sé —tenía el raro don de parecer al mismo tiempo malhumorado y encantador—. Os he fallado. Yo... —se interrumpió y miró por encima del hombro de Alondra. El mal humor desapareció y su rostro se iluminó de puro gozo—. Venid, *mistress* Alondra. Hay una cosa que os va a gustar.

Arrastrada por la estela de su entusiasmo, ella se descubrió en el tenderete del pajarero, donde se amontonaban sin ton ni son los cajones de madera de las palomas, los petirrojos y las raídas gaviotas.

—¿Cuánto? —le preguntó Oliver al hombre.

—¿Por cuál, señor?

—Por todos.

El hombre se quedó boquiabierto. Oliver agarró su mano y puso en ella una pequeña fortuna en monedas.

—Con eso tendréis para ir tirando una buena temporada.

—Milord —dijo Alondra—, aquí hay cientos de pájaros. ¿Cómo vais...?

—Mirad —sacó una navaja de plata de la funda de cuero sujeta a su cinturón y fue abriendo las jaulas. Cada vez que abría una puertezuela, hacía una pequeña reverencia.

—¡Oliver! —Alondra apenas se dio cuenta de que había usado su nombre de pila. El pajarero soltó un exabrupto.

Como una enorme nube alada, los pájaros antes cautivos se elevaron por el cielo. El ruido del batir de sus plumas llenó el cielo por encima de la feria. Era un espectáculo asombroso; el cielo se oscureció un momento y luego, cuando la bandada de pájaros liberados se dispersó, volvió a aclararse.

La gente que pasaba por allí profería exclamaciones de asombro.

—Las estrellas impulsan al alma a mirar hacia arriba —recitó Oliver de Lacey— y nos llevan de este mundo a otro. Platón.

—Lo sé —ella miraba con los ojos entornados los pájaros, que eran ya simples motas en un campo infinito de azul vidrioso. Y, a su pesar, una sonrisa afloró a sus labios.

—¡Eureka! —Oliver estiró un brazo, como un curtido comediante—. Sonríe. ¡Eureka! Arquímedes. La primera vez que dijo «eureka», se echó a correr desnudo por las calles.

—Eso no lo sabía —dijo ella.

—Se dice que hizo su descubrimiento acerca del desplazamiento del agua cuando estaba en la bañera. La idea le exaltó tanto que olvidó vestirse antes de ir corriendo a decírselo a sus colegas —Oliver levantó la cara hacia el sol invernal mientras los últimos pájaros desaparecían—. Ya lo ves, ángel mío. Pueden volar. Los he liberado a todos.

—A todos —convino ella, sintiéndose extrañamente contenta.

—Bueno, a todos no.

Ella miró las jaulas. No quedaba ni un solo pájaro. El pajarero ya estaba apilando las cajas en su carro de dos ruedas.

Oliver deslizó un brazo por la cintura de Alondra, apoyó la otra mano sobre su corpiño y comenzó a tamborilear con los dedos sobre el tieso corsé de cuero hervido.

—Todavía queda un pájaro en la jaula, ¿no?

Su dardo dio en el blanco con un alfilerazo de dolor inesperado. Alondra intentó mostrarse firme.

—Señor, me siento insultada. Soltadme.

Él se inclinó para susurrarle al oído:

—Podría liberarte, Alondra. Podría enseñarte a volar.

Ella sintió que una oleada de calor le subía desde los pies a la nariz, y no pudo sofocar un estremecimiento cuando el cálido aliento de Oliver acarició su oído. Alarmada, se apartó y dio un paso atrás.

—No quiero que me enseñéis nada parecido. Os habéis negado a escucharme. Me habéis arrastrado de acá para allá sin motivo. Si no queréis ayudarme, preferiría que me lo dijerais ahora mismo para poder librarme de vos.

—Llevas tu indignación como los ángeles llevan su halo —él suspiró teatralmente y luego se recostó contra un pilar de piedra.

Durante toda su vida, a Alondra le habían inculcado que los hombres eran fuertes y prudentes, y que poseían cualidades de las que las mujeres carecían. Oliver de Lacey era una contradicción flagrante a esa norma. Furiosa, echó a andar a ciegas por la calle. Confiaba en que por allí se llegara al río.

Él la alcanzó en unas pocas zancadas.

—Voy a ayudaros, *mistress* Alondra. Nací para ayudaros. Decid sólo lo que necesitáis. Vuestros más nimios deseos son órdenes para mí.

Ella se detuvo y miró su rostro risueño y maravilloso.

—¿Por qué será que tengo la sensación de que voy a lamentar haberos conocido? —dijo.

—No entiendo por qué has aceptado —le dijo Kit Youngblood a Oliver entre dientes. Miró con enojo a la rígida y quisquillosa figura que cabalgaba delante. Iban por la carretera de Oxford, alejándose de la ciudad, para hacer un recado que Oliver había asumido de buena gana. El paseo era delicioso, porque Oliver amaba a su montura. Era una yegua napolitana gris, nacida de los mejores ejemplares de la cuadra de su padre. Huesuda y grácil como una bailarina, Dalila era la envidia de sus amigos.

—Baja la voz —susurró Oliver, con los ojos fijos en la figura ataviada de gris de Alondra. Ver a una joven montando a mujeriegas siempre le había parecido extremadamente turbador—. Le debo la vida.

—Yo no le debo nada —refunfuñó Kit—. ¿Por qué me has hecho venir?

—Necesita un abogado. Aunque aún no me ha dicho para qué.

—Tú sabes tanto de leyes como yo.

—Cierto, pero en mí estaría mal visto practicar una profesión —Oliver fingió una mirada de horror—. La gente me tomaría por tonto y falto de imaginación, por no decir vulgar.

—Disculpadme por sugerirlo, Alteza. Es mucho mejor que os deis al juego y la bebida, ocupaciones mucho más nobles.

—Y a las mujeres —añadió Oliver—. Por favor, no olvides a las mujeres.

—¿Cómo sabía ella dónde encontrarte?

—Fue a mi casa. Nance Harbutt le dio indicaciones para llegar a mi tugurio preferido.

—Te cazó, ¿eh? ¿Y qué le has hecho a la pobre? Apenas ha abierto la boca desde que salimos de la ciudad.

—La llevé al mercado de Newgate —cerrando los ojos, Oliver recordó la expresión extasiada de su carita pálida cuando había liberado a los pájaros—. Le encantó.

—Siempre has sido el perfecto anfitrión —dijo Kit—. No sé cómo te aguanto.

—Ojalá pudiera decir que es porque me encuentras encantador. Pero, ay, es porque estás enamorado de Belinda, mi media hermana.

—¡Ah, la muy traidora! Hace un año que no sé nada de ella.

—El reino de Moscovia no está precisamente a la vuelta de la esquina. No temas. Ella y el resto de mi familia regresarán no tardando mucho.

—Seguramente se habrá vuelto flaca, cetrina y quisquillosa en sus viajes.

Oliver se rió.

—Es hija de Juliana —le recordó a Kit, recordando a su inigualable madrastra—. ¿De veras crees que una muchacha como ella podría volverse fea?

—Casi desearía que sí. Los pretendientes acudirán a ella como moscas a la miel. Y no se acordará de mí, el hijo sin tierras de un caballero. Un vulgar abogado.

—Si eso es lo que crees, la partida está perdida de antemano. Tú... —Oliver se interrumpió, escudriñando la carretera—. ¿Qué es eso? ¿Un carruaje?

Alondra se volvió en su silla.

—Parece que ha embarrancado —tensó los labios—. Os habríais dado cuenta hace rato si no hubierais estado parloteando con el señor Youngblood.

—Doña Gallina —dijo Oliver con una sonrisa—, algún día daréis a vuestro pobre marido un picotazo que tocará hueso.

Alondra volvió la cabeza, y su toca oscura se agitó tras ella. Apretando las piernas, Oliver hizo que su caballo se adelantara para ir a investigar qué les había ocurrido a aquellos viajeros en apuros.

El carruaje viajaba en dirección a Londres. Pero no tiraban de él dos grandes jamelgos de campo, ni un buey, sino una pareja de caballos de montar de aspecto delicado. Qué extraño.

Detrás del carruaje había un puente que pasaba por encima de un riachuelo rocoso y poco profundo. Al parecer, el coche había pasado el puente y luego se había atascado en el barro de la cuneta.

—¡Hola! —llamó Oliver, estirando el cuello para mirar por la ventanilla cuadrada. Agitó la mano para mostrar que no llevaba armas, pues los viajeros solían temer a los salteadores de caminos—. ¿Estáis atascados? —gritó. No hubo respuesta. Se detuvo junto al carruaje y miró a los caballos con el ceño fruncido. No eran bestias de tiro, desde luego. Sus pequeñas cabezas indicaban su origen berberisco.

—¿Hola? —se giró en la silla y miró extrañado a Kit.

La puerta del carruaje se abrió de pronto. Un puñal salió volando y estuvo a punto de rozar su nuca.

—¡Es una trampa! —Oliver desmontó y desenvainó su florete antes de que sus pies tocaran el suelo. Kit hizo lo mismo.

Para desaliento de Oliver, Alondra se apeó de su silla, se levantó las faldas y corrió hacia el carruaje. Tres hombres vestidos con las ropas raídas de los soldados licenciados salieron en tromba. Por la agria expresión de sus caras, parecían dispuestos a matar.

Oliver movió su espada y se apartó de un salto para eludir la estocada de uno de los soldados, que lucía una barba poblada.

—¡Oíd! —Oliver paró otra estocada y se apartó para esquivar una tercera—. No somos salteadores de caminos.

El otro respondió lanzándole una estocada frontal que le rasgó el jubón. Un poco del relleno de lana asomó por el desgarrón.

Una alegría profana se apoderó de Oliver. Le encantaba aquella sensación: la expectación de una batalla, la atracción del desafío físico.

—Sois bueno —le dijo al de la barba—. No esperaba menos.

El peligro siempre surtía el mismo efecto sobre él. Había llegado a anhelar la lujuria de la batalla. Algunos lo habrían llamado coraje, pero Oliver sabía muy bien que era pura temeridad. Morir en un lance de espadas era mucho más picaresco que dar sus últimas boqueadas en un lecho de enfermo.

—*En garde*, montón de estiércol —dijo alegremente—. Sólo con la bendición de un muerto te llevarás la virtud de esta dama.

El soldado no parecía impresionado. Le lanzaba estocadas con la velocidad del rayo. Oliver sintió que el fuego de la exaltación le fustigaba.

—¡Kit! —gritó—. ¿Estás bien?

Oyó un gruñido, seguido por el ruido de dos espadas al chocar.

—En menudo lío nos has metido —dijo Kit.

Oliver luchaba con la mayor cortesía que permitían las circunstancias. Le habría gustado lucirse, jugar con su oponente y poner a prueba sus habilidades hasta el límite, pero estaba preocupado por Alondra. La muy necia parecía empeñada en inspeccionar la carreta.

El soldado le lanzó un golpe bajo. Como un bailarín, Oliver saltó por encima de la espada y, aprovechando que el otro había perdido el equilibrio, entró a matar.

Hizo soltar la espalda al soldado de un golpe de florete. La espada cayó al camino embarrado con un golpe sordo. Entonces Oliver sacó su puñal y se preparó para...

—Milord, ¿es que no sois cristiano? —dijo una voz femenina a su lado—. No matarás.

Su vacilación le costó la victoria. El otro se apartó de un salto y unos segundos después enlazó a Alondra desde atrás.

—Le partiré el cuello —dijo el fornido soldado—. Dad un paso más y se lo parto como si fuera un hueso de pollo —se agachó y recogió su espada caída.

—¡No hagas daño a la chica! —gritó otro de los soldados.

—¡Por todos los diablos! —gritó Oliver, enfurecido—. Debí mandarte al infierno cuando tuve ocasión.

El captor de Alondra echó hacia atrás el brazo con el que sostenía la espada, mirando a Oliver con furia.

—Vos tampoco debéis matar —afirmó ella. Mientras Oliver la observaba perplejo, ella levantó el pie y lo descargó con toda su fuerza sobre el empeine del soldado. Al mismo tiempo, echó su codo puntiagudo hacia atrás. Con ímpetu. Si el golpe le hubiera dado en las costillas, le habría dejado sin respiración. Pero era mucho más alto que Alondra y el codo acertó a darle mucho más abajo. Oliver hizo una mueca de dolor, sólo de verlo.

El hombre se dobló, incapaz de hablar. Luego, agarrándose sus partes, a medias corriendo y a medias cojeando, se adentró en el bosque que había más allá de la carretera.

El oponente de Kit, que ya sangraba, retrocedió. Maldiciendo, saltó a uno de los caballos, cortó los arreos y se alejó al galope.

Oliver corrió hacia el tercer soldado. Éste huyó hacia el caballo restante, pero Alondra se puso en su camino.

—¡No! —gritó Oliver, imaginándosela segada como un haz de trigo. Pero Alondra se agarró al sucio jubón del soldado y él la apartó de un empujón, montó a caballo, picó espuelas y se marchó.

Oliver corrió hacia ella.

—¡Alondra! —dijo. Yacía como un pájaro aplastado en el camino—. ¡Dios mío, Alondra! ¿Estáis herida...? —se interrumpió.

Entonces lo entendió. El oscuro y sigiloso enemigo que lo había acechado toda su vida. La tensión en los músculos del pecho. La imposibilidad absoluta de vaciar sus pulmones. La certeza total de que aquél era el ataque que lo mataría.

Los médicos lo llamaban asma. Sí, tenían un nombre que darle, pero no una cura.

El mundo pareció arder por sus bordes, una señal de advertencia que Oliver conocía bien. Vio que Alondra se ponía en pie. Kit pareció ladearse como si fuera a recoger algo. Alondra movió la boca, pero Oliver no la oyó, ensordecido por el estruendo de su sangre en los oídos.

Dios, ahora no. Pero se tambaleó.

–Ahhhh –un fino silbido escapó de él. Avergonzado hasta las puntas de sus botas de cordobán, Oliver de Lacey se tambaleó y cayó al suelo moviendo los brazos y clavando los dedos en el aire vacío.

CAPÍTULO 3

—Nunca había estado en una posada —le confesó Alondra a Kit mientras cortaba un trozo de venda.

Oliver se apoyó en la limpia mesa de pino de la amplia cocina e intentó aparentar calma, aunque en realidad hacía esfuerzos por no caerse al suelo.

¿Qué tenía Alondra, se preguntó, que atrapaba la vista y conquistaba el corazón?

Quizá fuera el asombro infantil con que miraba el mundo. O tal vez su completa falta de vanidad, como si ni siquiera fuera consciente de su condición de mujer. O tal vez (sólo tal vez) fuera su dulzura, que le hacía desear estrecharla en sus brazos y probar sus labios, ser el objeto de su devoción.

—Oliver y yo conocemos cada fonda y cada posada entre Londres y Wiltshire —estaba diciendo Kit. Se acercó discretamente a la mesa, al lado de Oliver.

«Para recogerme si me caigo», pensó Oliver, y sintió al mismo tiempo gratitud y rencor. Maldecido por aquella enfermedad, había tenido una infancia extraña y solitaria. Y cuando por fin salió de su reclusión, Kit estaba allí, con sus consejos de hermano, su espada siempre lista y un instinto de protección que afloraba incluso ahora, cuando Oliver le sacaba ya un palmo.

Kit extendió la mano y apretó los dientes cuando Alondra empezó a lavarle la herida. Ella trabajaba con pulcritud, colocando hábilmente el vendaje. Oliver notó que se mordía las uñas, y eso le gustó, porque era una prueba de que se ponía nerviosa, como todos los demás.

No desperdició carantoñas mujeriles con Kit, sino que se enfrentó a su herida con compasión y naturalidad, y con un inesperado asomo de humor.

—Intentad no meteros en peleas hasta dentro de un par de días, Kit. Deberíais dar a ese rasguño ocasión de curar.

—Me pregunto qué demonios andaban buscando esos ca... esos bellacos —dijo Kit—. Ni siquiera intentaron robarnos.

—Quizá pensaban matarnos primero —Oliver se tomaba muy a la ligera sus roces con la muerte. Hacía tiempo que había resuelto retar a la fortuna. Se negaba a permitir que la debilidad de sus pulmones lo dominara. Pensaba morir a su modo. Y, de momento, el empeño estaba resultando divertido.

—Gracias, señora —Kit se llevó la mano vendada al pecho—. Ya me siento mucho mejor. Pero aun así me gustaría saber qué pretendían esos hi... eh, esos rufianes. ¡Ah!, acabo de acordarme de una cosa —con la mano buena, buscó en la doblez de su bota y sacó una moneda—. Encontré esto cuando registramos el carruaje.

Oliver y Alondra se inclinaron para mirar la moneda. Sus frentes se tocaron y ambos se apartaron a una, azorados.

—Es curioso —dijo Kit, volviendo la moneda hacia la luz mortecina que entraba por la ventana de la cocina—. Es de plata. ¿Un chelín antiguo?

—No, mira. Está marcada con una cruz —Oliver ladeó la

cabeza y leyó el lema inscrito en torno al borde de la moneda–. *Deo favente*.

–Dios mediante –tradujo Alondra.

Oliver descubrió un hecho que podía resultarle útil. *Mistress* Alondra era incapaz de ocultar un secreto. Como un criminal en el banquillo de los acusados, se puso pálida y agachó la cabeza, compungida.

Maldita muchacha. Sabía algo.

–¿Quiénes eran, Alondra? –preguntó Oliver.

–No lo sé –ella levantó la barbilla y lo miró con enfado. Oliver se preguntó si era sólo una ilusión óptica provocada por la luz, o si de verdad vio un destello de temor en sus ojos.

–Me la guardaré y haré algunas pesquisas –Kit salió de la cocina por el pasillo que llevaba a la taberna.

Oliver sonrió y abrió los brazos.

–Al fin solos.

Ella levantó los ojos al cielo.

–Quitaos el jubón y la camisa.

Él suspiró, aturdido.

–Me encantan las mujeres directas y decididas.

–Mi único deseo es encontrar la fuente de toda esa sangre –señaló la mancha oscura y pegajosa que empapaba su ropa.

–¿Será acaso vuestra lengua de espino? –sugirió él.

–Si mi lengua pudiera hacer tanto daño, milord, no necesitaría defensores, ¿no os parece? –dio unas palmadas sobre el tablero de la mesa–. Sentaos aquí para que no tenga que agacharme para examinaros.

Él se encaramó a la mesa. Sin vacilar, ella tiró primero de unos de los lazos de encaje que sujetaban la manga al jubón y luego del otro. Sus brazos desnudos y morenos no parecieron turbarla lo más mínimo. ¿No veía lo tersos y musculosos que eran? ¿Lo fuertes y bien formados?

—Ahora, el jubón —dijo—, ¿o queréis que también os lo quite yo?

—Es mucho mejor que me lo quitéis vos.

Ella asintió distraídamente y empezó a desabrochar los corchetes de ónice.

Sus manos eran tan ligeras y delicadas como el roce de las alas de un pájaro. Al acercarse para continuar con su tarea, Oliver sintió una ráfaga de un olor delicioso. Procedía de su pelo, de sus ropas, de su piel. No era perfume, ni afeite, sino algo mucho más evocador.

Un olor a mujer. A pura mujer. ¡Cómo le gustaba!

—¿Por qué me impedisteis matar a ese patán que intentaba asesinarme? —preguntó.

Ella abrió el jubón como si fuera una puerta de dos hojas.

—Vos no sois un asesino, milord.

—¿Cómo lo sabéis?

—No tengo la certeza, pero la intuición me dice que nunca habéis matado a nadie, y que os dolería hacerlo. Parecéis un hombre compasivo.

—¿Compasivo? —su jubón, suelto por fin, cayó hacia atrás, sobre la mesa, con un golpe sordo—. No soy un hombre compasivo, sino un granuja descarado y temerario. Un bruto de primer orden.

—Un bruto —su boca se adelgazó, y una chispa de humor resonó en su voz— que se desmaya después de una pelea.

Él cerró la boca. Así pues, ella creía que el ataque de asma era un desmayo. ¿Debía sacarla de su error o dejar que siguiera creyéndolo un cobarde? Pero no sólo un cobarde. Un sentimental, un blando, un alfeñique afeminado. Un infeliz sin remisión.

Ella (bendita fuera) resolvió su dilema. Levantó hacia él aquellos enormes ojos del color de la lluvia y dijo:

—No pretendo poner en duda vuestra hombría, milord.

—Gracias a Dios —masculló él. Viendo que aquello la había molestado, le dedicó una mirada muy seria—. Continuad.

—Vuestra conducta de hoy deja claro que sois un hombre verdaderamente valeroso. Para un hombre que ama el combate, luchar no es señal de bravura. Pero para alguien que la detesta, en cambio, es señal de valentía.

—Tenéis razón —la idea le agradaba. A decir verdad, a él le encantaban los buenos lances de espada y las peleas a puñetazos. Pero prefería dejarla creer que se había visto obligado a hacer de tripas corazón para salir en su defensa.

—Esto os va a doler —dijo ella—. La tela de vuestra camisa se ha pegado a la herida.

—Intentaré no gritar cuando la apartéis.

—Verdaderamente, nunca habláis en serio —apartó con mucho cuidado la tela de linón reseca del desgarrón de su costado. Oliver sintió un escozor y luego un goteo caliente cuando la herida comenzó de nuevo a sangrar, pero que el diablo se lo llevara si decía esta boca es mía. ¡Un hombre compasivo! ¡Ja!

Ella le pasó la camisa por la cabeza y se la quitó. Entonces dejó escapar una exclamación aguda y femenina que deleitó los oídos de Oliver.

—Me encanta que las mujeres griten al ver mi pecho desnudo —dijo.

—Es una herida terrible —dijo ella.

—No, sólo sangra. Limpiadla y vendadla, y quedaré como nuevo.

Confiaba en que, mientras se afanaba con la herida, Alondra se fijara en que su pecho era muy ancho y fornido, y en que estaba agradablemente cubierto de vello rubio, algo más oscuro que el de su cabeza. Pero la muy necia no parecía reparar en su físico. Su belleza viril no le hacía mella. Oliver se preguntó en qué demonios estaría pensando.

Decidida a no perder la cabeza, Alondra se concentró en su tarea. Pero su pensamiento vagaba constantemente. Apenas podía evitar mirar a Oliver. Se mordió firmemente el labio y procuró pensar sólo en limpiar la herida, y no en el magnífico cuerpo del hombre sentado sobre la mesa.

Él tenía razón respecto a la herida de debajo de su brazo. Era poco profunda y curaría bien. El grueso jubón le había salvado de la espada de su oponente.

–Ya está limpia –dijo mientras se aclaraba las manos en la bacía llena de agua. Apretó el corte con un paño doblado–. Sujetad esto, por favor, y os vendaré.

–Qué gran honor.

Era el hombre más atento que había conocido nunca. Quizá por eso lo había elegido Spencer.

–Voy a tener que apretar bien fuerte la venda para que el paño no se mueva –dijo ella.

–Vendad, vendad, señora. Soy todo vuestro.

Aquélla resultó ser la operación más íntima de todas. Alondra se inclinó, apoyando prácticamente la mejilla en su pecho desnudo al pasar la tira de tela alrededor de Oliver.

Sintió el calor y la suavidad de su piel. Oyó el latido de su corazón. Su ritmo se aceleró.

Tonterías. Ella era vulgar como un ratón de campo y él tan bello como un dios.

Como un dios, sí, pero olía como un hombre.

A decir verdad, aquel olor le resultaba tan exótico como los perfumes de Arabia. Y sin embargo un instinto elemental, un impulso femenino que Spencer no había logrado sofocar, reconocía aquel olor a hombre. A sudor y a caballo, con una pizca, quizá, de olor a cuero de silla de montar y a humo de leña. Por separado, aquellos olores no tenían efecto alguno, pero tomados en conjunto componían una fragancia embriagadora.

Alondra apretó los dientes e intentó no liarse con el vendaje. En un solo día había visto, oído y sentido más cosas del mundo que en sus diecinueve años de vida, y no le agradaba verse arrastrada a aquel festín de voluptuosidad.

Lo que le gustaba era la vida en el priorato de Blackrose. Las apacibles horas de estudio y oración. El ritmo sobrio y constante de la rueca y el telar. La seguridad. La soledad.

Un solo día con Oliver de Lacey la había despojado de su capullo protector, y quería recuperarlo. Sofocar el ansia salvaje que crecía dentro de ella, negar que hubiera sentido siquiera aquella exaltación.

—¿Alondra? —le susurró él al oído, y su aliento fue como una tierna caricia.

—¿Sí? —ella se preparó, preguntándose si iba a pedirle otra vez que tuviera un hijo suyo.

—Querida mía, me habéis atado como a un palo de mayo.

—¿Qué? —preguntó Alondra tontamente.

—Aunque no soy reacio a dejarme atar en ciertas situaciones, creo que con varios metros de tela hay suficiente.

Alondra se apartó, sobresaltada. El vendaje improvisado envolvía a Oliver, en efecto, como las cintas a un palo de mayo. Ella dejó escapar un sonido estrangulado.

Una risilla. Pero ella nunca, en toda su vida, se había reído así.

Oliver soltó un suspiro resignado.

—De haber sabido que era tan fácil haceros reír, me habría hecho herir más temprano.

Ella se puso seria al instante.

—No debéis decir esas cosas —buscando una distracción, empezó a limpiarlo todo, doblando las vendas sin usar y recogiendo la bacía llena de agua—. No os he dado las gracias a vos, milord, y a Kit, por tomaros tantas molestias por mí.

—¿Qué hombre no daría su vida por una dama en peligro? —preguntó él—. Por suerte no llegamos a tanto. De hecho, soy yo quien debe daros las gracias.

Alondra arrojó el contenido de la bacía por la puerta de la cocina y se volvió hacia él, perpleja.

—¿Darme las gracias por qué?

—Como vos misma dijisteis, me salvasteis de matar a un hombre. Y a pesar de lo mucho que me enfureció, no querría haberme manchado las manos con su sangre.

—Mi necedad casi os costó la vida. Dejé que me agarrara por la espalda.

Oliver golpeó la mesa con las palmas.

—Ah, y os revolvisteis como una fiera, Alondra. Vuestro ingenio y vuestro coraje son muy poco frecuentes.

—En una mujer, queréis decir.

—En cualquiera —una sonrisa perezosa levantó la comisura de su boca—. Cuando recuerdo la cara de ese pobre bellaco... No esperaba que una simple muchacha lo pisara y le asestara un codazo.

Alondra absorbió sus palabras como una rosa sedienta de lluvia. Nunca antes la habían halagado, ni siquiera por hacer tareas serviles. Oliver parecía sinceramente complacido con ella.

Él recogió su camisa para volver a ponérsela.

—¿Por qué creéis que el cabecilla de esos bribones estaba tan empeñado en no haceros daño?

Alondra bajó la cabeza. Después de ver la moneda que había encontrado Kit, tenía una idea muy clara del motivo por el que aquel villano había pronunciado aquel críptico mensaje. No era una coincidencia que los hubieran asaltado cuando se dirigían al priorato de Blackrose. Sus asaltantes eran mercenarios enviados para impedirles alcanzar su objetivo.

Podrían haber matado a Oliver, pensó Alondra sintiendo una oleada de mala conciencia que le revolvió el estómago.

—Lo siento mucho —dijo en voz baja.

—No tenéis por qué —Oliver sacó la cabeza por el cuello de la camisa e hizo una mueca al intentar meter el brazo en la manga. Alondra dejó a un lado la bacía y se apresuró a ayudarlo.

—Esperad, no os giréis tanto —dijo—. Vais a abriros la herida —estiró una manga de la camisa y lo tomó de la mano para acercársela a ella.

Entonces ocurrió algo extraño. Por un instante, cuando sus manos se tocaron, parecieron profundamente unidos, y Alondra perdió la cuenta de dónde acababa ella y empezaba él, sintió que sus mentes se tocaban y dentro de ella surgió un sentimiento de ternura tan intenso que le entraron ganas de llorar.

Contuvo el aliento y miró la cara de Oliver.

Él también lo había sentido; Alondra lo notó al ver su propio desconcierto reflejado en su semblante.

Eran extraños, y sin embargo no lo eran. Una parte de Alondra sabía que, aunque acabaran de encontrarse, conocía a Oliver. Sabía cómo se arrugaban sus ojos por las comisuras cuando sonreía, cómo se movía su garganta cuando tragaba, cómo era el tacto de su pulgar al presionar su palma.

—Oliver... —su voz sonó fina y llena de asombro.

—Calla —él le apartó un mechón de pelo de la mejilla—. Que las palabras no se pongan en medio.

—¿En medio de qué?

—De esto.

Separó las rodillas para que ella se acercara y luego la besó.

La sola idea de que pudiera besarla desconcertó de tal modo a Alondra que se quedó allí parada, rígida e inmóvil como un cepillo.

Hasta que empezó a sentir aquel calor. Un ardor lento y abrasador que traspasaba su cuerpo, calentando los rincones más fríos y vacíos de sus entrañas.

Se entregó a aquella sensación sin pensar, dejándose llevar sólo por el deseo. La mano con la que apretaba aún la de Oliver dentro de la manga se tensó, y sintió que él respondía apretándole los dedos. Su mano libre se deslizó por el pecho desnudo de Oliver. Era terso y duro, y su vello resultaba levemente áspero. Estaba caliente, tan caliente que Alondra quiso derretirse y fundirse con él. Le rodeó la nuca con el brazo. El cabello fino y dorado de Oliver era tan suave como parecía.

Sus labios eran también suaves, pero firmes y tiernos, nos voraces ni exigentes. Rozaban lentamente su boca, deslizándose a un lado y a otro y humedeciéndole la boca hasta que ella la abrió. Entonces hizo algo sumamente turbador: pasó la lengua por su labio inferior.

Al principio, la impresión aturdió a Alondra; luego, la despertó del ensueño letárgico provocado por el beso.

—¡Basta! —gritó ella, y se apartó de un salto. Y de pronto se enredaron con la camisa. La fina tela blanca se rasgó cuando ella intentó frenéticamente desasir su brazo.

Llena de vergüenza, retrocedió, mirándolo como si Oliver sostuviera un espejo en el que veía su propia perversidad. Él nunca sabría hasta qué punto era un pecado que ella lo deseara.

Oliver parecía tan contento como un zorro en un palomar.

—No os hagáis la puritana, amor mío. Podría haberos dado mucho más que un simple beso.

Un simple beso. Alondra se aferró a aquellas palabras. La gente se besaba cuando se saludaba o se despedía. Cuando se reunía los días de fiesta o se encontraba tras el servicio religioso.

Pero no como Oliver de Lacey acababa de besarla.

No como ella acababa de besarlo a él.

—Eso ha sido una maldad —dijo, y se armó de valor, temiendo a medias que un rayo la fulminara.

Él se rió.

—Es una pena que proféseis los principios de la Reforma, Alondra. Si no, podríais llevar una corona de espinas.

—Sois un hombre malvado —dijo ella.

—Y vos sois buena en exceso. ¿Nunca os aburrís de ser tan virtuosa?

Si él supiera. Ella no era virtuosa en absoluto.

No podía seguir allí más tiempo, estando él todavía medio desnudo y mirándola como si fuera una casquivana. Sin decir una palabra más, dio media vuelta y huyó.

Era la primera vez que una mujer lo dejaba voluntariamente. Oliver se quedó mirando el espacio vacío. Alondra lo había mirado como si la hubiera violado.

—Sólo ha sido un beso —se repitió mientras se ponía cuidadosamente el jubón—. Un beso. No he forzado a esa santa.

Haciendo una mueca de dolor, se bajó de la mesa y encontró una pequeña frasca de vino. Llenó un vaso de barro y tomó un largo trago.

—He besado a la mitad de las mujeres de Inglaterra —declaró en medio de la habitación vacía, ante las hileras de cazuelas que colgaban de las vigas y las tenazas de hierro que colgaban sobre el hogar–. Y, si no las he besado, no será porque no lo haya intentado.

Sin embargo, no podía negar que estrechar a Alondra en sus brazos había provocado en él sentimientos extraños e inquietantes. Sentimientos que un hombre como él no debía sentir: ternura, devoción y la certeza absoluta de que sería feliz con aquella mujer y sólo con ella.

No era la primera vez que deseaba a una mujer. Pero de pronto la idea de estar con otra que no fuera la insulsa y tímida Alondra le parecía repugnante.

Abrazarla le había dado una idea que nunca se le había pasado por la cabeza. Le había hecho pensar que quería vivir para siempre.

Para siempre.

Y eso, se dijo mientras bebía otro trago de vino barato, era imposible.

En sus mejores momentos, pensaba en su propia mortalidad filosóficamente. Su enfermedad formaba parte de él. La aceptaba. A veces, conseguía convencerse de que estaba curado.

Pero luego sentía aquella horrible opresión en el pecho, aquella ansia insaciable de aire, aquel oscuro vislumbre de eternidad, y se acordaba de que estaba destinado a una muerte temprana.

En cierto modo, esa convicción le había hecho mejor: más atrevido, más osado.

Pero luego había besado a la puntillosa y severa Alondra (a la más improbable de las mujeres) y de pronto ansiaba desesperadamente no morirse.

La había hechizado con sus besos, había sentido el deseo que emanaba de sus manos pequeñas y fuertes. Eso no le sorprendía. Quizá fuera torpe en otras cosas, pero no besando. Sí, podía manipular el cuerpo de Alondra, podía colocarla al borde del rapto si se le antojaba, pero ¿podría acaso conquistar su corazón?

—Sí, podría —se dijo, y apuró el vaso y lo dejó sobre la mesa con un golpe seco. El rechazo que ella había sentido por su abrazo en el último momento no le preocupaba. Sencillamente, necesitaba más tiempo para convencerla de sus encantos—. Claro que podría. Podría hacer que me amara.

Un dilema doloroso, aquél. Porque, si conquistaba su corazón, estaría abocado a romperlo.

—No me habéis explicado qué queríais decir sobre esos maleantes —dijo Oliver al día siguiente.

Iban los tres hacia el norte, al sol del invierno, desconfiados y recelosos, buscando indicios de nuevos salteadores. A lo lejos, las nubes teñidas de rosa se fundían con los montes Chiltern, y los cerros arbolados se extendían infinitamente a ambos lados de la carretera. La hierba helada y seca se agarraba a las laderas, y las aldeas soñolientas apiñaban sus chozas de brezo a lo largo del río.

Alondra enderezó el cuello y levantó la barbilla. Kit trotaba a su lado. Su silla de cuero crujió cuando se inclinó hacia ella.

—¿Los conocíais, *mistress* Alondra?

Con Kit podía hablar. Cuando lo miraba a los ojos, no sentía que se ahogaba.

—No exactamente. Creo que los enviaron para impedirnos llegar al priorato de Blackrose —dijo.

—¿De veras?

—Sí —no tenía más remedio que reconocer sus temores—. Puede que el único enemigo de Spencer haya descubierto lo que planea.

—¿Y qué planea ese caballero?

Alondra sentía vivamente la presencia de Oliver a su espalda. Sentía el calor de su mirada como un rayo de sol.

—Eso debo dejar que os lo diga Spencer.

—Decís que tiene un enemigo. ¿Quién es?

—Wynter Merrifield —Alondra hizo una pausa mientras una nube pasaba delante del sol para dar luego paso a una luz deslumbrante—. Su único hijo.

Kit sofocó una exclamación de sorpresa.

—¿Su hijo es su enemigo?

—Por desgracia, sí —recordó la moneda que había encontrado Kit. Era de procedencia española—. No puedo deciros más. Spencer os explicará todo lo que necesitéis saber cuando lleguemos —se adelantó al trote. Deseaba que aquel beso no hubiera ocurrido. Deseaba no haberse pasado la mitad de la noche pensando en el roce de los labios de Oliver.

Cuando Alondra se alejó, Kit miró a Oliver con enfado.

—En nombre de Dios, ¿se puede saber qué estamos haciendo?

—¿Ayudar a una damisela en apuros?

Kit miró la rígida figura que cabalgaba ante ellos. Alondra montaba como si tuviera un palo en la espalda.

—A mí no me parece que esté en apuros. ¿Por qué se anda con tantos secretos?

—Porque somos un par de granujas. No se fía de nosotros.

—¿Y tú te fías de ella? Oliver, no creo tener que recordarte que casi consigue que nos maten a los dos.

—Fue emocionante, ¿verdad? —Oliver sonrió, saboreando aquel recuerdo—. Las peleas con espada siempre hacen que me arda la sangre.

—Me preocupas, Oliver. De veras.

Oliver señaló con la cabeza a Alondra, que avanzaba ante ellos en silencio.

—Ella también hace que me arda la sangre.

—Cualquier cosa que lleve faldas surte ese efecto sobre ti.

—Sin faldas es aún mejor —Oliver la observó. Para un ojo poco avisado, se parecía al vulgar pajarillo que le daba nombre. Pero él sabía que no era así. Sabía que había ternura bajo aquella apariencia de rigidez, que un corazón de mujer palpitaba en su pecho y que un sinfín de sueños se agitaban en su interior, esperando a ser liberados—. Ésa es especial.

Kit se echó hacia atrás el sombrero y se rascó la frente.

—¿Ella? Estás loco. Mírala.

—La he estado mirando, y sé lo que piensas. Es menuda, morena e insípida. Es posiblemente la muchacha menos mundana que nos hemos topado. Tiene el carácter de un tejón. Y se muerde las uñas y cita las Escrituras.

—¿Y eso te enciende la sangre? —preguntó Kit, incrédulo.

—El reto que supone es lo que me enciende la sangre, Kit. Desear a una mujer bella y encantadora no es ninguna hazaña. Pero ésta... —señaló hacia delante con la cabeza, sintiendo una extraña exaltación. Si pudiera amarla, sería capaz de todo.

—Ayudó a salvarte de la horca. Eso te ha trastornado el juicio —dijo Kit tercamente, con desconfianza.

—Ése ha sido siempre tu problema, amigo mío. Te falta imaginación. Sólo ves lo que hay en la superficie. No te reprocho que ames a mi hermana, ojo. Pero amar a Belinda es fácil. Es guapa, tiene un carácter encantador y te corresponde.

Kit se dio un golpe en el pecho con el puño cerrado.

—¿Sí?

—Claro que sí, merluzo, aunque no creo que fuera tu cerebro lo que la conquistó.

—¿Por qué te soporto?

—Para no volverte loco de aburrimiento. Dime una cosa, Kit, ¿cómo soportas dedicarte a las leyes día tras día?

—Así es como me gano la vida. No todos nacemos ricos y ociosos.

La risa de Oliver se apagó. Los privilegios de su rango solían resultarle muy gratos. Pero de vez en cuando se preguntaba si sería mejor persona si se veía obligado a valerse por sí solo. Por desgracia, sus momentos de duda eran pocos y distanciados entre sí, y el recuerdo de su propio esplendor los disipaba rápidamente.

¿Podía estar equivocado, aunque fuera levemente?

Un rato después llegaron a la hacienda del priorato de Blackrose. Oliver la miró con admiración. El largo camino sinuoso que se extendía hacia el noroeste estaba libre de agujeros, baches y piedras. Los setos estaban recién cortados y llenos de zorzales.

Ovejas cubiertas con una gruesa capa de lana pastaban en las suaves colinas que se elevaban por detrás del edificio principal. La abadía propiamente dicha, antaño perteneciente a la orden monacal de Bonshomme, tenía un hospicio de buen tamaño y un extenso prado con fuentes y jardines. El sendero que llevaba a la puerta principal estaba pavimentado con guijarros. A ambos lados de la antigua casona gótica, en la que resonaba el eco de voces fantasmales, se habían añadido dos extensas alas. En su construcción se había usado piedra autóctona, lo que le confería al edificio un tono cálido y parduzco.

—Los sirvientes la saludan con respeto —dijo Kit entre dientes, mirando a Alondra.

Era cierto: los mozos que acudieron a ocuparse de sus

monturas obedecían las instrucciones que murmuraba. Y los dos lacayos que aparecieron en la puerta principal se inclinaron ante ella.

—¿Qué relación tiene con ese tal Spencer? —preguntó Oliver mientras la seguían por los anchos escalones que llevaban a las enormes arcadas de la entrada.

—Deben de ser parientes —dijo Kit—. Deberías preguntárselo.

—Creo que no le gusta que la interroguen.

Alondra se detuvo al otro lado de la puerta y se volvió hacia ellos. La luz tenue del espléndido salón blanqueaba su tez. La dureza marmórea de su rostro sorprendió a Oliver. Apenas recordaba el aspecto que tenía la noche anterior, cuando lo besó. Entonces se había mostrado tan tierna y cálida, tan viva, que su apariencia contrastaba vivamente con el de aquella desconocida de rostro demudado.

—Esperad aquí —dijo—. Ordenaré que os traigan algo de comer y de beber. Su excelencia os recibirá enseguida.

Se volvió como un soldado que obedeciera una orden y avanzó hacia una puerta baja, a la derecha del hogar.

Al otro lado de éste se abrió otra puerta y entró un joven de aspecto llamativo.

—Encantadora, ¿verdad? —dijo con una sonrisa sardónica.

—En efecto —contestó Oliver. Sin mover un músculo, tomó la medida a aquel joven. De complexión y estatura medianas, tenía el pelo negro y brillante y barba puntiaguda, e iba vestido de terciopelo negro, con un florete en la cadera y una amplia sonrisa de bienvenida en la cara. El brillo de sus ojos negros parecía prometer un ingenio rápido e incisivo. Cuando se movía, lo hacía con ligereza involuntaria y llena de elegancia.

Oliver sintió una oleada de desagrado instantáneo al

tiempo que componía una sonrisa tan encantadora como la del joven.

El recién llegado le tendió una mano bien cuidada.

—Bienvenidos a Blackrose. Soy Wynter Merrifield, vizconde de Grantham.

Ah, pensó Oliver mientras Kit y él se presentaban. El heredero. El enemigo. El hombre que había enviado a aquellos mercenarios para impedirles llegar al priorato de Blackrose. ¿Era él el responsable de la dureza que había asumido de pronto el rostro de Alondra?

Oliver mantuvo una sonrisa cargada de descaro.

—Milord, ya hemos probado vuestra hospitalidad.

CAPÍTULO 4

Wynter Merrifield se acercó al hogar y apoyó el codo sobre la repisa maciza. El salón debía de haber sido antaño el refectorio de los monjes, porque era alargado y tenía altos techos abovedados. Figuras labradas en piedra y ennegrecidas por el hollín de los años miraban con malicia las mesas y aparadores. Dos puertas bajas flanqueaban la chimenea, sobre la que colgaban un par de espadas cruzadas.

Wynter contempló un momento las espadas.

–No entiendo, milord. ¿Nos conocemos?

–El puente de Tyler Cross –dijo Oliver–. Vuestro cortejo de bienvenida nos enseñó sus garras.

Wynter se volvió y su rostro austero y hermoso pareció quedar en blanco.

–¿Mi cortejo de bienvenida? No sé a qué os referís.

Kit miró a Wynter sin disimular su desagrado.

–Fuimos atacados –dijo–. *Mistress* Alondra pensó que los rufianes que nos asaltaron quizá estuvieran a sueldo de vuestra merced.

–*Mistress* Alondra es un pájaro raro –Wynter separó los brazos para expresar su perplejidad–. Es víctima de una imaginación demasiado viva. Una jovencita muy desconfiada. Mi padre ha hecho lo que ha podido por reformarla, pero no ha servido de nada.

—¿Es vuestra hermana, entonces? —Oliver se preparó para lo peor. Pensar que Alondra pudiera ser hermana de aquel hombre untuoso y frío le ponía los pelos de punta. O, peor aún, ¿había una boda en ciernes? Se negaba a pensar en aquella horrenda posibilidad.

Wynter se rió, y su risa sonó sincera y extrañamente seductora. Parecía envolverse en un manto de sombras que escondía su verdadera naturaleza y que sólo dejaba ver un encanto esculpido en hielo.

—No.

—¿Vuestra prima, entonces? ¿La pupila de vuestro padre?

—Supongo que se podría decir así, después de tantos años.

Oliver se acercó a una mesa de caballete, apoyó las manos sobre el tablero y se inclinó hacia delante.

—Entonces ¿está prometida con vos? —preguntó con esfuerzo.

Esta vez, Wynter echó la cabeza hacia atrás y soltó una carcajada.

—Y yo que temía que hoy iba a aburrirme. Milord, sois muy divertido. Alondra y yo no estamos prometidos. Lejos de ello, gracias a Dios.

Los hombros de Oliver se relajaron. Fingió que no le importaba, que lo había preguntado por preguntar.

—Era simple curiosidad —comentó.

Wynter se apartó del hogar y se acercó elegantemente a Oliver y Kit. Sostuvo la mirada de Oliver un instante más del que dictaba la cortesía y, en ese momento, chocaron.

No se tocaron, ni siquiera se dirigieron la palabra, pero Oliver sintió que la mala voluntad emanaba de Wynter como una racha de viento antes de una tormenta.

—Bueno —dijo Wynter, y una sonrisa juguetona apareció en sus labios—, disculpad mis modales, pero ¿puedo preguntaros qué os trae por aquí?

—Podéis preguntarlo —dijo Kit, y sus puños carnosos se cerraron con fuerza—, pero...

—Su excelencia os recibirá inmediatamente.

Al volverse, Oliver vio junto a la puerta principal a un sirviente pálido y vestido con sobriedad que les hacía señas de que lo siguieran por una amplia escalera.

Oliver se inclinó ante Wynter.

—Disculpadnos.

Wynter le devolvió la reverencia. Tal vez por accidente, o quizá adrede, sus dedos esbeltos rozaron la empuñadura de su espada.

—Por supuesto.

Oliver se paseaba de un lado a otro por la alcoba principal, una estancia larga y estrecha con una hilera de ventanales cubiertos con cortinajes a un lado y una chimenea al otro. Spencer Merrifield, conde de Hardstaff, había pedido que salieran todos, excepto él. Pero la imperiosa orden del conde no había logrado disipar las densas sombras que acechaban en los rincones de la habitación. Oliver supuso que en otro tiempo aquella estancia había sido el aposento del abad. Los cortinajes de las altas ventanas mantenían a raya el sol y envolvía en misterio la habitación.

—Os movéis como un lobo enjaulado —observó Spencer desde la cama con voz serena.

Oliver se obligó a aflojar el paso. Spencer quizá no lo supiera, pero la oscuridad y el olor rancio e inerme de las habitaciones de los enfermos le resultaba muy familiar. Había pasado sus primeros y desgraciados siete años de vida en un lugar como aquél, exiliado por las supersticiones de sus médicos y la pena llena de impotencia de su padre. Había hecho falta el amor inesperado de una mujer muy poco frecuente para inducir a Stephen de Lacey a sacar a la luz a su hijo enfermo.

—¿Puedo abrir las cortinas? —preguntó Oliver.

—Si queréis —Spencer se removió, haciendo un vago ademán con el brazo—. Mi médico afirma que la luz del sol es perjudicial, pero yo me siento igual de enfermo con luz que a oscuras.

Oliver descorrió las cortinas y admiró un instante la vista: un hermoso valle hendido por el río plateado, una cuadrícula de campos y praderas, todo ello rodeado de lomas arboladas.

Luego se volvió para ver bien por vez primera al hombre que le había salvado de la horca y le había apartado luego de una jornada perfecta de juego y mujeres. La luz de la tarde entraba a raudales por los cristales alargados de las ventanas, dibujando una filigrana cambiante de negro y oro sobre el suelo de baldosas. Los rayos largos y moteados del sol caían sobre aquel hombre de aspecto frágil cuya piel colgaba, suelta, sobre su figura esquelética. Tenía un pelo muy fino que en antaño parecía haber sido negro, facciones aguileñas y orgullosas y ojos penetrantes.

No parecía un héroe, ni un cruzado, y sin embargo tenía algo: la aureola de un intelecto poderoso que había sobrevivido a la decadencia del cuerpo.

—¿Por qué habéis pedido a Kit que saliera de la habitación, milord? —preguntó Oliver.

—Vamos a necesitarle, pero no aún. Sentaos.

Spencer tenía una forma grata de dar órdenes. Era, en conjunto, un hombre bastante agradable. El hecho de que Oliver le debiera la vida hacía fácil que el conde le agradara.

—Debería daros las gracias —dijo—. Pensé que estaba acabado, que todo terminaría en el patíbulo. Estoy en deuda con vos, milord.

Spencer asintió con la cabeza.

—La vida de un inocente es pago suficiente. Aun así, necesito vuestra ayuda.

—¿Qué ocurre, milord? ¿Qué puedo hacer para pagaros mi deuda?

Spencer se quedó mirando los pies de la cama, donde había un gran baúl con la tapa abierta.

—Se trata de algo ilegal. De una manipulación de la ley, en el mejor de los casos.

Oliver sonrió.

—Todo el mundo sabe que he quebrantado alguna que otra ley en mi vida. A decir verdad, Oliver Lackey no era del todo inocente. Es cierto que incitaba motines y escándalos cuando se me antojaba. Contadme más de esa tarea.

—Es peligrosa.

—Ése es mi fuerte.

—Y habrá que indagar mucho en los archivos.

Oliver se desanimó, porque tales trabajos le aburrían.

—Ése no es mi fuerte.

—Por eso vamos a necesitar a vuestro amigo Kit.

Oliver empezó a impacientarse de pronto. Sofocó el deseo de ponerse a dar otra vez vueltas por la habitación. Incluso al sol, la estancia albergaba la lúgubre promesa de la muerte. El priorato de Blackrose era un lugar sumamente extraño, poblado por gentes extrañas, entre ellas *mistress* Alondra. Oliver prefería con mucho la atmósfera alegre y bulliciosa de Londres.

—Milord —dijo—, no puedo menos que preguntarme qué queréis de mí. *Mistress* Alondra se tomó muchas molestias para encontrarme y traerme aquí.

Spencer se agarró a la cortina de la cama como si deseara levantarse.

—¿Le causasteis problemas?

La ferocidad de su pregunta sorprendió a Oliver.

—No, milord. Pero confieso que no estaba sentado en casa, esperando a que fuera a verme. Me encontró... —bajó la voz y murmuró—: en una taberna del río.

—Por Dios —contestó Spencer—, esperaba algo mejor de vos.

Parecía un padre, se dijo Oliver.

—*Mistress* Alondra os es increíblemente leal, milord —comentó, confiando en cambiar de tema.

—Por supuesto que sí —refunfuñó Spencer—. La he criado desde que era una niña. Le he dado todos los privilegios, le he enseñado los deberes de una mujer...

—¿Los deberes de una mujer? ¿Y cuáles son, milord? —Oliver tenía algunas ideas al respecto, pero quería oír la respuesta de Spencer.

—Obediencia. Eso por encima de todo.

—Ah —Oliver tuvo que recordarse que Spencer era su anfitrión y salvador. Tuvo que contentarse con el comentario más tibio que se le ocurrió—. Milord, nunca he compartido la opinión de que las mujeres son pecadoras por naturaleza y que por tanto hay que educarlas como si fueran perrillos.

Spencer exhaló un suspiro resignado.

—Todavía no lo entendéis, ¿verdad, milord? Creéis que os he llamado para ayudarme. Pero es a Alondra, alcornoque. Os he hecho venir para que socorráis a Alondra.

—¿Que quiere que hagamos qué? —preguntó Kit.

Iban paseando por el parque, al norte de la vieja abadía. A lo lejos, el esqueleto gris de los árboles del bosque cubría las colinas. Entre la hierba amarillenta de un prado, en medio de una maraña de hiedra, se alzaban una diana para tirar con arco y un poste para practicar el arte de la lanza, abandonados hacía largo tiempo. En el centro de aquel desorden se veía un pozo inutilizado y rodeado de cascotes. Junto a él había un pedestal de piedra roto, donde sin duda antaño se alzaba sereno algún santo.

—Romper el mayorazgo de estas tierras —explicó Oliver—. No quiere que Wynter herede.

—Wynter debe heredar, puesto que según dices es el hijo mayor, y el único —Kit tomó una piedra y la lanzó al poste. Dio en el centro, abriendo un agujero en la diana de cuero carcomido—. A no ser que se le declare ilegítimo. Siempre cabe esa posibilidad. ¿No se anuló el matrimonio de Spencer con la madre de Wynter?

—Sí, pero Spencer se niega a declarar bastardo a Wynter —Oliver sonrió—. Legalmente, claro. Según el viejo, Wynter no es de fiar. Creo que el muchacho es un poquitín católico para el gusto de su padre.

—Pues debió educarlo en la fe protestante.

Oliver vio levantar el vuelo a una bandada de grajos entre los árboles que bordeaban el parque, batiendo con sus negras alas el blanco puro de las nubes del invierno.

Ah, cuánto le gustaba Kit. Era simple y sólido como la tierra bajo sus pies. Kit no dudaba nunca de lo que estaba bien y lo que estaba mal. Siempre lo sabía.

—Supongo que lo habría hecho —dijo Oliver—. Pero la madre de Wynter tenía otras ideas e hizo cuanto pudo por inculcárselas a su hijo. Era española.

Aquello lo explicaba todo, y Kit asintió con la cabeza.

—Sirvienta de la reina, ¿entonces?

—Sí, una de las damas de Catalina de Aragón. Murió hace un año, pero es ahora cuando se está vengando de Spencer. Ha sobrevivido en Wynter. Al parecer, la lealtad de Wynter por la reina María es el reflejo de la devoción que sentía su madre por Catalina. Si hereda este lugar —Oliver hizo un gesto que abarcaba el extenso priorato—, Spencer teme que vuelva a convertirlo en una fortaleza católica, quizás a disposición del obispo Bonner —guiñó un ojo—. Puede que se lo devuelva a los monjes de Bonshomme, la orden religiosa que antes moraba en Blackrose. Tengo entendido que eran de temer.

Kit se estremeció.

—Bonner. Sólo con pensar en él puede nublarse un día soleado —tomó otra piedra y volvió a arrojarla contra la diana, dando otra vez en el blanco—. Lord Spencer no quiere que sus tierras caigan en manos de su hijo. ¿Quién las heredará, entonces? ¿Alondra?

—Sí, Alondra. Spencer asegura que es un procedimiento jurídico bastante sencillo.

—Cuando los procedimientos jurídicos se vuelvan sencillos, la gente dejará de necesitar mis servicios —contestó Kit—. Pero ¿por qué tú? ¿Por qué nosotros? En Londres podría haber elegido entre miles de abogados.

—Se lo dije. Y asegura conocer a mi padre. Dice que he heredado su profundo sentido del honor —Oliver hizo una reverencia burlona.

Kit se rió.

—Si nuestro anfitrión supiera...

Por una fracción de segundo, aquel comentario molestó a Oliver. Pero se recobró al instante.

—Es igual. Dispuso que me salvaran de la horca. Necesita nuestra ayuda. Así que lo ayudaremos.

—¿Lo ayudaremos?

—Tú y yo, querido Kit.

—Yo no he dicho que sí a nada.

Oliver cruzó los brazos.

—Pero lo harás.

–No.

Sonó una campana.

–Vamos a cenar –dijo Oliver, echando a andar hacia la abadía.

Hizo oídos sordos a las protestas de Kit hasta que llegaron al comedor. Poco amueblado, era una estancia cavernosa, con techo de artesonado y tapices en las paredes. No precisamente un sitio cálido y relajante en el que cenar.

Pero más heladoras aún eran las dos personas que los esperaban para cenar.

Oliver no creía posible que pudiera haber un vestido más sencillo que el que llevaba Alondra antes. Ella, sin embargo, había logrado encontrar uno. Estaba teñido desigualmente en tono negro y gris ceniza. El corpiño era plano y sin adornos, y las mangas tan estrechas y rígidas que Oliver se preguntaba cómo se las ingeniaba para mover los brazos.

Pero fue su cara lo que más le turbó. Enmarcada por una horrenda cofia, estaba fría como la piedra, sus ojos grises se veían vacíos y su boca tensa.

Oliver cruzó la habitación y la agarró de la mano. Al clavar la rodilla en tierra e inclinarse para rozar con los labios sus dedos helados, murmuró:

–¿Dónde ha ido la mujer llena de fuego y pasión que me trajo a rastras desde Londres?

Empezaba a temer que ella no fuera Alondra, sino una fría desconocida que se le parecía. Pero entonces lo sintió: sintió de nuevo aquella profunda conexión que había experimentado la primera vez que la tocó. Era como el latido de un corazón o como una chispa alzándose de un fuego. Instantánea, inconfundible, profunda.

El semblante de Alondra se alternó fugazmente; luego parpadeó y aquella máscara gélida volvió a caer sobre su cara. Oliver quería preguntarle qué le ocurría, por qué se comportaba de forma tan extraña, pero no en aquella compañía.

Se incorporó, soltó su mano y se volvió hacia Wynter.

—Milord —le ofreció una reverencia cargada de despreocupación—, veo que sabéis sacar lo mejor de *mistress* Alondra.

Wynter le guiñó un ojo con aire conspirador.

—Pues entonces no quisiera ver lo peor, ¿vos sí? Bienvenidos a mi mesa —saludó a Kit inclinando la cabeza.

—A la mesa de vuestro padre —puntualizó Oliver con su sonrisa más afable—. Lord Spencer es un hombre admirable.

—Lord Spencer se está muriendo —dijo Wynter sin preocupación—. Supongo que os ha hecho llamar para que me arrebatéis mediante engaños la herencia que me pertenece por derecho. Pero no voy a permitíroslo. Ahora, comamos.

Se sentó en la silla cubierta con dosel de la cabecera de la mesa. Oliver miró a Kit como diciendo «valiente cretino» y apartó la silla de Alondra para que ella se sentara.

Alondra lo miró inexpresivamente.

—Sentaos, *mistress* Alondra —murmuró Oliver.

Una risa suave y melódica fluyó de Wynter.

—Disculpad a nuestra Alondra. Parece incapaz de entender cómo debe comportarse en sociedad.

Ella no dio ni un respingo. Parecía estar acostumbrada a los comentarios mordaces de lord Wynter. Se sentó con la obediencia ciega de un perro apaleado.

Oliver tomó asiento frente a ella, y Kit a los pies de la mesa. Deseando poder insuflar nueva vida a Alondra con un beso, Oliver agarró la copa de peltre llena de vino que había en su sitio.

Alondra se aclaró la garganta y, juntando las manos, comenzó a rezar.

Azorado, Oliver soltó la copa y, cuando ella acabó pidiendo la gracia del Señor, Kit y él contestaron obedientemente:

—Amén.

Wynter, por su parte, se santiguó ostensiblemente.

Ansioso por poner fin a la tensa y silenciosa comida, Oliver se alegró al ver que un pequeño ejército de sirvientes bien enseñados se ponía en marcha, entrando por una puertecita lateral que daba a la cocina. Saboreó el pan recién hecho y la mantequilla, la ensalada de verduras y nueces y la deliciosa trucha asada.

—Gracias, Edgar —murmuró Alondra dirigiéndose al muchacho que pasaba la cesta del pan.

—Tardé meses en meter en cintura a los criados —explicó Wynter, levantando la mano sin mirar, como si no tuviera ninguna duda de que la cesta del pan aparecería a su lado. Y así fue—. Supongo que nuestra querida Alondra hizo lo que pudo, ¿no es cierto, Alondra? Pero naturalmente no bastaba con eso. Y menos aún con estos palurdos.

Wynter no vio el destello de rabia que iluminó los ojos del muchacho al retirarse de la habitación. Oliver sofocó una risa.

—Os los ganasteis con vuestro encanto, milord.

Wynter tenía el raro don de concentrar su mirada hasta volverla afilada como la hoja de un cuchillo.

—Mi vida no ha sido fácil. Spencer deshonró a mi madre y la mandó al exilio. El encanto que posea, no lo aprendí en las rodillas de un padre amoroso.

Kit, el guardián del bien y el mal, levantó su copa y resopló antes de beber.

Oliver deseó poder mantener su escepticismo, pero no podía. Wynter llevaba en sí las cicatrices de heridas de las que no era responsable. Del mismo modo que él no había pedido nacer con asma, Wynter no había pedido nacer de una mujer cuya moral era demasiado laxa y de un hombre cuya moral era demasiado rígida.

—Nadie lo tiene fácil —afirmó Alondra. Se volvió hacia Oliver—. Salvo vos, quizá, milord.

—En efecto —contestó él con ironía, inclinando su copa de vino hacia ella en un saludo desganado. Pensó en decirle lo que era ponerse azul por falta de aire, pero decidió que aquélla no era una conversación adecuada para la sobremesa.

Llegó el plato principal, en una bandeja que llevaban dos lacayos al hombro. Los lacayos pusieron la bandeja con una reverencia en el centro de la mesa.

Wynter cerró los ojos e inhaló.

—¡Ah, capón! Uno de mis platos favoritos.

—Lord Oliver —dijo Alondra—, ¿por qué no hacéis los honores y os servís primero?

Entre su compasión por Wynter y su desagrado por el plato principal, Oliver se sintió de pronto mareado.

—No, gracias. Nunca como capón.

Kit intentó disimular la risa.

Alondra ladeó la cabeza.

—¿Por qué no?

—Porque es un gallo castrado. Por eso me desagrada.

Esperaba que su franqueza escandalizara a Alondra. Pero vio un leve destello de regocijo en sus ojos.

—Supongo, entonces, que tampoco montáis caballos castrados —dijo ella.

—Yo sólo monto yeguas —Dios, cuánto le gustaba. Alondra representaba todo cuando odiaba, todo cuanto le producía hastío y fastidio, y sin embargo le gustaba inmensamente.

—Yo no le hago ascos al capón —Kit arrancó un muslo al asado y le hincó el diente. Wynter tomó el otro muslo. Oliver extendió su copa para tomar más vino.

—¿Qué tal va vuestra labor, Alondra? —preguntó Wynter cordialmente.

—Bastante bien —contestó ella sin mirarlo.

Él levantó una ceja.

—¿Ah, sí? Tenía la sensación de que últimamente estabais un poco desganada. No veo ningún progreso en el tapiz que estáis tejiendo.

—No sabía que estaba bajo vuestro escrutinio.

—Cuando una mujer abandona sus deberes para marcharse a Londres, es imposible no darse cuenta.

Oliver miraba a uno y otro como si estuvieran jugando un partido de tenis. Qué extraña pareja formaban, despreciándose mutuamente con tanta educación.

—¿Y a qué os habéis dedicado vos, Wynter? —la voz de Alondra era baja, pero rezumaba veneno. En contraste con el perrillo servil que parecía al entrar en la sala, de pronto había salido de su ensimismamiento y blandía las palabras como una espada afilada—. ¿Habéis convertido a algún hereje últimamente?

Wynter sonrió.

—Querida Alondra, vos siempre tan graciosa —su mano se cerró en torno al mango de marfil de su cuchillo.

Oliver comprendió que, cuando Spencer muriera, Alondra tendría que tener cuidado con Wynter Merrifield.

—Reglamento temporal de alcaidías... villanos convictos por delitos de traición... Ninguna de éstas nos sirve —Kit frunció el ceño mientras miraba el grueso tomo que había sobre la larga mesa de la biblioteca.

Arrodillada en el banco, a su lado, Alondra acercó una vela humeante.

—¿Y ésta? —señaló otra página del enorme volumen—. Ley para el pago y redención de propiedades reales.

Oliver se frotó los ojos cansados. La medianoche era un vago recuerdo, y llevaban en la inmensa biblioteca de Spencer desde la puesta de sol, revisando libros de leyes y tratados jurídicos.

—Tendremos que ir a Londres. Aquí nunca encontraremos lo que estamos buscando —Kit cerró el libro con un golpe seco.

—¡Ay! Me habéis pillado el dedo —volvió a abrir el libro.

Oliver seguía jugando con la idea de lo que ella había dicho poco antes.

—Pago y redención... —de joven, huyendo del hastío de la educación nobiliaria, había asistido al colegio de Saint John, en Cambridge, donde había escuchado ideas asombrosamente novedosas sobre la ley. Por desgracia, sus recuerdos de aquella época eran borrosos, debido a una deliciosa neblina de mujeres, juego, bebida y travesuras en general.

Kit tomó un trago de su jarra de vino.

—Seguid buscando vosotros. Yo no soy más que un abogado corriente. Un abogado corriente muy cansado —bostezando, salió de la biblioteca.

—¿De veras es un plebeyo? —preguntó Alondra.

Un plebeyo. Oliver sopesó un momento aquella palabra.

—Su padre era caballero, pero tuvo once hijos varones. A Kit lo acogió mi padre —aquel recuerdo sumió a Oliver en el pasado. Había habido un tiempo, lejano ya, en el que su padre apenas reconocía su existencia. Kit había sido el hijo sustituto, el niño mimado que aprendió a cabalgar, a cazar y a manejar la espada junto a Stephen de Lacey.

Si había heridas de aquella época, habían curado bien, se dijo Oliver. Él adoraba tanto a Kit como a su padre.

Volvió a pensar en el presente y miró a Alondra. La pálida desconocida de la cena había dado paso a la enérgica doncella que había ido a buscarlo a una taberna del puerto.

Qué encantadora estudiosa componía, tan dulcemente inconsciente de lo provocativo de su pose. Tenía los codos apoyados sobre el grueso tomo, las rodillas sobre el banco, y el trasero, sorprendentemente turgente, en pompa, de tal forma que un diablillo parecía agitarse dentro de Oliver.

Unos mechones de cabello oscuro habían escapado de su horrible cofia, y se rizaban suavemente en torno a su cara. La búsqueda de una laguna legal parecía animarla y hacía que sus ojos danzaran y que sus labios se curvaran en una sonrisa espontánea. Y lo que era aún mejor: su postura permitía a Oliver mirar sin estorbo el interior del corpiño de su vestido. Tenía unos pechos altos y redondos, y una piel como el satén o las perlas, y, si Oliver estiraba el cuello, quizá pudiera distinguir una sombra allí donde su piel se oscurecía...

—¿Estáis enfermo? —preguntó ella.

Oliver pestañeó. Se removió en el banco. Miró su coquilla. Aparte de apretarle un poco, estaba bien.

—No. ¿Por qué lo preguntáis?

—Me estabais mirando de una forma muy rara.

Él se rió.

—Eso, querida mía, era lujuria.

—Ah —ella fijó la mirada en la página. Algo le decía a Oliver que tenía poca experiencia con la lujuria.

—No os preocupéis —dijo—. Os aseguro que sé controlar mis bajos instintos.

—Puede ser —se puso a tamborilear con los dedos sobre la página—. Es cierto, no me siento en peligro cuando estoy con vos. Pero al mismo tiempo me siento tan indefensa como un pajarillo caído del nido —una arruga de desconcierto apareció en su frente.

Él le tocó la punta de la nariz.

—Eso es porque amenazo vuestro lado más vulnerable, pequeña mía. Vuestro corazón —no le dio ocasión de pensarlo, sino que siguió adelante—. Ahora decidme qué estáis leyendo en esa página.

—Es sobre el pago y recuperación de...

—¡Eso es! —Oliver se levantó de un salto. Se acercó a su lado de la mesa, se inclinó y leyó la hoja por encima. Mientas sus ojos absorbían las palabras impresas, sintió su olor a ropa limpia y feminidad.

—¿Qué ocurre? —Alondra lo miraba parpadeando.

Él la levantó del banco. Quería compartir su alegría, mostrarle el regocijo puro y la efervescencia que sentía por haber resuelto un rompecabezas. Mientras ella lo miraba boquiabierta, como si se hubiera vuelto loco, Oliver le dio un breve y sonoro beso en la boca, giró con ella en brazos y, echando la cabeza hacia atrás, rompió a reír.

—¡Alondra, tenéis el ingenio de un académico! —exclamó.

—No puede ser —las vueltas parecían haberla dejado sin aliento, y Oliver se detuvo y la sujetó con ambas manos.

—¿Por qué? —preguntó.

—Bueno —lo miró con seriedad conmovedora—, porque soy una mujer.

—También lo era Leonor de Aquitania. Christine de Pisán. Y Perkin Warbeck.

—Perkin Warbeck era un pretendiente al trono —afirmó ella—. Y era un chico.

—No estéis tan segura —no pudo evitarlo. La dulzura que veía en su rostro debería estar prohibida por ser una droga potente. Le levantó la barbilla y pasó los nudillos por la línea de su mandíbula—. ¿Por qué, en el nombre de Dios, os creéis esas cosas?

Ella intentó apartar la mirada. Oliver volvió a asirla de la barbilla. Su contacto era suave, pero imperioso.

—Los hombres más doctos de nuestra época han estudiado la mente de la mujer. Y han demostrado que es más débil.

—También eran hombres doctos quienes afirmaban que la Tierra era redonda. Alondra, acabáis de darme la clave para impugnar el mayorazgo de Spencer.

—¿Sí? —por un momento, la alegría transformó su cara en pura belleza. Oliver no sabía cómo podía ser tan insulsa y apática a veces y tan deslumbrantemente bella al instante siguiente. Alondra era un rompecabezas mucho más difícil que las leyes inglesas, y también mucho más interesante.

—La redención civil —dijo él con satisfacción—. No se me había ocurrido hasta que vos lo habéis sugerido. Sois muy inteligente, Alondra, y quien diga lo contrario es un necio —le sonrió, con las manos en sus mejillas—. Podría besaros.

—Eso ya lo habéis hecho, muchísimas gracias —repuso ella—. ¿Cómo funciona?

Él se descubrió mirando fijamente su cara. La luz de las velas era de agradecer en momentos como aquél. El cálido resplandor disipaba su palidez, realzaba la forma elegante de su nariz y sus pómulos y brillaba en las profundidades aterciopeladas de sus ojos.

—¿Que cómo funciona? —repitió él, trastornado por el deseo—. Bueno —la atrajo hacia sí, pasándole una mano por la cintura. Ella sofocó un grito y él sonrió—. Ayudaría que no estuvierais tan rígida.

—Milord...

—Y deberíais agarraros con ambas manos... Así —tomó sus manos y se las puso sobre los hombros. Luego se las pasó alrededor del cuello.

—Pero...

—Y por el amor de Dios, no habléis. Eso lo echa todo a perder.

—Lo que quería decir era...

—Habéis hablado. Muchacha desobediente —la atajó con un beso. Al besarla en la taberna, estaba aturdido por el ataque de los soldados. Ahora estaba recuperado, y quería demostrarse a sí mismo que podía controlar el deseo que sentía por ella. Que no era distinta a las docenas de mujeres a las que había cortejado y seducido. Quería olvidar aquel momento aterrador en el que ella le había hecho sentir profundamente. En el que la había querido. En el que había deseado algo que no podía ser.

Abrió su boca sobre la de ella, blandiendo su lengua como un arma, y deslizó las manos por su cuerpo. Era una mujer como cualquier otra. Caderas, pechos y cabello sedoso, formando un bonito conjunto. Un objeto para disfrutar, no por el que dejarse esclavizar.

Pero mientras se decía estas cosas, Oliver sintió que la verdad caía con estruendo alrededor de sus oídos. Alondra era especial. Alondra era la única mujer que podía hacerle sentir aquellas cosas. Alondra era...

De pronto echó el aire con un brusco soplido. Se echó hacia atrás, tambaleándose, y la miró con enfado.

—¿A qué ha venido eso?

Ella miró su puño y luego relajó los dedos.

—¿Daros un puñetazo en el estómago? Habréis notado que he tenido cuidado de no daros en el lado malo.

—Os estaba besando y vos me dais un puñetazo —el golpe asestado a su orgullo dolía más que cualquier herida física.

Una sonrisa irónica curvó los labios de Alondra. Tenía la boca tersa y húmeda, y Oliver deseó besarla otra vez. Pero estaba demasiado enfadado para intentarlo.

Se puso a dar vueltas por la habitación.

—¿Es que no os gusto, Alondra?

—A decir verdad, creo que no. Pero eso da igual. Spencer necesita vuestra ayuda. Por lo tanto, tendré que soportaros. Debo tener cuidado con vos, Oliver. Quería saber cómo funcionaba la redención civil y vos me habéis enseñado cómo funciona un beso.

—Puestos a elegir —dijo él con sorna—, yo elegiría siempre el beso. La ley de redención civil es un tostón.

—Pero podemos usarla para impedir que Wynter herede el priorato.

—Sí, podemos —entonces se le ocurrió una idea deliciosa—. Es muy complicado, Alondra. Kit y yo tendremos que trabajar muy duro y dedicar muchas horas a los preparativos. Y también vos.

—¿Yo? —sus ojos se agrandaron. Se agrandaron adorablemente.

—Sí. Tendremos que trabajar muy, muy estrechamente, Alondra. ¿Podréis hacerlo?

Ella parecía hipnotizada por su mirada.

—Sí. Es decir, si debo.

Oliver tomó sus manos y la atrajo hacia sí.

—Debéis.

—Qué asombrosa coincidencia —dijo Kit al día siguiente—. Un tratado entero sobre la ley de redención civil justo aquí, en la biblioteca de Blackrose.

—Muy oportuno, ¿no? —preguntó Oliver.

Alondra lo observaba a la luz límpida de la mañana. Un sol tan fuerte sin duda dejaría al descubierto sus imperfecciones. Sin embargo, Alondra se dio cuenta, notando un vacío en el estómago, de que en lo físico, al menos, Oliver de Lacey no tenía defectos.

La luz del sol sólo realzaba el oro batido de su pelo, hacía brillar sus ojos celestes y resaltaba la perfección de su rostro y su complexión física.

Su sola visión avivaba dentro de ella algo muy profundo y elemental. Y Oliver lo sabía (que el cielo se apiadara de ella). Mientras Alondra se reprendía a sí misma, él la descubrió mirándolo y le lanzó una mirada abrasadora, seguida por un guiño que ella sintió hasta las plantas de los pies.

Intentando rehacerse, Alondra señaló el tratado jurídico que estaba leyendo Kit.

—¿Tan raro es?

—Sí. ¿Por qué lo tiene Spencer en su poder? ¿Le interesan las leyes?

Sólo sus propias y rígidas normas, pensó ella, y volvió a reprenderse por ser tan desleal.

—No, que yo sepa. Pero el conde es un hombre culto y con muchos intereses —hizo un esfuerzo premeditado por no mirar a Oliver—. Lord Oliver no fue capaz de explicarme cómo funciona la ley de redención civil.

—Podría habéroslo explicado —dijo él con una mueca de mal humor tan atractiva como su sonrisa—. Pero no vi razón para entrar en eso a tan altas horas. El corazón de la noche no se hizo para debates legales.

Ella siguió sin hacerle caso.

—Quiero saberlo, Kit.

La tibia sorpresa de la mirada de Kit resultó agradable. La mayoría de los hombres se habría escandalizado y molestado porque una mujer se interesara por las leyes.

—Se trata de un pleito —dijo—. Utilizando a Oliver como parte en el juicio, puedo demostrar que lord Spencer adquirió este señorío por medios irregulares.

—Pero no fue así.

Kit sonrió.

—Debéis pensar como un abogado. Claro que no adquirió por medios irregulares. Y Oliver tiene derecho a una compensación y a disponer de la hacienda como se le antoje.

—¿Oliver? Pero el no es el dueño de estas tierras.

—Para nuestros fines, y sólo sobre papel, sí lo es.

—Ah —le desagradaba la pegajosa deshonestidad de todo aquello, pero veía las ventajas del plan—. Y naturalmente lord Oliver no querrá entregar la hacienda a Wynter Merrifield.

—Naturalmente —dijo Oliver—. Os la daría a vos, mi bella Alondra.

—¿Qué debemos hacer? —preguntó Alondra, desdeñando su cumplido con un ademán.

—Debemos dar un largo paseo y discutirlo —sugirió Oliver—. Minuciosamente y largo y tendido.

—¿Por qué tenemos que salir?

Oliver lanzó una mirada sospechosa a un lado y a otro. Alondra sofocó una sonrisa al ver sus gestos exagerados.

—Nadie debe oír nuestros planes.

Kit asintió con la cabeza.

—Wynter sabe que estamos tramando algo. Y no quisiera volver a toparme con sus amigos.

Oliver salió el primero de la biblioteca. La abadía de Blackrose y sus grandes tierras parecían estar esperando la primavera, los árboles con las yemas aún cerradas, los prados descoloridos y yermos. En los confines de la hacienda, los jardines se volvían agrestes, mezclándose con el majestuoso desorden de las colinas boscosas. Alondra llevó a sus acompañantes por un sendero que discurría a lo largo de un promontorio, sobre el río. El aire olía a agua fría y a juncos secos.

—Cuando Spencer estaba bien, veníamos aquí a menudo —dijo, elevando la voz por encima del rumor del viento y el murmullo de la alta hierba. Recordaba la firmeza con que Spencer le sujetaba la mano, la certidumbre de su voz mientras la aleccionaba acerca de su lugar y su estado. «Embrida el cuerpo y sofoca los sentimientos», solía decirle con toda seriedad. «Ahoga el ardor de la juventud». Era un hombre muy convincente. Un solo pensamiento descarriado podía mandar a Alondra a la capilla, donde se arrodillaba durante horas para rezar.

Pero los esfuerzos de Spencer no habían servido de nada.

Antes de que la vergüenza se apoderara de ella, se levantó la falda y se acercó al borde del sendero. Un abrupto barranco bajaba al río, y a lo largo del precipicio anidaban las palomas.

—A veces —dijo—, los chicos del pueblo bajaban trepando a robar los huevos de los nidos. Parecía toda una aventura.

—¿Vos nunca lo intentasteis? —preguntó Oliver.

—Sabía que no debía —ella miró a su alrededor—. ¿Dónde está Kit? Creía que venía con nosotros.

—Se marchó hace un momento —dijo Oliver—. Tiene cosas que hacer. Estamos preparando un pleito, ¿recordáis?

Ella volvió la cara hacia el valle. Siempre le había parecido tan profundo y distante, iluminado por largos rayos que tocaban lugares a los que ella nunca llegaría.

—Vais a simular que Blackrose es vuestro en realidad, que se os concedió como donación el año que nacisteis —miró la orilla soleada, allá abajo—. Pero ¿eso no hará quedar como un tonto a Spencer?

—En absoluto. No va a defender sus derechos. Jurará que una tercera persona...

—¿Quién? —preguntó Alondra. Estaba ya bastante descontenta por tomar parte en un engaño sin tener que meter de por medio a otras personas.

—No es necesario que exista. Pongamos que se llamara Mortimer.

—Odio ese nombre.

—No es real, Alondra. Pues bien, Mortimer siempre ha sido muy cumplidor —Oliver le tocó el brazo, y ella se olvidó de decirle que no lo hiciera—. El infractor es él.

—Ah —Alondra miró su mano. Era una mano bastante corriente. Grande y cuadrada, salpicada de vello rubio. Se preguntó por qué el contacto de una mano tan corriente hacía que se acalorara, que temblara de anhelo. ¿Poseía Oliver de Lacey algún poder mágico, o acaso la magia estaba dentro de ella?

De pronto le dio miedo averiguarlo y apartó el brazo.

—Continuad. ¿Qué es lo que jurará Spencer que hizo ese tal Mortimer?

—Venderle la hacienda. Ilegalmente.

—Ah. Entonces Spencer tendría derecho a una compensación por parte de Mortimer.

Oliver asintió con la cabeza. Se apoyó contra una roca ancha y redondeada, cruzó los tobillos y miró a Alondra como si hiciera días que no comía.

—Estaría bien que fueran tierras de igual valor.

—Pero ¿de dónde va a sacar ese mítico Mortimer tierras...?

Los dedos de Oliver tocaron sus labios. Alondra quiso gemir de placer, fundirse a sus pies. Debería darle un puñetazo más fuerte que el de la víspera.

—Escuchad, querida —dijo él mientras trazaba con los dedos la línea de su mandíbula, moviéndose hacia abajo y jugueteando con los mechones que habían escapado de su cofia—. Nuestro querido Mortimer desaparecerá en ese momento.

Ella se acorazó contra el impulso de inclinarse hacia él, de dejar que su mano resbalara más abajo.

—Entonces cometerá un desacato contra el tribunal.

La sonrisa suave y sagaz de Oliver confirmó tanto su afirmación como su sospecha de que conocía sus deseos.

Alondra se obligó a dar un paso atrás, a escapar del tierno lazo de sus caricias.

—Ya lo entiendo. Como Mortimer cometerá desacato, el pleito se fallará en su contra.

Oliver se apartó de la roca y dio un paso hacia ella.

—Sí. El tribunal dirá que Mortimer no tenía derecho a vender la hacienda a Spencer.

Alondra retrocedió ligeramente, apartándose de él.

—Y entonces la hacienda se os concederá a vos.

Él avanzó sin prisa, pero implacablemente.

—Y podré hacer con ella lo que quiera.

Alondra fingió no notar lo que estaba haciendo.

—¿Y Spencer? Aun así sigue teniendo derecho a la compensación de Mortimer.

—Spencer y yo solucionaremos ese asunto —cada vez que hablaba, Oliver se acercaba más—. Yo puedo quedarme con la hacienda y pagarle un precio justo por ella. O puedo vendérsela a quien Spencer designe. No importa. El vínculo de mayorazgo quedará roto.

Alondra sintió que el viento liberaba más mechones de su pelo.

—Es cruel y deshonesto —dijo sin dejar de retroceder—. Pero tiene cierta belleza.

—¿Por qué será —preguntó Oliver— que apreciamos más la belleza cuando la encontramos en lugares inesperados? —alargó el brazo hacia ella—. Alondra, cariño, el barranco...

Ella dio otro paso atrás y empezó a caer. Pero antes de que un grito se formara en su garganta, Oliver la asió por la cintura. La atrajo hacia sí tan bruscamente que ambos se quedaron sin respiración.

Alondra apretó la mejilla contra su hombro. Él estaba temblando, y por alguna razón eso la hizo sentirse mejor.

Oliver la tomó de la mano y empezó a bajar por el sendero, de vuelta a la abadía. Luego se detuvo y se dio la vuelta con una sonrisa mientras la brisa desordenaba su pelo.

—Te prometo —le susurró al oído— que no soy tan peligroso como una caída por ese precipicio.

CAPÍTULO 5

—Un plan excelente —declaró Spencer con su voz temblorosa—. Muy ingenioso.

—Lord Oliver y Kit piensan lo mismo. Cualquiera diría que han descubierto la Atlántida.

Spencer dijo casi sin aliento:

—Hice muy buena elección, en efecto.

Alondra, que no sabía muy bien qué quería decir, tomó otra cucharada de caldo de rabo de buey aderezado con puerro y zanahoria y se la dio.

—¿Muy buena elección?

—Son unos jóvenes muy listos y de buen corazón —contestó Spencer, apartando la cabeza de la siguiente cucharada de caldo—. Hombres de honor.

—Kit Youngblood sí —Alondra aguardó, intentando no parecer impaciente. Spencer había tenido una paciencia infinita con ella toda su vida. Ella debía mostrarse tolerante ahora. Últimamente, aquello ocurría cada noche. Si ella no le daba de comer, él no comía.

—¿Y lord Oliver? —preguntó él.

—Es un granuja —afirmó ella—. El típico noble ocioso.

—Hablas con mucha certeza —dijo Spencer suavemente.

A Alondra nunca tenía que levantarle la voz. Tenía maneras más sutiles de darle una orden: con una pausa cargada de significado, levantando el mentón o entornando los ojos.

Ella se sonrojó.

—No cabe duda de que sólo nos ayuda porque ordenaste que le salvaran de la horca. En cuanto considere zanjada esa deuda, no volveremos a verle.

Con una punzada de preocupación, pensó en el mensaje cifrado que llevaba oculto bajo la faja de la cintura. No había decidido aún si debía decírselo a Spencer o no.

Nunca le había engañado. Hasta hacía poco.

—Es más que un granuja —dijo Spencer—. Bajo esa apariencia de truhán late el corazón de un hombre de honor. Pero puede que tardes en darte cuenta de ello.

Alondra sentía la culpa como un nudo en la garganta. Spencer iba a morir. Sobrevivir a la pena era la única lección que no podía enseñarle.

—¿Qué importa lo que piense yo? —preguntó, ofreciéndole otra cucharada de caldo—. Cumplirá su misión y luego se irá.

Spencer tomó un par de cucharadas más y luego volvió a apartar la cabeza.

—Ya es suficiente. Estoy débil como un bebé.

—Yo también lo estaba cuando me acogiste —repuso ella con un arrebato de emoción—. Era un bebé —compartían una historia de casi veinte años. Alondra no soportaba la idea de perderlo. Para no retorcerse las manos, tomó su labor y clavó distraídamente la aguja en la camisa que estaba cosiendo.

—Acogerte no fue un gran sacrificio para mí, querida Alondra. Las recompensas que he obtenido exceden con mucho el compromiso que hice. Te has convertido en una mujer virtuosa, humilde y obediente, en una alegría para mí.

Odiándose a sí misma por engañarlo, Alondra bajó la labor y sacó la carta cifrada.

—Spencer...

Él exhaló un débil suspiro.

—¿Otro rescate?

—Sí.

—Ten cuidado, Alondra. Nunca me ha gustado que participes en esto.

Le habría gustado aún menos si conociera todas sus aventuras.

—Necesitas mi habilidad para descifrar la clave —dijo—. Ésta se basa en la fecha de cumpleaños del papa. Creo que podría seguirse su rastro hasta alguien muy cercano a la reina.

—Mujer que piensa sola, piensa mal —le recordó Spencer.

Como siempre, Alondra se mordió la lengua hasta que le dolió. No merecía la pena discutir con Spencer, porque él siempre salía ganando.

—Que nadie sepa que tienes esos conocimientos —siguió él—. Gracias a Dios, eres una mujer y no puedes ponerte en peligro con esos rescates.

Era de madrugada, pero Oliver seguía despierto. Cada día que pasaba con Alondra la deseaba más. Miraba con enojo el dosel bordado de su cama y observaba con el ceño fruncido el juego de luces y sombras de sus pliegues de terciopelo. Había habido un tiempo en que cualquier mujer le servía, mientras fuera cálida, acogedora y tuviera una edad decente.

Alondra había destruido su frívola indiferencia hacia la virtud y la castidad. Le había hecho desearla a ella sola. Ahora, sólo una mujer le servía.

Mascullando en voz baja, se levantó de la cama, tomó un sorbo de agua de una jarra, se puso una camisa holgada y salió al pasillo en sombras.

El silencio del campo se le hacía insoportable. Echaba de menos Londres y su bullicio, los zapatazos y el tintineo de los arreos, las voces de los porteros de guardia. Aquel lugar, enterrado entre colinas ribereñas, era tranquilo como una cripta.

Como había hecho cada noche, Oliver recorrió con sigilo el pasillo de arriba y se detuvo ante la alcoba de Alondra.

Cada noche se quedaba allí, sopesando el acierto de entrar en su habitación o volver a la suya.

Hasta ahora, siempre había preferido escabullirse.

¿Yacía ella sola, soñando con él?, se preguntaba. ¿O estaban sus sueños encerrados en una jaula, como el resto de su ser?

¿Era por naturaleza pura de corazón y de pensamiento, o se esforzaba en practicar la virtud como un espadachín en mejorar su postura?

¿Y por qué, santo cielo, le parecía tan irresistible? Era tan condenadamente buena... Todo el tiempo. Incluso en las dos ocasiones en las que la había besado (y que recordaba con dulzura), ella había logrado cohibirse en parte. Había logrado resistir, como si temiera estar cometiendo un pecado terrible.

Oliver apretó los puños junto a los costados. Quería tomarla en sus brazos y hacerla gritar de placer. ¿Sabía ella acaso lo que se estaba perdiendo?

Dio un paso hacia la puerta. Presionó despacio, en silencio, el picaporte.

Mientras hacía esto, esperando con la cara crispada el ruido que haría el picaporte, oyó voces dentro.

La voz angelical de Alondra, susurrando. Seguida por una voz mucho más grave, lúgubre y viril.

¡Diablo de muchacha! ¡Tenía un amante!

Ardiendo de curiosidad y de celos, Oliver pegó la oreja a la puerta. Dejó de empujar el picaporte. No quería perder palabra.

—... antes de lo que pensábamos —estaba diciendo Alondra.

Oliver se la imaginó inclinada sobre el cuerpo tendido de su amante, con aquel pelo que tanto se esforzaba en ocultar cayendo sobre el pecho de él.

—Tened cuidado ahora —dijo aquella voz ronca que le resultaba casi familiar—. No conviene que nos sorprendan antes de llegar a la verja. ¿Estáis segura de que ese lechuguino de Londres no sabe nada?

El muy patán. ¡Lechuguino de Londres! ¡Y un cuerno! Seguro que Alondra le ponía las cosas claras.

—Lord Oliver sigue tan ignorante y tan feliz como un bufón —contestó Alondra—. Se lleva una botella a su cuarto todas las noches y se la bebe hasta que se queda dormido.

Oliver se ofuscó. Pero luego se quedó paralizado al oír un extraño crujido como de tiras de cuero.

—Cuidado, está muy tenso —dijo Alondra, sofocando una exclamación.

Oliver empezó a sudar frío. ¡La muy lagarta! ¿Qué clase de perversión estaba practicando?

—Ya casi estoy —dijo su amante.

Alondra susurró rápidamente algo ininteligible. La respiración agitada estalló en un arrebato de alivio y luego dejó de oírse.

Oliver pegó aún más la oreja a la puerta. De pronto, la puerta se abrió.

Oliver cayó dentro de la habitación. Parpadeando, intentó ver dónde estaba: cortinas que se hinchaban, una vela a punto de apagarse, el olor húmedo del río, un hombre a horcajadas sobre la repisa de la ventana, medio dentro y medio fuera.

Se abalanzaron sobre él como bandoleros. Alondra cayó de rodillas sobre su pecho. Su amante volvió a entrar en la habitación y lo asió del cuello.

Santo cielo. Aquello era lo que temía más que a cualquier tortura. Morir estrangulado poco a poco. El ansia de aire desgarrándole el pecho. Abrió los ojos de par en par e intentó quejarse, pero no le salió ningún sonido.

—Levantaos —susurró Alondra, separando las rodillas para aflojar la presión sobre su pecho.

Pero el hombre no le soltó.

—Por amor de Dios, ¡mirad sus ojos! Le está dando un ataque. ¡Soltadle!

La mano se aflojó. Oliver respiró una gran bocanada de aire y luego exhaló muy despacio, dolorosamente. Miró a Alondra. La vela que ardía sobre la repisa de la chimenea teñía su piel pálida y su cabello oscuro de un hermoso tono dorado.

Sonrió, intentando actuar como si aquello le pasara a menudo.

—Estoy desnudo debajo de la camisa.

Ella se apartó tan rápidamente que cayó sobre sus posaderas con un golpe seco y las faldas se le levantaron por encima de las rodillas.

—¿Cómo os atrevéis a escuchar a escondidas a la puerta de una dama?

Menos mal que estaba aún completamente vestida, que había llegado antes de que se deshonrara. Imaginándose a su amante agazapado tras él con un puñal en la mano, Oliver intentó refrenar su miedo.

—¿Sois una dama? ¿Acaso en esta parte del país las damas reciben de noche a hombres en sus aposentos privados?

—¡No! —replicó ella—. Digo sí. O sea, ¡no es asunto vuestro!

Oliver se sentó. El amante de Alondra se cernía como una sombra contra la oscuridad de más allá de la ventana abierta.

—¿No tenéis vergüenza, señor? —preguntó Oliver con indignación teatral—. ¿Vais a dejar que *mistress* Alondra defienda sola su honor?

—Mi honor no es asunto de vuestra incumbencia —replicó ella—. Buenas noches, milord —señaló enérgicamente hacia la puerta.

Oliver se levantó de un salto, mirando con rabia al intruso. La brisa que entraba por la ventana avivó la llama de la vela, y al fin lo reconoció. Las mejillas carnosas. Los ojos suaves. El brazo marchito colgando a un lado.

Alondra había recibido en la íntima oscuridad de su habitación al doctor Phineas Snipes.

—Un hombre casado, además —dijo Oliver, asqueado—. Y su esposa es amiga vuestra, o eso me pareció en el refugio.

Alondra y Snipes cambiaron una mirada, no de deseo ni de mala conciencia, sino de complicidad.

Oliver comprendió por fin, y fue como si hubiera recibido en la cara un guantazo que lo dejó al mismo tiempo aliviado y extrañamente nervioso.

—Es vuestra obra secreta, ¿verdad? La obra de los Samaritanos.

Alondra lo agarró de las manos.

—Os ruego que no nos delatéis, milord. Os lo suplico.

Alondra. Suplicando. ¡Cuánto le gustaba!

Oliver sintió la tentación de aprovecharse de ella, de poner precio a su silencio, pero se descubrió diciendo:

—Claro que no os traicionaré. Voy a ayudaros.

Ella bajó la mano. Con la cabeza gacha, lo miró por entre las pestañas con expresión incrédula.

—Esto no es un juego.

Aquello picó el orgullo de Oliver.

—¿Tan vano me creéis?

—No me habéis dado motivo para creer otra cosa.

—Está en deuda con nosotros, Alondra —dijo Snipes en voz baja—. Y Piers no aparece. Por eso me arriesgué a venir.

—¿Quién es Piers? —preguntó Oliver.

—Un piloto de río. Y también un hombre leal especializado en cierto tipo de escapadas. Lo necesitamos y no sabemos dónde encontrarlo. A veces es necesario que nuestros compañeros desaparezcan una temporada.

—Entonces permitidme que ocupe su lugar —Oliver estaba intrigado por el secreto y la premura del plan—. No os decepcionaré.

—Es arriesgado —le advirtió Snipes.

—Me crezco con el peligro. ¿Cuál es la especialidad de Piers?

—Ayudar a escapar a prisioneros.

—¿De Newgate? A estas alturas ya conozco todos los fétidos pasadizos y las mazmorras de ese lugar.

—No se trata de Newgate —susurró Alondra.

—Sino de Smithfield —dijo Snipes.

La imagen de los fosos de arena y las estacas ennegrecidas cruzó como una sombra la mente de Oliver.

—Ah, qué espectáculo tan repugnante.

—Volved a la cama, milord —dijo Alondra amablemente.

—Voy con vosotros.

—¿Y la promesa que le habéis hecho a Spencer?

—Kit se ocupará de eso mientras estemos fuera.

Alondra y Snipes cambiaron otra larga mirada pensativa.

A Oliver le entraron ganas de zarandearlos.

—¿Por qué dudáis de mí? —preguntó—. ¡Un lechuguino de Londres! ¡Y un cuerno! ¿Por qué me consideráis un noble frívolo y superficial que sólo busca la emoción de una aventura arriesgada?

—¿No es eso lo que sois? —preguntó Alondra.

—No creáis todo lo que oís.

—Lo recordaré la próxima vez que me mintáis —replicó ella.

—Me necesitáis —dijo él en su tono más imperioso—. Al menos, necesitáis que reme, dado que no tenéis piloto —levantó la barbilla con orgullo—. Si fallo en Smithfield, podréis dejar que me quemen allí.

—Esto no me gusta —dijo Alondra lentamente.

—No tenéis elección —repuso Oliver—. Porque, si me dejáis aquí, ¿quién me impedirá divulgar vuestro plan? —confiaba en que no se dieran cuenta de que jamás los traicionaría. Podía ser un poco lechuguino, pero era un lechuguino muy leal.

El silencio de Alondra y Snipes rebosaba dudas y desesperación.

Ya los tenía en el bote.

Para fastidio de Alondra, estaba muy guapo. Fiel a su palabra, Oliver se había preparado a toda prisa y se había reunido con ellos en el embarcadero del río. Llevaba botas altas y acuchilladas, como era moda entonces, con la parte de arriba vuelta hacia abajo justo por encima de las rodillas. Su manto era largo y oscuro, y susurraba como la seda cuando se movía. Llevaba la espada discretamente sujeta a la cadera: una amenaza elegante y callada que ningún ladrón querría probar.

—Me estáis mirando fijamente, amor mío —susurró—. ¿Llevo la coquilla mal abrochada?

Avergonzada, ella retrocedió hasta chocar con el poste de amarre. El doctor Snipes estaba ocupado en la barca, preparándose para la partida. Alondra se aclaró la garganta.

—Vais demasiado impecable para la sucia tarea que nos espera.

Él se inclinó ligeramente.

—¿Y eso es problema?

El problema, pensó Alondra, no eran sus ropas, sino él mismo. Llamaba demasiado la atención. Incluso vestido de negro, sin adornos ni plumas en el sombrero, Oliver de Lacey sobresalía. El problema era su estatura y su anchura, y su pelo dorado, que reflejaba la luz de la luna y resplandecía como un halo.

Oliver tenía presencia. Un vigor lleno de energía, una falta de contención casi frenética, una cualidad indefinible e imposible de negar que atraía las miradas.

—¿Alondra? —insistió él.

Ella lo miró con el ceño fruncido.

—No se me ocurre un modo de que paséis desapercibido, milord. Vámonos. Debemos darnos prisa.

La sonrisa que él le lanzó brilló como un faro a través de la oscuridad. Alondra lo miró con severidad.

—No sonriáis. Así llamáis aún más la atención.

—Ah —se puso serio al instante—. Nada de sonrisas. No sé por qué sonrío estando con vos, de todas formas.

—Nuestra labor es muy seria —replicó ella, desahogando su mal humor—. La vida de un hombre inocente está en peligro. No entramos en las cárceles, no arriesgamos nuestras vidas, no impedimos ejecuciones y quebrantamos la ley para divertirnos, sino porque es lo correcto.

–¿Y si diera la casualidad de que lo pasarais bien haciéndolo? –se abanicó burlonamente la cara con la gorra–. ¡Dios no lo quiera!

Ella dio un puñetazo sobre el poste de amarre.

–Seguramente os prenderán y os declararán fugitivo.

La risa de Oliver acarició el aire de la noche.

–Una vana esperanza, amor mío. Fue a Oliver Lackey a quien condenaron y ahorcaron. Si hicisteis bien vuestro trabajo...

–Lo hicimos bien –le aseguró Snipes.

–Entonces nadie se acuerda siquiera de ese pobre bribón –abrió los brazos y su magnífico manto negro se agitó en torno a él–. Decidme, ¿en qué me parezco yo a ese patán, a ese plebeyo hirsuto, sucio y sin modales?

–Él hablaba tanto como vos –comentó Snipes. Su brazo marchito se agitó inútilmente junto a su costado–. Ojalá sintierais más respeto por el riesgo que vais a correr.

Oliver tragó saliva. Parecía incómodo.

–Os prendieron, ¿verdad, Phineas? Así fue como os heristeis el brazo.

Snipes volvió la cara hacia el río. La brisa fría agitó sus calzas holgadas.

–Fue hace mucho tiempo. Me derrumbé.

–Doctor Snipes... –dijo Alondra suavemente.

–Me derrumbé –dijo él con voz áspera–. Pienso en ello todos los días –agitó su brazo inutilizado–. Esto me sirve de recuerdo. Snipes fue un cobarde. Snipes traicionó a sus amigos.

–Como vos mismo habéis dicho, fue hace mucho tiempo. Deberíamos irnos –dijo Oliver.

Alondra dejó que la ayudara a subir a la barca. Como

siempre, su contacto era algo más que un simple asidero. Era un calor deslumbrante que la acariciaba, sutil como un beso furtivo. Oliver hacía que se quedara sin aliento y su estómago diera un vuelco.

Ése era el problema, se dijo al acomodarse en el banco de respaldo bajo. Intentó no mirarlo mientras él se quitaba el manto y se ponía unos guantes de cuero bruñido, con los puños acuchillados. Oliver empuñó los remos y empezó a remar con ritmo reconcentrado y ágil. Alondra sentía demasiado placer cuando estaba a su lado. Aquello no podía estar bien.

Y Alondra había pasado diecinueve años aprendiendo lo que estaba bien. Había flaqueado una sola vez, y aquel recuerdo era parte de su ser, como el brazo marchito de Phineas lo era del suyo. Pero, al igual que Phineas, tenía que seguir adelante.

Volviéndose hacia popa, miró al doctor Snipes, que manejaba el timón. Aquel hombre serio y taciturno rara vez desvelaba lo que pensaba, como había hecho momentos antes. Sin embargo, él también parecía hechizado por Oliver de Lacey, y observaba al joven como un apostador habría observado a un campeón antes de un encuentro de lucha libre.

Cuando estuvieron en medio del río, mientras multiplicaba la fuerza de la corriente con sus poderosos golpes de remo, Oliver empezó a hablar.

—Habladme de ese hombre al que vamos a rescatar, ese tal Richard Speed.

Alondra miró de nuevo al doctor Snipes. ¿Qué podían contarle? Snipes levantó los hombros, desconcertado.

Oliver pareció advertir aquella pregunta tácita.

—Sin duda podréis contarme lo que sea de dominio público. Si a ese pobre diablo van a quemarlo en Smithfield, tendrá cierta fama.

—Predica la fe reformada —dijo Alondra—. Es un hombre joven, pero muy culto, un poderoso orador. Tiene fama de haber persuadido a pueblos enteros para que renunciaran a la iniquidad de la Iglesia de Roma.

Sin romper el ritmo de sus golpes de remo, Oliver fijó en ella una mirada inquisitiva. Alondra se preguntó si la veía a la luz de la luna, o si la capucha de su manto la envolvía en sombras.

—¿Son las iniquidades de la Iglesia católica más odiosas que las de los nobles reformados que robaban los tesoros de las iglesias durante la Disolución?

Ella sea garró a los lados de la barca, que atravesaba una zona de rápidos.

—Richard Speed no se lucró difundiendo sus creencias. Predica que la fe, y sólo la fe, es lo que salva. No pagar indulgencias a la iglesia. Ni entonar encantamientos, ni contar abalorios. La fe. Un concepto bastante simple, ¿no os parece, milord?

—Así que, si creo en Dios, ¿voy al cielo? ¿Hasta un pecador como yo? —preguntó él mientras echaba los brazos adelante y atrás, provocándola de algún modo al hacerlo.

—Yo lo encuentro muy bello y complejo —dijo Alondra—. Misterioso. Para los consejeros de la reina, ha de ser espeluznante.

La sonrisa de Oliver brilló como el azogue.

—Cierto. La idea de que un alma pueda salvarse sin pagar a la iglesia por ese privilegio debe de parecerle impensable al obispo Bonner.

Sus palabras complacieron y sorprendieron a Alondra.

—Exactamente.

—¿Por qué habéis esperado hasta ahora para rescatar a ese dechado de virtudes?

—No sabíamos que lo habían apresado. Y cuando nos

enteramos, no sabíamos dónde estaba encerrado. Pero es lo normal, ¿sabéis? A los prisioneros más peligrosos los encierran en lugares secretos para que el populacho no se levante para liberarlos.

Oliver siguió interrogándola acerca de Speed. Cuando cualquier remero llevaría ya un buen rato quejándose de dolor en los hombros y ampollas en las manos, él continuaba remando a una velocidad que ni siquiera Piers habría podido igualar.

Un levísimo asomo del nuevo día tiñó el horizonte. El ruido de los avíos de pesca se unió al sonido de los remos, y los olores del río se adensaron con un tufo a aguas negras cuando se aproximaron a la ciudad. Las torres de Londres se alzaban como sombras fantasmales a lo lejos: la de Saint Paul, como un caballero sin sombrero, su cúpula destruida por un rayo dos años antes; y las torretas y veletas, afiladas como lanzas, de las famosas mansiones del Strand, incluido el palacio de Saint James, la morada favorita de la reina en Londres.

Entre una densa bruma rosada de humo y vapor matinal, se alzaban las cuatros cúspides de la Torre Blanca, en medio de la Torre de Londres.

—Yo tuve un hermano que se llamaba Richard —dijo Oliver de repente.

Alondra sintió una punzada de curiosidad. A decir verdad, sabía muy poco de su vida, excepto que Spencer admiraba a la familia de Lacey y confiaba en ella.

—Lo llamaban Dickon —continuó él.

Allí estaba otra vez, se dijo Alondra. Aquella suave vibración en su voz. El tono la hacía desear echarse hacia delante, extasiada, y escucharlo durante horas.

—Dickon —repitió Oliver. Su voz se volvió suave y dolorosamente melancólica—. Yo no lo conocí. Murió antes de que yo naciera.

—Lo siento mucho, milord —musitó Alondra, y sin pensarlo alargó el brazo y le tocó la rodilla. Se preguntaba cómo sería tener hermanos y hermanas, una verdadera familia. Ella nunca lo sabría, porque había crecido aislada y apartada de otros niños—. Estoy segura de que habríais estado muy unidos.

—Sí —una expresión afligida y misteriosa cruzó su semblante—. Ojalá lo hubiera conocido.

Por un momento, su pena fue tan devastadora y palpable que Alondra deseó abrazarlo, que apoyara la cabeza en sus pechos y llorar por él.

Luego, de pronto, el sol se abrió paso entre las nubes, detrás de él. Y ello ocurrió en un momento tan propicio que casi resultó fantasmagórico, como un amanecer de verano sobre las piedras gigantescas del Llano de Salisbury.

Durante un instante que no duró más que un parpadeo, el fuego rojo del sol naciente dotó a Oliver de una aureola fulgurante. Parecía más que nunca un ángel, compasivo y puro, demasiado perfecto para ser mortal, su dolor en carne viva y, sin embargo, al mismo tiempo, sobrenatural. El deseo y el asombro embargaron a Alondra, y sintió una opresión en la garganta.

—Oliver... —musitó sin darse cuenta.

Él miró la mano de Alondra, posada sobre su rodilla. Un brillo diabólico apareció en sus ojos, y aquel instante se esfumó. Había sido tan fugaz que Alondra pensó que se lo había imaginado.

—Creo, doctor Snipes —declaró Oliver—, que a la dama empiezo a gustarle.

Ella apartó la mano bruscamente.

—Vuestra insolencia no tiene límites, señor.

—Lo mismo que mi paciencia, en lo que a vos respecta.

Alondra se abrazó las rodillas contra el pecho y estudió las sombras amenazadoras de la ciudad.

—Ya casi hemos llegado —se volvió para mirar al doctor Snipes—. Nunca nos habíamos arriesgado a entrar en Smithfield.

—No —él pasó un dedo alrededor del cuello alto de su camisa—. No será como un ahorcamiento. Habrá aún más gente. La reina ha ordenado que un miembro de su consejo esté presente. Además, habrá clérigos, carceleros, alcaides, curiosos...

—Coleccionistas de reliquias —añadió Oliver—. Mendigos, carteristas...

—Normalmente hay un solo verdugo con su ayudante —dijo Snipes.

—¿Acepta sobornos?

—Desde luego. Como todos. Pero no puede hacer gran cosa. Humedecer la leña. Prender el fuego en la dirección del viento. Esas técnicas no son muy piadosas. Sólo prolongan la agonía.

—O prolongan la vida de un hombre hasta que nosotros intervengamos —Oliver no parecía cansado pese a haber remado toda la noche—. ¿Cuál es vuestro plan, entonces?

Alondra se giró para mirar de nuevo al doctor Snipes. Él hinchó las mejillas, resopló, se ajustó el sombrero y pareció concentrarse en el timón.

Ella se volvió hacia Oliver.

—Me temo que no tenemos ninguno.

En lugar de expresar disgusto, Oliver le guiñó un ojo.

—Dejádmelo a mí, entonces. No lo lamentaréis.

Mientras Oliver les explicaba sus intenciones, Alondra se descubrió hipnotizada por su entusiasmo y al mismo tiempo recelosa de él. Oliver parecía impelido por la búsqueda de emociones. Hablaba y actuaba como el más convencido de los Samaritanos. Sin embargo, Alondra no tenía ninguna duda de que, en cuanto su trabajo se volviera tedioso, lo abandonaría. Era caprichoso y se aburría fácilmente.

Rescatar de Smithfield a un hombre famoso era un desafío al que no podía resistirse. Para él, era un antojo. Un medio de alimentar su orgullo viril.

—¿Habéis visto morir a alguien en la hoguera alguna vez? —le preguntó el doctor Snipes.

Oliver no aflojó el ritmo.

—No es uno de mis entretenimientos favoritos. Pero tengo entendido que atrae a multitudes.

—Sí. A todo tipo de gentes, desde concejales a pasteleros, pasando por gitanos.

—¿Gitanos? —Oliver levantó la mirada. Una energía ardiente danzaba en sus ojos.

—Claro —dijo Snipes—. Las multitudes son el medio de vida de los gitanos.

—Todas esas faltriqueras que cortan —dijo Oliver.

Alondra notó una curiosa mordacidad en su tono. Nunca había conocido a nadie que se pareciera remotamente a él. Oliver le lanzó una sonrisa de soslayo, llena de humor y regocijo, al tiempo que una sombra turbia acechaba en sus ojos.

Ni su cabeza, ni su lengua, ni sus brazos descansaron un instante durante la travesía por el Támesis. Cuando los viajeros desembarcaron, insistió en pasar por el puente de Bridewell, en el río Fleet. Allí hizo una extraña señal con palos y hierba, negándose a explicar sus actos salvo para decir que eran necesarios para su plan.

Partieron luego hacia el norte, medio corriendo por las prisas, camino de Smithfield. La multitud era más densa en torno a la iglesia de Saint Bartholomew. Los rostros de la gente eran duros, sus ojos brillaban con morbosa expectación. Un ambiente de violencia apenas reprimida pendía como una niebla sobre las masas que se movían por el ancho descampado.

Alondra miraba con la boca abierta y su corazón latía casi dolorosamente. Oliver se quitó el sombrero, se pasó la mano por el pelo y dijo:

—Por los dientes de Cristo.

—Nunca había visto tanta gente en un mismo sitio —musitó Alondra.

—Esto es imposible —dijo el doctor Snipes cansinamente—. Esta vez nos han derrotado. No podremos liberarlo con toda esta gente alrededor.

—¡No! —un sentimiento de miedo y angustia palpitaba en el interior de Alondra. Conocía a Richard Speed sólo por sus escritos, pero éstos la habían convencido de que su autor estaba tocado por la gracia divina. Sus ideas eran tan sencillas, tan puras... La fe acercaba el alma a Dios. Sólo la fe.

Los católicos eran capaces de sentenciar a muerte a un hombre sólo por eso.

—No podemos permitir que lo maten —poniéndose de puntillas, veía las puntas de las estacas, ennegrecidas por el hollín de muchos fuegos anteriores. Se estremeció—. Y menos aún de esa forma.

La mano de Oliver se cerró en torno a la suya. Ella nunca se acostumbraría al sobresalto que sentía cada vez que la tocaba. De hecho, aquel sobresalto era cada vez peor. A veces bastaba con que la mirara para que lo sintiera.

—Dije que os ayudaría a hacerlo —la certeza de su tono era la de un hombre que no conocía el significado de la palabra fracaso.

Snipes se enjugó la frente.

—Ni siquiera podemos acercarnos a los fosos. Habrá muerto cuando consigamos abrirnos paso entre este gentío.

Alondra sintió en el estómago el eco de un horrendo redoble de tambor. Un grupo de clérigos cantaba, rodeando a una mula que arrastraba un fardo. El reo era conducido a los fosos de la ejecución.

Oliver se echó el manto sobre un hombro, se rodeó la boca con las manos y gritó:

—¡Indulto!

—Qué gran idea —le espetó Alondra—. Se supone que no debemos lla...

—¡Indulto! ¡Indulto! —comenzaron a gritar otros—. ¡Salvadlo! ¡Indulto!

Oliver hizo una reverencia agitando su manto.

—¿Veis?, la muchedumbre es nuestra aliada, no nuestro enemigo.

—Sólo se oyen unas pocas voces entre miles —dijo Alondra—. El resto se amotinará si le privan del espectáculo.

—Oh, claro que se amotinarán —mientras se abrían paso entre el gentío, Oliver parecía cada vez más exaltado. Casi gozosamente excitado—. Debéis acercaros a los fosos para ayudar al buen reverendo a ponerse a salvo cuando os dé la señal.

—¿A salvo? —Snipes miró a su alrededor con escepticismo.

—¿Qué señal? —preguntó Alondra. Oía el zumbido monótono de una salmodia.

—Supongo que la señal no es necesaria. Sencillamente, esperad a que empiece el jaleo, y luego corred.

—¿Qué os hace pensar que habrá jaleo?

—Lo habrá, os lo aseguro. Ah, sabía que vendrían —Oliver señaló un carromato pintado de colores vivos que avanzaba zarandeándose por el descampado. Se detuvo con un crujido, bloqueando el estrecho camino de Pie Corner y el callejón del Santo Sepulcro. Una cortina de lona se abrió y comenzó a salir un grupo de gitanos desarrapados que enseguida se mezcló con la multitud.

—Allí —dijo Oliver—. Llevadlo allí y manteneos agachados.

—¿A un carromato gitano?

—Confiad en mí —Oliver le lanzó aquella mirada. Esa mirada llena de deseo y ternura. La que la hacía sentirse como si sus pies se elevaran del suelo.

—Confío en vos —dijo ella en tono cargado de ironía.

—Sabía que lo haríais —le dio un rápido beso que hizo que la cabeza le diera vueltas y que el doctor Snipes se quedara boquiabierto y luego se marchó, gritando y haciendo aspavientos a los gitanos como si fueran viejos amigos.

—Más vale que hagamos lo que dice —Alondra tomó al doctor Snipes de la manga—. Mejor eso que nada.

—Acabaremos todos en prisión por su culpa —Snipes se estremeció, y el color abandonó sus mejillas.

—Puede ser —ella se negaba a contemplar esa posibilidad.

—Nos torturarán —su brazo tembló bajo la mano de Alondra—. No podría soportar la tortura. Me considero un hombre de fe profunda e inquebrantable, pero también soy un cobarde.

Ella le apretó el brazo con fuerza.

—No sois más cobarde que cualquier otro —miró alejarse a Oliver. Sacaba un palmo de altura a la multitud y su cabello rubio asomaba bajo la oscura gorra de terciopelo—. Y lo sois menos que algunos otros —añadió, pero en voz tan baja que el doctos Snipes no la oyó.

Pareció pasar una eternidad mientras se abrían paso entre la bulliciosa muchedumbre. Las miradas ávidas fijas en la estaca repugnaban a Alondra. Normalmente se ejecutaba a grupos de reos, pero Speed era especial. Richard Speed iba a morir solo. Los ministros de la reina querían dar un escarmiento con su muerte.

Snipes y ella pasaron junto a Saint Bartholomew, la iglesia agustina que presidía la plaza. Junto a ella se alzaba un entarimado con gradas para las autoridades. Alondra miró hacia arriba, vislumbró túnicas de terciopelo oscuro, relucientes cadenas de oro y una soberbia repulsiva. El alcalde y los concejales estarían allí, junto con el obispo de Londres, un miembro del consejo de la reina y sus acólitos. Los dignatarios eran tan feos como las deidades de piedra esculpidas en las paredes de la iglesia.

El ansia que veía en los ojos de los espectadores la puso enferma. Era la misma ansia que había visto en los jugadores que apostaban en las peleas de osos o gallos. Veía lágrimas en los ojos de algunas personas, sí. Pero no de muchas. No de las suficientes.

Los arrogantes dignatarios ayudaron sin saberlo a Alondra y Snipes. Prolongaron el espectáculo con plegarias y lecturas repetidas de los cargos. Un sacerdote ataviado de gris amenazaba a voces a la multitud con el azufre y el fuego del infierno cuando Alondra llegó por fin a las primeras filas del gentío.

Allí, los soldados se apoyaban indolentes en una recia valla de madera que rodeaba el foso. Los monjes, que cantaban ajenos a todo, brutalmente piadosos, levantaban sus caras hacia el cielo de febrero.

La valla crujía cuando el gentío se apretujaba contra ella. Alondra sintió pánico al imaginarse aplastada hasta morir contra ella.

Entonces vio a Richard Speed y se olvidó de sí misma. Descalzo, vestido con una camisa hecha jirones, se mantenía erguido en el foso circular, sujeto a la estaca por una gruesa cadena que le rodeaba el pecho.

Un oficial de la cancillería leyó la lista de herejías cometidas por Speed y proclamó la sentencia: muerte en la hoguera.

Speed mantenía la cabeza muy alta y escuchaba orgulloso. Era un hombre joven, pero sus mejillas enjutas y sus ojos hundidos le hacían parecer un anciano. Le habían descoyuntado las piernas y tenía las articulaciones muy hinchadas. Su camisa ondeaba sobre su figura esquelética, y su barbilla sobresalía hacia delante en un último gesto de desafío.

Alondra puso un pie en el travesaño inferior de la valla y se encaramó a ella. Girándose, pudo ver a Oliver con la cabeza agachada, riendo y coqueteando con una muchacha gitana.

Se le cayó el alma a los pies. Tenía razón respecto a Oliver de Lacey. Era fiel sólo mientras algo le divertía. Cuando el desafío se volvía demasiado grande, volvía a las andadas.

La muchacha gitana habló con otros gitanos que había allí cerca, quienes a su vez susurraron algo a sus vecinos. Sin duda se trataba de chismorreos y comentarios procaces. Alondra se volvió, asqueada, y se subió al siguiente travesaño.

Richard Speed levantó sus manos atadas.

—Buena gente de Londres, hoy predico por última vez.

Alondra se quedó boquiabierta. Cerca de ella cesó el bullicio y la gente se mandó callar entre sí. Ella nunca había oído una voz igual. Aquel hombre roto, medio muerto ya, cautivó la atención de miles de personas. Fue como oír el rugido de un león saliendo de la boca de un gatito.

—Me han dicho que soy un hereje —gritó Speed.

—¡No! —gritó el gentío—. ¡Eso nunca!

—Me han dicho que no honro los sacramentos. Y es verdad.

Las exclamaciones de horror parecieron absorber el aire de todo el descampado.

Con fuego en los ojos, Speed se inclinó hacia delante.

—No honro los sacramentos porque las Escrituras no me mandan hacerlo.

—¡Al ladrón! —gritó alguien detrás de Alondra.

Apoyando una mano en el hombro del doctor Snipes, ella se volvió. Dos hombres fornidos se miraban con enfado. Desde su sitio, Alondra vio que un chiquillo gitano se escabullía con la cabeza gacha.

—Yo creo ni más ni menos que lo que leo en las Escrituras, que son la palabra de Dios —bramó Speed.

—¡Mi bolsa! —chilló una señora. Dio un puñetazo al chico que tenía a su lado—. ¡Me has robado la bolsa, ladrón!

Pero no había sido él. Desde el lugar elevado que ocupaba, Alondra vio que una muchacha gitana se alejaba a hurtadillas, guardándose una gruesa bolsa en el escote de encaje.

—¡Me ha pellizcado! —gimió una gruesa matrona. Su marido agarró al hombre que había junto a ella y empezó a zarandearlo. Entre tanto, un gitano de barba negra miraba al cielo con aire inocente. Su víctima, por su parte, maldecía a su vecino. La gente de alrededor empezó a maldecir y a empujarse.

—¡Soy culpable! —vociferó Richard Speed—. Culpable de creer en Dios tal y como Él se nos reveló en las Escrituras.

—*¡Fiat justitia!* —el grito procedía de la tarima de autoridades—. ¡Que se haga justicia!

El verdugo encapuchado acercó una antorcha al montón de paja y leña menuda que había a los pies de la estaca. Su ayudante colocó también vejigas llenas de pólvora. Usarían el explosivo para acelerar el fuego, porque asar viva a una persona era una ciencia inexacta que a veces requería cierta ayuda.

—¡Detened al ladrón! —un nuevo robo tuvo lugar en otro lado del gentío—. ¡Detened a ese tunante!

El verdugo y su ayudante vacilaron con las antorchas suspendidas sobre la leña y la pólvora. Se miraron buscando consejo. El ayudante metió la mano bajo su capucha y se rascó la cabeza.

—¡Si eso es una herejía, soy un hereje! —un mar de gritos furiosos empezaba a ahogar el sermón de Speed.

Los gitanos eran ladrones muy hábiles. Cortaban las bolsas y se escabullían... y de paso lograban implicar a alguien que estuviera por allí.

Un movimiento llamó la atención de Alondra. Oliver se había subido al carromato gitano parado en el prado y le estaba haciendo señas. Lucía una sonrisa insolente y parecía demasiado fresco para haber remado río abajo toda la noche.

El motín en ciernes era, estaba claro, obra suya. Alondra debería haber confiado en él. A fin de cuentas, los motines eran su especialidad.

—Doctor Snipes —dijo ella, bajándose de la valla—, creo que...

Un hombre chocó contra ella, maldiciendo. El gentío enfurecido lo empujaba desde atrás. Perder dinero era lo único que importaba más que ver cómo un hombre se quemaba vivo.

Alondra alargó el brazo hacia el doctor Snipes, pero en un abrir y cerrar de ojos media docena de personas ocuparon la distancia que los separaba. Oyó un crujido espantoso. La valla de madera se combó, gruñendo, empujada por la muchedumbre. Unos segundos después se rompió.

A un paso de ser aplastada, Alondra se lanzó hacia delante. Para su asombro, se descubrió al borde mismo del foso de arena, mirando horrorizada al condenado a muerte.

CAPÍTULO 6

Los soldados se desplegaron para rodear el motín en ciernes. Los espectadores caían, se aplastaban y se maldecían los unos a los otros. Las barreras que rodeaban el foso se derrumbaron bajo el empuje de la multitud.

El verdugo retrocedió vociferando maldiciones bajo su máscara. Un gitano tostado por el sol le arrancó de la mano la antorcha. Un carro lleno de paja se incendió, y la mula se encabritó. El animal retrocedió chillando, empujando al gentío.

Alguien empujó a Alondra desde atrás, haciéndola caer de rodillas en la arena. Las astillas la arañaron. Las vejigas de pólvora amontonadas allí cerca despedían el olor a huevo podrido del azufre.

Jadeando de miedo, Alondra logró ponerse en pie.

Se halló cara a cara con Richard Speed, el sacerdote rebelde.

—¡Señor reverendo! —exclamó.

—Que Dios sea con vos —contestó él, tan sereno y piadoso como un ángel esculpido en mármol.

—Yo... he venido a salvaros —lanzó una mirada a su alrededor y vio que el gentío iba cercándolos entre gritos y maldiciones. De pronto se vio al borde del fracaso y sintió una náusea. Oliver y el doctor Snipes habían desaparecido. Ella no era más que una mujer que había pasado su vida encerrada en una amarga batalla contra sus impulsos pecaminosos. ¿Cómo había podido convencerse de que tenía fuerzas para rescatar a Richard Speed?

«Mujer que piensa sola, piensa mal». Spencer le había repetido machaconamente aquel refrán. Debería haberle hecho caso.

El reverendo Speed levantó la mirada hacia las gradas. Desde aquel punto elevado, el capitán de la guardia gesticulaba furioso y repartía órdenes. Los espectadores enfurecidos habían pisoteado a los soldados en su estampida. Unos pocos soldados intentaban usar las picas para abrir un camino, pero el gentío enloquecido rompía las picas o se las arrebataba. Una cortina de humo procedente del carro en llamas envolvía el descampado.

—Estoy en deuda con vos —dijo Speed—, y no quisiera parecer desagradecido, pero quizá podríais daros prisa.

Alondra miró indefensa la gruesa cadena que rodeaba su pecho, sujetándolo a la estaca.

—No sé qué hacer —dijo, casi sollozando—. Los soldados estarán aquí enseguida y...

Un chirrido espantoso la detuvo. Miró hacia la plataforma. Bajo las gradas sobrecargadas, Oliver estaba usando una pica para mover los puntales.

Por primera vez, Alondra tuvo esperanzas de que todo saliera bien.

La cadena no estaba cerrada con llave, sino atada alrededor de un largo clavo, en la parte de atrás de la estaca. A veces, para demostrar piedad, el verdugo hundía el clavo en la nuca de la víctima, acelerando así su muerte.

Frenética, Alondra empezó a tirar de la cadena. El hierro ennegrecido por el hollín le recordaba que otros mártires no habían escapado a las llamas.

Consiguió arrancar la arandela del clavo y la cadena se soltó. Richard Speed empezó a desplomarse sobre las astillas amontonadas. Ella lo sujetó por la muñeca y gritó:

—¡Aprisa!

Agachando la cabeza, lo condujo entre el furibundo gentío, siguiendo a la mula espantada. Las madres separadas de sus hijos pequeños gritaban, aterrorizadas, escudriñando la cortina de humo. Las personas heridas en la estampida gemían y pedían ayuda a gritos. Los oficiales vociferaban órdenes de las que nadie hacía caso.

Oliver soltó la pica y salió corriendo de debajo del entarimado. La plataforma que sostenía a todos los mandatarios de Londres se derrumbó en un montón de tablones rotos y hombres que gritaban.

Y en medio de todo aquello, Alondra y Richard Speed consiguieron escapar.

—¿Qué sitio es éste? —preguntó el reverendo, parpadeando en la penumbra. La piel pálida se tensaba sobre los huesos de su cara, y sus ojos sobresalían de las órbitas amoratadas. Aun así, conservaba un vago aire de majestad que hacía que Alondra se enorgulleciera de estar a su lado.

Alondra notaba un movimiento sospechoso en la manta, bajo ella. Chinches o piojos... o algo peor. Se estremeció. Fuera de la lona pintada que cubría el carromato, la muchedumbre seguía amotinada.

—Es una caravana gitana —explicó—. Me dijeron que viniera aquí. Quizá podamos esconderos algo mejor —después de hurgar en un montón de ropa sucia, encontró una pieza de tela que le echó sobre la cabeza. Al enrollársela alrededor de los hombros y colocar sus extremos de modo que ocultaran los grilletes de sus muñecas, lo sintió temblar.

Sintió pena por él.

—Ahora os pondréis bien —susurró—. De verdad, tenéis muchos amigos que os protegerán.

Él dejó escapar un suspiro trémulo.

—Es un milagro divino.

—No. Es nuestro deber cristiano —encontró un chal apolillado y se lo echó sobre la tela oscura.

—¿Quién sois, señora?

—Me llamo Alondra.

—Hoy os habéis arriesgado mucho por mí.

Ella lo miró; tenía las manos sobre sus rodillas y de pronto notaba una opresión en la garganta. A pesar de su extraño disfraz de mujer, notaba cierta belleza masculina en su rostro, delicadamente esculpido, y sus ojos tenían una mirada profunda y bondadosa. Carecía de la gallardía de Oliver de Lacey, de su espléndido derroche de energía. El atractivo de Speed era sereno, un atractivo discreto, pero cautivador.

—Dios os pagará vuestro coraje —prometió él.

Era un comentario mucho más apropiado que pedirle que tuviera un hijo suyo, pensó Alondra.

Apretó las manos del reverendo. El ruido del gentío pareció disiparse un momento. La cara de Richard Speed estaba muy cerca, tan cerca que Alondra veía las densas pestañas que orlaban sus hermosos ojos castaño y el cansancio y el dolor de las arrugas de sus pálidas mejillas.

—Me temo que tengo muy poco coraje —reconoció ella—. Pero me han enseñado a cumplir con mi deber.

El carromato se sacudió. Alondra chocó con Richard Speed y él la agarró de los hombros, acercando la mejilla de ella a su pecho.

En ese preciso instante, Oliver de Lacey saltó al carromato.

Durante un instante se quedó mirándolos. Luego, una sonrisa forzada tensó su boca.

—Sé exactamente cómo os sentís, amigo mío —le dijo a Speed—. Y a decir verdad, os deseo mejor suerte con ella de la que he tenido yo.

Estaba oscureciendo cuando la caravana gitana se detuvo por fin. Cansado de la incómoda estrechura del carromato cubierto, Oliver salió por detrás de un salto. Estaban al norte de Londres, y las alturas de los montes Chiltern se elevaban a lo lejos. Largas sombras purpúreas pintaban las laderas de las colinas, y la neblina fina como el susurro de un hada que suavizaba los contornos y oscurecía los colores puso a Oliver de un humor pensativo y melancólico.

Había sido un día muy ajetreado. Sin duda las autoridades se volverían locas buscando al reo huido. Mientras la caravana escapaba de Smithfield, Oliver había oído a la gente hablar entre dientes de que había ocurrido un milagro, de que la mano de Dios se había llevado a Richard Speed al cielo.

Oliver miró a su alrededor. Los otros carromatos se acercaban traqueteando al amplio descampado verde junto a un pequeño hayedo. El claro, situado junto a un torrente, les serviría de campamento esa noche.

Empezó a alejarse del carromato, y luego dio media vuelta y volvió atrás. La fea verdad se le clavaba como un puñal. Estaba vergonzosamente celoso de la ternura con que Alondra miraba a Richard Speed. Pero moriría antes que admitirlo ante ella.

Abrió la cortina de tiras de cuero que servía de puerta y frunció el ceño al mirar el interior del carromato en sombras.

—Vamos a pasar aquí la noche. Reverendo, dejadme que os ayude a salir. Le diremos a Rodion que os quite esos grilletes.

—Os lo agradecería mucho —el reverendo se levantó lenta y trabajosamente. Oliver se imaginó las torturas que debía de haber sufrido y su enfado remitió de pronto.

—Podéis llorar o maldecir, si queréis —sugirió mientras observaba su expresión atormentada.

—¿Por qué iba a llorar o a maldecir? —preguntó Speed, sinceramente desconcertado—. Estar entre gitanos es mejor que morir en la hoguera.

—¡Qué gran halago! No tiene uno más remedio que amarlo —dijo Rodion con una sonrisa mientras bajaba el taburete que servía de escalón. El gitano extendió las manos para ayudar a bajar a Speed. El predicador prácticamente cayó en sus brazos y Rodio lo depositó en el suelo, donde algunas mujeres estaban haciendo una fogata.

—Cuidado con las heridas de ese pobre hombre —dijo una voz brusca y conocida.

Un calor confortable embargó a Oliver, y se volvió para sonreír a aquella mujer, a la que quería desde que tenía noción de lo que era el amor.

—¡Jillie, paloma mía! ¡Ven a darme un beso! —apenas tuvo tiempo de decir su nombre cuando ella lo abrazó.

La velocidad con que apareció Alondra resultó gratificante. Como un erizo saliendo de su agujero, asomó por la parte de atrás del carromato. Sin duda quería ver a quién se dirigía Oliver con tanto afecto.

Jillie tenía el pelo amarillo, ojos azules como la flor del azulillo y brazos como los de un herrero. Era una doncella del País Occidental a la que su marido romaní (Rodion, el jefe de los gitanos) había arrastrado a la aventura.

Era una lástima que llevara casada veinte años y hubiera dado a luz a media docena de hijos, porque Oliver adoraba cada uno de sus noventa kilos.

Su abrazo era como el de una madre oso y su sonrisa tan grande como su corazón generoso.

Oliver se apartó, sonriendo.

—Valía la pena esperar ese abrazo, mi queridísima Jillie.

Ella le dio un golpe a un lado de la cabeza.

—Dos años hace ya, tunante.

—Y tu belleza ha aumentado con cada estación.

Ella le dio un golpe aún más fuerte.

—Qué ocurrencias las de este cachorrillo, ¡venirme a mí con halagos! Estoy gorda como una barcaza, y muy orgullosa de ello —sonriendo, se volvió hacia Alondra—. ¿Y quién es ésta? —Oliver había olvidado cuánto gritaba Jillie—. ¿La barragana que tienes ahora?

Alondra tenía una forma extraordinaria de ponerse colorada. Parecía colorearse como un jarrón de cristal lleno de vino: desde la barbilla hasta el pelo, visiblemente. Sin embargo, mientras un atractivo rubor cubría su rostro, logró recobrar la compostura, bajar del carromato y hacer una reverencia ante Jillie.

—Señora, no soy su barragana, ni lo seré nunca.

Jillie la miró de arriba abajo, y sus cejas rubias se levantaron cuando vio el austero vestido negro de Alondra.

—Lástima. Apuesto a que os haría más feliz que unas castañuelas.

Alondra se sonrojó aún más.

—Me ha hecho feliz, en efecto —tomó la mano de Oliver y la apretó contra su pecho.

Él sintió el latido de su corazón, y aquella sensación hizo que le diera vueltas la cabeza. Le desagradó intensamente aquella reacción. Alondra le hacía sentirse como un joven inexperto, esclavizado por los primeros brotes del deseo viril.

Su cara refulgía, llena de adoración mal dirigida.

—Milord, hoy habéis salvado a un hombre santo. No sé cómo expresaros mi profunda gratitud.

Oliver habría podido hacerle un par de sugerencias, pero ninguna de ellas implicaba el culto al heroísmo.

Rayos y centellas, quería que lo deseara.

—Sí, bueno —se desasió de la mano de Alondra—. Me pareció buena idea en su momento.

Jillie se alejó dando órdenes. Los gitanos colocaron sus carromatos en semicírculo, en el claro rodeado de árboles. Algunos hombres fueron a vigilar la carretera para asegurarse de que nadie los había seguido. Otros desengancharon a los caballos y los pusieron a pastar en la hierba marchita.

Las mujeres hicieron un gran fuego y pusieron un enorme caldero a cocer. Los niños sacaron agua del torrente y unos cuantos músicos se pusieron a afinar sus guitarras, sus arpas y oboes para tocar.

La vieja Maida, la curandera, había tendido a Richard Speed en un camastro y estaba ocupada curando sus heridas. Le dio a beber un brebaje de anís y agua de rosas, engordado con vino y miel, y poco después el buen reverendo cayó en un sueño profundo y reparador.

—Me encantan los gitanos —dijo Oliver mientras se aflojaba los lazos del jubón y observaba alegremente toda aquella actividad.

A su lado, Alondra levantó las cejas.

—¿Por qué?

—¿Y por qué no? —se quitó el jubón y lo dejó caer al suelo despreocupadamente. Unos segundos después, un muchacho que pasaba por allí recogió la prenda y se alejó, levantando los ojos al cielo y silbando para asegurarse de que Oliver lo veía.

Con un gruñido de furia fingida, Oliver se agachó y empezó a perseguir al chiquillo, le tiró al suelo y le hizo cosquillas hasta que el pequeño le devolvió el jubón. Hacía semanas que Oliver no oía una música más dulce que las carcajadas del gitanillo.

Despidió al muchacho con una palmada en el trasero y, sacudiendo el jubón, se volvió hacia Alondra.

—Parecen vagabundos paganos y sin hogar —observó ella.

Él sospechaba que era el temible Spencer quien le había inculcado aquellas ideas ridículas.

—Spencer dijo una vez que descienden de los lateros que hicieron los clavos con los que se crucificó a Jesucristo —añadió ella.

Oliver se convenció de que había adivinado de dónde procedían sus ideas sobre los gitanos, pero no tenía ganas de discutir. Con la camisa suelta, la tomó de la mano y la condujo hacia un grupo sentado alrededor de la fogata.

Las llamas bañaban la cara de los gitanos de cálidos tonos de ámbar y oro. Sus sonrisas eran amplias, sus gestos desenfadados. Un hombre pasaba la mano por el cabello rizado de su esposa, una madre se acercaba a su bebé al pecho, un chico llevó un trozo de pan untado con manteca a una anciana.

—¿Paganos? —preguntó Oliver con un atisbo de irritación—. ¿Sin hogar? Miradlos, Alondra. Aman a sus hijos. No hacen daño a nadie. El hecho de que no posean un puñado de tierra no significa nada. A decir verdad, son libres. Ni la avaricia ni la ambición les perturban. ¿Podéis decir lo mismo de los ingleses cristianos?

—No —Alondra se estremeció, encogiendo los hombros, y Oliver se preguntó si estaba pensando en Wynter—. No, no puedo.

Él se sentó con las piernas cruzadas en el suelo, entre el grupo de gente, y la atrajo a su lado. Alondra aceptó un cuenco de barro lleno de sopa y un pedazo de pan, y bebió cuidadosamente del borde del cuenco.

A Oliver le gustaba mirarla. Era tan brillante como una moneda de cobre recién acuñada, y absorbía todo cuanto veía con un ansia que le hacía pensar con rabia en todos los años que había pasado encerrada en el priorato de Blackrose.

Oliver distinguió un rostro nuevo entre la gente. Una mujer. Ella se acercó y se sentó a su lado, colocando sus faldas alrededor como los pétalos de una flor. El resplandor del fuego la bañaba de colores favorecedores, ensombreciendo su cara curtida por la edad y haciendo brillar su cabello canoso. Aunque conocía a los miembros de aquella tribu desde hacía años, no la reconoció.

Echando mano de sus conocimientos de romaní, dijo:

—No nos conocemos, ¿verdad?

Alondra lo miró bruscamente.

—¿Habláis su lengua?

—Sí.

—Qué extraño.

—No más que saber latín, una lengua que nadie habla y que sin embargo todo el mundo ha de aprender.

—Soy Zara —dijo la mujer con voz profunda y ronca y ojos rasgados y enrojecidos—. Vengo de muy lejos.

Era muy misteriosa, con su cabello blanco engrasado de aceite y recogido en dos prietas y relucientes trenzas. Tenía una sonrisa fácil que dejaba ver una mella en la parte inferior de la boca. Cuando volvió la cabeza hacia el fuego, Oliver vio que sobre su pómulo brillaba una extraña mancha rojiza en forma de estrella.

No era de extrañar que se comportara con tanto aplomo y se sentara en un lugar de honor, cerca de Rodion. A los que nacían con aquellas marcas se les consideraba benditos.

—¿De dónde vienes? —preguntó Oliver.

—De mucho más allá del Mar Estrecho. Del reino de Moscovia.

Oliver sintió una punzada de familiaridad.

—Mi querida madrastra es de un lugar llamado Novgorod.

El misterio y la magia brillaron en los ojos de Zara y dieron a su sonrisa sagaz la forma de un arco.

—Lo sé.

Zara. Juliana le había hablado de aquella mujer. Era una vidente, la que había profetizado su viaje a Inglaterra. Aunque Oliver creía poco en la adivinación, Juliana siempre había asegurado que aquella mujer llamada Zara había entrado una vez en su alma y predicho acontecimientos que luego habían dado forma a su vida.

—¡Eres tú! —dijo en un susurro lleno de asombro, dejando el romaní por el inglés—. Pero ¿cuántos...?

—Uno de los barcos de tu padre me trajo después de... —Zara también cambió al inglés, que hablaba con un fuerte acento gutural. Miró el corazón del fuego y las llamas danzaron en sus ojos cargados de recuerdos—. Después de que los hombres del zar Iván mataran a mi marido y esclavizaran a mis hijos.

—¡Ah, pobre mujer! —con voz entrecortada, Alondra bajó el cuenco y tomó las manos de Zara.

La gitana contuvo el aliento con un siseo, como si el contacto de Alondra la hubiera quemado.

—Lo siento —dijo Alondra—. No quería molestaros...

—Calla. No te muevas.

—¿Qué he hecho? —preguntó Alondra. Se mordió el labio inferior y bajó uno de los hombros, como si se preparara para recibir un golpe.

Zara se inclinó hacia delante. Sus ojos penetrantes parecían llenos de fascinación y la extraña estrella de su pómulo brillaba a la luz del fuego. Dio la vuelta a la mano de Alondra, la abrió y deslizó su dedo delgado por la palma.

—Eres tú.

—No sé qué queréis decir.

—Eres una de las tres —sacudiendo la cabeza, indicó a Oliver que se apartara.

Una tensión poderosa parecía palpitar en el aire y fluir entre las dos mujeres.

—Sigo sin entender —dijo Alondra—. ¿Qué tres?

—Vi tu destino antes de que fueras engendrada —dijo Zara—. Fue una noche de fuego en Novgorod. Tres mujeres. Tres destinos lanzados al viento como semillas. El círculo empezó antes de que nacieras y perdurará mucho después de que mueras. Tú sólo eres una parte, una onda en el agua.

—¿Por qué yo?

—Por las promesas que salen de los labios de un hombre joven —Zara tomó la mano de Oliver y la juntó con la de Alondra. Luego se levantó, llena de frescura, y se alejó hacia donde estaban los músicos.

Intrigado y turbado al mismo tiempo, Oliver apartó la mano de la de Alondra.

—Vino —masculló, y se animó de pronto—. ¡Esto requiere vino! Prometamos beber y ser felices, Alondra.

Alondra dio vueltas a la sopa en el cuenco de barro. Al parecer, había perdido el apetito.

—¿Qué creéis que quería decir?

Oliver se encogió de hombros. No le gustaba el vago cosquilleo que notaba en la nuca.

—Puede que sea el modo en que una anciana se da importancia. La pobre no tiene más familia. Es triste sentirse inútil, así que quizá hace profecías para demostrar su valía.

—Como cristiana, no puedo menos que estar de acuerdo —dijo Alondra—. Pero he sentido algo tan extraño cuando me ha tocado...

Oliver se rió.

—Para vos, cualquier contacto es extraño —pasó un dedo por su mejilla y le hizo cosquillas en la oreja. Ella soltó un pequeño grito y se apartó, y él volvió a reírse—. ¿Veis? Chilláis y gritáis como una gallina clueca.

Ella resopló y fijó su atención en los gitanos que chismorreaban sobre Londres. Tenían muchas cosas que contar, porque en sus viajes habían aprendido a abrir bien las orejas sin meterse en nada.

—Se dice que la reina está desesperada por tener un heredero —Rodion descorchó un odre de vino tinto, tomó un trago y lo pasó.

Jillie se puso las manos alrededor de la boca y dijo en voz alta:

—Un consejero de la reina María hasta pidió a Zara que adivinara si Su Majestad tenía posibilidades de engendrar un hijo.

Oliver pasó el odre a Alondra.

—Os hace falta, querida mía. Os habéis puesto muy pálida.

—No suelo encontrarme hablando de cosas que pueden ser traición —murmuró. Luego tomó un trago de vino inesperadamente largo.

—Se dice —continuó Rodion— que la reina María está conspirando para robar un recién nacido. El hecho es que arrestaron a la mujer de un sastre por decir que la reina iba a hacer pasar por suyo al hijo de otra señora.

Alondra estuvo a punto de atragantarse con un trago de vino. Oliver le dio unas palmadas en la espalda hasta que se le pasó.

—No lo creo ni por un instante —se sintió obligada a decir.

—Ni yo —dijo un gitano—. Aunque sea una mujer amargada, enferma y mal aconsejada, tiene principios muy estrictos.

—Lástima que no pueda decirse lo mismo del primer ministro, el obispo Bonner —dijo Rodion. Al oír el nombre de Bonner, sus espectadores metieron hacia dentro los pulgares y cruzaron los dedos. La vieja Maida agarró la ristra de ajos blancos que colgaba de su cinturón.

Se oyó el sonido sugerente de un tamboril. El humor de los reunidos se aligeró como si de pronto se hubiera levantado la niebla. Sonaron risas y la gente se levantó dando palmas.

—Supongo que no bailáis —dijo Oliver.

—Claro que no —repuso Alondra.

—¿Os molestaría que bailara yo? —preguntó él, poniéndose en pie de un salto.

—¿Dejaríais de hacerlo si os dijera que sí? —replicó ella.

Era un palo reseco y antipático, se dijo Oliver mientras se alejaba. ¿Por qué permitía que lo molestara? Riendo, unió las manos con los gitanos que formaban un corro.

Mientras seguía el movimiento circular de la danza, dejó que el ritmo lo devolviera a los días dorados de los veranos de su niñez. Gracias a su madrastra, había aprendido a amar las costumbres de los romaníes. Los gitanos se interesaban únicamente por el momento, nunca se preocupaban por lo que traería el mañana. Y, desde luego, nunca se retorcían las manos pensando en el destino de sus almas inmortales.

Los pies desnudos de los gitanos golpeaban la tierra aplastada. El corro interior estaba compuesto por mujeres, y frente a ellas estaban los hombres, formando su propio círculo. No tocaban a sus parejas, pero se movían con tal armonía que hombres y mujeres parecían unidos en una danza primigenia. Su ritmo misterioso evocaba la música del amor entre dos cuerpos.

Oliver intentó concentrarse en la muchacha gitana que trataba de llamar su atención. Era morena y dulce como una cereza madura. No se encerraba en corsés con ballenas, sino que cubría su cuerpo con una blusa suelta y escotada y faldas coloridas.

Aun así, Oliver descubrió con perplejidad que no sentía el deseo fácil y prosaico que solía sentir por las mujeres. Un gélido horror se apoderó de él. Tal vez aquello fuera el principio del fin. Tal vez aquella falta de pasión era el primer indicio de su marcha inevitable hacia una muerte temprana.

No. Apartándose de su pareja de baile, miró a Alondra. Estaba sentada, con el odre de vino entre las manos. Su cara tenía una expresión sumamente satisfactoria de horror y deseo.

Empezó a arderle la sangre. Alondra era la clave. De algún modo, su pasión y su deseo se centraban por completo en ella. Y de todas las mujeres a las que había estrechado en sus brazos, sólo Alondra era necesaria.

En un lugar profundo e ignoto de su ser, Oliver recordó la profecía de Zara. La gitana había unido su mano a la de Alondra como si lo hubiera ordenado una fuerza superior.

El fuego se había reducido a brasas. La música exótica y alegre se había disipado hasta convertirse en un eco de cuerdas y timbales, y los danzantes se habían dispersado y roncaban en una maraña de mantas y miembros entrelazados.

De Oliver no había ni rastro.

Alondra se levantó y sus articulaciones crujieron, agarrotadas. El vino se le había subido a la cabeza, y se mecía como una barca sobre una ola.

–Quieta –se dijo en voz baja, pasando cuidadosamente sobre un hombre dormido. Pasó junto a un grupo de niños que yacían entrelazados, como una camada de perrillos. Qué pueblo tan extraño y maravilloso era el gitano.

Unas semanas antes, ella no habría imaginado que pudiera hallarse entre gitanos. Spencer le había asegurado que eran ladrones y mendigos sin ley. En realidad, eran un pueblo alegre que amaba la buena comida, el vino afrutado y el baile desenfrenado. No hacían daño a nadie.

Alondra se acercó con sigilo al camastro en el que yacía Richard Speed. Gruesas mantas lo cubrían hasta la barbilla. A la luz incierta de la luna, estaba pálido y tranquilo, curadas y vendadas sus heridas por la anciana de nombre Maida.

Alondra siguió caminando. Sus faldas murmuraban al rozar la hierba humedecida por el rocío. Se sentía extrañamente alerta, con la imaginación todavía en llamas horas después de la profecía de Zara.

«Promesas que fluyen de los labios de un hombre joven». Seguramente Oliver tenía razón. Eran sólo las cavilaciones de una vieja, o quizás el truco de una embaucadora. Sin embargo, Zara no le había pedido nada. ¿O sí? Alondra recordaba la mirada de la anciana al unir su mano con la de Oliver.

Respiró hondo el aire frío de la noche y alisó el ceño de su frente. No tenía sentido darle vueltas. Debía disfrutar del grato aturdimiento del vino, y no descuidar sus oraciones.

Salió del círculo de caravanas y caballos que dormían con la cabeza baja, y bajó al riachuelo. Allí encontró una alfombra de hierba tierna y cayó de rodillas.

Siempre encontraba cierto éxtasis espiritual en la oración, pero esa noche aquel sentimiento se le escapaba. Su mente, en cambio, se aferraba al recuerdo de las danzas gitanas y de Oliver de Lacey. Cerrando los ojos, volvió a verlo. La luz parpadeante del fuego. El oro de su pelo. El remolino de sus mangas desatadas. El brillo de su sonrisa.

Oliver bailaba como parecía hacerlo todo: con toda el alma, con cada fibra de vitalidad que poseía. Aunque se frotó los ojos con los puños, Alondra siguió viéndolo, su brazo poderoso enlazando la cintura de aquella sonriente muchacha gitana, su sonrisa enigmática y oblicua, que parecía indicar que su ánimo podía pasar del gozo a la melancolía en un abrir y cerrar de ojos.

Las hojas secas crepitaron bajo ella cuando cambió de postura y se obligó a abrir los párpados. Se quedó mirando la cinta negra y brillante del riachuelo, cuyos recónditos torbellinos parecían susurrarle. Seguía pensando en él, en Oliver de Lacey, tan bello y pendenciero, tan atrayente, divertido, brillante y enojoso que, más que un hombre real, parecía casi una figura mitológica. Poseía un vigor y una falta de templanza que fascinaban y al mismo tiempo asustaban a Alondra.

Se había quedado exhausta sólo de mirarlo.

Y sin embargo no podía apartar los ojos de él.

Era hora de confesar la verdad al Todopoderoso.

Juntó las manos (las palmas húmedas, las uñas mordisqueadas) y volvió a cerrar los ojos con fuerza.

—Señor —murmuró. Notaba la lengua pastosa, se trababa al hablar. Respiró hondo—. Una tentación diabólica se ha apoderado de mí.

Ya. Ya lo había dicho. Como no la fulminó un rayo, prosiguió:

—Es Oliver de Lacey, Señor. No puedo dejar de pensar en él. Perdonadme, pero más de una vez me he preguntado qué aspecto tendrá sin... sin ropa. Esta noche, cuando estaba bailando, no paraba de mirarle las piernas. Las piernas.

Hizo una pausa y escuchó cómo el viento se deslizaba entre la larga hierba que se mecía a la orilla del río. El Todopoderoso parecía escucharla aún, así que prosiguió, angustiada:

—Siento un estremecimiento, no sé si de frío o de calor, cuando oigo su risa. Y santo Dios, se ríe tanto... Aunque no es asunto mío, no puedo evitar alegrarme de que su cara no tenga marcas de viruela. Y cuando veo el cielo reflejado en sus ojos, casi olvido que soy estoy consagrada a Dios y...

—Cariño, tus plegarias están a punto de ser atendidas.

Alondra se levantó de un salto, como si algo hubiera estallado bajo sus faldas.

—¿Cómo te atreves a interrumpirme?

Oliver de Lacey sonrió. Era la misma sonrisa insolente y perezosa de la que acababa de quejarse al Todopoderoso. Oliver caminó por la orilla del río, con aquellas piernas enfundadas en seda que ella acababa de describir al Padre celestial. Y entonces, con el aplomo de un actor sobre el escenario, se echó a reír. Y sí, era la misma risa estremecedora que Alondra ansiaba y temía al mismo tiempo. Ardor, pensó, enloquecida. Aquel estremecimiento era de calor, no de frío.

Oliver hizo una profunda reverencia ante ella.

—Sí, me hace feliz saber que he conducido a la casta Alondra a la tentación.

CAPÍTULO 7

Alondra se alegró de estar a oscuras, en sombras, porque sus mejillas ardían de vergüenza.

—Sois el primer hombre que conozco que cree que incomodarme es una hazaña digna de encomio.

—Os equivocáis, santa señora mía —se detuvo delante de ella, tan cerca que Alondra sintió el calor de su cuerpo y reconoció su olor húmedo. Era una fragancia embriagadora y sorprendentemente familiar.

Alondra sabía que quería intimidarla, hacerla temblar como... como...

Como la pecadora indefensa y enamorada que era.

—No pretendía ofenderos —murmuró él con voz grave e íntima—. Es sólo que temía que estuvierais hecha de piedra.

—¿Yo? —indignada, se dio la vuelta y echó a andar por la ribera del río—. ¿Yo, hecha de piedra? ¿Sólo porque no babeo por un hombre... por un gusano engreído como vos? A mí me preocupan los pobres y los enfermos —declaró—. Amo a Dios con ternura y reverencia y...

—En efecto —impasible, Oliver le pasó un cacillo lleno de agua del río—. Refrescaos la lengua, doña Tizona, no vaya a ser que queméis a alguien con ella.

Alondra se detuvo y bebió un sorbo de agua fría. Al dar el segundo trago cayó en la cuenta de que estaba obedeciendo a Oliver, escupió el agua y lo miró con enfado. Siempre hacía lo que le decían los demás. Y últimamente eso no era una virtud.

—Es admirable preocuparse por los pobres y amar a Dios —Oliver se recostó contra el tronco de un árbol. Tenía la cara en sombras, pero su voz delataba una sonrisa sardónica—. Pero ¿en qué parte de las Escrituras dice que una mujer no sea humana, que no deba sentir los deseos y los anhelos de un cuerpo joven y sano?

—Una buena cristiana es casta de pensamiento y obra —mientras hablaba, alondra comprendió que aquellas palabras no eran suyas. Se las había enseñado Spencer. Spencer se lo había enseñado todo.

Oliver de Lacey la hacía dudar de sus creencias más arraigadas, a pesar de que era mucho más fácil aceptarlas como un hecho.

—Una buena cristiana —replicó él— es la que sabe distinguir el bien del mal. La que puede enfrentarse a la tentación y vencerla.

—Yo sé distinguir el bien del mal.

—Entonces ¿qué soy yo, Alondra? ¿Soy bueno? ¿O malo?

Aquella pregunta descarnada la sorprendió.

—Nunca he pretendido juzgaros, milord.

—¿Ah, no? —se apartó del árbol, despojándose de las sombras que lo ocultaban. Alondra vio que estaba enfadado. Enfadado de veras, y que apenas se dominaba. Con los hombros tensos y el paso refrenado, le pareció un depredador a punto de atacar.

—No pretendíais juzgarme, ¿no es eso? —su tono burlón cortaba como un cuchillo—. Mi querida condesa del Desprecio. Mi querida, piadosa y más santa que el trasero de una monja lady Alondra —la asió por los brazos y la obligó a mirarlo a la cara–. Desde el momento en que me sacasteis de la fosa común, no habéis hecho otra cosa que juzgarme.

Ella dio un respingo, a pesar de que Oliver no le hacía daño.

–Fuisteis un insolente conmigo esa noche. ¡Me pedisteis que tuviera un hijo vuestro! –no pretendía recordarle aquello. Deseó retirarlo. Avergonzada, se desasió de él.

–Muchas mujeres se lo tomarían como un cumplido –replicó él.

–Pues yo no.

–Y desde ese momento me considerasteis un animal amante de la carne.

–¿Cuándo me habéis demostrado otra cosa? –ella gritaba ahora, pero había dejado de importarle–. Busqué vuestra ayuda sólo para descubriros en un antro de juego con una... con una...

–Con una puta de medio penique –dijo él–. Y fue un día delicioso, hasta que aparecisteis vos con vuestro manto negro y vuestro mohín y esa actitud que parecía decir «quemaos en el infierno».

–De la que vos procedisteis a burlaros enseguida –enfatizó sus palabras clavando el dedo en el pecho de Oliver–. Estuvisteis a punto de ahogarme en el Támesis. Me llevasteis a rastras hasta una feria a la que no deseaba ir. Me...

–¡Ya basta! –agarró con el puño su dedo–. Vos ganáis. Soy el mayor de los pecadores –el tono dolido y áspero de su voz la hizo desear taparse los oídos, correr y huir de allí–. El hecho de que me enfrentara al ataque de unos salteadores de caminos por vos, de que amotinara a una multitud para que pudierais rescatar a Richard Speed fueron sólo lapsos temporales de virtud.

Alondra no quería pensar que él pudiera sufrir.

–No es que sea una desagradecida –su voz sonó baja y suave.

Oliver puso un dedo bajo su barbilla y la miró a los ojos.

—¿De veras os parezco tan repulsivo, Alondra? ¿Tan odioso, tan manchado por el mal, que rezáis de rodillas para escapar de mí?

—Rezaba por mí, no por vos —¿cómo lo había conseguido? ¿Cómo había logrado volver las tornas y hacer que se sintiera culpable por algo que había dicho rezando a solas?

—Estabais suplicando que os libraran de la tentación, ¿no es cierto?

Ella no respondió. Evitó su mirada.

—¡La tentación! —bramó él, agarrándola otra vez—. Ni siquiera conocéis el significado de esa palabra.

Ella dio un respingo, y Oliver respiró hondo.

—Nunca he conocido a una mujer que pudiera excitarme tan fácilmente. Pero excitarme de ira —añadió rápidamente. Comenzó a mover lentamente las manos por sus brazos, arriba y abajo—. Alondra, no pretendo ser un experto en teología como el santo señor Speed, pero algo sé de la tentación. Algo que puedo enseñaros.

Sus suaves caricias la tranquilizaron.

—¿Sí?

—Sé que pensáis que deberíais arrojarme de vuestra presencia, de vuestros pensamientos, de vuestra vida, si es necesario, para triunfar sobre la tentación.

Era exactamente eso lo que Alondra estaba pensando.

—Continuad.

—Eso no sería una victoria. El verdadero triunfo es enfrentarse a la tentación.

—¿Enfrentarse a ella?

—Sí, y explorarla hasta lo más hondo de vuestro ser. Y, al final, dulce Alondra, encontrar fuerzas para resistirse a ella.

—No sé qué queréis decir —se sentía mareada, aturdida por el cansancio y las tiernas caricias de sus manos, que se deslizaban por sus brazos, del hombro al codo.

—Permitid que os lo enseñe —musitó él—. Cuando me inclino y toco vuestro oído, así, eso es la tentación.

La húmeda caricia de la lengua de Oliver en el lóbulo de su oreja estuvo a punto de hacerla arder. Alondra sabía que debía huir (muy lejos, a un lugar donde él no pudiera encontrarla), pero siguió allí, cautivada por el sortilegio de sus caricias.

—Cuando deslizo mis manos por vuestra espalda —él hizo una demostración—, cuando os acaricio aquí, donde vuestros pechos se aprietan contra el corpiño, eso es la tentación.

Ella ardía ya, y lo peor era que no le importaba. Se olvidó de las advertencias y de los viejos proverbios en los que siempre había confiado.

Oliver se inclinó para rozar con los labios su piel desnuda y levantó luego la cabeza, apoyando la frente contra la de ella y mirándola a los ojos. Su boca la provocaba, casi pegada a ella. La forma de sus labios dejó su huella en los sentidos de Alondra, y su textura y su sabor evocó el recuerdo prohibido de otros momentos.

—¿Y cuando me besáis? —se oyó preguntar con descaro—. ¿Es eso la tentación?

—Oh, sí, amor mío. La más dulce de todas —inclinó la cabeza. Sus labios estaban cada vez más cerca—. Sí, lo es —se detuvo cuando su boca estaba apenas a un suspiro de distancia. Alondra casi podía sentir su beso. El ansia de sentirlo de nuevo se desbordó. La pasión era contraria a todo cuanto la habían enseñado, a la templanza que tanto le había costado conquistar. Pero las prédicas y las lecciones que había aprendido se consumieron como una astilla en una hoguera.

—¿Qué sentís, Alondra? —preguntó él en un suspiro suavísimo—. Decídmelo. Describidlo.

—Siento... —quería asirlo y que apretara su boca contra la de ella, quería castigarse con un deseo pecaminoso—. Acalorada.

—¿Dónde?

—En todas partes —contestó ella, sorprendida.

Sintió el suave zumbido de su risa.

—¿Podéis ser más concreta?

—Podría. Pero hay ciertas cosas que... que no puedo nombrar.

Un afecto sincero manó de su risa, y una ternura genuina irradió de él al enlazarla con los brazos y apretar la mejilla de Alondra contra su pecho.

—Querida Alondra, tenéis mucho que aprender.

Ella comprendió que se refería al acto físico del amor. El antiguo horror se apoderó de ella, y se estremeció.

—Suponed que no quiero aprender.

—No hay nada de vergonzoso en nombrar una parte del cuerpo y saber cómo funciona. Creedme —antes de que pudiera detenerlo, dejó vagar su mano—. Esto es un...

—¡No! —ella se tapó los oídos con las manos—. Eso es vulgar.

Oliver le apartó una mano y le dijo al oído:

—Entonces ¿qué os parece...?

—¡Basta! —pero, mientras hablaba, se sentía intrigada por su juego y por la sensación, extrañamente liberadora, que le producía hablar abiertamente de cosas que la habían enseñado a guardar en secreto. Sentía al mismo tiempo curiosidad y vergüenza. Quería saber lo que sabía una verdadera esposa. Venció la curiosidad, aplastando bajo su talón el último destello de mala conciencia.

—Os escucharé, si prometéis hablar en voz baja.

—Por supuesto —dijo él, muy serio.

—Y si juráis no usar esas palabras horrendas.
—Muy bien.

Convinieron (él con inmenso regocijo, ella con incómoda fascinación) en usar términos más propios del apareamiento de los animales que del amor. Aunque a ella le ardían las mejillas, escuchó con avidez, olvidándose de su vergüenza mientras él describía un mundo de placer, de tentaciones, de sensualidad arrebatadora. Un mundo que en nada se parecía al que ella conocía. Era más brillante, más arriesgado e infinitamente más seductor.

—Bueno —dijo con firmeza fingida cuando él acabó—, yo he confesado lo que siento. Estoy lista para dejarme tentar —se puso de puntillas, tan ansiosa por besarlo que casi lloró cuando él volvió a refrenarla.

—Paciencia, Alondra. No estoy convencido de que os hayáis enfrentado de veras a la tentación.

—Pero ya os he hablado de mi sofoco. Hasta os he dicho dónde lo sentía.

—¿Qué más, Alondra? —sus manos seguían provocándola y atormentándola, masajeando sus hombros, deslizándose hasta rozar las turgencias de sus pechos.

«Me moriré si no me besas», pensó.

—Me siento rara, pero es agradable —confesó—. Como si estuviera a punto de descubrir algo, de ver un mundo nuevo, si me lo permitiera. ¿Habéis estado alguna vez al borde de un precipicio en la oscuridad y os habéis preguntado qué habría allá abajo?

—Es una decisión difícil, ¿verdad? —Oliver hizo algo nuevo y sorprendente con la lengua, y un temblor recorrió el cuerpo de Alondra, empezando desde el lugar cuyo nombre acababa de aprender y difundiéndose hacia los dedos de sus pies, hacia sus manos, hacia sus pechos.

—Sí —musitó, indefensa—. Una decisión difícil.

—Entonces, ¿qué va a ser, Alondra? —sus labios cálidos

tocaron la vena que palpitaba en su cuello–. ¿Vais a quedaros donde estáis, a salvo pero aburrida, o vais a lanzaros al precipicio para ver qué os aguarda?

–Podría aguardarme un grave peligro.

–O algo maravilloso.

Alondra agarró la pechera de su camisa.

–Para vos es fácil, Oliver. Nacisteis con el impulso de arrojaros al precipicio. No tenéis obligaciones. Ni compromisos. Ni responsabilidades. Nadie espera nada de vos. Podéis permitiros el lujo de correr riesgos.

–En otras palabras, al mundo no le importa que Oliver de Lacey viva o muera, ¿no es eso?

Hablaba con calma, en voz baja, pero Alondra sintió veneno en su voz.

–No sería así si os convirtierais en un hombre responsable –quería lacerarlo por hacerla sentir aquel anhelo inesperado, aquella vulnerabilidad, aquella pasión a la que no tenía derecho. Y por besarla cuando lo necesitaba más que respirar.

–Como vuestro adorado Richard Speed. Speed puede mover al llanto a la muchedumbre, Alondra. Pero ¿puede haceros sentir así?

Le dio la vuelta, apretándole la espalda contra un árbol, y por fin, justo antes de que ella gritara de exasperación, la besó.

La besó de verdad. Profundamente. Perversamente.

Ella respondió con un ardor del que sabía que más tarde se arrepentiría. Pero no podía refrenarse. Eso era lo peor. La pérdida de control. El despojamiento de su voluntad hasta que no quedó de ella nada, salvo el deseo, el ansia.

La lengua de Oliver se deslizaba dentro y fuera de su boca. Despacio. Rítmicamente. Alondra sintió con asombro su eco en aquella parte del cuerpo cuyo nombre acababa de conocer.

Asió su camisa con más fuerza y luego aflojó los puños y deslizó las manos hacia abajo. La forma del pecho de Oliver era fascinante. Seguía teniendo vendado el costado, pero más abajo, en su tripa, ella descubrió curiosas ondulaciones. ¡Santo cielo, qué bien hecho estaba!

Al tocar con los dedos la cinturilla de sus calzones, se quedó paralizada. El recuerdo de tiempos oscuros afloró a su mente, pero se resistió a pensar en eso.

—Ah, cariño —murmuró él contra su boca—. Apenas hemos empezado.

—Tenemos que parar —las lágrimas ardían en sus ojos. Pero no sabía si eran lágrimas de pena o de frustración.

—No —Oliver le pasó la mano por la nuca—. No podemos parar, Alondra.

—Creía que vuestro propósito era enseñarme el verdadero significado de la tentación para que pudiera resistirla.

—Mentí.

—¿Sí?

—Mi verdadero propósito era seduciros.

Ella pasó por debajo de su brazo agachando la cabeza y se alejó de él y del árbol.

—Sois malvado, Oliver de Lacey.

—Pero conmigo nunca os aburriríais, querida. Y a decir verdad... —se pasó una mano por el pelo y la miró, sinceramente perplejo—. Nunca he conocido a nadie como vos, Alondra. Ésa es la verdad. Nunca me había sentido tan excitado como en este momento.

Alondra sintió un estremecimiento a pesar de sí misma.

—Eso es problema vuestro. Pero no vais a resolverlo acosándome.

—Si no reverenciara a todas y cada una de vuestras congéneres, os tumbaría en la orilla del río y os tocaría en esos sitios que os he descrito hace un momento.

Aunque habría muerto antes que reconocerlo ante él,

sus palabras evocaron una imagen que la excitó. Sabía al mismo tiempo, sin embargo, que estaba a salvo. Pese a todos sus defectos, Oliver respetaba de verdad a las mujeres. Alondra no se lo imaginaba haciéndole daño a ella, ni a ninguna otra.

Él se puso a pasear de acá para allá, inquieto como un semental. Sus botas altas aplastaban la arena suelta y la grava de la ribera.

—Estoy confuso, Alondra. No sé por qué, pero besaros es más divertido que acostarse con una legión de mozas bien dispuestas —se volvió bruscamente y se encaró con ella—. ¿Por qué no me deseáis?

—¿Por qué debería hacerlo? —replicó ella.

—Todas las mujeres me desean —dijo él con sorprendente falta de engreimiento—. Nunca antes me habían rechazado.

—Entonces habéis vivido una vida mágica —contestó ella puntillosamente.

—¿Y por qué vos? He conocido a mujeres mucho más bellas y mucho más mundanas, bien lo sabe Dios. He conocido a mujeres que habían logrado grandes cosas y tenían el aplomo de una reina —parecía hablar para sí mismo—. ¿Por qué vos?

—Ah —consiguió mantener a raya el dolor, pero su genio había alcanzado el punto de ebullición—. Eso es lo que os molesta. Auténticas princesas han caído a vuestros pies. Y aquí estoy yo. Insignificante, tímida y morena —miró su coquilla, a cuyo contenido él se había referido modestamente como «Su Majestad».

Sacudió la cabeza y dijo:

—Sin duda soy demasiado zafia para apreciar el don casi sagrado que me ofrecéis.

—No es eso lo que quería decir, Alondra.

—¡Sí lo es y lo sabéis! —gritó ella. Dios, qué bien sentaba

desahogarse. Siempre se le había ordenado morderse la lengua. Ahora conocía el placer pecaminoso de sacarlo todo fuera. Se puso a pasear adelante y atrás por la orilla–. Podría daros cien razones por las que no quiero que me seduzcáis. Sois un consentido, un arrogante, un irresponsable –fue contándolas con los dedos–. Infiel, anárquico, deshonesto...

–Basta de hablar de mí –Oliver asió su mano levantada–. Os dais prisa en enumerar mis faltas. ¿Acaso vos no tenéis ninguna? ¿No tenéis razones propias para negaros una noche de amor perfecto?

–Tengo una –la vieja vergüenza volvió a apoderarse de ella. Desasió la mano y siguió moviéndose de un lado a otro. Él hizo lo mismo, siguiéndola. A la orilla del riachuelo, ella se detuvo y se dio la vuelta. Asumieron ambos la postura de una pareja discutiendo: los brazos en jarras, las narices adelantadas hacia el otro, las frentes casi tocándose.

–¿Y bien? –insistió él, furioso.

Ella respiró hondo. Era hora de que Oliver supiera la verdad. De todos modos, la averiguará con el tiempo.

–Porque –dijo atropelladamente– estoy casada.

CAPÍTULO 8

—¡Casada! —chilló Oliver. Se aclaró la garganta—. ¡Casada! ¿Cómo demonios podéis estar casada?

Aturdido por la impresión, la miraba fijamente a través de la oscuridad. Alondra. Parecía la misma de siempre. No era bella. Era más que bella.

La luz de la luna caía como un velo sobre ella, brillando en su cabello oscuro como hilos de plata. No era arrebatadora, se dijo Oliver por enésima vez. Pero tenía esa aureola a su alrededor. Esa rara combinación de delicadeza y fuerza. Ese atractivo misterioso de la pasión apenas reprimida y de la negación de los propios deseos.

—Esto tiene que ser una broma —dijo él—. No podéis estar casada.

—La gente se casa —afirmó ella—. Ocurre todos los días.

—A vos no —saltó él. Había sufrido muchas sorpresas a lo largo de su vida, pero nunca una que doliera tanto. Alondra no podía estar casada. Era dulce. Era inocente. Era suya.

Pero, al parecer, no.

—¿A mí no? —preguntó ella, levantando el mentón—. ¿Y por qué no, si puede saberse? Ah, ya veo. Soy demasiado tímida, demasiado insulsa e insignificante para ser la esposa de alguien, ¿no es eso?

«Eres demasiado ingenua», pensó él. «Demasiado pura. Demasiado... mía».

Se soltó los lazos del cuello de la camisa. A pesar del frío, había empezado a sudar.

—¿Qué clase de esposa va por el campo arriesgando su vida para rescatar a condenados a muerte? ¿Qué clase de esposo lo permitiría?

Ella se encogió de hombros. Su aire desafiante se había apagado un poco.

—Él no lo permite, precisamente.

Él. A Oliver se le revolvió el estómago. Él. El marido. Un hombre que tenía identidad, que dominaba el corazón de Alondra.

—¿Quién es? —se obligó a preguntar—. ¿Quién es ese marido cuya esposa desafía a la muerte y duerme entre gitanos?

Alondra cuadró los hombros. Oliver se preparó para lo peor, convencido de que iba a nombrar al apuesto pero untuoso Wynter Merrifield.

La idea de que Wynter (o cualquier otro hombre) la conociera y la tocara como quería conocerla y tocarla él le resultaba intolerable.

—¿Quién es? —preguntó de nuevo, preparándose para la noticia de que Alondra se había casado con Wynter, que era más osado, más fuerte... y que viviría más que él.

—Spencer Merrifield —contestó ella.

Oliver soltó una carcajada de alivio.

—Gastáis bromas muy extrañas, Alondra.

—No es una broma. Spencer es mi marido. Soy Alondra Merrifield, condesa de Hardstaff.

Oliver pronunció el nombre y el título sin emitir sonido. «Por favor, que esté mintiendo».

Pero Alondra nunca mentía. Alondra nunca bromeaba. Oliver sospechaba que ni siquiera sabía cómo hacerlo. En aquello, como en todo lo demás, hablaba mortalmente en serio.

—¡Pero es un viejo! —estalló Oliver por fin.

—Cuarenta y cinco años mayor que yo.

—Entonces ¿por qué... cómo... dónde...? —Oliver se pasó los diez dedos por el pelo, deseando poder quitarse de la cabeza aquella sensación de horror y traición—. Necesito un trago —masculló.

Ella le ofreció una leve sonrisa.

—Yo también.

Volvieron al campamento sin hacer ruido. Alondra fue a ver cómo estaba Richard Speed. Seguía sumido en un sueño profundo y reparador. Oliver encontró un jarro de vino envuelto en mimbre colgado de uno de los carromatos. Recogió una manta de lana y dos copas de peltre desportilladas y se alejaron juntos en silencio, como dos amantes de noche, pensó él con una sonrisa irónica.

La llevó por una ladera suave, hasta lo alto de una loma cubierta de hierba que daba al río. El olor del agua refrescaba la brisa que subía del valle. Oliver agradeció que su frescor le diera en la cara. Alondra tenía cosas que explicarle, y no la dejaría descansar hasta que lo confesara todo.

Con el ceño fruncido, tendió la manta, se sentó y dio unas palmadas en el suelo, a su lado. Ella se sentó con cierto recelo.

Oliver destapó el jarro, llenó las copas y le dio una.

—Bebed. Algo me dice que ésta va a ser una noche muy larga.

Ella bebió con ansia admirable de su copa. Oliver fingió no fijarse en el arco de su garganta mientras bebía, ni en cómo acariciaban sus largas pestañas sus mejillas. No conocía nada más favorecedor que la luz plateada de la luna en invierno.

Ella acabó de beber y dejó la copa en el suelo.

—¿Por qué me miráis así?

—Con esa capacidad para beber, no estaríais fuera de lugar en un tugurio de Londres.

Ella se miró el regazo.

—Sí, estaría fuera de lugar.

Oliver tocó su hombro. Cuando ella lo miró, él vio la luna reflejada en sus grandes ojos tristes.

—Alondra, ¿por qué no me habíais dicho que estabais casada? Y con Spencer Merrifield, nada menos.

—Me pareció poco prudente, sobre todo al principio.

—Y vos sois, por encima de todo, una mujer prudente.

Ella tensó el puño alrededor de la base de su copa.

—Por necesidad. Al principio, no sabía prácticamente nada de vos. Como el tribunal os había condenado al patíbulo, pensaba que erais un agitador cualquiera. No me pareció necesario compartir la historia de mi vida con vos.

—Pero ¿por qué no luego? ¿Por qué no me la contasteis después, cuando supisteis mi verdadera identidad y fuisteis a buscarme?

—Desde que me uní al doctor Snipes y a los Samaritanos, siempre he intentado que mi papel se mantuviera en secreto.

—Porque Spencer no sabe los riesgos que corréis.

—Cree que me limito a ayudar a la señora Snipes en el refugio de Ludgate y a descifrar los mensajes en clave. Si descubre por casualidad que se ha visto a una mujer rescatando a prisioneros, es poco probable que la asocie conmigo.

—Ah —Oliver tomó un largo trago de vino y saboreó su quemazón—. ¿Por eso os comportáis como una mujer sumisa cuando estáis en Blackrose?

—Prefiero ignorar ese comentario —resopló ella.

—Todavía no me habéis dicho por qué me lo habéis ocultado. Yo no se lo habría dicho a Spencer —refunfuñó él.

—Temía lo que pensaríais si me presentaba como su esposa y luego os contaba el plan para desheredar a Wynter.

—Creíais que daría por sentado que actuabais por avaricia, que queríais heredar.

—No es así —dijo ella con vehemencia—. Pero tampoco quiero que herede Wynter. Antes de la Reforma, el priorato de Blackrose era un lugar corrupto y lleno de superstición. Wynter volvería a convertirlo en eso.

Oliver levantó una mano.

—De eso no tenéis que convencerme, Alondra. Lo que os preguntaba era algo un poco más... personal.

Ella volvió a beber, levantó las rodillas hasta el pecho y apoyó la barbilla en ellas. Saltaba a la vista que no era consciente de que aquella pose la hacía parecer más joven e intacta que nunca.

Santo cielo. ¿Estaba intacta? ¿Había compartido la cama con aquel viejo moribundo?

—Empezad por el principio —dijo, deseando no haber pensado aquello—. Quiero... necesito comprender.

—Poco después de mi nacimiento, mis padres murieron de peste.

Él asintió con la cabeza y bebió un sorbo. El horror de la peste había vaciado hogares y pueblos enteros.

—Eran lord y lady Montmorency —dijo Alondra.

—He oído ese nombre. ¿Su señorío estaba en Hertfordshire?

—Sí. Se llamaba Montfichet. Y yo, que sólo tenía tres meses, era la heredera —levantó la mano como si supiera qué iba a decir él—. A Spencer no le interesaban las tierras. Ya tenía una casa solariega llamada Eventide, que yo heredaré a su muerte, y el priorato de Blackrose, que el rey Enrique le donó en la primera fase de la Disolución.

Con movimientos nerviosos, empezó a arrancar briznas de hierba seca y a colocarlas sobre la manta, enfrente de ella, formando el número romano VIII.

—La donación de Blackrose ponía como condición que quedara sujeta a mayorazgo, porque en aquel momento el reino necesitaba estabilidad. El rey no podía saber que el hijo de Spencer abrazaría la causa de la corrompida Iglesia de Roma cuando fuera un hombre adulto.

Se sirvió más vino. Oliver intentó contener su impaciencia por saber lo único que de verdad le preocupaba.

«¿Os acostabais con él, Alondra? ¿Sois la amante de ese viejo?».

—Después de la muerte de mis padres, unos cuantos señores rivalizaron por acogerme bajo su tutela. Me han dicho que su rivalidad fue dura. Ser mi tutor era muy lucrativo.

—¿Y Spencer estaba entre los que se ofrecieron a ser tus tutores?

—Era amigo de los Montmorency y oyó hablar del aprieto en el que me hallaba, de las intrigas para sobornar al tribunal que debía dirimir el caso y apoderarse de mis bienes —apartó las briznas de hierba seca con nerviosismo—. En su lecho de muerte, mi padre mandó llamar a Spencer. Le suplicó que cuidara de mí, que me protegiera.

—Ah —comentó Oliver—. La fatídica promesa hecha en el lecho de muerte.

Ella lo miró bruscamente.

—Algunas personas se toman muy a pecho esos juramentos solemnes. Spencer se lo tomó a pecho. Se casó conmigo por sentido del deber hacia su amigo. Me lo ha contado muchas veces.

Por sentido del deber. No era de extrañar que Alondra no conociera su propia valía.

Ella miró a lo lejos, hacia donde las colinas, iluminadas por la luz plateada de la luna, se precipitaban hacia el valle del río. Una ligera neblina cruzaba la hondonada, envolviéndolo todo en un halo de misterio.

—Sospecho que en aquel momento la vida de Spencer estaba bastante vacía. Acababa de repudiar a su esposa española, la madre de Wynter. Consiguió que se anulara el matrimonio basándose en su conducta desordenada.

—¿Queréis decir que le engañaba?

Las mejillas de Alondra se oscurecieron.

—Sí. Se marchó, indignada, y se fue al norte, a un santuario católico en la frontera.

—Dejando a Spencer sin esposa y sin hijo —Oliver empezaba a ver cierta horrenda lógica en aquella historia.

—En la práctica, sí, aunque cuando se enteró de que tenía un hijo se aseguró de que Wynter fuera reconocido como su heredero legítimo. Más tarde se arrepintió de ello —ladeó la cabeza ligeramente cuando un búho ululó en el bosque—. Cuando el tribunal se negó a concederle mi tutela, Spencer recurrió al rey Enrique y le pidió permiso para casarse conmigo.

—¿Y el rey se lo dio? —Oliver se quedó pensando un momento. Sí, al viejo Henry le habría hecho gracia. Oliver se acordaba del rey: corpulento, beligerante, peligrosamente inteligente, y sin embargo asombrosamente ignorante en cuestiones del corazón hasta el final.

—Por supuesto —Oliver contestó a su propia pregunta—. Así un noble leal, un seguidor de la fe reformada, quedaría a cargo de tres señoríos importantes: Montfichet, Eventide y Blackrose.

—Sí. Spencer era extremadamente leal al rey —Alondra hablaba lentamente, con voz pastosa.

Santo cielo, ¿se estaba emborrachando?

—Os convertisteis en la condensa niña de Hardstaff.

Qué singular —tenía los nervios a flor de piel—. Alondra, he de preguntároslo...

Ella alargó un brazo y luego se tumbó en la manta, apoyándose en los codos.

—Preguntad —dijo—. Diseccionadme como un cadáver en el Colegio Real. No tengo más secretos. Aunque no veo en qué podría interesaros mi vida.

Nada podía haberle hecho sentirse más culpable. Pero Oliver sabía cómo ignorar la mala conciencia.

—Veréis... —se aclaró la garganta—. Os he tomado cariño.

Ella lo miró con un brillo de sospecha en los ojos entornados.

—No me cabe duda.

Oliver odiaba que no le creyera. Claro que ¿por qué iba a creerle? Spencer llevaba años diciéndole que se había casado con ella por obligación, no por amor.

Su exasperación se convirtió en rabia. Apretó a Alondra contra la manta. Su postura (si no su actitud) era la de dos amantes. Sentía la firmeza de su carne bajo los dedos, notaba su olor a perfume y a vino. Un deseo avasallador se apoderó de él, y quiso castigarla por hacer que la deseara tanto, por ser la única mujer que no podía tener.

—¿Cómo fue? —preguntó.

—Soltadme —Alondra se apartó bruscamente y se sentó de rodillas—. No tenéis derecho...

—¿Os educó conforme a sus gustos? —Oliver no pudo refrenarse. Escogió cada palabra como un dardo, mojando su punta en veneno—. ¿Esperó hasta que tuvisteis la primera regla, o sencillamente os metió en su cama desde que empezasteis a andar...?

Alondra le asestó una bofetada con fuerza sorprendente. Con la fuerza de la pasión y de la rabia.

Oliver sintió una especie de alivio. Alondra no siempre

se dominaba. Y sabía cómo detenerlo cuando él se dejaba llevar.

Sacó la lengua y sintió el sabor de la sangre.

—A fe mía que tenéis buen brazo.

Ella extendió la mano y se la miró como si perteneciera a otra persona.

—¿Qué derecho tenéis a hacerme esas preguntas?

—Las hago porque me siento traicionado.

—Sois la única persona a la que he pegado —lo miraba con fiero reproche—. Pero también sois la única persona que me ha demostrado tal impertinencia.

Oliver agarró el vino y llenó las dos copas.

—Ha sido una estupidez preguntarlo —apuró su copa de un trago, y dio un respingo al sentir el escozor del vino en el labio—. Una estupidez, porque conozco la respuesta.

Ella bebió y le lanzó una mirada de soslayo.

—¿Sí? —se tumbó boca abajo sobre la manta y apoyó la mejilla sobre la palma de la mano. Saltaba a la vista que la bofetada había disipado su ira, y ahora estaba dulcemente borracha.

La noche había empezado a rendir sus densas sombras al alba, y la luz suave de la mañana bañaba a Alondra en un resplandor dorado, transformándola en un duendecillo. Oliver la vio entonces tal y como era: una muchacha educada por un hombre severo pero bondadoso, enseñada a despreciar la pasión y el deseo físico, y a la que ningún hombre, salvo Oliver de Lacey, había tocado.

Oliver lo sabía tan bien como sabía cargar un par de dados. No debería haber hecho acusaciones tan feas.

—Ah, Alondra —tomó entre los dedos un mechón de su pelo sedoso—. Spencer ha sido un padre para vos, no un marido.

Ella ladeó la cabeza y frotó la mejilla contra la palma de su mano.

—Siempre le estaré agradecida.

Oliver sabía que hablaba con el corazón. Sabía que Spencer merecía su gratitud y su lealtad. Había arriesgado su reputación para acoger a una huérfana, renunciando a cualquier posibilidad de encontrar una verdadera esposa.

—Yo también le estoy agradecido —dijo Oliver—. Si no se hubiera casado con vos, algún patán sería ahora vuestro dueño.

Sólo por un momento, la luz se apagó en los ojos de Alondra. Apartó la cabeza.

—¿Y eso os molestaría?

—Sí.

Ella contuvo el aliento, y sonó como un sollozo. A Oliver le horrorizaba que las mujeres lloraran, y se preparó para el chaparrón.

Luego, ella le sorprendió riéndose suavemente.

—Sois un hombre perverso y adorable, milord. Necesito más vino.

Oliver adoraba el efecto que estaba surtiendo sobre ella. El fulgor que prestaba a sus mejillas, la suave languidez de sus miembros, la curva delicada de su boca, no fruncida ya en una mueca de reproche, sino húmeda y relajada. Volvió a llenar las copas de buena gana.

Ella se sentó y lo detuvo justo cuando se llevaba la copa a los labios.

—Esperad. ¿Por qué bebemos? ¿Por una vida larga y feliz?

Una sombra pasó por el corazón de Oliver. Tapó el frío que sentía con una sonrisa juguetona.

—¿Por una vida larga, mi señora? ¿Por qué no sencillamente por la felicidad?

—Por la felicidad, entonces —tocó con la suya el borde de su copa.

Bebieron y ella arrugó el ceño.

—En realidad, no podremos ser felices mientras el pueblo de Inglaterra esté bajo el yugo de la intolerancia y la superstición.

—Entonces, bebamos por romper esas ataduras.

Se alzó el sol, y su fulgor rosado cundió por las suaves ondulaciones de los montes Chiltern. La risa de Alondra sonó como una canción, y sin previo aviso Oliver pensó en lo que había dicho Zara. «El círculo empezó antes de que nacieras y perdurará mucho después de que mueras». De algún modo, su destino había quedado unido al de una mujer que no podía hacer suya.

Los tres viajeros dejaron a los gitanos en las colinas regadas por el río para que esperaran allí a la primavera y cabalgaron hacia el suroeste, buscando refugio. Richard Speed estaba flaco y magullado, pero de buen humor. Sus compañeros tenían los ojos legañosos como un par de borrachines de Sauce Lane.

—No me dijisteis que fuera así —Alondra sujetaba las riendas con una mano y con la otra se sostenía la cabeza, y gemía.

Oliver montaba sobre su yegua como si jamás se hubiera subido a un caballo.

—Mi señora, todo placer tiene su precio.

Ella apretó los labios en una sonrisa amarga.

—¿No es profundo, reverendo Speed?

—Todos los hombres lo son si se les sirve suficiente vino —Speed, rubio y hermoso como un icono pintado, les sonrió—. ¿Cuánto falta para nuestro destino?

—Llegaremos al anochecer. Espero que lleguemos a Gravesend mañana —dijo Oliver mientras se atusaba el pelo con un ademán inquieto—. En Gravesend embarcaréis con destino a los Países Bajos y llegado el momento partiréis con destino a Suiza.

La sonrisa de Richard se volvió triste.

—Nunca pensé que vería el día en que tendría que abandonar mi amada Inglaterra.

Alondra sintió que le ardía la garganta al oírle hablar así.

—Vuestro exilio es temporal. La reina María no puede reinar eternamente —se odiaba a sí misma por desearle el mal a la reina. Pero María permitía que monseñor Bonner maltratara y asesinara a hombres inocentes.

—Cierto —reconoció Speed—, pero suponed que da a luz. Siempre se oye decir que está embarazada. Entonces, aunque ella muera, Felipe de España gobernará como regente. ¿Qué esperanza nos quedará entonces?

Alondra no tenía respuesta. Se quedó callada un rato, recordando la noche anterior, el modo en que Oliver le había enseñado el significado de la tentación, su tormentosa pelea, su tregua, las promesas con las que habían recibido el amanecer.

Oliver de Lacey era un hombre temerario, extraño y maravilloso. De pronto tuvo miedo por él y dijo:

—Creo que deberíais marchar al exilio con el reverendo Speed.

Él soltó un bufido.

—¿Yo?

—Sí, vos. ¿Y si alguien descubre que burlasteis al verdugo?

Oliver soltó una risa irónica.

—No es probable que eso suceda, mi señora. Sin duda recordáis mi disfraz. Colgaron a un plebeyo con barba llamado Oliver Lackey. Un desconocido. Nadie sabe que ese pobre granuja fue arrancado del abismo de la muerte y revivido por un ángel misericordioso.

«Nadie, excepto yo, sabe lo que dijisteis esa noche», pensó Alondra, y enseguida se reprendió por pararse a pensar en aquellas palabras atrevidas y románticas.

—Dejemos descansar en paz a Oliver Lackey —dijo él—. No veo razón para abandonar Inglaterra.

Ella no pudo refrenarse.

—Yo sí —dijo.

—Ah —la comprensión endureció su semblante. Para vergüenza de Alondra, dijo lo que estaba pensando a pesar de que Richard Speed estaba presente—. Me queréis lo más lejos posible de vos para que no os recuerde que sois una mujer. Una mujer joven y sana con deseos saludables...

—¡Ya basta! —gritó ella, y aguijó a su caballo para que se adelantara al trote.

Mientras se alejaba de su torturador, le oyó decir:

—Vos sois un hombre sabio, reverendo Speed. ¿Qué haríais en mi situación?

Alondra fingió no hacer caso de la respuesta del santo varón, pero no pudo disimular su sobresalto cuando le oyó decir:

—Milord, si yo estuviera en vuestro lugar, primero rogaría a Dios consejo. Y luego, seguramente, cubriría a esa moza.

La casa solariega estaba rodeada por una extensa pradera, muros de piedra y verjas de hierro. Un guardia con cara de pocos amigos salió al paso de los viajeros, y Alondra comenzó a temer que su confianza en el plan de Oliver hubiera sido un error.

Tiró de las riendas de su montura, esperando que la detuvieran en cualquier momento.

—¿Dónde estamos? —le susurró a Oliver.

—Pronto lo descubriréis —respondió él sin levantar la

voz. Luego compuso una mirada de aristocrático desdén, miró al guardia y pronunció su nombre y su título.

—Podéis pasar —dijo el guardia, apartándose de la puerta—. Los mozos se ocuparán de vuestros caballos.

Había empezado a caer una lluvia ligera y helada, y emprendieron a toda prisa el camino hacia la mansión iluminada por las antorchas. Alondra se estaba recuperando por fin de los efectos de su borrachera de la víspera, pero sabía que estaba hecha una piltrafa. Tenía el vestido arrugado, y las faldas y los zapatos manchados del barro del camino que levantaban los cascos de su caballo. Su pelo estaba mojado y, cuando se quitó la cofia, sus rizos se retorcieron sin ton ni son, como lana suelta.

Aparte de sentirse cansada y sucia, estaba enfadada con sus compañeros de viaje. Con Oliver, por debilitarla haciendo que lo deseara, y con Richard Speed por simpatizar con él, en lugar de sermonearlo.

Quizá todos los hombres fueran así. El deseo carnal tenía el poder de emborronar la línea entre el bien y el mal.

En ese momento, estaban los dos entrechocando sus jarras de cerveza y partiendo una hogaza crujiente de pan recién hecho.

Enojada, Alondra se aclaró la garganta. Ambos se detuvieron, con el pan sin comer en las manos sucias. Ella juntó las manos puntillosamente y bendijo la mesa con premeditada lentitud. Al final de su largo discurso añadió:

—Gracias, Señor, por habernos permitido escapar a salvo. Danos fuerzas para honrarte con fe, devoción, sobriedad, castidad...

—Te lo pedimos en nombre de Jesucristo, amén —la interrumpió Richard Speed.

—Amén —repitió Oliver, con la boca ya llena de pan.

Alondra los miró a ambos con enfado. Un criado les llevó una bandeja y levantó la tapa para mostrarles un suculento capón asado. Al mismo tiempo, una mujer bajita y delgada entró en el salón, diciendo con voz aguda:

—Que yo recuerde, vos nunca coméis capón, ¿no es así, milord?

Aquella llamativa criatura de cabello rojo como el fuego se detuvo y fijó en Oliver una sonrisa deslumbrante. Él se levantó de un salto de su banco. Ella le tendió los brazos.

—Para mí, en cambio, el capón es una auténtica delicia. Vamos, mi querido Oliver. Venid a saludarme.

Alondra los miraba con una emoción que le retorcía las entrañas y que no sabía identificar. Nunca había visto a Oliver tan perplejo ni tan rendido de admiración como cuando tomó a aquella mujer en sus brazos y dijo:

—Bess... Hacía mucho tiempo.

¿Mucho tiempo de qué?, quiso preguntar Alondra.

—Demasiado —contestó aquella mujer cautivadora, dándole una palmada juguetona en la mejilla—. Si no diera tanto gusto miraros, os haría castigar.

—Y yo lo soportaría con orgullo.

Alondra levantó los ojos al cielo.

—Mis compañeros —dijo él, llevando a Bess a la mesa. Richard Speed y Alondra se levantaron—. Ésta es...

—Mis amigos me llaman Bess —dijo la mujer.

De cerca, no perdía en absoluto su asombrosa presencia. No era ni alta, ni bella, pero actuaba como si fuera ambas cosas. Tendió una mano al reverendo Speed, que se inclinó y la besó mientras Alondra hacía una reverencia.

Durante la comida, Bess acaparó la atención de Oliver. Él estaba atento a cada una de sus palabras, le cortaba la comida en trozos pequeños, la saboreaba él mismo con galantería anticuada y le daba los pedacitos con los dedos.

Adoraba a las mujeres, se dijo Alondra, y deseó que el nudo de su estómago se deshiciera. Él mismo se lo había dicho desde el principio. Y estaba claro que Bess era una mujer especial.

¿Su amante?

Por fin, Alondra reconoció la emoción que la reconcomía desde la entrada de Bess en la sala. Por primera vez en su vida, sentía la aguda punzada de los celos. Era una pequeña y perversa agonía, un sentimiento que no deseaba y que no podía controlar. Sentía dolor físico alrededor del corazón.

–¿Y de dónde venís vos, mi señora? –preguntó Bess, dedicándole una sonrisa comedida. Era imposible saber si le interesaba sinceramente o si sólo pretendía ser amable.

–De Hertfordshire –contestó Alondra–. Del priorato de Black...

–Me encantan aquellas colinas, ¿a vos no, milord? –Bess se volvió hacia Oliver–. Hay tan buena caza...

Adiós a la amabilidad, se dijo Alondra. Empezaba a apreciar las enseñanzas de Spencer. Era mucho menos doloroso refrenar los sentimientos. Mantener a distancia a los demás. ¿Qué persona en su sano juicio quería sentir el pálpito salvaje del deseo, la aguda mordedura de la envidia?

–...las habladurías de siempre en la corte –estaba diciendo Bess.

Alondra se obligó a escuchar. No tenía sentido atormentarse.

–La reina se cree embarazada... otra vez –afirmó Bess, hundiendo los dedos en su lavamanos. No parecía necesitar que sonara otra vez en la conversación–. Una falsa esperanza, ay.

Alondra contuvo el aliento y miró a Bess y a Richard Speed con los ojos muy abiertos. Había oído hablar de aquellas cosas a los gitanos, pero no era probable que los tribunales se fijaran en ellos. Bess, en cambio, pertenecía a la nobleza. Debía ser más prudente.

El reverendo estaba pálido e inmóvil, seguramente tan sorprendido como Alondra. Nadie, nunca, decía esas cosas sobre la reina y sobrevivía.

—¿Vos creéis? —Oliver, que no parecía preocupado, llenó una copa de vino y se la pasó a Bess.

—Claro. Tiene más de cuarenta años, su marido se ha ido al extranjero y ella está enferma —Bess apartó el cuenco de agua y se miró el dorso de la mano. Asintió con la cabeza, como si estuviera satisfecha con su perfección—. Os aseguro, reverendo Speed, que soy una inocente doncella, pero hasta yo sé que, en tales circunstancias, la probabilidad de que quede encinta es muy remota.

Alondra lanzó una mirada a Oliver. ¿No le afectaba en absoluto la desenvoltura con que aquella mujer hablaba de asuntos que podían considerarse traición? No, él seguía adorando a Bess, con los ojos azules muy abiertos.

No era de extrañar que ella tuviera tanto aplomo. El afecto y la consideración de un hombre eran cosas muy potentes. Lo bastante potentes, Alondra lo sabía ahora, como para arrancarla de su vida de docilidad y obediencia. Lo bastante potentes para volver a despertar los sueños que albergaba su corazón.

Sin previo aviso, Alondra recordó el día en que Oliver liberó a los pájaros de sus jaulas, en el mercado. «Yo podría enseñaros a volar».

Una oleada de lucidez se apoderó de ella. Era cierto. Oliver de Lacey poseía una especie de don que hacía que la gente ansiara desafiar los límites de la vida, arrancar las puertas de cuajo, exigir más de lo que debía, esperar más de lo que merecía. Ella había visto cómo influía a los demás: a Kit, a perfectos desconocidos, a los gitanos y a Bess, y ahora a ella.

Se puso a juguetear con su comida. «¿Cuándo me toca a mí?», se preguntaba. «¿Cuándo podré yo levantar el vuelo?».

—¿No creéis, señora? —la voz de Bess la sobresaltó.

—Sí, en efecto —dijo Alondra con firmeza, a pesar de que no tenía ni idea de qué estaban hablando.

Richard Speed contuvo el aliento y sus mejillas se sonrojaron.

—Puede que lady Alondra no haya entendido bien el comentario.

Bess le guiñó un ojo con descaro.

—He dicho que ninguna mujer encinta de Inglaterra está a salvo mientras la reina María desee un hijo —soltó una risa sincera, juntó las manos y pidió que les llevaran un tablero de ajedrez—. ¿Vos jugáis? —le preguntó a Alondra.

—Un poco —murmuró ella, aturdida todavía por su último comentario.

—Excelente —con un ademán, despidió a Oliver y a Richard, y cinco minutos después había capturado tres peones de Alondra.

—¿Nunca os habéis preguntado por qué la reina es la pieza más poderosa del tablero? —preguntó.

—Para proteger al rey —dijo Alondra—. En realidad, he oído decir que, hace mucho tiempo, la reina era una especie de ministro —mientras hablaba, se comió uno de los caballos de Bess.

—Ah, qué tonta —masculló ella—. No lo he visto venir —sacudió la cabeza, enfadada consigo misma, y la luz de las antorchas hizo brillar los abalorios de su recargada cofia—. Soy demasiado osada e impulsiva.

—Y yo carezco de esas dos virtudes —reconoció Alondra. Bess apresó ávidamente otro peón, despejando sin darse cuenta el camino a la torre de Alondra.

—No todo el mundo las considera virtudes. Además, os equivocáis, milady. ¿No sois vos quien ha salvado la vida a no menos de once reos condenados a muerte? ¿Y acaso no es cierto que fuisteis vos quien inventó el código cifrado que usan los Samaritanos? Hace meses que intento descifrarla. Está basada en el cumpleaños de alguien o...

—Mi señora —dijo Alondra, espantada porque Bess supiera tanto. Se suponía que las actividades de los Samaritanos debían mantenerse en estricto secreto—, estáis en un error. Yo no soy quien...

Bess se rió, echando la cabeza hacia atrás de tal modo que la luz de las antorchas hizo brillar los hilos de oro y las joyas de su cofia.

—Modesta hasta el final. No importa, no voy a forzaros a admitir que en parte gracias a vos se derrama menos sangre inglesa.

«Como si pudierais», pensó Alondra. Capturó el alfil de Bess con su torre.

—Aun así, es admirable cómo conseguís disimular vuestra astucia tras la apariencia de una mujer sencilla sin una sola idea en la cabeza. He de recordarlo para el futuro.

—¿Recordar qué? —preguntó Alondra.

—Cómo engañarles. Fingir que no soy más que una humilde mujer...

—¿Alteza? —un criado se acercó titubeante a la mesa.

Alondra frunció el ceño. ¿Bess era duquesa? Pero decía no estar casada.

—Sí, una humilde e ignorante mujer —continuó Bess sin hacer caso del sirviente—. Cuando en realidad sé que siempre seré más lista que todos ellos —levantó la barbilla y obsequió al sirviente con una sonrisa deslumbrante—. Disculpad, Cuthbert. Cháchara de mujeres desocupadas. Somos tan banales que no podemos remediarlo —le guiñó un ojo a Alondra.

Cuthbert le tendió un bolso de piel.

—Señora, han llegado las cartas de vuestra hermana, la reina.

—Gracias, Cuthbert. Déjalas sobre la mesa. Mi pobre y desgraciado cerebro femenino tendrá que ocuparse de ellas más tarde. Es tan difícil razonar cuando se tiene el poco seso de una mujer...

Cuthbert hizo una reverencia y se fue, ceñudo y rascándose la cabeza.

Bess echó un vistazo a una carta. Por un momento, una furia gélida endureció su semblante y ardió en sus ojos oscuros como la noche. Aquella impresión se disipó al instante, y Bess sonrió a Alondra.

—Esto es muy útil. Ah, soy un diablillo. El pobre Cuthbert no sabe qué pensar.

Tampoco lo sabía Alondra. Se quedó allí sentada, como si alguien la hubiera plantado en el banco y ella hubiera echado raíces. Las palabras de Cuthbert resonaban dolorosamente dentro de su cabeza. «Vuestra hermana, la reina. Vuestra hermana, la reina».

Dios bendito. Bess era la princesa Isabel, la heredera al trono de Inglaterra.

CAPÍTULO 9

—Podríais habérmelo dicho —le espetó a Oliver en cuanto dejaron la mansión, al día siguiente.
—¿Deciros qué? —él se masajeaba las sienes y parpadeaba a la luz de la mañana. A diferencia de Alondra, había estado en vela hasta el amanecer, bebiendo y jugando a las cartas.
—Que esto es Hatfield House —dijo Alondra, y le alegró ver que él daba un respingo cuando levantó la voz—. Que Bess es la princesa Isabel.

Dejaron atrás el hermoso palacio y sus jardines y tomaron una carretera muy transitada que atravesaba un gran bosque de robles. El crujido de las cañas secas a lo largo del borde se mezclaba con el golpeteo sordo y constante de los cascos de los caballos.

Oliver se frotó la barbilla con la mano, donde empezaba a crecerle una barba dorada.

—Que yo recuerde, apenas me dirigíais la palabra desde que hablé de vuestro miedo a sentir las pasiones de una mujer.

Alondra frunció el ceño al recordarlo. Era cierto que había estado muy callada. Decididamente callada.

—Aun así, podríais...

—¡Silencio! —Oliver se alzó sobre los estribos y se giró, mirando por encima del hombro.

Alondra refrenó a su caballo. Entonces ella también lo oyó: el ruido de los cascos de una montura.

Con un solo movimiento lleno de elegancia, Oliver desmontó y la ayudó a bajar. Llevaron sus monturas entre los helechos que crecían al borde de la carretera. La espesura los ocultaba. Oliver apoyó la mano en la empuñadura de su espada.

La visión de aquella mano (la misma mano que tan tiernamente le había mostrado lo que era la tentación), preparada para atacar, hizo que un escalofrío recorriera a Alondra. Estudió la cara de Oliver y se fijó en la tensión de su mandíbula, en el ardor expectante de sus ojos.

—Os gusta esto —musitó—. ¿Por qué os gusta?

Él levantó una ceja y un lado de la boca con la expresión más seductora que Alondra había visto nunca. La tocó bajo la barbilla con la ternura de un amante.

—Porque me recuerda que estoy vivo —dijo.

El jinete apareció ante su vista. Su cabello rubio y descuidado volaba tras él. Iba sentado torpemente en el caballo, pero con gran autoridad. La tensión abandonó el cuerpo de Alondra en una oleada de alivio.

—Es Richard Speed —dijo, y llevó de nuevo a su montura a la carretera. Oliver montó de nuevo en su yegua y se reunió con ellos.

—Algo va mal —dijo.

Speed asintió con la cabeza, abatido. Con su jubón sucio y su cabello despeinado, parecía un ángel recién arrojado del paraíso.

Oliver masculló una maldición.

—¿Estáis seguro?

—La princesa Isabel recibió un comunicado anoche mismo.

Alondra se puso rígida al recordar la carta entregada por Cuthbert y la rabia helada que había visto por un instante en los ojos de Isabel. ¿Le había advertido la reina María en persona que no se dejara sorprender dando cobijo a un fugitivo?

Alondra dio vueltas y más vueltas a aquella idea. Siempre había considerado a la reina María un obstáculo remoto e inamovible para la causa de la Reforma, no como una mujer profundamente preocupada por su hermana.

—Los espías de Bonner acechan a Bess como una plaga —dijo Oliver—. Esos perros buscan cualquier excusa para acusarla de traición o de herejía. Saben que los aplastará si ocupa el trono.

—Por eso he dejado Hatfield con tantas prisas. Ella me ofreció refugio hasta que pudiera planear otra huida, pero no quería arriesgarme a manchar su reputación.

—Pardiez, sí que sois un mártir —dijo Oliver con fastidio—. Deberíais haberos quedado.

—¿Y si lo encuentran con la princesa? —preguntó Alondra. Él la miró un instante; luego sus ojos bailaron, llenos de regocijo.

—Para estar tan convencida de la inferioridad de las mujeres, dais siempre en el clavo.

La facilidad con que aceptó su opinión sorprendió a Alondra. Spencer la habría mandado a memorizar varias páginas de proverbios.

—Entonces ¿qué decía esa advertencia? —preguntó Oliver.

Speed se pasó una mano temblorosa por el pelo largo y suelto, apartándoselo de la cara.

—Los hombres de Bonner han sellado los puertos y registran cada barco que entra o sale.

—Entonces, Gravesend está descartado —Alondra pensó rápidamente mientras observaba a sus compañeros. Se parecían lo suficiente para pasar por hermanos: eran rubios, de piel clara y extremadamente guapos. Pero el rostro de Richard denotaba seriedad y fortaleza de carácter, y el de Oliver displicencia y cinismo.

Aun así, ella veía algo en Oliver: un dolor descarnado y temerario que despertaba su compasión. Oliver vivía inmerso en el libertinaje y hasta se enorgullecía de sus apetitos desordenados. Su carácter estaba formado a partes iguales por dolor, entusiasmo y astucia. No había motivo para que a ella le gustara, y sin embargo la fascinaba. Mucho más, aunque la avergonzara reconocerlo, que el beato Richard Speed.

—Debemos ir al priorato de Blackrose —dijo. En cuanto pronunció aquellas palabras, sintió una profunda convicción y comprendió que había decidido lo correcto.

Oliver tiró distraídamente de la pluma de faisán que llevaba en el sombrero y la miró con el ceño fruncido desde debajo del ala.

—El reverendo Speed sería un magnífico regalo para Wynter. Un cordero para el sacrificio.

—Wynter no se enterará.

—No es tonto, Alondra. Puede que sea un villano con el cerebro enfermo, pero no es ningún tonto.

—Yo tampoco lo soy —Alondra contuvo el aliento, consciente de que nunca antes lo había creído. Cuadró los hombros y montó sola en su caballo—. Tengo un plan.

—Increíble —en el patio de una posada, al noroeste de Londres, Oliver dio una amplia vuelta alrededor del reverendo Richard Speed, mirando al predicador de pies a cabeza con los ojos muy abiertos y expresión de regocijo—. Si no conociera vuestra verdadera identidad, me dejaría engañar por el disfraz.

—Me siento ridículo. Como un mamarracho —Speed miró con enojo a sus dos sonrientes compañeros de viaje—. ¿Es absolutamente necesario?

—Me temo que sí —dijo Alondra—. Os acostumbraréis. Estáis espléndido.

—Sí, espléndido —dijo Oliver—. Preciosa, de hecho —tuvo que hacer un esfuerzo para no romper a reír—. Estáis muy convincente vestido de mujer, mi querido Speed. ¿O debería decir *mistress* Speed?

Speed no soltó una maldición porque era un hombre de Dios, pero en su mirada había puro veneno.

—Por supuesto —continuó Oliver mientras Alondra se agachaba para rebuscar entre la ropa que habían comprado—, no podemos llamaros Speed, puesto que ahora es un apellido famoso. ¿Cómo os llamaremos, entonces? ¿Lady Lampiña? ¿Doña Virago?

—Ya basta. No pienso soportar esto ni un segundo más —colorado y molesto, Speed levantó el brazo para arrancarse la recatada cofia.

—¡Esperad! —Alondra se incorporó, le puso una mano sobre el brazo y lo miró suplicante—. Os dais por vencido demasiado pronto. Pensad en lo que está en juego, Richard.

Oliver chasqueó los dedos.

—Eso es. Os llamaréis *mistress* Quickly. Pasaréis a la historia como el mártir con enaguas —añadió sin poderlo remediar.

Speed asintió de mala gana.

—Sufro en el nombre del Señor —refunfuñó, dando patadas al bajo de su larga falda. El vestido, que el propio Oliver había hurtado en un burdel de Shoreditch, se le ceñía a los hombros, pero le quedaba muy suelto por delante.

—Necesitáis algo más en la parte de arriba —Oliver tomó

un puñado de paja de un montón que había bajo los aleros del tejado–. Estaos quieto –tiró de la áspera camisa de Speed y metió la paja, ahuecando el corpiño.

–Pica –protestó Speed.

–No tanto como una camisa de pelo –dijo Oliver. Cuando acabó con la paja, añadió una gorguera algo aplastada para ocultar la nuez de Speed.

Alondra siguió explorando el contenido del saco que Oliver había sacado de la casa de lenocinio. Un momento después, se incorporó sujetando un objeto extraño y peludo, colgado de un cordel.

–¿Qué demonios es esto?

Oliver casi se atragantó de risa. Aquellos dos protestantes iban a ser su perdición.

–Eso –dijo, muy serio– es un peluquín.

Alondra ladeó la cabeza y frunció el ceño.

–Sigo sin...

–Es justo el toque que necesitamos para que el disfraz sea perfecto –Oliver se lo arrancó de las manos. Se agachó delante de Speed y le subió las faldas–. Es una peluca para las partes pudendas.

Alondra dio un grito de espanto y se volvió, tapándose la cara con las manos. Speed se quedó helado. Cuando recuperó el habla, dijo:

–No hace falta llevar el disfraz hasta esos extremos.

–Nunca se sabe dónde acecha un espía, mi querido Speed –dijo Oliver. Se quemaría en el infierno por aquella broma, pero no podía resistirse–. Ponéoslo.

Justo en el momento en que Speed acababa de atarse la extraña peluca, apareció un mozo con sus caballos. Miró a Speed boquiabierto un momento, luego se tapó la boca con la mano y echó a correr. Cuando se perdió de vista, oyeron sus carcajadas.

–Adiós a mi dignidad –gruñó Speed.

Montaron los tres y salieron del patio de la posada mientras el sol ahuyentaba el relente del amanecer. Speed montaba a mujeriegas, con una pierna pasada torpemente por encima del pomo y los pies embutidos en apretadas zapatillas de fustán. No paraba de quejarse en voz alta, y su pecho relleno de paja rebotaba con cada paso que daba el caballo. A mediodía pasaron por el puente de Tyler Cross.

Aunque se reía y bromeaba con el disfraz de Speed, Oliver no olvidaba en ningún momento que el reverendo era un fugitivo cuya vida corría peligro. Y tampoco olvidaba lo ocurrido la última vez que cruzaron aquel puente.

Ese día, sin embargo, no se cruzaron con ningún viajero invernal, ni con ningún carruaje convenientemente volcado en el barro de la cuneta.

Para cuando las colinas redondeadas aparecieron por fin, Speed parecía haberse resignado y guardaba silencio. Si lograba que no se le vieran las patillas y escondía sus manos grandes y de anchas muñecas, si conseguía atemperar su voz, nadie sospecharía que era un hombre.

—Os felicito, Alondra —dijo Oliver—. El disfraz es muy ingenioso.

—Ya veremos cuánto —dijo ella con su cautela característica.

Estaba sucediendo otra vez: aquel retraimiento que se apoderaba de ella en cuanto se acercaban a Blackrose. Era como una flor atrapada por una helada repentina. Perdía el color y la vida que la hacían vibrante y especial. Se volvía retraída y en cierto modo amarga.

Oliver creía saber por qué. Spencer era su marido. Aquel viejo moribundo y enflaquecido que ocupaba la alcoba principal era su esposo.

Y Wynter (ironía de ironías) era su hijastro. Le sacaba varios años, pero era su hijastro. Aquello era de locos.

De pronto, Oliver sintió una pequeña y ardiente punzada de lástima por ella. Se imaginó cómo debía de haber sido su vida: esposa de un hombre que era su padre, más que su marido, y madre de un desconocido que obviamente la despreciaba. Qué extraño y triste era todo aquello.

Al cruzar la verja del priorato, se puso a su lado, alargó el brazo y le tocó el hombro.

Ella se volvió y Oliver vio que la metamorfosis se había completado. Alondra había desaparecido. Y aquella desconocida de rostro marmóreo había ocupado su lugar.

—¿Sí? —preguntó—. ¿Qué sucede?

—Sólo quiero que sepáis que estaré aquí mientras me necesitéis.

La amargura crispó la sonrisa de Alondra.

—No, milord. Estaréis aquí mientras os plazca.

—¿Y eso cómo lo sabéis?

—Estoy empezando a conoceros, milord. Os dais prisa en hacer vuestra una causa y la misma prisa en abandonarla. En verdad, tenéis la lealtad de Simón y Pedro.

Una llamarada de furia se encendió en el pecho de Oliver. Alondra tenía razón. Así había sido siempre él. Se entregaba a las cosas que le interesaban; pero cuando perdía interés o se sentía menos amenazado, pasaba a la siguiente aventura. La diferencia era que esta vez no quería que la aventura acabara.

—Os equivocáis —tiró de las riendas y esperaron a que dos mozos de cuadra fueran a ocuparse de sus caballos—. Esta vez me quedaré y veré cómo acaba esto. ¿Acaso no lo prometí esa noche, en la colina?

—Las promesas de un borracho rara vez se sostienen —ella desmontó sin ayuda y lanzó las riendas a uno de los muchachos. Oliver saltó de su yegua y puso mucho empeño en ayudar a desmontar a Richard Speed.

El reverendo se dejó caer torpemente al pavimento de gravilla. Se tiró del prieto corpiño y pasó un dedo por el borde de la gorguera.

—Gracias, milord —masculló en voz baja.

Oliver sonrió.

—Intentadlo con la voz una octava más aguda, y os creeré —susurró.

Alondra los condujo al gran salón. Speed se dirigió a la puerta con pasos largos y viriles. Oliver lo agarró del codo.

—Camináis como un labrador, no como una dama. Aflojad el ritmo. Id dando pasitos. Y contonead ligeramente las caderas. Así —hizo una demostración y luego se volvió hacia Speed, que lo miraba estupefacto.

—Perdonad que lo pregunte, milord, pero ¿dónde diablos aprendisteis a caminar así?

Oliver se echó a reír.

—Han sido muchos años de observación cuidadosa y diligente, mi querido Speed.

Al entrar en el salón, Alondra estaba hablando con un sirviente que parecía preocupado.

—¿Qué ocurre, Crispus? —preguntó.

El hombre agarró los bordes de su holgado chaleco.

—Es el amo, señora. Está peor. El médico ha estado con él toda la noche, y Goody Rowse ha venido del pueblo a quedarse con él.

Alondra no miró a Oliver ni a Richard. Se recogió las faldas y corrió hacia las escaleras.

Por encima del hombro preguntó:

—¿Dónde está lord Wynter?

—Se marchó —respondió Crispus alzando la voz—. Se fue en barca a Londres. La reina lo mandó llamar, o eso dice su criado.

Alondra se agarró a la barandilla del primer descansillo

y giró bruscamente. Oliver vislumbró su cara. Estaba pálida por el miedo, y había en su rostro algo que él no tuvo más remedio que reconocer.

Por Dios. Quería de veras al viejo.

Alondra cayó de rodillas junto a la cama. El aire desalojó sus faldas manchadas por el viaje con un suave susurro. El terciopelo se amontonó en torno a ella como un lago gris.

—Spencer... —musitó.

—Sólo se despierta unos minutos de vez en cuando —Goody Rowse se levantó del sillón en el que estaba sentada, tejiendo—. Ha tomado caldo, pero sólo un sorbito o dos.

—Entiendo —Alondra despidió a la mujer con una inclinación de cabeza. Un espantoso sentimiento de culpa se había apoderado de ella. Spencer comía mejor cuando ella le daba el caldo. Pero se había marchado a correr una aventura con un hombre al que encontraba fascinante, un hombre que la había besado a su antojo, un hombre que no era su marido.

—¿Spencer?

Yacía en reposo, como un cadáver, con la cabeza perfectamente centrada en la almohada y las manos pecosas cruzadas sobre el pecho.

Alondra no recordaba la última vez que lo había tocado. No se tenían aversión el uno al otro. Al contrario. Pero a Spencer no le gustaba el contacto físico. Siempre había confiado en el poder de la mente.

Pero ¿qué ocurriría, se preguntó Alondra, cuando sólo quedaba el contacto físico?

Spencer era tan distinto a Oliver...

Hizo aquella comparación sin poder evitarlo. A Oliver

no le gustaba simplemente tocar; parecía necesitarlo. Necesitaba el contacto como la mayoría de los hombres necesitaban el alimento.

Y cuando estaba a su lado, ella también lo necesitaba.

Avergonzada del rumbo que habían tomado sus pensamientos, Alondra repitió en voz más alta:

—Spencer —tenía que desterrar a Oliver de Lacey de su mente. Envalentonada, puso las manos sobre las de Spencer—. Soy Alondra —dijo—. ¿Puedes oírme?

Tenía las manos frías. Su piel parecía muy fina y seca, infinitamente quebradiza. Pero poco a poco, casi por arte de magia, fue entibiándose allí donde sus manos la tocaban.

Aquel calor trajo recuerdos de hacía mucho tiempo. Spencer había sido casi siempre severo y exigente. Pero el profundo afecto que le tenía sobrevivía siempre bajo su rígida apariencia. Muy de vez en cuando, Alondra distinguía en él un destello de cariño.

De pronto lo vio claramente tumbado bajo un manzano, en primavera. Ella debía de tener cuatro o cinco años en aquel momento, y había logrado subirse al árbol en flor. Recordaba cómo reía de placer al sacudir las ramas de modo que una lluvia de pétalos caía sobre él. Spencer también reía, con la cara cubierta de pétalos blancos como la nieve. Estaba tan guapo cuando sonreía...

Una lágrima se deslizó por la mejilla de Alondra.

—Nada de eso —Spencer se había despertado. Estaba muy débil, pero en sus ojos ardía aún un brillo de descontento.

Ella sonrió y se tragó el nudo que notaba en la garganta.

—Me estaba acordando de lo bueno que has sido siempre conmigo.

—Bueno. Hmmf. Lo bueno que hay en ti, Alondra, lo

tenías ya al nacer. Si hubiera podido arrancártelo a base de sermones, estoy seguro de que lo habría hecho.

—No sabes lo que dices —el Spencer al que ella conocía jamás se cuestionaba a sí mismo. Distinguía el bien del mal como si el Señor se lo hubiera escrito en una tablilla de piedra.

—No —dijo él—. Morirse es algo maravilloso. Lo fuerza a uno a ser honesto consigo mismo, y con aquéllos a los que ama. ¿Dónde está Oliver?

—¿Para qué quieres verlo?

—Lo necesito. Por favor. No hay mucho ti...

—Milord, estoy aquí —grande y dorado como un arcángel, Oliver entró en la alcoba. Richard Speed iba tras él, arrastrando sus faldas.

Alondra se levantó de un salto.

—¿Estabais escuchando en la puerta?

Él le tocó un momento la mejilla.

—Lamento que hayas vuelto a esto. Yo...

Ella agachó la cabeza y retrocedió.

—Spencer, éste es Richard Speed.

—Ah, el que acaba de escapar de Smithfield, alabado sea Dios —Spencer volvió la cabeza hacia la puerta y miró más allá de Speed—. Apartaos, señora. No veo al reverendo.

Speed hizo una reverencia torpe y rígida.

—Milord, yo soy Richard Speed.

—Extraño atuendo —masculló Spencer.

Speed se puso colorado.

—Es un disfraz. Debo permanecer disfrazado hasta que pueda abandonar Inglaterra.

Spencer cerró los ojos.

—Dios nos salve de una Inglaterra que condena a muertes a hombres santos —volvió a abrir los párpados—. Señor, vuestra presencia es un gran consuelo para mí.

Richard Speed pareció transformarse de pronto. A pesar de su ridículo disfraz, se convirtió en un hombre en su elemento. Sólo él sabía qué hacer en presencia de un moribundo. Su bello y joven rostro parecía bañado por un fulgor de adoración y respeto que consolaba el alma.

—El Señor está contigo —musitó y, a pesar de su voz suave, su certidumbre resonó en la alcoba.

—En eso pongo mi fe —Spencer se quedó callado un momento—. Me encuentro entre dos mundos. Con un pie aquí y otro en otra parte. Quiero irme.

Un gemido afloró a la garganta de Alondra. Sintió la mano de Oliver en su espalda, sosteniéndola.

—Y sin embargo sigo aquí —dijo Spencer.

—No temáis, milord —Speed le puso la mano sobre la frente.

—No temo. Pero tengo un asunto pendiente.

—Quizá por eso sufrís aún.

—¿Nuestro asunto legal está concluido? —le preguntó Spencer a Oliver.

—Kit ha llevado los documentos al tribunal. No tenéis que preocuparos más por eso. Wynter no se apoderará de Blackrose.

Spencer suspiró. Tenía los labios azules, y Alondra comprendió que lo estaba perdiendo. Él respiró con esfuerzo y dijo su nombre.

—Estoy aquí —se acercó a la cama, cayó de rodillas y tomó su mano. El calor que le había transmitido un momento antes había desaparecido.

—Eres una joven extraordinaria, Alondra.

Nunca le había hecho un cumplido. Ella estaba tan sorprendida que no contestó.

—Puede que en otro tiempo me creyera responsable de la nobleza de tu corazón, de tu honor y tus conocimientos. Ahora sé que no es así. He cometido contigo una terrible injusticia.

—No digas eso, te lo ruego —musitó ella—. Has sido mi salvador, la estrella que me ha guiado todos los días de mi vida.

Speed se acercó a los pies de la cama. Oliver estaba frente a Alondra y sus ojos se encontraron.

No debería haber ocurrido, pero al mirarlo, Alondra sintió una profunda unión entre ellos, una intimidad que nunca antes había compartido con otra persona.

¿Cómo era posible que el hombre que la había educado desde la infancia pareciera tan distante y remoto, y que un hombre al que conocía desde hacía apenas un par de semanas tuviera su corazón en las manos?

Spencer carraspeó con un ruido ronco y alarmante.

—Te crié como me pareció mejor, forjando tu espíritu, intentando apagar el fulgor de las cualidades que más brillaban en tu interior: tu mente vivaz, tu ansia ferviente de aprender, tu ternura innata, tu... —pareció reacio a seguir adelante—. Tu feminidad. Me equivoqué. Estabas demasiado viva para mí, Alondra. Tu vitalidad me asustaba. Intenté apagar la chispa que ilumina tu alma.

Ella recordó entonces fugazmente cómo la hacía él arrodillarse y rezar, estudiar, tejer y bordar, sofocar su risa con pensamientos austeros y ahogar sus opiniones cambiándolas por proverbios aprendidos de carrerilla.

—Hiciste lo que pudiste —dijo—. Tú...

—Calla. Intenté apagar esa ascua que ardía en ti, pero el fuego no se extinguió, a pesar de mis esfuerzos. ¿Sabes por qué lo sé?

Las lágrimas emborronaron los ojos de Alondra.

—No, Spencer. Siempre has sido un misterio para mí.

—Lo sé porque ahora me doy cuenta de que hay un hombre capaz de encender esa chispa. Lo veo en tus ojos cuando lo miras.

—¡No! —la culpa se apoderó de ella. Oliver dejó escapar un sonido estrangulado.

—No lo niegues, Alondra —dijo Spencer. Su pecho se convulsionó, pero logró dominar sus estertores por pura fuerza de voluntad—. Regocíjate. Aquí estoy, al final de mi vida, y ahora lo veo claramente. He sido amargo. Pensaba que el matrimonio no traía más que padecimientos. Ahora sé que no es así. El matrimonio entre dos personas que se aman es un regalo de Dios. Necesito saber que alguien va a cuidar de ti y a protegerte —su voz se hizo más fuerte y firme—. Ese hombre es Oliver de Lacey.

Alondra se atrevió a mirar a Oliver. Tenía una expresión de perplejidad, como si acabara de comerse una seta venenosa.

Spencer logró apretar la mano de Alondra.

—Quiero que te cases con él en cuanto yo me haya ido.

—¡Nunca! —ella se llevó las manos a los oídos—. Por favor, Dios mío, no quiero oír esto.

Él levantó sus manos huesudas y trémulas y, agarrándola como si tuviera garras, le destapó los oídos.

—No te aflijas ni llores por mí. Ni siquiera esperes a que esté frío. ¡Júralo, Alondra! Júrame que lo tomarás por esposo.

—Por favor, no puedo...

—Júralo —le rogó él—. No tendré paz hasta que lo hagas.

La mente de Alondra giraba en un torbellino de angustia y confusión. De todas las peticiones que podría haberle hecho Spencer en su lecho de muerte, aquélla era la más inesperada, la más absurda e impensable.

—No —musitó—. No puedo.

—Alondra, te lo suplico —aunque tenía los ojos secos y rodeados por un cerco enrojecido, parecía estar llorando.

Ella nunca lo había visto llorar. Deseaba que su tránsito fuera apacible. Pero ¿cómo iba a casarse con Oliver? Era osado, caprichoso e impredecible. La hacía sentirse una mujer. La hacía temblar de deseo. La hacía recordar por qué nunca podría sucumbir a los deseos de la carne.

—Por favor —musitó Spencer, y su voz sonó como un seco gorgoteo en su garganta.

—¡Por amor de Dios, juradlo! —estalló Oliver—. ¡Os lo está suplicando, Alondra! —la exasperación oscurecía su cara cuando agarró la otra mano de Spencer—. Si eso os da la paz, mi señor, prometo hacer de Alondra mi esposa. La cuidaré y la protegeré, y que Dios me fulmine si fallo.

Al oír las sorprendentes palabras de Oliver, Spencer pareció relajarse. Su pecho comenzó a subir y a bajar más suavemente, y una leve sonrisa curvó sus labios azulados.

—Entonces, ya hemos avanzado la mitad del camino —su susurro estaba cargado de esperanza—. Alondra, di que te casarás con él. Y que no será un matrimonio sólo de nombre. Llevas veinte años atrapada en un matrimonio de conveniencia. Es hora de tomar un verdadero esposo.

Ella miró desesperada a Richard Speed. El reverendo tenía las manos unidas y parecía atónito. Luego, observó a Spencer, que parecía ir apagándose ante sus ojos.

—Por favor, Alondra.

Ella apenas oyó su susurro, pero a pesar de todo sentía su fuerte voluntad presionando sobre su corazón. ¿Cómo iba a negarle nada en aquel momento?

—Muy bien —dijo con voz que parecía la de una desconocida—. Si deseas que me case con Oliver, eso es lo que haré.

—¿Lo juras ante Dios?

Ella titubeó. Si hacía aquel juramento, sería irrevocable. Levantó la barbilla. Su mirada chocó con la de Oliver de Lacey. Vio a un hombre lleno de defectos y sin embargo exultante, un hombre que despertaba pasión en ella, que escuchaba sus opiniones, que respetaba su voluntad, que la hacía sentirse protegida, querida, importante.

Se oyó decir «sí».

—Muy bien —dijo precipitadamente—. Juro ante Dios que haré lo que me pides.

El silencio se hizo en la habitación. Luego, Spencer tomó las manos de ambos y las unió con las suyas.

Una luz pálida y distante brilló en sus ojos.

—Está hecho, entonces.

Sus labios azulados sonrieron. Ni Alondra ni Oliver se atrevieron a mover las manos, aunque les parecía extraño tenerlas entrelazadas con las de Spencer.

Richard Speed rezaba en voz baja.

Alondra no supo cuánto tiempo estuvieron allí. Pasado un rato, la respiración de Spencer pareció cambiar. Se hizo entrecortada, irregular, interrumpiendo las plegarias incesantes de Speed. Luego, Alondra oyó un extraño chasquido, seguido por un suspiro suavísimo.

Spencer había muerto.

Ella se inclinó y lo besó en los labios. En vida, él nunca había permitido que lo besara, y aquella dolorosa injusticia, la sensación de haber perdido tantas oportunidades, le desgarraba el corazón. Sus labios estaban fríos y secos hasta que las lágrimas cálidas de Alondra le mojaron la cara.

Spencer y ella habían compartido un amor extraño, pero profundo, un amor que Alondra llevaría consigo como una preciosa reliquia hasta el día de su muerte. Su juramento la había unido a Oliver de Lacey, pero ahora no podía pensar en él, no podía preguntarse si Oliver era capaz de sentir un amor tan duradero.

—¿Cómo voy a vivir sin ti? —musitó—. En nombre de Dios, Spencer, ¿cómo voy a seguir adelante?

—¿Cómo voy a atarme a la única mujer a la que le importo un bledo? —murmuró Oliver. El fresco hálito del viento se colaba por las rendijas de las ventanas de la capilla.

Tres días después de la muerte de Spencer, Kit y él estaban en el umbral de la capilla del priorato de Blackrose. En el altar esperaban Richard Speed y Alondra, vestidos de luto, salvo por las blancas solapas plisadas que cubrían sus pechos del cuello a la cintura. El velo negro de Alondra ocultaba su cabello y contrastaba vivamente con sus pálidas mejillas.

—Es un poco tarde para echarse atrás —dijo Kit. Había regresado de Londres el día anterior, con el pleito resuelto satisfactoriamente.

—Fue demasiado tarde desde el momento en que hice esa estúpida promesa —Oliver tocaba nerviosamente su florete de gala.

En qué dilema lo había puesto Alondra. Su conmovedora despedida de Spencer había dejado claro que jamás podría amar a otro hombre.

—Kit, soy la más negra de las ovejas negras. Un golfo y un granuja. Un sinvergüenza, un mujeriego que va por ahí levantando las faldas a las mujeres. No tengo madera de m... —no podía decirlo.

—¿No has dicho siempre que querías experimentarlo todo en esta vida? ¿Probarlo todo? Pues el matrimonio es una aventura en la que no te has embarcado aún.

—Yo sólo quería vivir las cosas divertidas. Los grandes retos.

Kit lanzó a Alondra una mirada cargada de sentido. Inexpresiva y con la mirada apagada, ella se aferraba al libro de oraciones de Spencer como si fuera un escudo con el que proteger su rígido pecho.

—Dime una cosa, Oliver —dijo Kit—, ¿qué mayor desafío que ése?

—Eres un gran consuelo, Kit —la rabia se avivó dentro de

él como una llama. Se sentía utilizado, engañado, arrastrado hasta allí por fuerzas que no controlaba. Sí, incluso desde la tumba, Spencer seguía mandando sobre él.

Richard Speed los llamó con un gesto impaciente.

Con tanto miedo como el día en que fue a la horca, Oliver de Lacey fue a desposar a su novia.

CAPÍTULO 10

Mientras le prometía su futuro a Oliver de Lacey, Alondra lo miraba a través de su velo de luto. Estaba allí, con el peso del cuerpo apoyado tranquilamente en una cadera y el pelo revuelto como por la mano de una amante, con una expresión de aburrimiento en su bella cara.

Richard Speed leyó el acuerdo de esponsales y el contrato matrimonial que Kit había redactado precipitadamente. Oliver la sorprendió mirándolo y le hizo un guiño lleno de insolencia.

Ella resopló y apartó la mirada, intentando ahuyentar el súbito recuerdo de Wynter. Se pondría lívido cuando descubriera lo que había hecho. Inquieta, se obligó a mirar al reverendo Speed. Su salud estaba mejorando rápidamente; pronto se le quedarían pequeños los vestidos que le servían de disfraz y que tanto odiaba. Parecía casi tan incómodo como ella; sus pies se movían bajo la falda y sus brazos henchían las prietas mangas de encaje. Había suplicado ponerse una casulla de clérigo, pero Oliver decía que era demasiado arriesgado.

Conociendo su sentido del humor, Alondra sospechaba que le hacía gracia que los casara un ministro con faldas.

Kit Youngblood, que estaba de pie a su lado, como testigo, apretaba los labios con fuerza, como si intentara contener la risa.

El bueno de Kit. Gracias a él, aquella boda sería legal, un contrato solemne y de por vida. La noche anterior, mientras bebían vino, Kit había dejado constancia por escrito de los esponsales. Había supervisado los acuerdos pecuniarios, negociado la dote y redactado el acuerdo nupcial.

Ahora, Richard Speed clavó el último clavo de su destino. Les dio una última oportunidad de desvelar algún impedimento para el matrimonio.

Alondra respiró hondo. Quería dar media vuelta y huir, declararse incapaz. Pero entonces volvió a oír las últimas palabras de Spencer. «Quiero que te cases con él en cuanto me haya ido. No te aflijas ni llores por mí. Ni siquiera esperes a que esté frío. ¡Júralo, Alondra! Jura que lo tomarás por esposo».

Había dado su palabra a un hombre agonizante.

Oliver inclinó la cabeza mirando a Richard y dijo:

—Proceded.

Y así, en la oscura y ventosa capilla de Blackrose, juraron ser marido y mujer. Alondra se oyó prometer ser casta, sumisa y fértil, y se alegró de que el velo ocultara su rubor al recordar que el matrimonio tenía como fin la procreación.

Luego fue Oliver quien pronunció sus votos. Ella esperaba que los enumerara con la misma tranquilidad que si contara monedas de poca monta.

Pero él le arrancó el velo y la asió de la muñeca. El cabello de Alondra cayó sobre su espalda.

—¡Mi señor! —se sentía de pronto desnuda y asustada. Los ojos de Oliver eran del azul ardiente del cielo en un día caluroso—. ¿Qué...?

—Quiero ver vuestra cara mientras pronuncio mis votos —dijo él—. Quiero asegurarme de que me oís, Alondra —sin mirar atrás, alargó la mano y Kit le dio un anillo de oro—. Juro manteneros —dijo— y guardaros del peligro y la necesidad, seros fiel y cuidar de vuestro bienestar —miró el anillo. Alondra se preguntó si eran imaginaciones suyas o si de veras le temblaba la mano cuando fue poniéndole el anillo sucesivamente en todos los dedos de la mano—. Con este anillo os desposo, con este oro os honro, y con mi cuerpo os venero.

Alondra no supo decir por qué, pero sus palabras parecieron hacerla flotar muy por encima del suelo.

—Hasta que la muerte nos separe —concluyó Oliver. Al pronunciar aquel último voto, la alegría pareció abandonar sus ojos, que se enturbiaron y oscurecieron, y su boca se crispó como si un dolor se hubiera apoderado de él. Luego aquel instante pasó, y Alondra pensó que había imaginado su tormento, porque él volvía a sonreírle.

Apenas oyó a Speed proclamar:

—Lo que Dios ha unido, que no lo separe el hombre.

Oliver le tocó la barbilla para llamar su atención.

—¿Alondra? Se ha acabado.

—¿Se ha acabado? —preguntó ella tontamente.

—Sí, cariño. Bueno, lo aburrido, al menos.

—¿Desea su excelencia besar a la novia? —preguntó Speed.

La sonrisa de Oliver era irónica, quizás amarga.

—Ahora empieza lo interesante.

Oliver entró solo en la habitación de la novia y la encontró vacía. Su cena nupcial había sido muy sencilla: pan, vino y manzanas, dispuestos en una mesa ovalada. Malhumorado, Oliver se sirvió una copa de vino y se acercó a la ventana para esperar a su esposa.

Los sirvientes de la casa se habían tomado la noticia de

la boda con sorprendente aplomo, como si Spencer, incluso muerto, tuviera el poder de hacerles obedecer.

Un pájaro se posó en el alféizar de la ventana abierta. Oliver notó que alguien había dejado migas allí. Alondra. Se la imaginó sola en aquel cuarto año tras año, dejando migas para atraer a los pájaros, ansiando, quizá, su compañía mientras trabajaba en sus tediosas labores de costura.

El cielo del ocaso era de un azul profundo, traspasado por los primeros brillos de las estrellas. El pájaro cantó. Oliver se bebió el vino de un trago y eructó con fuerza. El pájaro se fue volando.

—Esta noche tengo que ocuparme de otra alondra —masculló—. Lástima que ella no se asuste tan fácilmente —un nudo de aprensión le retorció las tripas. No le daba miedo hacer el amor con ella, desde luego, pero ¿y si se quedaba embarazada? Él soñaba a menudo con tener un hijo, pero siempre en abstracto, y el niño de sus ensoñaciones no tenía las necesidades de un niño de carne y hueso. En realidad, Oliver sabía que no debía tener hijos. Su enfermedad era impredecible. Tenía motivos de sobra para suponer que podía transmitírsela a sus vástagos, igual que la apariencia física. Su hermano Dickon sufría aquel mismo mal, y había vivido apenas seis veranos.

Y aunque engendrara a un hijo perfectamente sano, él mismo estaba muy lejos de ser perfecto. ¿Para qué iba a tener él, un derrochador que sin duda moriría joven, un hijo o una hija?

Maldita fuera Alondra. Le había tendido una trampa para obligarlo a casarse.

Alondra entró en la habitación unos minutos después. Al principio, no lo vio junto a la ventana y se apoyó contra la puerta, cerró los ojos y se pasó el dorso de la mano por la frente.

—No os deis prisa en exhalar un suspiro de alivio —Oliver se apartó del alféizar de la ventana y se acercó a ella. Abrió los brazos de par en par–. Enhorabuena, señora. Spencer y vos habéis logrado atrapar al heredero de Wimberleigh.

Un fuego brilló en los ojos grises de Alondra, como la llama de una lámpara un día lluvioso.

—¿Qué insinuáis?

Él se detuvo junto a la mesa, dejó su copa y apoyó las manos sobre el suave tablero. Echándose hacia delante contestó:

—Insinúo que Spencer, que en paz descanse, y vos os habéis tomado muchas molestias para hacerme pasar por el aro. Primero, salvándome del patíbulo, luego utilizándome para desvincular su señorío y por último cerrando la trampa al mismo tiempo que Spencer estiraba la pata. Todo muy bien ejecutado, si me perdonáis la expresión.

—Eso es lo más absurdo, lo más ofensivo y lo más soberbio que he oído nunca.

—¿Lo negáis? —levantó una ceja con insolencia.

—Por supuesto que sí. Prácticamente me obligasteis a hacer esa promesa en el lecho de muerte de Spencer.

—Ojalá me hubiera percatado antes de la estratagema. Sois una actriz excelente, Alondra. Conseguisteis que me apiadara de vos.

Ella puso también las manos sobre la mesa y se inclinó hacia Oliver. Quedaron nariz con nariz, cada uno intentando que el otro desviara la mirada.

—No fue una actuación. Ignoraba que Spencer se proponía emparejarnos. Era lo último que quería. De hecho, fuisteis vos quien lo dispuso todo para atraparme a mí.

—¡Ja! —estalló Oliver, incrédulo, pero ella no se inmutó—. Ésa sí que es la historia más ridícula que he oído nunca. ¿Para qué, si puede saberse, iba yo a querer atraparos a vos?

Aquellas feas palabras se le escaparon antes de que pudiera atajarla.

Ella contuvo el aliento como si la hubiera abofeteado.

Oliver se quedó paralizado, deseando poder retirarlas. Sintió la tentación de decirle la verdad, pero la verdad era que estaba asustado. Hacía semanas que la deseaba. Ahora que por fin era suya, se daba cuenta de que no bastaba sencillamente con poseerla. Era responsable de su seguridad, de su felicidad.

¿Felicidad? ¿Qué rayos sabía él de hacer feliz a una mujer, fuera de la cama?

—¿Que por qué? —dijo ella—. Porque soy una viuda rica.

El modo en que le tembló la voz al decir la palabra «viuda» dio que pensar a Oliver. Procuró despejar su mente del vino que había bebido y recordar. Recordó a Alondra inclinada sobre Spencer en el momento de su muerte, dándole un beso profundamente emocionado y tierno. Quería al viejo, y su muerte le había roto el corazón. «¿Cómo voy a vivir sin ti?». Aquel murmullo angustiado aún atormentaba a Oliver.

Masculló una maldición y se apartó de la mesa.

—No discutamos. Ya está hecho. Juré tomaros por esposa. Y eso he hecho —se acercó a su lado de la mesa, la tomó de la mano y se la llevó a los labios—. Casi.

Tocarla tuvo el efecto de siempre sobre él. Sintió la suavidad de su piel, su olor limpio y femenino, la calidez que parecía emanar de su cuerpo.

Cuando apartó los labios de su palma y levantó los ojos, vio dolor en su mirada. Su expresión le hizo olvidar sus preocupaciones respecto a tener un hijo y recordar el resto de su promesa.

—Le prometí a Spencer que os cuidaría y os protegería.

Ella retiró la mano bruscamente.

—Hasta ahora me he valido perfectamente sin vos. En cuanto a lo de cuidarme, no lo necesito.

Oliver dio un paso hacia ella.

—Sí, Alondra. Lo necesitas.

Ella retrocedió lentamente.

—No, viniendo de un hombre que ve la vida como una serie de bromas y travesuras. Que hace un deporte de jugar con los sentimientos de una mujer. Que cumple las promesas que le divierten y olvida las que pierden su interés.

Lo que más le molestaba de sus palabras era que tenía razón. Inflexible como una lanza de guerra, Alondra había ido enumerando sus defectos y arrojándoselos a la cara.

Oliver la hizo retroceder hasta que no tuvo ya dónde ir. Su espalda rígida chocó contra la pared forrada de paneles de madera. Oliver apoyó las manos en ella y bajó la cabeza para mirarla a los ojos.

—Puede que eso sea cierto, Alondra —sonrió y se sacó un as de la manga—. Pero soy lo único que tienes —sin pretenderlo siquiera, besó sus labios, y ella profirió una exclamación de sorpresa—. Antes, durante la cena, no has querido bailar conmigo.

—Estaría muy mal visto que me pusiera a bailar haciendo tan poco tiempo de la muerte de mi... de Spencer.

—Ahora nadie te ve, Alondra. Nadie, excepto yo. Baila conmigo, Alondra. Baila con tu marido.

—No —musitó ella, palideciendo—. No podemos. No hay músicos...

—Puedo tararear una melodía.

—¡No puede ser, Oliver! No voy a bailar contigo.

—Muy bien —dijo él, excitado por su cercanía y, sorprendentemente, por oír su nombre en sus labios. Se preguntó si ella sentía el calor que desprendía su sangre—. Es nuestra noche de bodas. No hablemos. Cada vez que hablamos, acabamos discutiendo.

Ella se quedó mirándolo largo rato. Su expresión no cambió. Sus ojos no se apartaron de él. Oliver empezó a sentirse incómodo. Se preguntaba qué estaría pensando: si estaba juzgándole y le encontraba defectos, si Richard Speed le parecía más guapo, o Kit más fiable, o (Dios no lo quisiera) mejor dotado.

—No sé qué quieres que haga —dijo ella al fin.

Él estuvo a punto de derrumbarse de alivio. Así que era eso lo que tanto le preocupaba. Querida Alondra... Siempre competente en todo, se avergonzaba de aquel defecto, si podía llamarse allí.

—Ah, Alondra —tomó sus mejillas entre las manos y lo maravilló el tacto sedoso de su piel—. Te ruego que esta noche no te preocupes por cosas de protocolo. Además, ¿qué hay de nuestra charla junto al río? ¿Piensas alguna vez en eso?

—Nunca me dijiste qué sentir, qué decir.

—Te suplico que, sólo por esta vez, no te preocupes por decir y hacer lo correcto.

—Pero tengo que explicarte algo...

—Calla —bajó las manos hasta sus hombros y empezó a masajearlos suavemente. Sentía la tensión en sus músculos agarrotados y su postura rígida—. ¿Te acuerdas de los pájaros del mercado de Newgate?

Ella asintió con la cabeza.

—¿Cómo iba a olvidarlo?

—¿Crees que, cuando los dejé libres, se preocuparon por cómo tenían que volar, o por dónde iban?

—Claro que no. Eran pájaros, mi señor. Hicieron lo que les dictaba el instinto.

—Y eso debes hacer tú, mi Alondra —se inclinó y sopló suavemente en su oído—. Basta de preocuparse por lo que está bien y lo que está mal. Eres tan criatura de Dios como un pájaro o una bestia. Tienes que dejar de pensar tanto y simplemente sentir.

—No creo... —se estremeció cuando él volvió a soplarle en el oído—... no creo que pueda.

—Acabas de hacerlo, cariño.

—¿Sí?

—Sí.

Aquélla era la seducción más extraña que Oliver había perpetrado nunca. No era sólo que Alondra fuera una ingenua, que estuviera atrapada en capa tras capa de retórica y creencias puritanas. Tales cualidades podían ser buenas para el alma, pero no tenían lugar en un idilio amoroso.

Pero, aparte de eso, Oliver tenía atrapado el corazón. Ése era el verdadero origen de su enfado, de su miedo. Nunca antes le había pasado, y no sabía cómo enfrentarse a ello.

Había deseado un desafío. ¿Cuántas veces lo había dicho? Kit tenía razón. Alondra era el desafío de su vida. El matrimonio era la única aventura que aún no había probado.

—Ven aquí, junto al fuego —la tomó de las manos y caminó hacia atrás, sosteniéndole la mirada sin atreverse a pestañear por miedo a que sus ojos perdieran aquella mirada hechizada y extática.

Se quedaron frente al hogar, mirándose el uno al otro mientras el suave resplandor rojizo de las ascuas los iluminaba. Oliver besó su frente con levedad, respetuosamente. No quería asustarla.

Aunque hiciera falta toda la noche, aunque hicieran falta quince noches, un año, una vida entera... le enseñaría a adorar la pasión.

No podía decir por qué era tan importante para él. Sólo sabía que había algo crucial en la balanza. Alondra. Su felicidad. Oliver no se creía capaz de preocuparse tanto por otra persona, de preocuparse hasta el punto de que le dolía.

Ella levantó la mano para tocarse la modesta cofia que

se había puesto inmediatamente después de la boda. Oliver tomó su mano y se la llevó al corazón.

—No —dijo—. No hagas nada. No pienses en nada. Esta noche soy yo quien ha de esforzarse.

Ella bajó la mano obedientemente. Encontró los dos peines de madera que sostenían la cofia en su sitio y le quitó el paño almidonado, dejándolo caer a la alfombra de juncos.

El cabello de Alondra parecía moverse con vida propia: sus ondas negras como la tinta saltaban y brillaban desde sus hombros a sus caderas.

Oliver tomó grandes puñados de su pelo, escondió la cabeza en él, respiró hondo.

—Si ahora me quedara dormido y no despertara ya —declaró—, moriría feliz —en aquel momento, era cierto. Pensaba a menudo en la muerte, tan a menudo que ya no la temía—. Qué suave es tu pelo, qué sedoso —le extendió la melena sobre los hombros como un chal. Con sus rizos de ónice en torno a la cara, estaba preciosa. No había otra palabra. Preciosa.

Se lo dijo varias veces mientras le besaba la cara, el cuello y el pelo y sus dedos buscaban las cintas que sostenían su corpiño de luto y sus mangas. Tiró de los lazos, el rígido corpiño cayó al suelo con un golpe sordo y las mangas se deslizaron tras él.

Oliver clavó una rodilla en el suelo para quitarle los zapatos y las medias. Luego se levantó. Cubierta con su camisa de holanda y aquella hermosísima cascada de pelo, parecía pálida y vulnerable. Pero parecía también fascinada por su modo de desvestirla, y Oliver la besó en la boca, paladeó su sabor y desató su sobrefalda.

La pesada prenda negra cayó como una tienda sin estacas, dejando al descubierto una enagua más fina que corrió la misma suerte. Y entonces Oliver vio su miriñaque.

Siempre había sabido que aquella cosa infernal estaba

allí, pero se indignó al verlo. Los rígidos aros de caña aprisionaban su cuerpo esbelto.

—Cuando dije que eras una alondra en una jaula —dijo mientras intentaba abrir el cierre del artefacto—, no andaba muy desencaminado —malhumorado, apartó aquel esqueleto y lo vio caer, en una maraña de aros concéntricos, al suelo.

Luego, como si diera comienzo a un paso de baile, la tomó de la mano y la apartó de su opresivo traje. Con menos esfuerzo y mucho más placer, le quitó la camisa de manga larga y cuello alto.

Cuando acabó, Alondra estaba ante él cubierta únicamente con su combinación: tenía los brazos desnudos y sus finas pantorrillas asomaban por debajo.

Se había puesto aún más pálida. Oliver dio un paso atrás y la contempló, admirado.

—Qué distinta pareces —dijo.

—Soy la misma de hace cinco minutos —respondió ella—. No es más que ropa.

—En efecto. Te lo recordaré la próxima vez que intentes atarte como un pavo para asar —la apretó contra su pecho y meció su cabeza—. No estás cómoda así, ¿verdad, Alondra?

Ella sacudió la cabeza.

—Ojalá me dejaras explicarte...

—No hace falta. Los pájaros de esas jaulas estaban a salvo. Pero eran infelices. Una vez liberados, su futuro es más incierto...

—La seguridad no lo es todo —dijo ella.

A Oliver se le hinchó el corazón. Era el primer indicio de ánimo que ella le daba. La condujo a la cama, una cama muy sencilla, sin adornos labrados ni colgaduras, pero llena de cómodos cojines y colchas bordadas. Le apretó los hombros para que se sentara y luego comenzó a desvestirse. Se había apartado a propósito de la luz del fuego porque no quería asustarla. Era un hombre grande, y la deseaba ardientemente. Ver la prueba de su deseo podía atemorizarla hasta el punto de acabar con su docilidad.

Con movimientos rápidos y ágiles, se quitó el jubón, el sombrero y las botas, y luego se detuvo para volver a llenar su copa de vino.

—Ten —se la dio—. Bebe. Te mantendrá caliente mientras estoy ocupado.

Se quitó sin prisas las calzas y las medias y quedó cubierto con la larga camisa. De pronto reparó en una amarga ironía. Alondra había estado casada casi veinte años, y era virgen.

Por eso, se dijo, le parecía tan enigmática. En cierto modo, era más sabia de lo que correspondía a sus años. En otro, no había superado la pubertad.

Aquella idea despertó en él tal ternura que se demoró aún más, desatándose muy despacio la camisa por el cuello. Finalmente, dejó caer la prenda.

Ella contuvo el aliento con una leve exclamación de sorpresa. Oliver se sentó en la cama y se reclinó a su lado, le quitó el vino y lo dejó sobre la mesa.

—¿Tienes miedo, Alondra?

—No, claro que no —ella apartó la mirada—. Sí.

La sonrisa de Oliver se tiñó de tristeza.

—Yo jamás te haría daño.

Ella se estremeció.

—Ojalá acabaras de una vez. Por favor. Date prisa.

—No, amor mío. Voy a tomarme mi tiempo y, cuando acabemos, me lo agradecerás.

—Lo dudo.

Deslizó un brazo bajo ella y la atrajo hacia sí. Le pareció tensa, pero extrañamente frágil. Inclinándose, la besó con levedad, pacientemente. Para bien o para mal, era su esposa. La trataría con toda la delicadeza y la pasión que le había prometido.

Pasado un rato, la boca de Alondra se ablandó. Le rodeó el cuello con los brazos y se aferró a él. Oliver sintió una oleada de alegría triunfal. Deslizó las manos arriba y abajo, arriba y abajo, explorando su figura esbelta y descubrió que poseía una fortaleza fibrosa e inesperada. Sus labios abandonaron su boca, trazaron la línea de su mandíbula y bajaron luego para saborear la tersura de su piel en el pequeño hueco de la clavícula. Tiró de los lazos de su combinación, el último vestigio de su pudor. La prenda se deslizó hacia abajo, desnudándola palmo a palmo, y mientras la desvestía Oliver intentó recordar cómo demonios podía haberla considerado insulsa.

A la luz tenue del fuego, parecía hecha de alabastro, aunque su piel sedosa, sonrojada por el deseo, se veía cálida y viva. Sus pechos llenaron las manos de Oliver, y él los besó una y otra vez, hasta que las protestas leves y sorprendidas de Alondra cesaron. Siguió moviéndose hacia abajo, abriendo la camisa y desvelando su vientre tenso y plano, sus muslos y su hermoso pubis.

Ella dejaba escapar gemidos dulces e inarticulados, ruidos de asombro y negación que se mezclaban con su creciente pasión. Oliver deslizó las manos más abajo y la sujetó, y besó su boca hasta que la combinación cayó por completo.

Luego volvió a su boca, y su lengua probó el calor de dentro mientras sus manos seguían explorando su cuerpo.

—No ha sido tan terrible, ¿verdad? —preguntó.

—¿Has acabado?

Él se rió suavemente.

—Amor mío, apenas he empezado.

Alondra observaba su cara sonriente. No quería confundirlo. No quería desearlo así. No quería mirarlo a los ojos y olvidarse de respirar. No quería ansiar sus besos y sus caricias como una hambrienta, pero así era. Que Dios se apiadara de ella, así era.

Y Oliver de Lacey, a pesar de su engreimiento y su aparente egoísmo, parecía decidido a hacerla gozar. Volvió a besarla, lenta y profundamente.

Mientras su lengua entraba y salía de su boca con ritmo insistente, Alondra sintió que se relajaba. Aquello era distinto. El pasado había quedado atrás. Oliver era su marido. La razón por la que se había casado con él ya no importaba. Aquello era delicioso, y su conciencia comenzó a relajarse muy despacio, camino de una rendición total.

¿Por qué había querido que él se diera prisa? Una idea absurda, aquélla. Surgía de aquel otro momento de oscuridad que la había dejado temblando de vergüenza. Pero aquello era distinto, se dijo de nuevo. Distinto.

Quería que aquel sentimiento durara eternamente. Sus besos ardientes y sus manos inquietas y osadas surtían un extraordinario efecto sobre ella. No había bebido mucho vino, pero una deliciosa sensación de ebriedad fluía a través de ella y hacía arder cada centímetro de su piel.

Sabía que no era amor lo que sentía, pues el calor del amor era sereno y apacible, no aquella ansia febril. Con un gemido de abandono, deslizó los brazos alrededor del cuello de Oliver y lo besó con fuerza, ansiando una cercanía, una plenitud que no podía nombrar. Sabía que no tenía sentido, pero sentía que, si gozaba con Oliver, quizá pudiera olvidar su pasado atormentado.

Mientras él la besaba, sintió que se reía suavemente. Ignoraba que fuera posible o que estuviera permitido reírse en la cama. Su risa no era burlona, sino de aquella alegría pura y exuberante tan típica de él.

Oliver... Qué delicioso y extraño pensar en él por su nombre de pila.

Los años lúgubres y vacíos afilaban el deseo como la hoja de una espada. Alondra se arqueó para que sus pechos desnudos rozaran el torso de Oliver. Aquel leve contacto aumentó sus ansias. Quería que él la besara allí, pero no sabía cómo hacerle saber sus deseos.

Y sin embargo él los conocía. Dejó escapar un gemido gutural, bajó la cabeza y comenzó a chupar mientras su mano se deslizaba hacia abajo y le separaba los muslos.

No. La boca de Alondra dio forma a su protesta, pero el sonido que salió fue un sí, y los dedos de Oliver se deslizaron sobre su sexo y encontraron un lugar pequeño y secreto que convirtió el deseo en una conflagración ardiente, fuera de control, hasta que Alondra dejó de sentirse ella misma. Perdida, estaba perdida, y Oliver era su única ancla mientras zozobraba y él acariciaba sus pechos y sus muslos y hacía que algo dentro de sí se tensara, listo para estallar.

—Por favor, por favor, por favor —se oyó musitar.

—Enseguida, amor mío —masculló él, moviendo los labios sobre sus pezones para volver luego a su boca al tiempo que su otra caricia cambiaba, sus dedos la rozaban y se introducían luego dentro de ella, imitando el movimiento de su lengua. Aquel ritmo elevó a Alondra aún más alto, hasta que se tambaleó, indefensa y perdida, y un pequeño sollozo escapó de su garganta.

—¿Estás bien? —preguntó él.

—No. Sí. No lo sé —estaba envuelta en una especie de bruma. Tenía la mente embotada.

—Si te duele, pararé —su sonrisa bella y triste apareció un instante y volvió a desaparecer—. Seguramente me matará, pero sí, pararé. ¿Quieres?

—Sí. No. No te atrevas, Oliver.

Él la besó, se deslizó hacia abajo un poco más.

—Me encanta cómo dices mi nombre.

Ella sofocó un gemido.

–¡Oliver!

Él masculló una maldición.

–Te está doliendo –empezó a apartarse.

Sus manos, más rápidas que su mente, lo agarraron por las caderas y se aferraron a él.

–No... te... atrevas –repitió.

Él volvió a cubrirla, la llenó y se detuvo sólo un instante. Alondra no podía estar segura, pero le pareció que un destello de sorpresa aparecía en su cara, y se preparó para la tormenta de su odio y su repugnancia. Pero él empezó a moverse. Su ritmo fue lento y sutil al principio; luego se aceleró. Abandonando sus últimos vestigios de temor, Alondra se levantó para salir al encuentro de cada acometida.

Sentía que volaba cada vez más alto, intentando apoderarse de un gozo sin nombre que aleteaba fuera de su alcance.

–Ya casi estamos, amor –le susurró él al oído–. Ya casi estamos.

Cuando el momento llegó, ella gritó de angustia y éxtasis, pues sentir un placer tan intenso debía de ser un pecado; tenía que estar prohibido. Oliver se dejó caer sobre ella y se detuvo, pero aquel ritmo había cobrado vida propia y se prolongaba en largos y cálidos estremecimientos de músculos que Alondra ignoraba poseer.

Un grito ronco escapó de Oliver. Alondra sintió un nuevo estallido de ardor y luego un suave pálpito que prolongó aquel instante hasta que el tiempo dejó de tener significado.

Yacían juntos, el peso de Oliver una dulce carga sobre ella, sus cuerpos íntimamente unidos. Aquel vínculo era profundo y misterioso, llegaba hasta su corazón y agitaba en sus entrañas un anhelo delicioso.

Los pensamientos de Alondra giraban en medio de una neblina rosada de placer y confusión. Toda su vida le habían enseñado a salvaguardar su corazón y su cuerpo. Esa noche había bajado la guardia, había permitido que Oliver entrara en su vida, en su cuerpo, que una parte de él se hundiera en ella, que la tocara y se amoldara perfectamente a ella en un vínculo forjado por la naturaleza. Había confiado en él, había aceptado el riesgo definitivo, y se alegraba inmensamente de ello.

—Estás llorando —los labios suaves de Oliver atraparon una lágrima que rodaba por su mejilla.

—¿Sí?

Muy suavemente, él se apartó y se tumbó de lado junto a ella.

—Sí. Siento haberte hecho daño.

—No es eso. Me siento distinta. Como si no fuera yo. ¿A esto te referías cuando hablabas de levantar el vuelo?

—Creo que sí, amor mío.

—Ah.

—¿Te ha gustado?

—¿Cómo voy a contestar a eso? —se sentía desprotegida y vulnerable, y de pronto quiso esconderse de él.

Pero Oliver no la dejó. La atrajo hacia sí y le hizo apoyar la cabeza en el hueco de su hombro.

—Entonces no contestes, Alondra. Duérmete. Ha sido un día muy largo para ti.

—No podría dormir —mientras hablaba, una agradable lasitud descendió sobre ella como un pañuelo de seda, y se acurrucó junto a Oliver. Su olor la envolvió en tibieza y bienestar, y su respiración se hizo más lenta.

—¿Alondra?

Ella sonrió al oír su tono suave y encantadoramente inseguro.

—¿Mm?

—Antes quise decirte una cosa. No te enamores de mí, Alondra.

—¿Mm? —repitió ella—. ¿Por qué no?

—Vi cómo se te rompió el corazón cuando murió Spencer. No quiero que vuelvas a pasar por eso.

Los ojos de Alondra aletearon antes de cerrarse.

—¿Enamorarme de ti, Oliver? ¿Por qué iba a cometer semejante locura?

Durante los días que siguieron, el aire fue claro y penetrante y la primavera descendió de los montes Chiltern cubriendo el paisaje de verde. Los pastores llevaban los rebaños de ovejas a sus pastos de verano. Los colonos araban los campos y sus hijos esparcían las semillas de centeno.

Alondra regresó a la rutina que gobernaba cada estación en el priorato de Blackrose. Supervisaba las rentas, inspeccionaba la fabricación de velas y embutidos, ordenaba fregar los suelos, las paredes y los salones.

Sí, pensó mientras se dirigía al cuarto de costura para ayudar a Florabel a rellenar un colchón, los días transcurrían como siempre.

Pero las noches no.

La sola idea aceleró su pulso, y sintió un cálido espasmo en el vientre. Se detuvo junto al cuartito, al lado de la cocina, e intentó dominar su rubor.

La criada debía de haber salido. El colchón, medio lleno ya de paja y hierbas aromáticas, colgaba en medio de la habitación. Alondra se acercó al otro lado y empezó a recoger brazadas de relleno para meterlas en el colchón. Unos minutos después oyó pasos fuera.

—Florabel —dijo sin levantar la mirada—, creía que todos los sirvientes de Blackrose me aborrecerían por casarme con lord Oliver haciendo tan poco tiempo de la muerte de Spencer —metió más paja en el colchón—. En realidad, todos parecen aceptarlo. ¿Qué dicen los criados cuando no estoy?

Florabel trabajaba en silencio. Alondra oía el suave ruido que hacía al cortar la paja.

—Ah. No hace falta que contestes —dijo—. Y yo no debería preguntar. Pero dime una cosa, Florabel, ¿qué opinas tú de mi señor marido?

Alondra estaba obsesionada con él. Quería hablar de él con todo aquél que estuviera dispuesto a escucharla.

Más silencio. Alondra se imaginó a la muchacha colorada por la vergüenza y sonrió.

—Tampoco hace falta que respondas a eso, Florabel. Está claro a que todo el mundo le parece encantador. Es alegre y divertido, inteligente y exasperante —cerró los ojos, se dejó caer en el colchón lleno que había a su espalda y saboreó el olor a lavanda seca y laurel—. Además es insufriblemente guapo, ¿no crees? Claro que sí. Todas las mujeres lo piensan —dado que Florabel era de su misma edad y estaba recién casada, Alondra añadió osadamente—: Duermo muy poco últimamente, porque lord Oliver es muy... activo por las noches.

—Eso por no hablar de los días —dijo una voz baja y decididamente masculina. Un cálido peso cayó sobre ella. Alondra abrió los ojos. Antes de que pudiera gritar, Oliver la besó con ansia, largamente, apretándola contra el colchón mientras el cutí limpio ondeaba a su alrededor.

Por un momento, el intenso placer que se apoderó de ella emborronó todo lo demás. Sintió una alegría casi dolorosa, como si sus pensamientos y sus palabras hubieran atraído a Oliver.

Apartó la boca de la suya el tiempo justo para preguntar indignada:

—¿Dónde está Florabel?

Oliver se rió y le acarició la oreja con la lengua.
—Le di una moneda y la mandé al mercado.
—Pero tenemos cosas que hacer.
Él apretó el miembro duro contra sus caderas.
—Nosotros también.
La sospecha heló el ardor inevitable que Oliver encendía siempre.
—¿Cuánto tiempo llevas aquí? —preguntó.
Él tiró de los lazos de su corpiño y sus mangas.
—El suficiente.
—¿El suficiente? ¿Qué quieres decir con eso?
Oliver se rió de nuevo y tiró de su camisa hasta que sus pechos quedaron desnudos, expuestos a su boca, a su lengua, al suave mordisqueo de sus dientes.
—El suficiente para oír que me llamabas encantador, divertido, inteligente, guapo... Me da vergüenza continuar.
—Y con toda razón —a pesar de sí misma, flaqueó y se arqueó hacia las delicias que le ofrecía su boca—. Nada de eso iba en serio.
—Claro que no —le levantó las faldas y se bajó los calzones.
—No voy a amarte —dijo Alondra, y se abrió a él inevitablemente, levantando las caderas y suspirando cuando Oliver se hundió en ella.
—Claro que no.
Ella dejó escapar un sollozo cuando él empezó a moverse.
—Entonces ¿por qué... te dejo... por qué quiero...? —su voz se apagó.
—Porque no puedes remediarlo, amor mío. Ni yo tampoco.

Oliver no sabía cuánto tiempo había pasado. Pero no le importaba. Miró por la ventana sin cristal del cuarto de costura y vio que el cielo se había oscurecido, poniéndose del color de las mejillas sonrosadas de Alondra.

Alondra...

Miró a su esposa dormida. El colchón los envolvía como una nube, manteniendo a raya el aire frío. De niño, la paja seca solía irritar sus pulmones, pero hacía años que aquella dolencia no le importaba, gracias a Dios. Ahora la enfermedad que lo llevaría a la tumba sólo se manifestaba a veces, en verano, cuando estaba en Londres, o en otras ocasiones, cuando sentía angustia. Allí, el aire era suave y limpio, y de momento no había sufrido ningún momento de ansiedad.

Alondra suspiró y se acurrucó a su lado. Se había quedado dormida en sus brazos, tan dulcemente exhausta y confiada como un bebé.

Durante semanas, Oliver había vivido en un estado de confusión. Era un granuja. Un derrochador. Un temerario. Aquella vida bucólica y monógama no era para él. Su misión consistía en emprender aventuras, en saborear los placeres de la vida, en beberse el gozo a grandes tragos, sin importarle lo que dejara a su paso.

Pero algo terrible (algo impensable) había ocurrido.

Oliver de Lacey se había enamorado de su esposa.

Pasó unos minutos preguntándose cuándo había ocurrido. Llegó a la conclusión de que no había sucedido de repente, como un flechazo directo de Cupido. Sus sentimientos se habían desplegado poco a poco, surgidos del germen plantado en el momento en que Alondra lo sacó de la fosa común; alimentados por el humor y la compasión cuando ella se encaró valientemente con él en aquella taberna de Southwark y soportó sus travesuras en el mercado de Newgate; fermentados por la admiración cuando se dio cuenta de los riesgos que corría para salvar a personas inocentes condenadas a muerte; y acrecentados por la ternura cuando la vio llorar en el lecho de muerte de Spencer.

Y, por último, irremediablemente sellados cuando Alondra se rindió a él en su noche de bodas.

Oliver arrugó ligeramente el ceño al recordarlo. Se había portado mal, dejando que su temor se convirtiera en ira y acusándola de conspirar para forzarlo a casarse. Por suerte lo habían aclarado, pero Alondra había vuelto a sorprenderlo... en cuanto sus cuerpos se unieron.

Oliver era un hombre con mucha experiencia. Reconocía a una virgen cuando se acostaba con una. Alondra era tan pura como cualquier doncella a la que hubiera conocido; era inocente en todos los aspectos, menos en uno.

Oliver se decía que estaba equivocado, que quizás ella estuviera hecha de otra forma, de tal modo que su virginidad había cedido sin la habitual resistencia. Sin embargo, de vez en cuando lo asaltaba una duda. Nunca había concedido mucho valor a aquel escudo insustancial entre la inocencia y el conocimiento, pero a veces se preguntaba si Alondra le estaba ocultando algo.

No importaba. Oliver se inclinó y besó un mechón suelto que adornaba su frente. Eso era lo bello del amor: que hacía que tales cosas dejaran de importar. Se sentía como si toda su vida hubiera estado disputando una carrera y ahora, al fin, hubiera encontrado la línea de meta.

La inquietud que en otro tiempo lo había impulsado a vivir a ritmo frenético había desaparecido. Alondra hacía que fuera agradable aflojar el ritmo, contemplar cómo se oscurecía el cielo al atardecer, escuchar la risa de los niños jugando, o yacer inmóvil, durante horas, con su esposa dormida en los brazos.

Trazó con un dedo la línea delicada de su frente y su sien. Se preguntaba si alguien intuía la pasión que ardía bajo la austera lady Alondra, tan aficionada a citar las Escrituras. ¿Cómo podía una mujer tan menuda y recatada poner patas arriba el corazón y el alma de un hombre?

Oliver suspiró y volvió a mirarla. Piel suave, pestañas oscuras que ensombrecían sus mejillas, una boca arqueada que era muy bella cuando no se fruncía con aire de reproche.

Aquella oleada lo golpeó con extraña fuerza. Sintió una tensión en el pecho, se preparó. Un ataque. Ahora no. Allí no.

Pero la oscuridad que tan bien conocía no llegó. Soltó un suspiro de alivio al darse cuenta de que no era un ataque. Era algo muy distinto.

Comprendió entonces que amar tenía un defecto. Hacía daño cuando el amor no era correspondido.

«No voy a amarte». Aquella declaración hecha en un susurro casi desesperado resonaba en su mente.

Curvó la boca en una sonrisa agridulce.

—Entonces espero que no te importe —murmuró— que yo sí te ame.

Era la primera vez que decía aquellas palabras en voz alta, y esperó a que un rayo lo fulminara.

Pero, en lugar de un rayo, se oyeron golpes en la puerta del cuarto de costura.

Alondra se despertó.

—¿Qué ocurre? —balbució.

—¡Mi señor! ¡Mi señora! —gritó Florabel, llena de angustia—. ¡Venid! ¡Aprisa! ¡Lord Wynter ha vuelto!

CAPÍTULO 11

Oliver y Alondra encontraron a Wynter paseándose por el gran salón e interrogando al mayordomo como un inquisidor español.

—¿Por qué no se han dejado en barbecho los campos de centeno? ¿Y qué hay de las praderas del oeste? Creía que había ordenado que se dejara pastar al ganado allí.

El mayordomo, un hombre de cuello delgado llamado Cakepen, se retorcía las manos.

—Así es, milord. Pero un par de ovejas enfermaron y luego...

—¡Wynter! —ocultando su irritación tras una amplia sonrisa, Oliver se adelantó con las manos extendidas. Sabía que Wynter era un saco de orgullo viril. Y quizá, como él mismo, estaba acostumbrado a utilizar su físico en su favor.

Oliver le dio un abrazo palmeándole la espalda sin ningún sonrojo.

—Bienvenido a Blackrose.

Wynter se desasió, empujándolo para librarse del abrazo.

—¿Qué hacéis vos aquí? —sin esperar respuesta, miró a Alondra con enfado—. Debí imaginar que no os alcanzaría el ingenio para libraros de un simple invitado. ¿Por qué sigue aquí?

Oliver no dio tiempo a que Alondra contestara.

—Veo que estáis consumido de dolor por la muerte de vuestro padre —le puso una jarra de cerveza en la mano—. Al parecer, estabais tan afligido que no pudisteis venir a presentar vuestros respetos en su funeral —le dio una palmada en el hombro—. El tiempo curará vuestro corazón, hijo.

Wynter dio un trago de cerveza y levantó los ojos al cielo.

—¿Hijo? ¿Acaso habéis hecho votos en mi ausencia?

Oliver se rió. Oyó que Alondra contenía el aliento, angustiada.

—Sí —contestó él—. Así es. Votos matrimoniales.

Wynter entornó los ojos.

—Es cierto —Oliver volvió a llenarle la jarra—. Y como Alondra era la esposa de vuestro padre y, por tanto, vuestra madrastra, ahora soy vuestro padrastro —le guiñó un ojo a Alondra—. ¿Me equivoco? ¿Acaso casarme con su madrastra no me convierte en padrastro de este joven granuj...?

La jarra resbaló de la mano de Wynter y se vertió en los juncos que cubrían el suelo.

Alondra no servía de ayuda. Estaba allí, pálida y con los ojos desorbitados, como si se hubiera tragado un sapo vivo.

De un solo paso, Wynter la acorraló contra la pared, la agarró de los hombros y, furioso, acercó su cara a la de ella.

—¿Es eso cierto? —preguntó.

Por un momento, Oliver se quedó perfectamente quieto. Nunca había experimentado aquella emoción, de modo que al principio no supo reconocerla.

Luego la identificó: era cólera. Limpia, afilada y brutal. Era como si alguien le hubiera hundido un hierro candente en el cerebro. El calor era tan tremendo que creyó que iba a estallarle la cabeza.

Con la sangre hirviendo, saltó hacia delante, agarró a Wynter y le hizo darse la vuelta. Wynter lanzó los brazos hacia fuera, empujó a Oliver y le hizo perder el equilibrio. Oliver se tambaleó mientras Wynter echaba mano de la empuñadura de su espada.

Nadie era más rápido con una espada que Oliver de Lacey. Antes de recobrar el equilibrio ya había sacado el arma y había apoyado su punta en el hueco blanco entre las clavículas de Wynter.

Los ojos de Wynter se agrandaron, llenos de asombro. Luego miró el florete y estuvo a punto de bizquear. Su espada cayó al suelo con estrépito.

Oliver solía sonreír amablemente a sus víctimas al derrotarlas. Esta vez, no sonrió. Su furia le preocupaba. Su dominio de sí mismo pendía de un hilo muy fino, un hilo que controlaba la mujer menuda y asustada que los observaba.

—Por favor, no lo mates —susurró ella.

Aquella leve súplica refrenó su ira. No confiaba en moverse, pero logró obligarse a poner cara de reproche paternal.

—Vamos, chico —dijo con bastante calma—, si insistes en portarte mal, tendré que mandarte a tu habitación.

—Maldito bribón entrometido —dijo Wynter—. Se habla de ti en los tugurios más infectos de Southwark.

Oliver enganchó el pulgar en su tahalí.

—Hay mucho que decir de mí —comentó sin poder remediarlo—. Pero ¿cómo es que conocéis los tugurios de Southwark, hmm?

Wynter despachó la pregunta con un parpadeo y replicó con otra.

—¿Cómo se os ocurre casaros? ¡Y con Alondra, nada menos! La conozco desde mucho más tiempo que vos. Sé cómo manejarla. Es...

—Mi esposa —replicó Oliver—. Nunca antes había tenido esposa, y ésta me gusta bastante, así que pienso quedármela. Para mi sorpresa, soy bastante posesivo con ella.

Para recalcar sus palabras, Oliver aumentó la presión de la punta del florete.

—Así que ya ves, Wynter, no puedo permitir que la toquéis. Ni que hagáis ningún comentario que pueda parecerme un insulto. ¿Está claro?

—Sí —dijo Wynter muy despacio, como si temiera aumentar la presión del acero sobre su cuello.

—Excelente —Oliver guiñó un ojo y envainó su florete—. Si supierais lo cerca que he estado de mataros, alimaña...

—No importa, Oliver —Alondra le puso una mano sobre el brazo y mantuvo los ojos bajos—. Ya ha quedado claro.

Él acababa de rescatarla de un hombre odioso y retorcido. ¿Acaso no le estaba agradecida?

—Desde luego —Wynter tragó saliva con esfuerzo y se tocó la garganta—. Aunque mi madre me educó para que fuera un buen anfitrión, me temo que tendré que pedirles que abandonen Blackrose. Ahora que mi querido padre, que en paz descanse, ya no está con nosotros, tengo cosas que hacer —le lanzó a Alondra una delgada sonrisa—. Habéis administrado bien el señorío. Pero, como era de esperar, no habéis sido tan minuciosa como un hombre.

Si Oliver hubiera dicho aquello, ella se habría apresurado a demostrarle que se equivocaba. Pero con Wynter se limitó a juntar las manos frente a ella y a decir:

—Sé que soy muy laboriosa, Wynter.

—Ah, desde luego que sí. Me pregunto si nuestro querido lord Oliver se ha casado contigo sólo por esa virtud –Wynter mantenía la puerta abierta a su espalda, sin duda consciente de que Oliver volvería a atacarlo si le provocaba–. Creo que no. Cualquiera con dos dedos de frente sabría que se ha casado con vos por vuestro señorío... por el que os corresponde legítimamente.

–Creéis saber mucho de lo que ha ocurrido mientras estabais en Londres –dijo ella, pero su voz sonaba extrañamente suave.

–Y vos os creéis todo lo que os cuenta Oliver de Lacey –repuso Wynter con desprecio–. Quizá seáis una gaviota, más que una alondra. Pero no importa. Cuando descubráis su juego, volveréis corriendo a mí.

Con ésas, dio media vuelta y salió del salón.

Alondra se quedó rígida y pálida, viéndolo alejarse. A Oliver le preocupaba verla así: su Alondra, su Alondra expresiva y terca, reducida al silencio.

«Volveréis a mí». Oliver frunció el ceño al oír las palabras de Wynter. «Volveréis», como si ya la hubiera poseído antes.

Aquella idea era tan indignante que Oliver la apartó de sí con repugnancia. Intentando quitar hierro a la situación, dijo:

–Supongo que tendré que esperar a la cena para decirle que el pleito ha concluido y que está desheredado.

–Sí –dijo ella.

Su docilidad enfureció a Oliver.

–¡Mírame, Alondra! ¡Mírame!

Ella levantó la mirada. Sus grandes ojos del color de la niebla, ensombrecidos por sus densas pestañas, reflejaban antiguas heridas que le dieron ganas de zarandearle... o de estrecharla en sus brazos.

No hizo ninguna de las dos cosas.

–¿Qué veneno te da ese hombre, Alondra? Hace media hora te miré a los ojos y no vi más que pasión, asombro y alegría. Cinco minutos con Wynter y eres como una vela apagada. Me duele, Alondra. Me duele verte así.

—Ah, ahí está —dijo ella, cerrando los puños—. Te duele a ti. Siempre ves las cosas en lo que a ti te tocan. Nunca intentas comprenderme a mí.

—Pues hazme comprender —replicó él—. ¿Por qué te acobardas delante de él? ¿Te ha hecho daño? ¿Te ha maltratado? Pardiez que si lo ha hecho ni siquiera necesitaré mi espada para matarlo.

—¡No! Oliver, si de veras te importan mis sentimientos, dejarás de intervenir. Y seré yo quien le diga que está desheredado.

—Será interesante verlo. Apenas puedes decir tres palabras seguidas cuando está cerca.

Ella apretó los puños otra vez.

—Discúlpame, pero debo ocuparme de la cena.

Y se marchó, en un torbellino de rígidas faldas e indignación.

Esa noche, en la cena, Alondra sirvió capón. No se disculpó ante Oliver cuando el asado llegó a la mesa. Se limitó a mirar fijamente hacia delante, a las mesas más bajas en las que comían los mayordomos y los capataces, los criados, las doncellas y algún que otro viajero de vez en cuando.

Irónicamente, su discusión con Oliver le había dado fuerzas para soportar la velada. Había desahogado su mal genio, aquella furia que a Spencer le disgustaba tanto, y había sobrevivido al calvario. Sobreviviría también a aquella noche. No permitiría que Oliver o Wynter la intimidaran.

Wynter se sentó a su derecha y Oliver a su izquierda.

Al otro lado de Wynter estaba el señor Belcumber, el alcalde de Hempstead, hombre rollizo y de poca sesera.

Oliver charlaba alegremente con el señor Nettlethorpe, un acaudalado criador de caballos que había prometido encontrar un buen semental para su preciada yegua napolitana.

Como durante los veinte años anteriores, Alondra se hallaba sola con sus pensamientos.

Qué ironía, pensó amargamente. Spencer estaba convencido de que Oliver sería su salvación. Que con su juventud, su belleza y su encanto abriría su jaula y la haría volar.

Bebió otro sorbo de vino y pensó de nuevo en la llegada de Wynter. Había sentido el nerviosismo que experimentaba siempre en su presencia.

Era un raro don, poder hacer jirones a una persona sin siquiera tocarla. Wynter tenía la capacidad de usar las palabras como un látigo embreado con el que la fustigaba hasta que se encogía como un perro derrotado. Ella le había concedido aquel poder.

De vez en cuando intentaba justificarse: lo había conocido a la tierna edad de diecisiete años; se había dejado engañar por su belleza y su magnetismo. Pero cuando era sincera consigo misma, reconocía su vergonzosa flaqueza. El feo pasado era su secreto, su pena cuidadosamente escondida.

De tarde en tarde intentaba replicar, pero siempre en nombre de personas inocentes acusadas de herejía, nunca en el suyo propio. Ni siquiera Oliver había logrado devolverle su orgullo. Sí, había puesto a Wynter en su lugar, lo había amenazado, y ella se había colmado de esperanza. Pero Oliver había actuado en provecho propio. Porque le dolía. Porque su orgullo estaba en juego.

Alondra suspiró y dejó su vino, incapaz de saborearlo.

Últimamente tenía acidez de estómago. Su mirada se deslizó hacia el escudo de armas que había sobre la puerta. El emblema de Spencer, un ciervo, adornaba aún los escudos y los tapices de toda la casa.

«No es culpa tuya, Spencer», pensó. La culpa era suya. No podía encontrar la felicidad. Nunca la encontraría. Y dos años antes había arrojado por la borda su propia paz de espíritu.

—¿Quién es esa mujer de allí? —Wynter la sacó de sus cavilaciones mientras señalaba una mesa más baja—. La del vestido azul oscuro.

A Alondra le dio un vuelco el corazón al seguir el dedo de Wynter. El disfraz de Richard Speed había tenido mucho éxito. Con sus rizos rubios, su cara ancha y su atuendo sencillo el reverendo parecía una mujer guapa del interior del país.

—¿Y bien? —insistió Wynter.

Alondra le dio la explicación que habían acordado.

—*Mistress* Quickly es una pobre viuda que está pasando momentos difíciles.

—Parece muy solitaria. ¿Dónde están vuestros modales, Alondra?

Antes de que ella pudiera inventar una excusa, Wynter mandó a un criado a llamar a la rotunda señora Quickly.

Alondra apretó la rodilla de Oliver por debajo de la mesa.

Él sonrió y susurró:

—Así que ¿ya no estás enfadada conmigo? ¿No me puedes quitar de encima esas manos encantadoras?

Ella frunció el ceño con impaciencia.

—Me temo que Wynter se ha encaprichado de nuestra invitada —susurró.

Esperaba que Oliver actuara rápidamente para evitar el desastre. Pero él echó la cabeza hacia atrás y soltó una carcajada. Un momento después, se levantó para ayudar a *mistress* Quickly a subir a la mesa colocada en alto.

Alondra lo vio inclinarse y decirle a algo al oído a Speed. Speed palideció, pero ello sólo logró realzar su apariencia de nerviosismo femenino. La reverencia que hizo al ser presentada a Wynter pareció encantadoramente torpe. Su rubor al sentarse en el banco, entre Wynter y Alondra, era auténtico.

Cuando los ojos ávidos de Wynter se clavaron en su pecho apretado, Alondra deseó no haber sido tan pródiga con la paja.

—Probad el capón —dijo Wynter, empujando la fuente hacia Speed—. Está suculento.

Speed olisqueó y sacudió un pañuelo inmaculado delante de su cara.

—El capón me da gases. Y no querréis que me ponga a ventosear en la mesa, ¿verdad? —miró a Wynter batiendo sus grandes y cándidos ojos.

Oliver emitió una especie de gorgoteo y estuvo a punto de atragantarse con el vino.

Sin embargo, maravilla de maravillas, Wynter parecía encantado. Obsequió a *mistress* Quickly con la narración de las aventuras que le habían acaecido en sus viajes y fanfarroneó afirmando que la reina lo había recibido con un beso especial sólo una semana antes y que monseñor Bonner le estaba considerando para un puesto oficial como subsecretario del subsecretario para viudas y huérfanos de herejes, el encargado de asegurarse de que aquéllos que habían perdido a su fuente de sustento acusado de herejía no dieran ningún traspié.

—Qué emocionante —gorjeó Speed—. Imaginaos, desarraigar a todas esas mujeres mayores y esos niños pequeños tan peligrosos. Siempre los he considerado una amenaza para la seguridad de Inglaterra.

Wynter lo miró con los ojos entornados.

Speed curvó su boca en una dulce sonrisa.

—Naturalmente —continuó Wynter—, eso sería sólo el principio. En cuanto lleve a cabo mis planes para Blackrose, sin duda conseguiré un puesto mucho más influyente —se inclinó para susurrar algo al oído de Speed y luego se levantó de la mesa para pedir a los músicos que tocaran una canción de amor.

Speed dio un codazo a Alondra en las costillas y dijo por la comisura de la boca:

—¡Quiere que nos veamos luego!

—Ah, ¿es que no lo sabíais? —preguntó ella—. Las mujeres tenemos que vérnoslas con pretendientes odiosos, es nuestro sino.

Wynter volvió mientras el flautista empezaba a tocar una nueva tonada. Se acomodó junto a Speed, pero el señor Belcumber lo distrajo con una pregunta.

—¡Ha puesto su mano en mi rodilla! —le siseó Speed a Alondra.

—Pues apartadla —murmuró ella.

—¡Ya lo he hecho! ¡Y ha vuelto a ponerla! —el espanto y la angustia enronquecían su voz. Wynter no parecía notarlo, porque seguía hablando con el alcalde.

Por un momento perverso y delicioso, Alondra lo dejó sufrir. Las mujeres tenían que batallar constantemente con hombres cuyas atenciones no deseaban. Soportaban manoseos y cosas peores. Y sin embargo hasta los hombres virtuosos se burlaban de sus cuitas.

Finalmente, cuando parecía que Speed iba a estallar dentro de su falso corpiño, ella se aclaró la garganta.

—Querida, ¿descubriste por fin la causa de esas llagas que tienes en la...? —se inclinó y fingió susurrar algo al oído de Speed.

Wynter se inclinó hacia delante y la miró con enojo.

Ella lo ignoró con fuerzas recién halladas.

—¿Llagas? —preguntó Speed estúpidamente.

—Sí —hizo una pausa y rechinó los dientes. Esperaba que Speed no fuera tan tardo en reaccionar—. ¿Encontraste a Grizzell Forrest, la curandera? ¿Y te dijo si era lepra o sífilis?

Speed chilló como si le hubieran dado un pellizco. Wynter se levantó de un salto y el banco chirrió al ser empujado hacia atrás.

—Qué lástima que tenga que irse tan de repente —exclamó—. ¡Mortlock! ¡Pyle! —dos criadas se acercaron—. Acompañad a *mistress* Quickly a la casa de la parroquia. Estoy seguro de que querrá... recuperarse en privado.

Un destello brilló en los ojos de Speed.

—Pero ¿y nuestra cita?

—Yo... acabo de acordarme —dijo Wynter— de que tengo otro compromiso.

—Esperaba que lo rompierais por mí.

—Imposible. Imposible.

Oliver intentaba contener la risa. Speed pareció notar que estaba tentando su suerte.

—Qué desilusión, milord —su reverencia de despedida fue aún más torpe que la primera, y Alondra se preguntó si Wynter lo oyó murmurar mientras salía del salón—: Bésame las calzas, fanfarrón de tres al cuarto.

—Veo que tengo mucho que hacer por aquí —dijo Wynter, abanicándose con su servilleta—. Alondra, ¿cómo se os ha ocurrido dejar que una mujer afectada por una enfermedad repugnante entre en mi casa?

Alondra miró a Oliver. Veía el regocijo escondido en sus ojos azules, y por un momento se enorgulleció de su alegría.

Pero aquel momento pasó rápidamente. Sólo constató lo que la boca de su estómago le había dicho ya. Que no debía demorarse más.

Resistió las ganas de agarrar la mano de Oliver bajo la mesa. Se dijo que no necesitaba su ayuda para dar aquel paso. Se armó de valor respirando hondo y se volvió hacia Wynter.

—Deduzco que no has leído el testamento de Spencer.

Él entornó los ojos.

—No me digas que ese viejo gusano os ha dejado sin un penique. Aunque poco importa, ahora que habéis cazado al heredero de Wimberleigh —señaló a Oliver con la cabeza, con aire resentido.

La mala voluntad adensaba el aire. Alondra tensó todos sus músculos para no temblar.

Los nudillos de Oliver se pusieron blancos alrededor del mango del cuchillo con el que comía. Aun así, guardó silencio, y Alondra se dio cuenta, agradecida, de que iba a dejar que se lo dijera a Wynter a su modo.

—Spencer fue generoso conmigo —dijo—. Sabíamos que lo sería, desde luego. Yo traje Montfichet como dote, y el señorío volverá a mí —respiró hondo para calmarse—. También fue generoso con vos, Wynter —no supo qué la impulsó a añadir—: Os quería, a su modo.

Sólo por un momento, la pena suavizó la hermosa cara de Wynter. Su barbilla tembló y un ansia extraña y triste brilló en sus ojos oscuros. Alondra se preguntó en ese instante qué clase de hombre habría sido si le hubieran enseñado a amar, en vez de a odiar.

—Qué suerte la mía —masculló él, y alargó su copa para que le sirvieran más vino. Volvía a ser el mismo de siempre, áspero, desconfiado y lleno de repugnancia.

—Os dejó la mitad de las acciones de las fábricas de tejidos de Wycherly. Y también la casa de Fleet Street y una suma de cien libras de plata. En cuanto a Blackrose... —se obligó a permanecer firme, sin que le temblara la voz—. Me lo ha dejado a mí.

Wynter bufó dentro de su copa.

—No seáis necia, Alondra. El señorío está sujeto a mayorazgo. Os guste o no, me pertenece.

—El mayorazgo ha sido impugnado.

—Legalmente —añadió Oliver—. Veréis, un juicio ha demostrado que en realidad nunca perteneció a Spencer.

—Claro que le pertenecía —dijo Wynter—. Fue una donación del rey Enrique.

—Nada de eso —con su estilo alegre y frívolo, Oliver le explicó la ley de redención de propiedades reales.

Alondra apenas le escuchaba. Se descubrió fascinada por la mirada de Wynter. Había en ella una furia tan clara y gélida que se sentía paralizada, como un ratón ante los ojos de alhaja de un gato.

Habría sido más fácil soportarlo si él hubiera montado en cólera. Pero, naturalmente, Wynter refrenó sus emociones. Alondra comprendió, angustiada, que se parecían más de lo que creía. Tal vez jamás se librara de él.

Wynter se lavó cuidadosamente en el lavamanos y se secó con una servilleta. Se levantó con los puños apretados.

—No lo acepto. Recurriré.

Oliver sonrió, pero Alondra lo conocía ya lo bastante bien como para ver el acero que escondía su sonrisa.

—Kit Youngblood es un abogado excelente. No llegaréis a ninguna parte, os lo aseguro.

—Bien —los ademanes de Wynter se volvieron bruscos—, las líneas de batalla ya están dibujadas —como si se lo pensara mejor, se volvió hacia Alondra—. Habéis conspirado contra mí. Nunca olvidaré vuestra traición.

—Tengo miedo —dijo Alondra.

Sorprendido por el temblor de su voz, Oliver tiró de

las riendas y levantó la mano para indicar a Speed que se detuviera.

—¿Miedo? Wynter no puede hacerte daño. El poder que tenía sobre ti se ha roto.

Ella estaba pálida y demacrada. Las ojeras parecían agrandar sus ojos. Una punzada de ternura atravesó a Oliver. Nunca podría mirarla sin desear estrecharla entre sus brazos.

—Quiero decir que temo conocer a tu familia —confesó ella.

Él señaló el magnífico panorama que se desplegaba ante ellos. Wiltshire, el señorío de sus padres, no tenía parangón por su simetría y su belleza, desde la casa del guarda, de caliza picada, a la extensa mansión con tejado a dos aguas, pasando por los inmensos jardines y laberintos que conducían a los bosques agrestes del sur y el oeste.

—Me ha parecido lo más conveniente presentar a mi esposa a mi familia ahora que han vuelto de Moscovia. Además, el pobre Speed necesita escapar de Inglaterra. Y si alguien puede ayudarlo, es mi padre. La última vez que eché la cuenta, su flota tenía doce barcos.

—Tienes razón —ella lanzó una débil sonrisa al sacerdote ataviado con vestido y cofia—. Reverendo Speed, habéis sido muy paciente con nosotros.

—En efecto —metió el dedo bajo la toca almidonada y se rascó la cabeza—. Habéis sido los dos más que generosos, y habéis corrido enormes riesgos por mí —sonrió a Alondra—. Hasta os he perdonado por decirle a lord Wynter que tenía la sífilis.

—Nadie podrá acusar nunca a mi esposa de ser corta de ingenio —dijo Oliver con el pecho lleno de orgullo.

Alondra agachó la cabeza, y a él le dieron ganas de zarandearla. ¿Por qué se empeñaba en considerarse indigna? ¿Cómo podía convencerla de que era como él la veía?

Dueña de una belleza interior deslumbrante, ferozmente lista y digna de amor.

Sí, de amor.

Echó los hombros hacia atrás.

—Estamos en Lynacre. ¿Volvemos o quieres conocer a mi familia? Vamos, Alondra. Sé algo aventurera.

Las manos enguantadas de Alondra apretaron las riendas con más fuerza.

—Claro que quiero conocerlos. Es sólo que nunca he tenido una familia de verdad. Va a parecerme raro.

Oliver se rió, pensando en la casa de fieras que había dentro de los muros de Lynacre.

—Oh, son raros, sí, eso te lo aseguro.

No les defraudaron. Después de dejar los caballos al cuidado de los mozos de cuadra y esperar en el salón de principal, el pintoresco clan de los de Lacey bajó como una heterogénea bandada de pájaros exóticos.

Oliver se dejó abrazar por su padre, su madrastra, las dos chicas y los gemelos. Alzando la voz sobre aquella algarabía, dijo:

—Me he casado y he traído a mi esposa para que os conozca.

Al instante, la algarabía comenzó de nuevo, creciendo hasta convertirse en estruendo. Para espanto de Oliver, rodearon a Richard Speed, abrazaron al pobre hombre, lo besaron y le dieron la bienvenida a la familia. Alondra esperaba en silencio, sin duda confundida con la doncella de la dama, con las manos unidas y los ojos bajos.

Simon y Sebastian, los gemelos que eran idénticos en todo menos en una cosa, comenzaron a darse codazos y a hablar en susurros.

Stephen de Lacey, el padre de Oliver, dio la bienvenida

de todo corazón a Speed. Como Oliver, era un hombre corpulento. Aparte de su esposa y su familia, lo que más le gustaba era el gozo de la invención. Alrededor de su cuello colgaban no menos de tres pares de anteojos, uno de los cuales parecía tener sujeto un diminuto juego de espejos. Junto a los anteojos había dos relojes distintos colgados de correas de cuero, uno de los cuales soltó de pronto un leve tañido. Speed gritó, sorprendido, y retrocedió de un salto, sacudiendo las faldas como si un ratón se hubiera metido bajo ellas.

Stephen se rió y se volvió hacia Oliver.

—Si consigo sofocar este tumulto, ¿nos la presentarás como es debido?

Oliver sintió que su pecho se hinchaba, lleno hasta reventar de alegría.

—Claro. Padre, lady Juliana...

Su madre, oronda como una pera madura, se volvió hacia él como una sonrisa chispeante.

—Sí, por favor. Oliver, qué honor tan extraordinario —el sabor de su Novgorod natal todavía resonaba en su voz.

—Ha habido un error —dijo Oliver cuando por fin pudo controlar la risa—. Ése es el reverendo Richard Speed.

—¡Richard Speed! —exclamó Natalya, juntando las manos—. Llevo años estudiando sus sermones —morena, elegante y ágil como un gato, era una ávida lectora de filosofía cuya inteligencia había ahuyentado, de momento, a todos sus pretendientes.

—¡Ja! —estalló Simon, dando otro codazo en las costillas a su hermano—. ¡Te he dicho que había gato encerrado!

Sebastian, que entendía tales atracciones, empujó a Simon y miró a Oliver con los ojos desorbitados.

—¿Te has casado con un hombre?

—¡Que Dios me salve de hermanos pervertidos! —gritó Simon—. ¿Primero Sebastian y ahora tú, Oliver?

Belinda lanzó una maldición, repitiendo sin duda los exabruptos aprendidos durante sus frecuentes visitas al almacén de pólvora de Bath. Ataviada con un traje de montar masculino y armada con un látigo de cuero, retrocedió, horrorizada.

Sebastian se dio una palmada en los muslos.

—Claro que no, cretino —le dijo a su hermano. Señaló a Alondra, que seguía paralizada y en silencio, a un lado—. Su esposa es ésa.

—¡Gracias, Dios mío! —gritó Simon, dándose tres golpes en el pecho. Cruzó la habitación con el paso bamboleante de un capitán de barco, tomó a Alondra en brazos y empezó a dar vueltas con ella.

Oliver fue a rescatarla, pero su familia se lo impidió. Abrumaron a la pobre Alondra con su cariño. Ella, que sólo había conocido el severo afecto de un desconocido que le sacaba muchos años, se vio de pronto tragada por la adoración irrefrenable del clan de los de Lacey.

Juliana soltó una retahíla de carantoñas en ruso; Belinda se empeñó en agasajar a Alondra con una demostración de fuegos artificiales; Natalya quiso enseñarle su biblioteca. Simon y Sebastian empezaron a discutir apasionadamente, dando voces, sobre a quién se parecía más Alondra, si a Artemisa o a Perpetua.

Stephen de Lacey retrocedió y sencillamente lloró de alegría. Era como ver llorar a una montaña, tan grande y tan sentida era su felicidad.

Oliver no se atrevió a decirle que se habían casado para cumplir una promesa hecha ante el lecho de un moribundo. Su familia siempre se preocupaba por él, siempre parecía haber estado convencida de que eludía el matrimonio debido a su dolencia, lo cual era cierto.

Luego, sus pensamientos se disiparon cuando Alondra profirió un leve grito. Levantó los ojos al cielo y cayó hacia delante, desplomándose en los fuertes brazos de Simon.

—¡Dios mío! —gritó Natalya en tono de reproche—. ¡Hemos asfixiado a la pobre mujer!

CAPÍTULO 12

−¿Desde cuándo lo sabes? −preguntó una suave voz con acento extranjero.

Alondra parpadeó, mirando la forma borrosa que se erguía sobre ella. Notó la garganta seca y tragó saliva. Sentía la suavidad de un colchón de plumas bajo ella, el peso reconfortante de una colcha cubriéndola. Al respirar sintió un olor penetrante a flores secas. Parpadeó de nuevo y aquella forma se convirtió en la cara redondeada y sonriente de una mujer de vívidos ojos verdes.

Lady Juliana, la madrastra de Oliver.

−¿Saber... qué? −preguntó Alondra.

Juliana le levantó la cabeza con destreza y le acercó una taza a los labios. Mientras Alondra bebía un sorbo de caldo, Juliana dijo:

−Lo del bebé. ¿Desde cuándo lo sabes?

Alondra estuvo a punto de atragantarse, y Juliana apartó la taza.

−¿El bebé? −logró preguntar Alondra.

−Ah, pobre chiquilla. Creía que lo sabías. Lo sospeché en cuanto te vi.

La mano de Alondra resbaló hasta su vientre. Estaba tan plano como un pan sin fermentar.

—¿Cómo...?

Juliana sonrió.

—Me atrevería a decir que tengo ojo para estas cosas. Hay una especie de palidez y de melancolía soñadora en la cara. Luego, cuando te desmayaste, estuve segura. ¿No conoces los síntomas?

Alondra negó con la cabeza. ¿Cómo iba a conocerlos, habiéndola criado en una casa austera y solemne un hombre que le sacaba cuarenta y cinco años y que prácticamente se negaba a reconocer que ella tuviera un cuerpo de mujer?

—¿Se os ha retrasado la regla? —preguntó Juliana.

—Sí. Creo que sí —de hecho, la primera vez que tuvo el periodo, Alondra pensó que se estaba muriendo. Y Spencer la sometió después a un sermón acerca del pecado de Eva que la dejó más confusa que antes.

—¿Ataques de náuseas? ¿Mareos por las mañanas? —preguntó Juliana.

Alondra asintió con creciente temor.

—¿Pechos doloridos?

Las mejillas de Alondra se cubrieron de rubor y volvió a asentir, muda y compungida como un criminal confeso.

—¿Nadie te ha hablado de estas cosas? ¿Nadie te preparó?

—No. No tenía ni idea.

Juliana murmuró algo en una lengua extranjera. Alondra no entendió las palabras, pero sí su tono sincero e indignado y el brillo diamantino de sus ojos verdes.

—Estoy muy contenta por Oliver y por ti —dijo Juliana en inglés—. Pensaba que nunca... Quiero decir que me preocupaba que Oliver no sentara la cabeza, se casara y tuviera una familia. Siempre ha eludido los compromisos sentimentales. Me alegra mucho que haya cambiado.

Aquella revelación había dejado a Alondra sin habla.

Un bebé. Nunca había visto uno de cerca. La idea de que pudiera dar a luz a una criatura desnuda e indefensa la abrumaba. Le parecía asombrosa. Inimaginable.

—Estoy asustada —dijo.

—Por supuesto que sí —la ternura y la simpatía de Juliana eran tan naturales y reconfortantes que Alondra sintió deseos de llorar. Nunca había conocido la verdadera amistad, ni el sencillo consuelo de hablar tranquilamente con otra mujer. Pero al mismo tiempo se sentía una embustera, porque Juliana no sabía la verdad.

Oliver no había sufrido ninguna metamorfosis. No había pasado repentinamente de libertino a padre de familia. Se había casado por obligación. Sus votos nupciales procedían no del amor, sino de su sentido del deber, de una promesa que le había arrancado un hombre agonizante.

Alondra veía aún aquella ansia en sus ojos, aquel afán de aventura. Sabía que él siempre antepondría sus propios sentimientos y placeres a los de los demás. Seguramente detestaría la idea de tener un hijo.

—No se lo digáis a Oliver —suplicó Alondra.

—Tú se lo dirás a su debido tiempo —Juliana vaciló; luego su sonrisa se hizo pensativa—. Yo cometí ese error hace mucho tiempo —dijo—. Si se lo hubiera dicho a Stephen, nos habríamos ahorrado mucho dolor.

—¿Cómo es eso, mi señora?

—Me creí las palabras amargas que me lanzó, en lugar de escuchar lo que decía en silencio su corazón. Me quería. Quería a nuestro hijo. Pero yo no confiaba en ese amor —pareció volver en sí y añadió—: Fíjate, yo dando consejos como si fuera la vieja Zara.

Aquel nombre encendió un recuerdo en la memoria de Alondra.

—¿La pitonisa? Oliver y yo la conocimos nada más dejar Londres. Dijo que os conocía.

Una desconcertante variedad de emociones iluminó el rostro de Juliana: sobresalto, temor, asombro y, por último, una extraña satisfacción.

—La conocí cuando era una muchacha, en Novgorod. Vino a Inglaterra hace unos años —Juliana le alisó el pelo sobre la almohada.

—A mí me enseñaron a despreciar a los gitanos, pero he descubierto que no puedo. Me sentí atraída hacia ellos. Sobre todo, hacia Zara.

Juliana sonrió.

—Tiene buen corazón. Y una presencia muy poderosa.

Alondra levantó las manos.

—Antes de que me diera cuenta de lo que ocurría, se puso a estudiar las líneas de mi mano y a hablar con una voz extraña.

Juliana no se movió; su semblante no cambió, pero Alondra tuvo la impresión de que la madrastra de Oliver estaba cautivada, completamente absorta en lo que le estaba contando.

—¿Qué te dijo?

Alondra frunció el ceño, intentando recordar. Aún no había asimilado la noticia de su embarazo, y sus pensamientos estaban dispersos.

—Dijo que era... que era una de las tres.

Juliana inhaló bruscamente.

—Dijo que había visto mi destino antes de que yo naciera. Y algo sobre el círculo del destino. Confieso que no presté mucha atención. Me... trastornó. Aunque no adrede —añadió rápidamente.

—Es muy sabia —Juliana le dio unas palmadas en la mano—. A mí también me daba miedo a veces. Otras, sentía que sus palabras me guiaban. Ahora siento que me están guiando —vaciló un momento; luego desabrochó un gran broche de piedras preciosas que llevaba en el hombro—. Esta joya es muy especial para mí, y quiero que sea tuya. Que sea un símbolo de bienvenida a esta familia. Hay mucha tristeza vinculada a ella, pero también mucha felicidad.

Era una cruz inserta en un aro de oro, con perlas incrustadas. En el ápice de la cruz brillaba un hermoso rubí rojo como la sangre.

La joya refulgía como si tuviera detrás una luz. Alondra nunca la había visto, pero le parecía extrañamente familiar.

—Le tenéis mucho cariño —dijo—. No puedo aceptarla...

—Entonces me ofenderéis —dijo Juliana enérgicamente, como si hubiera tomado una decisión—. Este broche es una reliquia de mi familia —en su mirada distante revolotearon lúgubres recuerdos—. Están todos muertos, mis padres y mis hermanos. Perecieron en un levantamiento, hace muchos años. Yo escapé con esto.

Los ojos de Alondra se llenaron de lágrimas ardientes.

—Oh, mi señora, deberíais guardarla.

Juliana sacudió la cabeza. Sus rizos grises enmarcaban su cara.

—Tengo una nueva familia y una nueva vida. Igual que tú. Algún día, se la darás a mi nieto, y así se cerrará el círculo. Así está escrito. Estoy segura de ello.

«El círculo comenzó antes de que nacieras y perdurará mucho después de que mueras». Alondra oyó las palabras de la gitana como si alguien se las hubiera susurrado al oído. Se estremeció y se tapó los hombros con la colcha. Pensar en el bebé como nieto de alguien hacía que el embarazo fuera dolorosa, temiblemente real.

—No puedo más que daros las gracias, entonces —dijo tras un largo silencio.

Juliana le mostró los grabados que había detrás del broche.

—Es el lema de los Romanov en ruso: «Sangre, votos y honor».

Había algo al mismo tiempo terrible y conmovedor en aquel lema. Una certeza dura como el acero que hizo que Alondra se sintiera más fuerte con sólo repetir aquellas palabras.

Juliana tocó un pequeño cierre. El broche se abrió y apareció un pequeño puñal de acero pulimentado, muy afilado.

—Hubo un tiempo en que esto me fue muy útil —volvió a guardar el arma y puso el broche en la mano de Alondra; luego se la cerró en torno a él—. Tú no necesitarás un arma —dijo con una sonrisa amplia y radiante—. A fin de cuentas, ahora tienes a Oliver para que cuide de ti.

—No tengo ni idea de qué hacer con una esposa —le dijo Oliver, malhumorado, a su padre. Había pasado una semana desde su llegada. Alondra se había recuperado de su desafortunado desmayo en el gran salón. Oliver nunca había sentido tal miedo, tal impotencia. Ver cómo se la llevaban en brazos, pálida e inerme, le había helado hasta los huesos. Y cuando Juliana salió de la alcoba y anunció que Alondra estaba bien, él casi se mareó de alegría.

Era triste saber que el cariño familiar era tóxico para Alondra.

Stephen de Lacey, que trotaba a su lado, en una alta yegua napolitana, se echó a reír.

—Creía que siempre sabías cómo arreglártelas con las mujeres.

Iban paseando por las altas lomas de caliza de Wiltshire, donde las ovejas formaban cúmulos grisáceos contra el verde profundo y deslumbrante de los pastos. El aire olía a tierra, a estiércol y a primavera.

Oliver guió a su caballo hacia una ladera herbosa y sin árboles que llevaba al coto de caza real. Años antes, Stephen había sido nombrado guardián perpetuo del coto: un privilegio real.

—No me refería a eso —dijo Oliver—. Sino a otras cosas. A las preocupaciones, al cariño.

El rostro de Stephen se endureció.

—A veces duele, ¿verdad? Que otra persona te importe más que tu propia vida.

Oliver sintió la hondura de las palabras de su padre. Luego rozó con la bota un espino que crecía junto al camino y arrugó el ceño.

—Yo no pedí esto. No pedí alguien a quien amar. Lo vuelve a uno un majadero, padre, aunque sólo sea el día a día. Despertarme todos los días con la misma mujer es para mí una novedad.

—Ah. Y supongo que no lo pensaste antes de casarte con Alondra.

—Pensé muy poco antes de casarme con ella —inquieto por la exasperación, Oliver arreó a su caballo. La yegua echó a galopar con paso largo y fluido, pasando por tiesas matas de brezo y antiguos promontorios derruidos.

Stephen lo siguió con un grito, y cabalgaron sin objeto por las colinas y riscos hasta llegar a los densos linderos del coto real. Achicorias azules y pies de león de color anaranjado pasaban silbando en torrentes de color. La brisa era viva y fragante, y durante unos instante Oliver fue inmensamente feliz.

Miró a su padre por encima del hombro. Stephen tenía mejor yegua (siempre tenía la mejor), pero sólo un poco mejor, y se rezagaba para que Oliver abriera la marcha. Los años habían plateado su cabellera leonina y labrado arrugas de felicidad en torno a sus ojos y su boca. De niño, Oliver había visto un dolor lleno de impotencia en aquel rostro majestuoso. Juliana había convertido el dolor de Stephen en dicha y esperanza, y desde entonces su padre y él eran grandes amigos.

Oliver aflojó el paso al llegar al borde del bosque. Poco importaba lo aprisa que cabalgara o lo lejos que fuera: no podía huir de lo sucedido esas últimas semanas.

—La boda se celebró contra mi voluntad —confesó—. Y contra la de Alondra —vio alzarse las cejas de Stephen y le habló de Spencer, a quien su padre había conocido en tiempos del rey Enrique—. Era un tipo curioso —dijo Oliver—. La mente más aguda con la que me he encontrado. Pero por algún motivo se le había metido en la cabeza que Alondra y yo teníamos que casarnos —habló brevemente de Wynter y del priorato de Blackrose. No quería preocupar a su padre.

—Entonces ¿te casaste con ella por una promesa hecha ante el lecho de un moribundo?

—Sí.

Stephen se rió y sus grandes hombros se sacudieron.

—Mis razones para casarme con tu madrastra no fueron mucho mejores. Y no me arrepiento. Lo mismo te pasará a ti.

—¿Tú crees? Alondra es... tan formal. Y tan virtuosa. Y tan digna. Odia las cosas que a mí me gustan. A veces, fuera del dormitorio, claro, creo que no hay nada que le cause placer.

—Pero te quiere —dijo Stephen—. Hoy, en el desayuno, cuando la he visto mirarte, tenía los ojos llenos del asombro propio de una mujer recién enamorada —con una sonrisa de soslayo añadió—: Los de Lacey son sencillamente irresistibles para cierto tipo de mujeres.

—El tipo difícil —dijo Oliver.

—Tú no querrías una fácil. Y siempre te has crecido ante los desafíos.

—Sí. Lo cual me lleva a mi otro problema: Richard Speed.

La frente de Stephen se ensombreció con un ceño.

—Tu hermana Natalya está loca por él.

—Ya lo he notado —Oliver se estremeció—. Todos esos suspiros y esas miradas de cordera. Qué horror.

—Entonces ¿es un bribón? —preguntó Stephen—. ¿Un mequetrefe? ¿Debería dormir en los establos?

—Desde luego que no. Es un buen hombre. No he conocido otro mejor. Pero, dime una cosa, ¿quién es lo bastante bueno para mi hermana?

Stephen sonrió.

—Exacto. Lo he estado pensando, y tengo un plan para Speed.

—Si tiene que volver a ponerse faldas, se amotinará —dijo Oliver.

—¿Seguro que te sientes con fuerzas? —preguntó Oliver, sosteniendo abierta una puerta del jardín cuyas bisagras estaban oxidadas.

Su mirada de ternura y preocupación azoró a Alondra. Agarró el broche que sujetaba su manto a la altura del hombro y se preguntó si... No, Oliver no podía saber lo del bebé. Lady Juliana había prometido no decírselo.

—¿Alondra? —con el hombro apoyado contra el muro cubierto de hiedra, tenía un aire infantil e irresistible. Como de costumbre, su atractivo dispersó los pensamientos de Alondra. Algunos hombres tenían los ojos bonitos, otros un cuerpo fornido y bello, otros una cara esculpida y maravillosa y una sonrisa que eclipsaba el sol. Oliver lo tenía todo.

—Claro —se aclaró la garganta y dijo alzando la voz—: Estoy completamente recuperada —y era cierto, desde que Juliana se ocupaba de atenderla. Antes de que su suegra le permitiera salir de la cama por las mañanas, tenía que beberse una pócima de leche de yegua. Las tisanas de menta mantenían a raya las náuseas el resto del día, y Juliana insistía en que durmiera la siesta todas las tardes.

—¿Estás segura? —preguntó él.

—Sí. Debía de estar agotada por el viaje, nada más.

—Completamente recuperada —acarició su barbilla y la miró con una lujuria que inundó de calor el vientre de Alondra. Sin tocarla siquiera, Oliver tenía el don de excitar su ardor. De hacer que lo deseara con una intensidad que la asustaba. Durante toda su vida le habían enseñado que los bajos instintos carnales distraían de la devoción a Dios. Ahora sabía por experiencia propia que era cierto. Quería explicarle a Oliver sus sentimientos, pero sólo podía mirarlo, hechizada e indefensa, víctima de su mirada seductora y apasionada.

—No tenéis vergüenza, milord —sus mejillas ardían.

—Eso espero —Oliver la rodeó con el brazo desde atrás y deslizó la mano hacia abajo, mirándola con regocijo. Hacía aquello a menudo y con sorprendente inventiva, ya fuera apretándole castamente el brazo durante los rezos matutinos o llevándola por sorpresa entre las sombras del salón y besándola seductoramente mientras los músicos tocaban.

—Oliver, por favor —ella intentó que una sonrisa no aflorara a su voz.

—Entonces vámonos —dijo él por fin—. Quiero enseñarte una cosa —se llevó los dedos a los labios y silbó. Un grupo de hermosos galgos rusos apareció corriendo por la explanada recién segada. Mientras los animales pasaban por la verja, Oliver acarició su pelo largo y sedoso.

—Mi primer amigo fue un lebrel —dijo, a medias para sí mismo.

Alondra pasó por la verja y se detuvo para mirarlo, sorprendida.

—¿Un perro? ¿No jugabas con otros niños?

Un levísimo asomo de amargura tiñó su sonrisa.

—Cariño, ni siquiera sabía que había otros niños.

A Alondra le costó creerlo y echó a andar por el camino flanqueado por un seto bajo y bien cuidado. Oliver le hizo poner la mano en el hueco de su codo.

—Esto antes era un laberinto —dijo. Los perros saltaron el seto a su antojo y por fin desaparecieron entre la espesura del bosque—. Durante años, nadie supo siquiera que este bosque existía, excepto mi padre —señaló hacia arriba—. Los setos eran muy altos y apuntados como arcos por arriba. Muy pocos de los que entraban eran capaces de encontrar la salida.

—Parece bastante peligroso. ¿Por qué cultivaba tu padre un laberinto así?

—Para mantener separada esta parte de la finca. En secreto.

Alondra se recordó que Oliver procedía de una familia de excéntricos. Un padre cuyos extraños inventos habían convertido Lynacre en un lugar asombroso; una madre que había vivido con gitanos; hermanos y hermanas entregados a vocaciones muy poco frecuentes. Alondra se tocó el vientre sin darse cuenta y se preguntó por vez primera cómo sería su hijo.

—¿Estás segura de que te apetece pasear? —preguntó Oliver.

Aunque azorada, ella logró asentir con la cabeza. Pensar en el bebé como en una persona la alteraba profundamente. Pronto se lo diría a Oliver. En parte lo temía. Aunque él le había hablado de hijos desde el principio, lo había hecho en broma, en abstracto. No tenía verdaderos deseos de asumir la responsabilidad de un hijo.

Alondra temía, además, que la hiciera quedarse allí, con su familia, mientras durara su confinamiento. Adoraba a sus padres, pero no quería pasar tantos meses ociosa en el campo cuando había tantas cosas importantes que hacer.

Se dijo que no debía preocuparse. Wynter se había marchado a Londres. Oliver y ella habían llevado a Richard Speed a Wiltshire sin contratiempos. Y cuando caían el uno en brazos del otro por las noches, el mundo parecía estar perfectamente en orden.

Así que guardaría un poco más su secreto, se dijo. Sólo hasta que estuviera segura de que Oliver no huiría de sus responsabilidades ni la abandonaría para que lo afrontara sola.

Siguieron avanzando por el sendero y, al final, pasaron bajo un emparrado.

Alondra sofocó una exclamación de sorpresa y Oliver le apretó el brazo.

—Qué jardín tan extraordinario.

—¿Verdad? —pasaron junto a una hilera de olmos y llegaron a una fuente. Dragones y peces alados escupían agua a un estanque cubierto de nenúfares amarillos. A su alrededor, por todas partes, crecían setos podados con formas de animales fabulosos: gigantescos leones de hiedra, grifos y bestias legendarias con cuernos y alas.

—¿Lo ha hecho tu padre? —preguntó ella.

—Sí.

—¿Y quién vive en esa casita? —señaló un edificio de madera, cómodo y acogedor, envuelto en el esplendor de la mañana.

—Antes vivía yo —Oliver respondió sin su despreocupación habitual.

Allí estaba otra vez aquella angustia sombría, vislumbre de un sufrimiento que Oliver intentaba ocultar a Alondra y a todo el mundo.

—Oliver...

—Ven —la tomó de la mano y la condujo a la casa—. Cuando los gitanos pasan por aquí, suelen alojarse en esta casa.

Empujó la puerta y la hizo pasar a un pequeño cuarto inundado de sol. La casita olía a las hierbas secas que colgaban en haces atados con cintas de las vigas del hogar. El mobiliario consistía en una mesa de caballete y bancos, una butaca y un sillón de madera.

—No lo entiendo —dijo Alondra—. ¿Por qué vivías aquí y no en la mansión?

Oliver pulsó una palanca de hierro sujeta a una manivela y unas piedras redondas empezaron a rodar, rozándose entre sí.

—Estaba enfermo y no se esperaba que viviera.

—¿Qué? —Alondra deseó correr hacia él, pero Oliver se había apartado de ella.

—Los niños enfermos mueren —se encogió de hombros y dejó de accionar la manivela—. Esas cosas pasan. Mi padre creía que lo mejor era mantenerme alejado de los peligros de la vida cotidiana.

Hablaba con naturalidad y sin embargo aquella revelación dejó paralizada a Alondra. Por fin empezaba a comprender por qué parecía vivir con tanta temeridad, tan vorazmente.

—¿Qué enfermedad era ésa?

—Fiebre asmática. Una inflamación de los pulmones —se acercó al hogar y tocó un haz de tallos verdes que colgaba de una viga—. Los ataques de asfixia iban y venían. Nada parecía ayudar, hasta que llegó Juliana. Los gitanos traían consigo esta hierba del lejano oriente. Se llama efedra. Cocida en infusión, facilita la respiración.

—Entonces te recuperaste —dijo ella.

Oliver apartó la mirada. Sólo por un momento, durante el tiempo que duraba el latido de un corazón, su semblante se ensombreció insondablemente. Luego sonrió y abrió los brazos.

—Dime, ¿te parezco a punto de perecer por una enfermedad mortal?

Ella no pudo evitar reírse.

—Mi señor, sois la efigie misma de la salud —sin embargo, Alondra no olvidaba que, por un instante, no había querido mirarla a los ojos.

Incómoda, cruzó la habitación y se detuvo a examinar los pocos libros de una alacena. Libros sobre jardinería y labores domésticas, una cartilla de niño, tratados religiosos.

—Los dos tuvimos una niñez extraña y bastante aislada —dijo.

—Sí. La tuya te convirtió en una mujer sobria y formal dedicada a hacer el bien y enseñada a negarse cualquier cosa que se pareciera al placer.

Ella se sonrojó. Su resumen era acertado. Se sintió impelida a responder.

—Y tú acabaste siendo un libertino que no soñaba con negarse ningún entretenimiento.

—*Touché*, amor mío —dijo él en voz baja—. Soy un hombre vanidoso y frívolo. Sin duda algún día sufriré los tormentos del infierno —cruzó la habitación y la estrechó contra sí—. Razón de más para aprovechar el placer cuando se encuentra, ¿no crees?

A pesar de lo que él había dicho sobre su carácter, Alondra no se sentía nada piadosa cuando estaba en sus brazos. Para distraerlo, señaló una estrecha escalera de caracol de madera.

—¿Qué hay arriba?

—Creía que no ibas a preguntarlo —dijo con un guiño. La llevó escaleras arriba, hasta una angosta galería con el techo tan bajo que tuvo que encorvarse. Entró luego en una de las dos habitaciones y Alondra se descubrió en una pequeña alcoba con una cama baja y una jofaina sobre la repisa de la ventana. De nuevo vio pasar aquella sombra por el rostro de Oliver, como si él fuera el sol y una nube oscureciera fugazmente su resplandor.

Luego sonrió de esa manera que la hacía derretirse por dentro.

—Ver una cama siempre me turba profundamente.

Alondra se estremeció.

—¿A ti también? —Oliver le levantó la cofia y le quitó las horquillas del pelo—. ¿Te ha dicho alguien alguna vez que tienes un pelo precioso?

—No. Claro que no —juntó las manos y miro el suelo de madera—. Sería impúdico por mi parte escuchar esas tonterías. «Ay de los que arrastran la iniquidad con cuerdas de vanidad».

Oliver caminó lentamente a su alrededor como un guardia que no supiera qué hacer con un prisionero recalcitrante.

—«Para la mujer —replicó— es gloria tener el cabello largo» —deslizó la melena de Alondra alrededor de sus hombros—. ¿No dice eso el proverbio? «Porque el cabello le sirve de velo». Dicho esto, amor mío —musitó mientras le quitaba las sobremangas y el corpiño tirando del lazo que los sujetaba—, ¿qué necesidad tienes de llevar ropa?

—No sabía que pudieras citar las Escrituras.

—Tu virtud es contagiosa —había magia en sus caricias, se dijo Alondra, y ella no tenía poder para romper su embrujo. Que Dios se apiadara de ella. Quería resistirse a él. En el fondo de su mente, una vocecilla le gritaba que no debía permitir que el deseo gobernara su voluntad.

Pero aquella voz era muy débil, y el rugido de la pasión, que atronaba sus oídos, la sofocó enseguida.

Así pues, se quedó allí, inerme, mientras él le quitaba la ropa prenda a prenda, dejando su ropa sobre una butaca. Su lentitud casi la enloqueció. Quería arrancarse las medias, la camisa, la combinación e instarle a darse prisa antes de que se consumiera y quedara reducida a cenizas.

Pero lo soportó todo, aguantó sus tiernas atenciones

porque Oliver le había enseñado que la expectación sólo afinaba el placer posterior. Nunca antes habían hecho el amor en un lugar tan íntimo. La casita era un reducto en el interior del bosque donde nadie podía alcanzarlos.

Oliver la tomó de las manos y la atrajo hacia sí. Alondra se acercó sin resistencia, esperando que la estrechara entre sus brazos. Pero él se inclinó un poco y le dio un casto beso en la frente. Había una pureza extraña y dorada en aquel instante, y Alondra pensó de pronto algo que le dio miedo. Para Oliver, aquello parecía una especie de culto.

—A veces no puedo evitar tener miedo —dijo.

Oliver le levantó las manos y se las puso sobre el pecho.

—¿Miedo? ¿De mí?

—De todo, menos de ti —el pálpito del corazón de Oliver bajo su mano despertó en su interior un latido que imitaba su eco—. Me preocupa que no se nos permita seguir así. Contentos. Libres de preocupaciones.

Él le pasó los dedos por el pelo y tomó su boca en un beso decididamente lujurioso.

—Cariño mío, las únicas personas que conozco que están libres de preocupaciones son los muertos.

Se rió al ver la expresión de Alondra y volvió a besarla, profundamente, con el ansia que ella quería. Con un leve gemido gutural, Alondra se puso de puntillas y se arrimó a él. Se atrevió a mirarlo a los ojos con osadía. Se atrevió a amoldar sus manos a su cuerpo: a sus brazos, a sus hombros, a sus caderas y nalgas. Se atrevió a besar su boca y a deslizar la lengua dentro de ella.

Oliver profirió un gruñido de placer y cayó de espaldas sobre la cama, arrastrándola consigo. La ropa de la cama, vieja y tersa por los años, olía suavemente a lavanda. Se besaron compartiendo un único aliento, un latido del corazón, un instante, y su beso fue una comunión íntima y desprovista de palabras, y aunque Alondra no llegó a formular la idea, su corazón le reveló la verdad.

Amaba a Oliver.

Aquella temible certeza agudizó su osadía; quería devorarlo, respirarlo, demostrarle que su ansia era igual a la de él. Sus alientos se mezclaron, cálidos, y el corazón de Alondra levantó el vuelo, pues aquél le parecía un instante mágico. Sus almas se estaban fundiendo, volviéndose una; estaba perdiendo una parte de sí misma, pero al mismo tiempo estaba ganando algo precioso y nuevo.

—Ven a mí, Alondra —le susurró Oliver al oído—. Ven conmigo.

Ella se alzó sobre él y prolongó un instante el exquisito tormento de la expectación. El fulgor del sol bañaba la habitación, la cama, aquel instante, y al fin Alondra unió sus cuerpos con un movimiento lento de las caderas.

Dejó escapar un grito, sintiendo el contacto de Oliver en sitios que él ni siquiera estaba tocando. Ella estaba al mando, y sin embargo no lo estaba. Con las manos y la boca, Oliver le arrebató la voluntad, y ella se rindió de buena gana, lasciva y voluptuosa.

Aunque era muy pronto para que Oliver lo notara, sus pechos estaban hinchados. Eran más sensibles. Cuando él los tocó, Alondra comenzó a moverse, inquieta, y pronto sus movimientos se hicieron rítmicos.

Y allí, bañada por el resplandor del sol de la tarde, en una vieja cama que olía a otoños pasados, Alondra descubrió una nueva faceta de sí misma. Se liberó de los lazos de su educación, de las premisas y constricciones que la habían condenado a la obediencia. Oliver hizo salir a la luz su agresividad, y Alondra levantó el vuelo al fin, exactamente como él le había prometido.

Después, tendida en sus brazos, con la barbilla apoyada

en su pecho mientras estudiaba su rostro, se sintió dulcemente ebria y letárgica.

Él le lanzó una sonrisa suave que le enterneció el corazón.

—Pareces distinta.

Alondra se obligó a no apartar la mirada.

—¿En qué sentido?

Él se puso a juguetear ociosamente con su pelo largo, extendiéndolo sobre su pecho y acariciándolo con la mano abierta.

—Pareces menos preocupada. Menos obsesionada por la idea de lo que es correcto. Menos vieja.

—Menos yo —dijo ella, intentando ocultar su alivio.

Él malinterpretó su mirada huidiza y poniéndole los dedos bajo la barbilla la obligó a mirarlo.

—Eso no es cierto —dijo con extraña fiereza—. Cada día eres más tú y menos esa criaturilla lúgubre y amargada que eras antes.

—Creo que me has ofendido.

—Tú sabes que no debes ofenderte. Te quiero, Alondra. Jamás te haría daño.

Los rayos del sol, que entraban como lanzas por la ventana, tocaban la espalda y los hombros desnudos de Alondra. Ella expresó en voz alta su miedo más profundo.

—Para ti, amar es fácil, Oliver.

—¿Y por qué no iba a ser así? Mi familia, los amigos que he hecho, me inspiran afecto. Amar alimenta mi alma.

—Y ser amado —dijo ella.

—Eso es cierto.

«Díselo», la urgía una vocecilla interior. «Dile que lo quieres».

—Oliver...

—¿Sí, cariño?

Alondra cambió de idea, decidió esperar a que sus sentimientos no sangraran como heridas abiertas.

Quería ser algo más que alimento para su alma ávida. Quería que la mirara y sintiera la misma serena exaltación que sentía ella al verlo. Quería que sintiera el mismo asombro irremediable, la convicción de que nada ni nadie significaría nunca tanto para ella como él.

—Más vale que volvamos —dijo, improvisando—. Ahora que me encuentro bien, tus padres han organizado una cena en Lynacre.

Él suspiró con desgana.

—Casi lo había olvidado. Todos los arrendatarios y los vecinos del pueblo. Y también Algernon Basset, conde de Havelock. Y el padre de Kit, sir Jonathan Youngblood.

—¿Los conoces bien?

—Muy bien, sí. Havelock es el mayor chismoso de toda Inglaterra. Seguro que tendrá mucho que decir sobre nuestra boda relámpago. Probablemente ya habrá predicho la fecha del nacimiento de nuestro primer hijo. Es una lástima que vaya a llevarse una decepción.

«Quizá no», pensó Alondra. Sin poder refrenarse, preguntó:

—¿Te gustaría? ¿Tener un hijo?

Él se rió mientras se sentaba para ponerse la camisa holgada.

—La verdad es que no lo he pensado —la besó un momento, dejando que ella saboreara su pasión disipada—. Rara vez pienso más allá de mañana.

—Ya lo he notado —había sido buena idea no contárselo.

—Te quiero toda para mí, cariño —acarició sus pechos con alegre lascivia—. No me imagino compartiéndote.

Ella se sonrojó y recogió su ropa.

Oliver se rió y siguió vistiéndose.

—Te enorgullecerá saber que mi padre y yo hemos ideado un modo de sacar a Richard Speed de Inglaterra.

Alondra sacó la cabeza por el cuello de su combinación.

—¿Un modo seguro?

—Será una aventura. Viajaremos a Londres. El Sirena, uno de los barcos rusos de mi padre, atracará en Galley Key, en Londres, a finales de verano. Cuando lo descarguen, habrá que carenarlo y repararlo. Después volverá a San Petersburgo a través del mar Blanco. Haciendo escala en Ámsterdam, claro.

Ella juntó las manos.

—Donde Richard quedará en manos de los protestantes holandeses —los Países Bajos meridionales sufrían la dominación española, pero en el norte, entre el mar helado y las islas costeras, los holandeses luchaban por su libertad.

—Sí, ése es el plan.

Vestida a medias, ella cruzó la habitación y le echó los brazos al cuello, cubriendo su cara de besos.

Oliver se tambaleó, sorprendido.

—Si hubiera sabido que significaba tanto para ti, te lo habría dicho antes.

Alondra se rió, recogió sus enaguas y las sacudió.

—La seguridad del reverendo Speed significa mucho para mí.

—¿Sí? ¿Por qué?

—Por lo que representa. Por la labor que hace —frunció el ceño mientras se giraba para abrocharse las faldas. Oliver se acercó para ayudarla. Alondra prosiguió, hablando por encima del hombro—. Richard tiene el poder de conmover a las multitudes, y la virtud de usar ese poder para hacer el bien. Para salvar almas. Para cuestionar la autoridad y preservar la libertad.

—Ése es el poder que temen los hombres de la Iglesia —comentó Oliver. La ayudó a ponerse el corpiño y a atarse las sobremangas con la habilidad de una doncella.

Ella recogió su cofia. Antes de que se la pusiera, Oliver le hizo volver la cara hacia él y hundió las manos en su cabello.

—Es una lástima esconderlo.

Alondra se sonrojó y le dio un beso.

—Me halagas, y es pecado dejarse halagar.

—Un poco vanidad es saludable —él le devolvió el beso—. Te quiero.

Ella se recogió el pelo hacia atrás y se puso la cofia.

—Eso es porque a ti no te cuesta trabajo amar. Si te resultara difícil, no te molestarías.

—Muchacha —dijo él, agarrándose el pecho como si estuviera herido—, tu lengua es un florete. Algún día encontrarás mejor uso para ella.

Era encantador e incorregible. Pero ésas no eran las cualidades de un buen padre. Si pudiera estar segura de que no iba a impacientarse, a ansiar nuevas aventuras, se lo confesaría todo, lo del bebé y hasta los secretos de su pasado.

—Oliver...

—Amor mío, tengo una idea —parecía no haber notado su tono inquisitivo—. Vámonos al extranjero con Richard Speed.

Alondra se desanimó. Sus problemas se cernían ante ella, insalvables como una montaña helada.

—Oliver, tengo un compromiso con los Samaritanos, debo ayudarlos a llevar a cabo su labor aquí.

—Los has ayudado mucho, Alondra, pero piensa en ti por una vez. ¡Imagínate! Lo pasaríamos en grande surcando el mar, esquivando a la flota española, participando quizás en una o dos batallas —riendo, sacó una espada imaginaria y se puso en guardia.

Alondra se volvió para ocultar su mirada melancólica. Miró el jardín, donde el sol del atardecer se reclinaba en los setos y las praderas, y sofocó un suspiro. Justo cuando pensaba en instalarse definitivamente, él sentía el deseo de emprender otra aventura, como si los meses anteriores no hubieran sido aventura suficiente.

Y ése, pensó, era el muro que los separaba. Oliver vivía de aventura en aventura, sin interesarse por el esfuerzo y las recompensas lejanas de tareas menos deslumbrantes. Para un hombre como él, la emoción de ser esposo y padre sería una carga.

CAPÍTULO 13

–Cree que la quiero porque me resulta fácil –se lamentó Oliver ante Richard Speed en la cena de esa noche. En honor de su boda, se había organizado un gran banquete en una de las amplias praderas de Lynacre. La comida exquisita y los entretenimientos habían atraído a una bulliciosa multitud de invitados del pueblo y los alrededores.

Speed no se compadeció de él; se limitó a mirar con anhelo a Natalya, que contemplaba el baile en el campo de tenis iluminado por antorchas.

–Ella cree que no la quiero –dijo.

Kit, que había llegado esa tarde, miraba a Belinda con ojos de cordero. Tan suya como siempre, la hermana de Oliver ignoraba a su pretendiente. La fiesta le había permitido entregarse a su mayor pasión: la pirotecnia.

–Y ella cree que la quiero demasiado.

Oliver llenó sus copas de clarete.

–Menuda pandilla de infelices somos –miró con enojo a Alondra, que estaba sentada al otro lado del prado, conversando con su madrastra–. ¿Por qué dejamos que nos hagan esto?

—Porque tenemos el cerebro en la... —Kit se interrumpió—. Perdón, reverendo.

—No os disculpéis. Empiezo a desesperar: tal vez nunca vuelva a llevar coquilla —tenía una mirada atormentada. Peculiar a su modo, Natalya se paseaba de arriba abajo, ensayando un sermón en voz baja.

—Me alegra ver que al menos sois humano —dijo Oliver—. Empezaba a pensar que estabais por encima de los asuntos del corazón.

—Y lo estaba —dijo Richard, tirándose con fastidio de la golilla almidonada. No tenía más remedio que seguir disfrazado; habían llegado noticias de Essex de que la semana anterior cuatro hombres habían perecido en la hoguera. Los ataques del obispo Bonner contra los protestantes eran cada vez más frecuentes y violentos. Según decía Kit, la huida de Speed había humillado a las autoridades de Londres.

—Hasta que conocí a Natalya —añadió el reverendo mientras la miraba gesticular, enfatizando un pasaje de su sermón. Levantó los ojos al cielo—. Por todo lo que es sagrado, ¿qué derecho tiene a ser tan encantadora? ¿Tan dulce y delicada? No me da ánimos en absoluto, y sin embargo me muero por ella.

Oliver pensó en las miradas bovinas de su hermana y se preguntó cómo podía estar tan ciego Speed.

—¿Rezar ayuda? —preguntó Kit. Tenía los ojos fijos en Belinda. Ella se había subido a un promontorio en medio del jardín. Allí, su ayudante, Brock el Alquimista, de Bath, y ella estaban preparando sus cargas explosivas. El espectáculo de fuegos artificiales sería la culminación de los festejos de esa noche.

—Ayuda un poco —Richard frunció el ceño—. Pero no cuando la veo ahí sentada, charlando, mientras yo languidezco aquí, prisionero de este ridículo disfraz —pateó malhumorado el bajo de su vestido–. Ni siquiera puedo pedirle bailar.

–Paciencia, Richard –lo advirtió Oliver–. Havelock se lo pasaría en grande si supiera que damos cobijo a un protestante fugitivo.

Speed miró al conde, un hombre atildado de mediana edad. Havelock había empezado a hablar una hora antes y aún no había parado. Como un torrente en primavera, rebosaba chismorreos.

En diciembre del año anterior, la guarnición inglesa de Calais no había logrado defenderse; Inglaterra había perdido su última fortaleza en Francia. Quienes se atrevían, decía Havelock con amargura, culpaban al marido de la reina, Felipe de España.

En marzo, la reina se fue a Greenwich a esperar el nacimiento de su hijo. A pesar de sus tercas ilusiones sobre su falsa preñez y su estado de salud, dictó un nuevo testamento. Un asunto temible, pues el documento nombraba a Felipe regente de Inglaterra.

Últimamente, una tormenta de panfletos sediciosos caía sobre Londres, declarando loca a la reina y mofándose cruelmente de su triste y yermo matrimonio.

Havelock había contado todo aquello con una falta de entusiasmo impropia de él. Le encantaba chismorrear, pero prefería los chismes que excitaban el sentido del ridículo de uno. Y las habladurías imperantes sólo llenaban de negro desaliento a cualquier persona sensata.

Oliver había escuchado aquellas noticias en silencio, pensativamente. No con su vehemencia habitual. Últimamente había aprendido a arder sin llama, despacio, para preservar su indignación.

Sebastian, el más pequeño de los gemelos por escasos minutos, dio palmas para llamar la atención de los músicos.

—Hagan el favor, maestros —dijo—, otra pieza de baile.

Redobló un tambor. El jefe de los músicos entonó un saludo con su gaita y luego siguió el ritmo lento y medido de una pavana. Simon pidió bailar a una dama. Sebastian se emparejó con un tejedor de Malmesbury. Aunque su amistad siempre hacía que algunas personas levantaran las cejas y que a otras se les enrojecieran las orejas, su aparición juntos ya no causaba un revuelo. Oliver no fingía entender las preferencias de su hermano, pero teniendo en cuenta su vida pasada, no estaba en posición de criticar a nadie.

Speed parecía sentir una leve curiosidad.

Oliver se rió.

—El hecho de que Sebastian tenga un gemelo idéntico es motivo de un sinfín de bromas. Normalmente a expensas del pobre Simon.

Stephen de Lacey hizo una reverencia ante su esposa y ambos bajaron de la mesa para encabezar el baile.

Oliver miró a Kit.

—¿Vamos?

Kit palideció.

—¿A qué?

—A pedir bailar a las señoras, cabeza de chorlito.

—¿Y si me dice que no?

—Entonces puedes tirarte de lo alto de una almena.

—En serio, Oliver...

—¡Chist! —Richard agarró a Kit del brazo—. Se avecinan problemas.

Tan espléndido como uno de los pavos reales que se paseaban por los jardines, Havelock avanzaba hacia ellos. Obsequió a Speed con una amplia sonrisa. Su intención estaba clara. Oliver se inclinó y murmuró una orden al oído de Kit.

Kit pasó de pálido a rojo en un instante.

—No —murmuró.

—Tienes que hacerlo —siseó Oliver.

—Me deberás una deuda de sangre —Kit se levantó, tiró de Richard sin contemplaciones y se lo llevó al campo de tenis para unirse a las parejas que bailaban.

Oliver levantó su copa para saludar a Havelock.

—Llegáis tarde, milord. Esa dama ya está pedida.

Havelock miró a Speed melancólicamente.

—No es vuestro tipo, de todos modos. Es demasiado robusta —despidió a Havelock con una copa de clarete a rebosar y cruzó la pradera cubierta de hierba.

Alondra había estado contemplando la fiesta desde el sitio de honor de la novia, una silla con dosel semejante a un trono, en la mesa elevada. El enorme asiento, labrado con gárgolas y hojas de roble, la empequeñecía. A Oliver le parecía una niña pequeña jugando a ser una princesa. Su rostro reflejaba un asombro infantil; sus ojos del color de la lluvia parecían empaparse de la alegre escena. Oliver no necesitaba preguntar si alguna vez había visto una fiesta; sabía que no. Lleno de afecto agridulce, se hincó de rodillas ante ella.

Su despreocupada galantería no dejaba nunca de sorprenderla. A Oliver le gustaba aquello, le gustaba cómo se sonrojaban sus mejillas y cómo se entrecortaba su aliento cuando lo miraba.

—¿Te parece interesante? —preguntó, señalando el baile del campo de tenis—. Mira a mi hermana.

Belinda y Brock estaban absortos en la preparación de sus fuegos artificiales. Con la pileta de la fuente reflejando sus habilidades artísticas, prendieron estrellas chisporroteantes y grandes ruedas de colores, y un *miroire chinoise* que lanzó un espectacular pájaro de fulgor. Todos los niños recibieron un huevo de serpiente de faraón, un perdigón negro que siseaba y crecía tomando forma de serpiente.

—Es maravilloso —exclamó Alondra, mientras el brillo de los fuegos artificiales se reflejaba en sus ojos—. Tu hermana hace magia.

—En realidad, es bastante práctica. Sus fórmulas de pólvora están muy solicitadas. Pero se plantó cuando mi padre intentó lanzar a una rata al aire con un cohete atado a la espalda.

—Debería lanzar más bien a monseñor Bonner.

Por un momento, la mirada solemne de Alondra engañó a Oliver. Entonces se dio cuenta de que había hecho una broma y rompió a reír.

—Si alguien puede sacaros de vuestro cascarón, mi señora, es mi familia.

Como plato principal, Belinda había preparado varios proyectiles aéreos de gran tamaño. Pero algo salió mal: a los pocos segundos de encender la mecha, todo el jardín estaba envuelto en humo.

Oliver agitó la mano, intentando disipar una densa nube de azufre, y sintió un cosquilleo preocupante en los pulmones. El miedo se apoderó de él. «Ahora no», pensó, obligando a su pecho a relajarse. A veces, de ese modo, conseguía evitar un ataque. «Ahora no, con Alondra mirándome».

—Debe de haber calculado mal la carga —dijo, intentando que no se le escapara el aire en un silbido—. O habrá hecho mal la mezcla.

—¡No veo nada! —dijo Alondra mientras intentaba escudriñar la niebla—. ¿Están todos bien?

A través del humo, Oliver vio correr a Kit colina arriba, hacia Belinda, y luego notó, con una punzada de preocupación, que Richard Speed le robaba un beso a Natalya.

—Están todos bien —dijo, ignorando la opresión de sus pulmones—. Alondra, quiero que te quedes aquí con mi familia mientras me llevo a Speed a Londres a esperar un barco que lo lleve al extranjero.

—No —su negativa instantánea le alegró y al mismo tiempo le exasperó.

—En Lynacre estarás a salvo.

—Mi propia seguridad me importa poco.

—¿No te gusta mi familia? Sé que son un poco raros, pero son buena gente.

Alondra miró a su familia con el corazón en los ojos.

—Son un clan increíble y maravilloso —dijo en voz baja.

—Entonces ¿por qué no te quedas con ellos? —preguntó Oliver.

—Porque no es mi familia.

Oliver sintió un curioso hormigueo en el pecho, y no por el humo.

—Por Dios, Alondra —masculló—, tú sí que sabes tirar de las cuerdas de mi corazón.

Alondra puso una mano sobre la suya.

—Nunca me habían dicho nada parecido.

—Puede que nadie te haya querido como te quiero yo.

Una alegría cautelosa iluminó la mirada de Alondra.

—Puede ser. Pero eres tan caprichoso, Oliver... Esta misma tarde me suplicaste que me fuera a Ámsterdam contigo. Y ahora quieres dejarme aquí, con tus padres. Quizá mañana quieras embarcarme rumbo a Esmirna.

—Lo he estado pensando. Hemos tenido suerte, escapando con Richard y manteniéndolo oculto. Pero, si se nos acaba la suerte, la partida estará perdida.

—La partida —dijo ella con aspereza—. Para ti sólo es eso.

—Alondra, yo...

—Yo no lucho por la justicia para divertirme.

Oliver se enfadó.

—Eso, señora mía, es evidente. En cualquier caso, he decidido que es más seguro que te quedes en Lynacre.

—Y yo he decidido ir contigo y con Speed a Londres.

—No —Dios, aquella mujer encendía su ira como ninguna otra persona–. No puedes venir. Y no hay más que hablar.

En Londres, Oliver, Alondra y Speed se alojaron en Wimberleigh House, entre el Strand y el Támesis. Para desaliento de Richard Speed, el barco de la Compañía Rusa se retrasó. Languidecía como un muchacho enfermo de amor, escribiendo cartas a Natalya, aparentemente ajeno a la tensión existente entre sus anfitriones.

Alondra había ganado la batalla, pero Oliver le estaba haciendo pagar por ello. No hacía nada abiertamente cruel. De hecho, en compañía de su esposa era tan atento y tierno como siempre.

Pero no siempre estaba con ella. Se empeñaba en ausentarse durante horas todos los días.

Una noche, al oír sus pasos al otro lado de la puerta, Alondra no levantó la vista de su lectura.

–Ah, estás ahí, amor mío –dijo él al entrar en la habitación. Se detuvo delante de ella, se inclinó y tomó su cara entre las manos–. Dios mío, estás resplandeciente. Debería haberme quedado contigo en la cama todo el día.

Ella no pudo evitar sonreír.

–¿Dónde has estado?

–Por ahí –se acercó a una mesa y se sirvió una copa de vino–. Bajé al puerto a ver los barcos.

–¿No hay rastro del Sirena?

–No. ¿Y tú, qué has estado haciendo?

Aquella pregunta nunca dejaba de sorprenderla. Oliver mostraba extraordinario interés por sus opiniones, por sus ideas, por las cosas que sabía, leía o soñaba. Ella nunca había conocido más verdades que las que le mostraba Spencer. Con Oliver, estaba aprendiendo que las creencias podían (y a veces debían) cuestionarse.

—He estado leyendo a Erasmo —señaló el libro que tenía sobre el regazo—. Los *Apotegmas*. No me extraña que la Iglesia haya prohibido sus escritos. Creo que mañana leeré unos poemas para aligerar un poco mi intelecto.

Él se rió.

—Lee los poemas latinos que trajo mi hermano Simon de Venecia. Los ilustrados.

—Esos se prohibirán por motivos muy diferentes —dijo ella, sonrojándose. Sentía que Oliver intentaba desarraigar las ideas que le había inculcado Spencer: que las mujeres eran por naturaleza criaturas necias y superficiales. Que no tenían ideas propias y que invertían su tiempo en labores monótonas y de poca importancia, como coser o leer la Biblia.

Oliver le había enseñado a jugar al ajedrez, el backgammon y las cartas. Le daba libros de Heywood y Calvino. La miró con delectación cuando ella leyó la última diatriba de John Knox contra las mujeres y se indignó hasta el punto de escribir una carta desafiante al radical escocés. Algunas noches le leía viejos sonetos de Petrarca con una voz que la hacía derretirse de emoción.

Sintiendo la mezcla habitual de afecto y exasperación por su marido, Alondra sacó su labor de la cesta de costura que había junto a su silla y clavó mecánicamente la aguja en la tela finísima y blanca de una camisa.

Una camisa de bebé. Se dio cuenta de su error demasiado tarde.

—¡Ah, qué pesadez! —exclamó Oliver. Le arrancó la camisa y la arrugó en una bola—. ¿Cuántas veces voy a decirte que no quiero que te dediques a labores de poca monta?

Era una labor llena de amor, pero Alondra no podía decírselo. Miró horrorizada su puño, preguntándose cuándo se daría cuenta de lo que tenía en la mano. Oliver le había allanado el camino para hablarle del bebé. Su reticencia inicial se estaba convirtiendo rápidamente en un engaño.

Justo cuando estaba tomando aire para confesarle la verdad, él arrojó la camisa arrugada a la cesta sin volver a mirarla. Luego se arrodilló delante de ella y tomó sus manos.

—Háblame, Alondra. Me estás ocultando algo.

Ella titubeó, paralizada por la sorpresa y el miedo. Ignoraba que él fuera tan sensible a sus cambios de humor y los matices de su estado de ánimo.

—Nunca he pretendido ocultarte nada. ¿De-desde cuándo lo sabes?

Él le sostuvo la mirada.

—Desde nuestra noche de bodas.

Ella arrugó la frente.

—Pero eso no puede ser. Yo...

—Alondra, el hecho de que no fueras virgen no me importa lo más mínimo. Ahora eres mía. Eso es lo que importa.

A ella empezó a dolerle la cabeza, su corazón palpitó con violencia. No era el bebé, entonces. Era infinitamente peor.

Oliver acarició sus manos suavemente.

—Sería injusto por mi parte criticarte, dadas mis aventuras. Pero pareces preocupada.

Ella palideció. Los recuerdos salieron bramando del pasado, y el corazón pareció encogérsele dentro del pecho. Como una tonta, creía haber escapado de las sombras.

No encontró palabras para inventar una mentira, así que se limitó a apartar sus manos frías y temblorosas de las de él y a cerrar los puños sobre el libro que tenía en el regazo.

—¿Alondra? —la ternura de su voz le rompió el corazón—.

Lo que he dicho es cierto. Algunos hombres dan mucha importancia a la virginidad. En ti hay muchos otros tesoros.

—No —logró musitar ella al fin. Sus ojos se ahogaban en lágrimas de vergüenza—. Ahí te equivocas —las lágrimas le emborraron la vista, y volvió a hallarse en aquel lugar, en aquella habitación en penumbra donde una voz honda y masculina la llamaba, la incitaba sin cesar hasta que se rindió—. Debí mantenerme firme, pero... él...

Oliver volvió a agarrarla de las manos.

—¿Mantenerte firme? Pero Alondra, Spencer era tu marido.

—¡Spencer no! —apartó las manos bruscamente y se levantó. El libro cayó al suelo con un golpe sordo. Alondra se acercó rápidamente a la alta y estrecha ventana y acercó la cara enrojecida al cristal al tiempo que una náusea se apoderaba de ella.

—Wynter —tras ella, Oliver escupió aquel nombre como un juramento. Luego, con calma y mortífera intención, añadió—: Lo mataré.

—¡No! —Alondra se giró con las manos unidas como en una plegaria—. Te lo suplico, Oliver, no le hagas daño.

Por primera vez, él la miró con desconfianza. Sus ojos se entornaron, sus labios se pusieron tensos.

—¿Por qué no?

—Porque es peligroso. Porque no quiero perderte.

Oliver no se movió. Sus ojos, azules como el cielo de verano, brillaban con furia.

—Dime la verdad, Alondra. ¿Te preocupas por mí... o por él?

—Eso es una ruindad. Tú sabes que odio a Wynter.

—Entonces permíteme vengarte. Te deshonró. Te trató como polvo bajo sus pies. Merece ser castigado.

Alondra cayó de rodillas ante él. ¿Cómo podía explicarle lo sucedido esa noche, lo que había dicho, lo que había sentido? No podía, porque apenas lo entendía ella misma.

–Oliver, te lo ruego. Déjalo estar. Es agua pasada. No volveremos a ver a Wynter.

Él la agarró de los hombros y la hizo levantarse para mirarlo a la cara.

–¿Serías capaz de suplicarme de rodillas para salvarlo?

–Tú no eres un hombre violento. ¿Por qué mancillarte con la sangre de alguien como Wynter?

–Porque te hizo daño. Porque te acobardas cada vez que entra en una habitación.

–Me haría más daño que atacaras a Wynter. ¿Es que no lo ves, Oliver? Nadie lo sabe. Si buscas venganza, todo el mundo se enterará.

–Entiendo. Y el mundo no es tan tolerante como yo –la soltó y se apartó, retrocediendo hacia la puerta–. Debería haberme preparado para los obstáculos –masculló, y ella vio la cólera apenas reprimida que reflejaba el color de sus mejillas–. Me has acusado de amarte sin esfuerzo, así que supongo que no debería sorprenderme que me lo pongas difícil. Si no imposible.

Durante las semanas siguientes a la discusión, no volvieron a hablar de Wynter. Alondra pasó muchas horas en los jardines ondulados y umbríos. Recordaba la primera vez que fue allí a buscar ayuda para Spencer. Ni en sus fantasías más disparatadas hubiera imaginado que al cabo de un año estaría casada con el heredero de los de Lacey y esperando un hijo suyo.

No imaginaba, desde luego, que pudiera enamorarse de Oliver.

¿O sí?

Una de las primeras cosas que él le había dicho era que

tuviera un hijo suyo. Su petición había sido una impertinencia, indecorosa y totalmente inapropiada. Pero Alondra no había podido negar la emoción que había atravesado su cuerpo como el primer hálito de primavera tras un largo invierno. ¿Había empezado todo en ese momento?

Una tarde calurosa, estaba en el jardín, viendo fluir incesante el agua del río. Pasaban barcazas y botes, balsas y chalupas cuyos cascos doraba el sol y cuyos timones hendían la superficie del agua dejando una estela a su paso. Era un cuadro apacible e idílico, contemplado desde el jardín rebosante de rosas.

Qué extraño era saber que a corta distancia río abajo las cabezas cortadas de traidores y herejes se asomaban desde las puertas del Puente de Londres. O imaginar a la reina combatiendo sus dolencias constantes e intentando gobernar a sus belicosos consejeros. O figurarse las cuadras escondidas y los callejones repletos de miseria.

En Londres se enconaban úlceras secretas. Alondra no culpaba a la reina María. Los problemas eran excesivos y demasiado arraigados para que los resolviera una sola mujer: una mujer que probablemente no sabía cuánto despreciaban sus súbditos a sus consejeros españoles y a sus primeros ministros, al obispo Bonner en particular.

Era extraño pensar que la reina María languideciera por su marido ausente, que ansiara tener un hijo.

Muy extraño, sí. María deseaba un hijo que no podía tener. Alondra nunca se había atrevido a soñar con ser madre, y sin embargo daría a luz en cinco meses escasos.

Y aún no se lo había dicho a Oliver. Había estado muy cerca, la noche en que él la hizo confesar lo ocurrido con Wynter. Si él hubiera guardado silencio, si hubiera escuchado, se lo habría dicho.

—Rayos y centellas —masculló. Arrancó un lirio y lo hizo jirones. Oliver le había enseñado algunos juramentos. De vez en cuando soltaba uno, gozaba de su deliciosa perversidad y luego se arrepentía.

Era un momento extraño, de espera. Esperaba que su cuerpo revelara su secreto mucho antes, pero conservaba su delgadez, salvo por una suave redondez fácil de ocultar bajo el vestido.

Las semanas habían pasado vertiginosamente, como hojas arrastradas por una racha de viento. Al principio, la emoción de estar en Londres, la satisfacción íntima de dar cobijo a Richard Speed habían sido diversión suficiente. Alondra se empapaba de todo aquello como un árbol sediento de una llovizna, y el tiempo pasaba sin que apenas notara el curso de los días.

Hasta hacía poco.

Oliver seguía enfadado por la discusión, seguía mirándola con recelo y dolor. Aunque era cariñoso y atento, se reservaba una parte de sí que mantenía a distancia. La dejaba sola con frecuencia, incluso de noche, y Alondra lo echaba de menos. Ansiaba su compañía.

Un lúgubre desasosiego cubría la casa como un manto, por entero. Richard Speed estaba a punto de volverse loco por el aislamiento. No se le permitía abandonar la casa. Nadie podía verlo. Era un hombre acostumbrado a caminar entre la gente, a hablar y predicar sobre grandes asuntos. Aquellas semanas de encierro empezaban a hacerle mella.

Alondra observaba también los cambios que se operaban en ella. Cada día que pasaba resplandecía más, rebosante de salud. Y Oliver se alejaba cada vez más de ella.

Los cambios eran sutiles, pero Alondra ya no podía negar que Oliver llegaba cada vez más tarde por las noches, que bebía cada vez más, que reía más fuerte y parecía más malhumorado cuando creía que ella no lo estaba mirando.

Al principio atribuyó su estado de ánimo a su ira contra Wynter. Después de varias semanas, empezó a pensar que era sólo una excusa. Oliver ansiaba volver a las andadas, regresar a los turbios tugurios de Bankside y Southwark, donde nadie lo juzgaba, donde nadie esperaba nada de él, donde a nadie le importaba.

Mascullando otro juramento prestado, Alondra se dijo que debía dejar de lamentarse. El jardín olía a rosas y a borraja, y el sol del atardecer convertía el río en una cinta de ámbar.

El día tenía una extraña magia para Alondra. Porque, pese a lo que le sucedía, estaba segura de que en su interior estaba teniendo lugar un milagro.

Esa mañana, mientras estaba tumbada en la cama, deseando que Oliver estuviera a su lado, había sentido algo.

En el vientre. Un aleteo. Una sensación de movimiento. Una aceleración.

Era su bebé.

Incluso ahora, horas después, el recuerdo tenía el poder de llenar su alma de asombro. El bebé le había mandado un mensaje. «Estoy aquí. Quiéreme. Reconóceme».

Alondra echó la cabeza hacia atrás y dejó que la brisa refrescara su cara.

—Te lo prometo —susurró cuando una barca rozó los escalones del embarcadero del final del jardín—. Te juro que voy a decírselo.

Oliver compuso una falsa sonrisa cuando el piloto de la barca dirigió la embarcación hacia los escalones. En realidad, estaba a punto de desplomarse como un árbol talado. Estaba enfermo. Hacía años que no se sentía tan mal.

Todo aquel verano había pasado noches angustiosas, apenas capaz de expeler las cortas bocanadas de aire que se atrevía a tomar. Cada día luchaba por negar la opresión que sentía en el pecho.

Intentaba fingir que estaba tan sano como un carnicero de la Hog Lane. Aunque ansiaba pasar cada momento libre con Alondra, se distanciaba de ella a propósito, escudándose en su discusión sobre aquel canalla de Wynter.

Lo cierto era que no soportaba que ella adivinara que estaba enfermo. No quería que supiera que lo afligía aquella dolencia mortal.

Confiaba en que ninguno de los ocupantes de la barca lo viera agarrarse a una anilla de hierro que tenía a su espalda para no perder el equilibrio.

—Adiós —les dijo a sus amigos—. Mañana volveremos a brindar.

Egmont Carper se echó a reír.

—Será un placer. Vuestra destreza con los naipes ha lastrado mi bolsa.

Oliver le lanzó una sonrisa avergonzada.

—Y aligerado la mía.

Samuel Hollins se quitó la gorra.

—Hasta mañana, pues.

Oliver les mandó un alegre saludo y se quedó de pie en los escalones del embarcadero hasta que la barca se alejó. Sólo entonces se dejó caer en el poyete de piedra, apoyó la cabeza entre las manos y exhaló un largo y penoso suspiro.

—¿Estás bien?

Oliver dio un respingo, sobresaltado. Se levantó con esfuerzo, levantó la mirada y la vio. Alondra. Su esposa, que se había vuelto tan segura de sí misma, tan sabia y radiante que le asustaba. Últimamente se preguntaba si la conocía en absoluto.

—No te había visto —subió los escalones y saltó a la terraza del jardín—. Claro que estoy bien —la agarró de los hombros y besó aquellos labios suaves y rosas, y cuando ella le devolvió el beso pensó por enésima vez: «No puede ser mía de verdad».

Y sin embargo lo era. O al menos lo había sido, hasta su disputa. Se había tumbado en su cama, cálida y complaciente, noche tras noche. Había aceptado su amor, pero se había guardado el suyo. Si se enteraba de su enfermedad, tal vez nunca volviera a ofrecerle el espléndido consuelo de su cuerpo.

Ella se alejó un poco y le apartó un mechón de pelo de la cara.

—¿Dónde has estado?

Como si no lo supiera. El olor a cerveza, a tabaco y a taberna se adhería a él como un halo oscuro.

—Fuera, trabajando por la causa, por supuesto —eso, al menos, no era del todo mentira. Las autoridades seguían buscando a Richard Speed, y Oliver estaba ansioso por sacarlo de Inglaterra. Tomó a Alondra de la mano y echó a andar por el jardín. Necesitaba tomar la infusión que le preparaba Nance, la que los gitanos le habían enseñado a hacer con ramitas de efedra.

—¿Sí?

—Sí. El reverendo Speed se va a consumir si no lo sacamos pronto de aquí.

—Lo sé. ¿Hay noticias del Sirena?

—Sí. Llegó a puerto hace una semana.

—¡Oliver! ¿Por qué no me lo has dicho?

—Están carenando el barco y preparándolo para zarpar. Le he dicho al capitán que espere a una señora que viaja sola con destino al continente.

—Oh, Oliver...

—No te preocupes —para disimular que le faltaba el aire, la hizo sentarse a su lado en un asiento de hierro fundido. Era otro de los inventos de su padre: un balancín accionado por una cuerda. Colgaba de una rama del árbol más alto del jardín—. Fui extremadamente discreto.

—Entonces, no se lo has dicho a nadie.

—A nadie, excepto al doctor Snipes —tiró de la cuerda y el balancín empezó a moverse. Lo que no dijo fue que el plan tenía una pega. No sabía decir qué era, pero tenía un mal presentimiento. Seguía pensando en Snipes, con su brazo inútil y su mirada temerosa.

—En él podemos confiar —dijo Alondra, visiblemente aliviada.

—¿Y qué hay de mí? —preguntó Oliver, apretándole la mano—. ¿Puedes confiar en mí?

Ella agrandó los ojos.

—¿Cuándo he dejado de confiar en ti?

«Cuando desdeñaste mi amor», quiso gritarle él. «Cuando lo rechazaste diciendo que era fácil».

No le salió ningún sonido. Sintió que se tambaleaba al borde de un ataque. Miró el suelo. Parecía inclinarse extrañamente.

Desdeñó con un ademán la pregunta de Alondra. Pasado un rato consiguió exhalar.

—Ha sido una tontería preguntártelo.

«¿Por qué te cuesta tanto amarme?».

Ella se quedó callada. Los barcos pasaban por el río. Las gaviotas y los milanos chillaban sobre el agua. La barca regresó tras dejar a los compañeros de juego de Oliver, y los remeros se quedaron en el embarcadero, compartiendo una botella. La sombra del reloj de sol se alargaba. La mano de Alondra era pequeña y cálida. Oliver sintió el suave latido de su pulso. Sintió que su pecho se volvía de piedra lentamente, centímetro a centímetro, hasta que apenas pudo respirar.

Debía decírselo antes de que fuera demasiado tarde. Debía prometer que se convertiría en un hombre digno de su amor. Un hombre de honor, capaz de comprometerse. Un hombre que la adoraba con todo su ser, por indigno y miserable que fuera.

—Alondra...

—Oliver...

Hablaron los dos al mismo tiempo, y ella se echó a reír.

—¿Qué ibas a decir?

Él le besó la frente. Sus labios entumecidos apenas sintieron el tacto de su piel.

—Tú primero.

—Oliver, yo... —respiró hondo.

«Dilo», la urgía el corazón de Oliver. «Di que me quieres».

—¿Sí? —preguntó.

—Voy a tener un bebé.

El mundo se detuvo. Pareció que las hojas dejaban de temblar empujadas por la brisa, que el fluir del río cesaba. Luego, un estruendo atronó sus oídos. ¿Un bebé? ¿Un bebé? Las emociones lo inundaron como el agua de una catarata. Alegría, temor, espanto y una felicidad honda y terrible.

—¿Un bebé? —se oyó decir.

Ella le lanzó una sonrisa radiante.

—Sí.

—Pero ¿cómo...?

—Oliver, por favor —soltó una risa nerviosa y torpe.

—Quiero decir que ¿cuándo?

—Nacerá en noviembre.

—Pero para eso quedan menos de cinco meses. ¿Cuánto tiempo tarda en nacer un niño? ¿Diez meses? ¿Un año?

—Nueve meses —parecía divertida por su ignorancia.

Oliver odiaba que ella tuviera aquel conocimiento secreto. Que formara parte de un misterio que él nunca podría compartir.

—¿Desde cuándo lo sabes?

Ella miró sus manos unidas.

−Desde... desde hace un tiempo. Desde que visitamos Lynacre por primera vez.

La oscuridad se precipitó sobre él. El ataque se aproximaba con la velocidad de un disparo de cañón. El miedo se mezcló con la rabia. La asió de los hombros y la hizo volverse para mirarlo. El sudor manaba de sus sienes.

−¿Llevas cuatro meses embarazada y no me lo has dicho?

−No sabía cómo, ignoraba qué decirte...

−¡Dios mío! ¿Soy el último en enterarme de que voy a ser padre?

−No, sólo Juliana...

−Dios mío −repitió él, y luego ya no pudo hablar. Aquella opresión se apoderó de él, estrujando su pecho, apresando el aire enrarecido en sus pulmones. Nunca, desde su infancia, había sentido acercarse un ataque tan fuerte.

«Huye», se ordenó. «Huye. No dejes que lo vea. ¡No dejes que te vea morir!».

Apartó las manos bruscamente y se puso en pie.

−¡Oliver, por favor! −Alondra parecía gritar al otro lado de un túnel.

Oliver se apartó. Medio ciego, cruzó tambaleándose el jardín hasta el embarcadero y casi se desplomó en la barca. Con un ademán ordenó al piloto y a los remeros que zarparan.

Mientras se le nublaba la vista, vislumbró a Alondra, envuelta en luz. Tenía los ojos enormes y llenos de dolor. Sus hombros temblaban. Su boca se movía, pero él no oía sus palabras. Luego se levantó las faldas con una mano, se llevó la otra a la boca y echó a correr hacia la casa.

Alondra no pudo dormir esa noche. Había cenado con Richard en silencio, le había escuchado leer las Escrituras y se había retirado temprano.

Nance Harbutt subió a ayudar a su señora, echando pestes contra los dos lacayos que manejaban los cabestrantes del aparato con el que subía las escaleras.

La vieja, gruñona y oronda, había golpeado el suelo con su bastón y mirado a Alondra con enfado.

—¿Dónde está?

Alondra había hecho una mueca al oír su tono de reproche. Inclinándose hacia su trompetilla, había dicho:

—Fuera. No sé dónde —luego había reunido valor para añadir—: Tu niño de rubios cabellos no puede hacer ningún mal, Nance, así que no te preocupes.

—¡Humf! —su soplido era acusador. Dejó a un lado el bastón y empezó a desabrochar los corchetes y lazos del corpiño de Alondra y de sus faldas de terciopelo. Mientras la ayudaba a ponerse una camisa limpia, dijo—: Entonces, supongo que se lo has dicho.

Alondra echó la cabeza hacia atrás para que Nance pudiera peinarla.

—¿Decírselo?

—Lo del bebé.

Alondra se había girado bruscamente, sin pensar en el peine que tiraba de su pelo.

—¿Cómo lo has sabido?

Nance la condujo a la gran cama endoselada.

—Niña, te he hecho de doncella desde que llegaste. Te he bañado y vestido, te he abrochado y desabrochado el vestido cada día y he lavado tus mudas. No se te nota mucho, pero me he dado cuenta.

—No me habías dicho nada.

—No era asunto mío. Pero el jardinero vio al amo marcharse en la barca y a ti allí, hecha un mar de lágrimas, y me imaginé que se lo habías dicho.

—¿Por qué estás enfadada conmigo? —había preguntado Alondra.

Nance había tomado las mejillas de Alondra entre sus manos, moldeadas por años de trabajo duro.

—Deberías haber hecho que se quedara, muchacha. Deberías haber hecho que se quedara.

Ahora, al recordar las palabras de Nance, Alondra golpeó con el puño la almohada.

—Ella sabe que no puedo —dijo en voz alta—. Nadie puede obligar a Oliver de Lacey a hacer algo contra su voluntad.

Descolgó las piernas por un lado de la cama y se bajó de un salto. Nance la habría regañado por andar descalza por el suelo frío, pero no le importó. Se puso a pasear de un lado a otro, diciendo entre dientes que la vida era mucho más sencilla antes de conocer a Oliver.

Antes de saber lo que era amar a un hombre.

Antes de conocer el miedo y la maravilla de llevar un bebé dentro de sí.

No podía negarlo: su vida era más rica ahora, tenía la textura de los momentos hondamente vividos, del dolor y la alegría que faltaban en su vida anterior.

Ser objeto del amor de Oliver era como haber recibido un regalo precioso, sólo para descubrir que era ella quien debía pagar su verdadero coste.

Intentó sentir rencor contra él, horrorizarse por cómo había reaccionado ante la noticia. Pero de momento sólo podía pensar en aquellas cosas que amaba en Oliver. Lo veía en todos sus estados de ánimo y sus actitudes: riéndose de alguna broma; mirándola lascivamente por encima del borde de la copa de vino, en la cena; inclinándose respetuosamente sobre su mano al invitarla a bailar; empujando a Wynter contra la pared para defenderla; presentándosela orgulloso a su familia y a sus amigos. Tal vez, a su modo sencillo y afectuoso, la quería de verdad. Pero ¿bastaba ese amor para acoger a su hijo?

Lo cierto era que Oliver la asustaba, con su carácter salvaje, sus saltos de la luz a la oscuridad, del tormento a la alegría. Parecía sentirlo todo más intensamente que cualquier hombre corriente.

Todo, excepto la responsabilidad por el bebé que aún no había nacido, pensó Alondra, tumbándose en la cama y mirando la oscuridad con el ceño fruncido.

Volvió a golpear la almohada e intentó decidir cómo y cuándo podría perdonarle.

Oliver se hundió en la oscuridad, en aquel negro e inmenso abismo en el que sólo encontraba dolor. El dolor era intenso: el pecho lleno a reventar, incapaz de expeler el aire y de expandirse con nuevo aliento; el corazón golpeando como un garrote contra sus costillas; la cabeza tan febril que sus ojos parecían hervir, llenos de lágrimas.

No era consciente de nada más, de ningún sonido, salvo del siseo de su sangre en los oídos; de ninguna sensación, excepto el dolor cegador que lo atenazaba y lo sacudía como si estuviera entre las garras de un enorme animal de presa.

El tiempo no significaba ya nada. Los momentos se medían por picos de dolor devastador y por el martilleo enloquecido de su corazón.

Así pues, aquello era morir, se dijo, y luego una nueva e inmensa oleada de congoja se apoderó de él, y en su cabeza sólo se formó un grito incesante, íntimo, silencioso.

El dolor se convirtió en algo trascendente, y Oliver se elevó sobre su cresta, navegó sobre ella, ingrávido y aturdido.

El frío lo recorrió como un bálsamo, y de pronto el negro vacío se incendió, orlado de rojo escarlata, y su centro ardió, blanco y puro. Un silencio espléndido descendió sobre él, cubriéndolo con una sensación de indiferencia, de ausencia de temor.

Se vio claramente a sí mismo como desde muy lejos: alegre como un truhán, sin preocuparse de nada ni nadie, salvo de sí mismo y de sus placeres. Qué vida tan estúpida y malgastada, invertida en vino, mujeres y juego. Qué tragedia desoladora, descubrir el sentido de la vida con Alondra y con su hijo (descubrir que el amor no era un deporte sencillo, sino una batalla en la que había mucho en juego) y ver cómo la muerte se lo arrebataba.

De todos sus pesares, el más profundo era la certeza de que Alondra nunca sabría qué clase de hombre habría podido ser.

Una ira negra atravesó aquel blanco vacío. El dolor volvió con saña. Se sintió como si hubiera sido arrojado desde una gran altura y hubiera aterrizado de espaldas. El aire salió de él en un enorme soplido. El mundo regresó: el cielo ámbar, las nubes rosas y huidizas, el gorgoteo del río más allá del casco y, por último, sorprendentemente, una voz.

–¿Milord?

Oliver vio una cara tosca y enrojecida, una frente ancha arrugada por la preocupación.

–¿Bodkin?

–Loado sea Dios, mi señor –dijo el piloto–. Creíamos que... que había muerto.

Oliver sintió bajo su cuerpo los cojines de terciopelo de la barca, notó el soplo del aire fresco sobre él. Se forzó a sonreír. Tenía los labios y los dedos de las manos y los pies fríos y entumecidos.

–Tonterías, mi buen amigo –hizo una pausa, tomó aire e hipó–. Algo me ha sentado mal. Puede que las ostras que he comido estuvieran malas –con manos heladas y temblorosas se incorporó y miró a su alrededor. Estaban en mitad del Támesis, río abajo, rumbo a la ribera sur. Los remeros lo miraban boquiabiertos, como si hubieran visto un fantasma.

—¿Queréis que os llevemos a casa, milord?

—Todavía no —su mente giraba como un torbellino, aferrándose a la extraña incandescencia que lo había embargado poco antes. Era evidente que estaba al borde de la muerte. No sabía cuánto tiempo le quedaba—. Regresaremos cuando anochezca. Y mi esposa no debe enterarse de este pequeño desmayo. ¿Lo juráis?

—Por supuesto, milord —los remeros asintieron.

Oliver sabía que estaba demacrado y exhausto, y así se sentía. Alondra se preocuparía, a no ser que...

El plan, turbio y engañoso como el susurro de una cortesana, se le ocurrió de pronto. Alondra lo odiaría, pero eso él no podía evitarlo.

Para cuando las campanas de la ciudad tañeron y un sereno dio la medianoche, Alondra había decidido perdonar a Oliver. A ella también le había impresionado saber que estaba embarazada. Quizás él sólo necesitaba tiempo para...

—¡Necesito más vino! —la puerta de la alcoba se abrió, acompañada por aquel áspero bramido. La corriente avivó el fuego de la chimenea, y por un instante Oliver pareció bañado en oro.

La luz realzaba su pelo revuelto y su ropa desabrochada. Olvidando su intención de ser paciente y tolerante, Alondra cruzó la habitación y se plantó delante de él.

—No necesitas más vino —miró sus ojos brumosos y enrojecidos—. Por cómo hueles, ya has bebido bastante, y vino del malo, además.

—Pues dame del bueno para limpiar el paladar —se acercó a una mesa. Su jubón desabrochado ondeaba como dos alas rotas. El barro de las calles y los muelles de Londres se había pegado a sus botas. Llevaba la camisa por fuera y había perdido la gorra, y su cabello era una maraña de ondas doradas.

Nadie, pensó Alondra con resentimiento, debería estar tan guapo en aquellas condiciones. Pero Oliver lo estaba. No parecía un ángel caído, sino un ángel que había abandonado voluntariamente su estado de gracia.

Él miró con el ceño fruncido el jarro que había sobre la mesa.

—No queda mucho.

Alondra avanzó hacia él.

—No necesitas ni una gota más. Tienes que meterte en la cama.

Él la agarró y la apretó contra sí.

—Sí. A la cama. Podemos...

—¡Oliver! —retrocedió, espantada. Oliver apestaba a perfume barato. Era el olor áspero y denso de una mujer como Clarice o Rosie. Mujeres que se sentaban sobre sus rodillas y se frotaban contra él.

Él abrió los brazos. Parecía la efigie misma de la inocencia.

—¿Ocurre algo?

—Hueles a perfume de mujer.

—Entonces estoy mejorando. Hace un momento olía a vino barato.

Alondra miró horrorizada su cara macilenta, exhausta y bellísima. El dolor de la traición se clavó en ella como un lanzazo. Una oleada de sollozos ardientes constriñó su garganta. Echando mano de sus muchos años de templanza, tragó saliva con esfuerzo y logró contener las lágrimas.

—Me das asco —dijo con fiereza—. ¿Cómo te atreves a irte de juerga la misma noche que descubres que vas a ser padre? —comenzó a pasearse de un lado a otro delante de él–. Decías que querías un hijo, pero no era más que palabrería. Deseos vagos. La realidad te asusta, ¿verdad, Oliver?

Él sacudió la cabeza como un león que sacudiera su melena.

–Nada de eso.

A Alondra la habían enseñado a contenerse. El caos de emociones que Oliver agitaba en ella la enervaba. Se dio cuenta de que no quería amarlo, porque la volvía loca. Tenía que abandonarlo enseguida, dejar que el enfado reemplazara al amor, permitir que la aislara del dolor.

Mientras aquella idea absurda cruzaba su cabeza, sintió una pena intensa y desgarradora.

–¿Por qué no puedes comportarte como... como un marido? –preguntó, y se avergonzó de su voz estridente–. ¿Por qué no puedes ser...?

–¿La clase de hombre al que podrías amar? –preguntó él ácidamente.

–No era eso lo que quería decir –pero Alondra descubrió, para su horror, que sí lo era–. Sólo quiero que me digas que querrás a nuestro hijo. No con ese cariño fácil y risueño que viene y va como la marea, sino con amor profundo y constante. ¿Puedes hacerlo?

–Si te lo cuestionas, Alondra, lo dudo.

La exasperación encendió a Alondra como una llama.

–¡Nunca crecerás! Nunca asumirás la responsabilidad de tener una esposa, una familia –agarró la jarra de barro–. Ésta es tu esposa, tu refugio. Hiciste muchas promesas, Oliver, pero ahora sé cómo eres. Tus promesas no significan nada.

Le arrojó la jarra. Resbaló entre sus dedos y se hizo añicos en el suelo. El líquido oscuro se filtró entre los juncos y las grietas de las baldosas. Los trozos de arcilla se dispersaron por el suelo, alrededor de sus pies descalzos.

Oliver lanzó una maldición. Con un ademán veloz que desmentía su embriaguez, la levantó en volandas, se acercó a la cama, aplastando los fragmentos de barro, y la depositó sobre ella.

—Entonces ¿no confías en que cumpla lo que prometo borracho? —preguntó con una sonrisa burlona—. A fe mí que no tengo esperanza. Supongo que sólo creerás en mí cuando escriba un juramento en sangre.

—Sal de aquí. ¡No quiero volver a verte!

Alondra se lanzó de bruces sobre las almohadas, pero logró refrenar sus sollozos hasta que le oyó salir y cerrar la puerta.

Horas después, Oliver entró con sigilo en el dormitorio. Se quedó junto a la cama, con una vela en las manos, y miró a su esposa. Alondra se había quedado dormida llorando. Tenía las marcas de las lágrimas secas en las mejillas.

Había creído su embuste, como él planeaba. Lo que no había planeado era hacerle daño.

De pronto, todo aquello le pareció una espléndida ironía. Esa noche, mientras intentaba ocultar su debilidad bajo vino basto y perfume barato, se había topado con la oportunidad de pasar de villano a héroe. Desde hacía algunas semanas, era consciente de que estaba siendo observado, seguido y vigilado, aunque no le había dicho nada a Alondra.

El problema de los chivatos, pensó con sarcasmo, era que confiaban demasiado los unos en los otros. No había tardado mucho en encontrar a uno cuya lengua podía engrasarse a base de buen vino y cuya bolsa admitía de buena gana un soberano o dos.

Eran malas noticias. Los informantes de monseñor

Bonner estaban seguros de que Speed intentaría escapar a bordo de un barco en los días siguientes. Lo único que quedaba por hacer era encontrar al rebelde y condenarlo a él y a sus colaboradores.

–Se me ha ocurrido una solución –le susurró a su mujer dormida–. Para ti, Alondra. Y para Richard y hasta para el pobre Dickon –salió de puntillas, se fue a su despacho y buscó pergamino, pluma y tintero.

Dejó la vela en un candelabro, se subió las mangas y, como esperaba que su papel en la huida fuera su muerte, comenzó a escribir una carta de amor a su hijo.

Vertió en las páginas sus sentimientos, intentando plasmar todas las cosas que un padre tenía que decirle a un hijo, por si no estaba allí para decírselas en persona. Pasado un rato, puso el manojo de hojas en un cajón y escribió varias cartas más.

Al amanecer, había logrado despistar a los sabuesos de Bonner para un par de días, quizá. Debía invertir bien ese tiempo. Debía, pensó con una sonrisa burlona, ser un héroe, aunque pereciera en el intento.

CAPÍTULO 14

—¿Qué dice el mensaje? —preguntó Richard Speed, metiendo con impaciencia un mechón de su pelo bajo la cofia. Durante las semanas anteriores, su cabello había crecido y se había rizado mucho, para vergüenza suya.

Alondra miraba ceñuda el papel manchado.

—Dadme un momento. La clave es nueva.

Aturdido por el exceso de vino, la falta de sueño y su roce con la muerte y la conspiración, Oliver cruzó los brazos sobre la mesa de la galería y bajó la cabeza. El día anterior había estado a punto de morir. Esa noche, había matado el afecto que Alondra sentía por él. Pero la llegada de la carta de un agente de los Samaritanos hacía que sus preocupaciones parecieran pequeñas.

Sin saberlo Alondra y Richard, Oliver había azuzado a los Samaritanos a entrar en acción, pues sabía que el tiempo se estaba agotando. Un sombrerero del Puente de Londres había mandado a Alondra unos guantes de cabritilla con perlas y una gorra con una pluma de cisne. Aunque era menos vanidosa que uno de sus galgos rusos, se fingió entusiasmada por el regalo. Luego, cuando el emisario se marchó, ella sacó un trocito de pergamino doblado de un dedo de uno de los guantes.

Ahora fruncía el ceño, concentrada en el mensaje. Oliver apoyó la barbilla en el brazo y la miró fijamente.

Un bebé. Alondra iba a tener un bebé. Un hijo suyo.

No parecía distinta al día anterior, cuando él, ignorante de su estado, se había regodeado en su dicha. Seguía siendo su esposa, pálida y morena, cuya belleza sólo era evidente para aquéllos que la amaban.

Y, por Dios, cuánto la amaba.

Un gemido de desesperación escapó de él sin que pudiera evitarlo.

Alondra y Speed lo miraron. Había en la mirada de ambos una preocupación distante e impersonal que le dio ganas de gritar.

—¿Estás enfermo? —preguntó Alondra.

—Enfermo de deseo por ti —contestó él, sólo para enfurecerla.

Pero esta vez Alondra no se enfadó. Se limitó a aclararse la garganta y dijo:

—Ya —y tomó su pluma para seguir descifrando la clave.

Oliver observó a aquel hombre de Dios y a su discípula, y pensó que hacían buena pareja. Spencer debería haber elegido a alguien como Speed como marido de Alondra.

No a un granuja vano y egoísta destinado a morir joven.

Había un reloj de péndulo en la galería. Lo había diseñado su padre. Era un reloj muy hermoso, con pesas de bronce pulido y esfera de luna. Marcaba los segundos como latidos de un corazón, acentuando el silencio tenso y reconcentrado.

Al fin, Alondra dejó su pluma.

—Ya lo tengo.

—¡Bien hecho! —exclamó Speed, cubriendo su mano con la suya.

Oliver se obligó a fingir que no le importaba.

—¿Y bien? —preguntó con aire aburrido, simulando ignorar lo que decía el mensaje.

—Esta noche —dijo Alondra—. Tenemos que encontrarnos con el doctor Snipes en Galley Key. El reverendo Speed va a subir a bordo del Sirena. Zarpará a medianoche.

Más silencio. Más latidos mecánicos del reloj. Speed dejó la mesa y se acercó a los ventanales que daban al jardín y al río.

Agachó la cabeza y Oliver vio que hablaba en voz baja con el Señor. Alondra se quedó sentada, con las manos unidas y los ojos cerrados. Oliver se preguntó cómo sería tener una fe tan pura e inconmovible. Empezaba a pensar que tal vez la necesitara para sí.

El único momento en el que sentía aquella pureza de propósitos era cuando hacía el amor con Alondra. Lo cual era posiblemente lo bastante blasfemo como para mandarlo derecho al infierno.

—Pronto seréis libre —dijo sinceramente, y cruzó la habitación para estrechar la mano de Richard.

El rostro beatífico de Speed, hermoso como el de un novio, se suavizó con una sonrisa.

—Algunos hombres ansían la libertad. Otros no saben qué hacer con ella. Me temo que yo soy uno de ellos. Estoy tan acostumbrado a huir y esconderme, a predicar en lugares escondidos, que sabré qué hacer con mi libertad.

Oliver sonrió.

—Si fuerais menos virtuoso, os haría unas cuantas sugerencias.

Tras él, oyó el bufido indignado de Alondra.

—Podríais escribir sermones y memorias —sugirió Oliver candorosamente—. Es lo que haría yo.

Speed se echó a reír.

—En efecto, milord. Bueno, debo ir a recoger mis pertenencias —pero no se fue enseguida. Su rostro se volvió solemne—. Creo que nunca os he dado las gracias como es debido. Ni a lady Alondra tampoco. Pocas personas hay tan generosas y temerarias como para arrancar a un hombre de las llamas de Smithfield y huir luego con él, esconderse y darle cobijo durante meses. Gracias.

Oliver no tuvo valor para decirle que se había embarcado en aquella aventura porque estaba hastiado de la vida y deseaba a Alondra. Al principio, ése había sido el motivo que lo había impulsado a actuar. Después, había encontrado una satisfacción más honda en trabajar contra la injusticia. Sonrió y dijo:

—De nada.

Speed lo abrazó con fuerza y Oliver no logró decir nada. Ni siquiera pudo bromear a cuenta de las faldas del reverendo. Por un momento, pensó en Dickon, el hermano al que nunca había conocido.

Dickon, que había muerto porque no podía respirar.

Oliver pensaba, obviamente, que ella no notaba el afecto que sentía por Richard Speed. Alondra los vio bajar apresuradamente hacia los escalones del embarcadero. Se habían vuelto como hermanos. Por muy distintos que fueran, compartían una amistad rara y luminosa que a veces la hacía ansiar tener una amiga propia.

Era de madrugada y el cielo era un negro dosel sobre el Támesis. Londres dormía. Sólo el gorgoteo del río y el grito ocasional de algún sereno perturbaba el silencio.

Alondra no podía dejar de pensar en Oliver. Esa tarde, cuando Richard y él se abrazaron, había tenido la extraña sensación de estar viendo la mente de su marido. Él aseguraba que no se tomaba la vida en serio, que su placer era más importante que los grandes asuntos de la iglesia y el estado. Pero por un momento le había parecido absolutamente afligido. Por una vez, había dejado entrever un dolor y una hondura que la hacían sufrir por él.

Se estremeció, no tanto por el aire de la noche, como por la sensación de que se sentía cada vez más atraída por un hombre al que no debía amar.

Llegaron al embarcadero y Speed puso en la barca el hatillo en el que llevaba sus cosas. No llevarían piloto para aquel viaje.

Por el rabillo del ojo, Alondra vio moverse una sombra. Se quedó paralizada y agarró el brazo de Oliver. Alertado por su contacto, él se quedó quieto.

—Allí —musitó ella, señalando con la cabeza un emparrado de tejos que bordeaba un sendero del jardín.

El florete siseó cuando Oliver lo sacó de su funda y echó a andar con sigilo hacia las sombras. Aunque Alondra no lo distinguía con claridad, veía sus anchas espaldas, cuadradas por la determinación, y un miedo helado estrujó su estómago.

Oliver corrió hacia el emparrado.

—¿Quién anda ahí? —preguntó.

Una rama se movió, negra y dentada contra el cielo oscuro.

Oliver desapareció tras el emparrado.

Alondra juntó las palmas de las manos e intentó rezar, pero no le salían las palabras. Sólo pudo susurrar:

—No puedo perderlo. No puedo perderlo —un ruido procedente del emparrado la impulsó a actuar. Sacó su pequeño puñal de la funda. Llevaba siempre consigo el regalo de Juliana, a pesar de que no esperaba usarlo nunca.

—¡Sal de ahí, bellaco! —gritó Oliver. Incluso en peligro conservaba su sentido del drama. Alondra sintió la excitación que había en su voz.

Un golpe y un gemido salieron de la oscuridad. Oliver apareció en el camino, arrastrando consigo a una persona menuda que no dejaba de retorcerse.

—¡Santo Dios! —exclamó él—. ¿Qué haces tú aquí? —mientras hablaba envainó su florete.

Alondra expelió el aliento que había estado conteniendo. Se reunió con Richard Speed en el embarcadero y allí esperaron juntos.

Oliver regresó empujando al intruso delante de él mientras refunfuñaba:

—¡Valiente calamidad! A fe mía que no he conocido criatura más exasperante e infame que tú...

—¡Amor mío! —Richard Speed subió de un salto los escalones del embarcadero y tomó en brazos a la cautiva—. Sabía que vendrías. Tenía fe.

Alondra retrocedió hasta chocar con la pared de piedra.

—¿Natalya?

—...un desastre, una infeliz con cabeza de chorlito...

—Cállate, Oliver —dijo Natalya, apoyando la mejilla sobre el pecho de Richard. Iba toda vestido de negro; llevaba manto de hombre y calzas bajo una sencilla chaqueta de fustán—. No podía permitir que te fueras sin mí.

—¿Qué haces aquí? —preguntó Speed.

—Me cansé de esperar noticias, así que vine a Londres.

—Se supongo que sólo el doctor Snipes y nosotros tres conocemos el plan.

Ella le dio un beso en la nariz.

—Vi tu nombre en el manifiesto del barco.

—¡Mi nombre!

—Madame Vitesse —Natalya pasó junto a Oliver y se acomodó en la barca—. ¿No se dice así tu apellido en francés?

Oliver lanzó un juramento frío como el hielo.

—Dios nos guarde de mujeres doctas.

—Voy con él —anunció su hermana.

—Por encima de mi cadáver putrefacto, pequeña lagarta. No puedes venir —se volvió hacia Alondra—. Dile que no puede venir.

Alondra estudió el semblante implacable de Natalya.

—Va a ir.

Oliver volvió a jurar y se giró hacia Richard.

—Decidle que no puede venir.

Speed subió a la barca y se acomodó junto a Natalya.

—Va a venir.

Oliver levantó la cara como si fuera a aullar a la luna.

—¿Es que se han vuelto todos locos menos yo? —empezó a pasearse arriba y abajo por el estrecho embarcadero—. Richard, es mi hermana, maldita sea. ¡Las de Lacey no se escapan con fugitivos! No pienso ver a Natalya deshonrada, su reputación arruinada.

Era extraño y enternecedor verlo criticar a su hermana por la misma conducta en la que él se regodeaba, se dijo Alondra.

—¡Pardiez! ¡Rayos y centellas! ¡Desgracia, tu nombre es Natalya! ¡Dios no quiera que ande callejeando por ahí como una...!

—Oliver, hay algo que deberías saber —dijo Natalya con calma.

—...como una fulana del puerto...

—Estamos casados —dijo Richard Speed.

—¡Mi hermana es una mujer honrada! Merece algo mejor que... —Oliver se interrumpió y se puso tieso como una vara—. ¿Qué? —rugió.

—Casados —dijo Natalya con sencillez—. Nos casamos en secreto en Lynacre. Sabía que papá se preocuparía, así que no se lo dijimos a nadie.

Oliver se dejó caer contra la pared de piedra.

—Casados.

—Sí —le aseguró Richard.

—¡Maldito granuja! —Oliver empezó a arremangarse—. ¿Cómo os atrevéis a...?

—Yo insistí —dijo Natalya—. Richard quería que lo esperara, pero me negué.

—¡Pues por Dios que vas a esperar hasta que se te caigan los dientes!

Natalya lo miraba con una determinación que a Alondra le recordó a Juliana.

—Hermano mío, tu preocupación me honra. Pero es mi vida. Es lo que quiero. Me voy con mi marido.

Oliver bajó los brazos. Lenta y tristemente, sus mangas se desdoblaron.

—Quieres huir en plena noche con un forajido.

—Sí.

—Viajar a un país extranjero y vivir en el exilio.

—Sí.

—Santo cielo, ¿por qué?

—Porque lo quiero —la voz de Natalya sonó ronca por la emoción—. ¿Es que no lo entiendes, Oliver? ¿Sabes lo que es amar a alguien hasta el punto de estar dispuesto a arriesgarlo todo? ¿Tu reputación, tu riqueza, tu familia?

Oliver se quedó callado un rato. Alondra contuvo el aliento. Aquél amor no sería fácil; exigía riesgo y no prometía nada a cambio. Alondra ansió que Oliver dijera que sí, que él también había aprendido a amar entregándose por completo.

Pero él les obsequió con otra diatriba de varios minutos, ayudó a Alondra a subir a la barca y zarpó río abajo.

Horas después, el alba tiñó los campanarios de Londres y tendió un largo hilo de oro sobre las aguas tranquilas del Támesis. La barca chocó con los escalones del embarcadero de Wimberleigh House.

—Bueno, ya se han ido —Oliver se revolvió el pelo con gesto de cansancio.

—Has hecho bien deseándoles buena suerte —dijo Alondra.

—Mi padre va a clavarme las orejas al cepo —masculló él mientras amarraba la barca.

—¿Por qué crees que el doctor Snipes no apareció?

Oliver seguía inclinado sobre la abrazadera de amarre, pero sus manos dejaron de moverse. Ella lo vio respirar hondo; luego dijo:

—No lo sé.

Alondra se levantó y la barca cabeceó. Oliver la sujetó, apretándola contra sí. Con agilidad, sin esfuerzo, la depositó en el embarcadero y salió. Pero no soltó a Alondra. La apretó contra sí un momento e inhaló profundamente, con la cara pegada a su pelo. Tocó su mejilla.

—Estás cansada, amor. ¿Te encuentras bien?

Eran las primeras palabras de ternura que le decía desde que sabía que estaba embarazada. Las lágrimas inundaron, calientes, los ojos de Alondra, y apartó la mirada, apoyando la cara en su hombro.

Tenía un nudo en la garganta desde que se habían despedido de Natalya y Richard. Verlos afrontar su destino con tal entereza la había conmovido.

Había intentado darle a Natalya el broche de Juliana como talismán, pero ella se había negado.

—Mi madre te lo regaló con motivo. Guárdalo bien —le había dicho.

—Estoy bien —le dijo Alondra a Oliver.

—Creía que en tu... estado... —su voz se apagó.

—Ni siquiera puedes decirlo, ¿verdad? —musitó ella—. Ni siquiera puedes admitir que voy a tener un hijo tuyo.

—Porque me asusta —dijo él con vehemencia—. Ya está. Ya te he dicho la verdad. Me asusta pensar que vas a sufrir, que vas a correr peligro —apretó la mejilla de Alondra contra su pecho—. Mi madre murió al darme a luz.

Su sinceridad dejó sorprendida a Alondra un momento.

—No lo sabía —dijo.

—Pues ya lo sabes.

Ella retrocedió, tomándolo de las manos.

—No puedo cambiar las cosas. No puedo dejar de estar embarazada. Yo también tengo miedo, Oliver. No he tenido madre, ninguna mujer que me enseñara a ser madre o esposa.

—Alondra... —su nombre sonó hueco al reverberar en el agua—. Alondra, voy a cambiar. Ya lo verás. Te demostraré que...

—¿Es que no lo entiendes? —acercó los dedos a sus labios—. No deberías tener nada que demostrar. Si crees que tienes que hacerlo, deberías hacerme reproches también a mí. Lo que pasó con Wynter...

—Dejaste claro que quieres olvidarlo. Y lo respetaré, Alondra. Te lo juro. Cambiaré. Yo...

—Calla. Hablas demasiado —una inmensa ternura, mezclada con alegría, la embargó—. Quiero irme a la cama.

—Por supuesto. Estás cansada. Llevas en pie toda la noche.

—No quiero dormir —repuso ella con vehemencia. Y era cierto. Ver a Natalya y Richard embarcarse en aquella peligrosa travesía le había recordado lo fugaz que era la dicha y la necesidad de atrapar la felicidad cuando se podía.

—Entonces, ¿qué quieres hacer?

—Oh, Oliver, ¿vas a obligarme a decírtelo?

—¡Mi dulce Alondra! —riendo, la levantó en brazos con un movimiento que hizo volar el corazón de Alondra.

Ella sabía que siempre recordaría aquel momento. Era un pequeño y deslumbrante tesoro que guardaría en un lugar secreto de su corazón, como una rosa perfecta entre las páginas de un viejo libro. Muchos años después, el recuerdo aún la conmovería, como el perfume sutil y el suave embrujo de la rosa preservada.

Absorbió cada detalle: el modo en que se mezclaba la luz del alba con la neblina del río, dando a los jardines un esplendor de ensueño; el trino de un pájaro entre los árboles engalanados de rocío; el aroma a río y viento que arrastraba el cabello de Oliver; la dulce tristeza de su sonrisa; el golpeteo de su corazón; las promesas que le susurraba al oído.

En aquel instante, pareció que el mundo contenía el aliento. Alondra se aferró con fuerza a todo aquello y vio pasar el jardín mientras Oliver la llevaba a la casa.

En la cocina, un mozo y una criada levantaron la vista de sus tareas y, soñolientos, vieron pasar a sus amos.

Oliver subió las escaleras ágilmente y se fue derecho a sus aposentos, sin detenerse en las habitaciones de Alondra.

—Debería ir a buscar mi camisón y mi bata —sugirió ella.
Él la depositó sobre la cama.
—No vas a necesitarlos, amor mío.

El timbre profundo de su voz le puso la piel de gallina en los brazos, y de pronto le pareció extrañamente emocionante rendirse así a él, dejar a un lado su impulso inicial de controlar y dirigir las cosas. Oliver le hacía ver el valor de ser, simplemente. De dejarse llevar como una hoja por la corriente.

Mientras Oliver empezaba a desvestirla hábilmente, con todo cuidado, se hundió más y más en el torrente de sus sentimientos, y fue alejándose de la lógica y la razón. Carecía de importancia que Oliver la hubiera despojado de su voluntad. Esta vez, quería rendirse. Completamente.

Sintió que la brisa de la mañana que entraba por la ventana acariciaba su piel y rozaba sus pechos, su vientre y sus piernas, que Oliver había desnudado sin esfuerzo.

«Esto», pensó mientras lo veía quitarse la ropa, iluminado desde atrás por la luz dorada, «esto es verdadera confianza: entregarse por completo, sin guardarse nada».

Y no había nada de temible en ello.

Otras veces, cuando le hacía el amor, Oliver alternaba una turbia intensidad con un humor lleno de despreocupación. Esta vez, sus intenciones eran otras. Era como si una nueva faceta suya se hubiera vuelto hacia la luz y Alondra la estuviera viendo por primera vez.

Se inclinó y la besó, y sus labios era cálidos y firmes, húmedos como los macizos de lirios que florecían en el jardín. Sus manos se deslizaron como las alas de un pájaro, tocando sus pechos, rodeándolos, moviéndose en círculos mientras el placer crecía dentro de ella. Levantó la cabeza para tomar aire y se inclinó luego para besar sus pechos. Siguió bajando y con los dedos y la boca acarició ligeramente el montículo sutil de su vientre.

—Es impensable que no me diera cuenta —susurró—. Ahora es lo único que veo. Es un milagro, Alondra. Nada menos. Y yo, como un vagabundo ciego, no lo veía.

—Te lo oculté —confesó ella, pasando los dedos por su pelo sedoso—. Porque tenía miedo.

Oliver volvió la cabeza para besar la palma de su mano. Siguió besándola en círculos cada vez más cerrados, como si intuyera el deseo que iba enroscándose dentro de ella como una espiral, esperando a saltar. Separó sus muslos y abrió los pétalos de su sexo, primero con los dedos, luego, sorprendentemente, con la boca. El asombro y un placer deslumbrante mantuvieron a Alondra hechizada, en suspenso, y aquella espiral se tensó insoportablemente hasta que, de pronto, se soltó y Alondra se sintió lanzada hacia lo alto como los pájaros que sobrevolaban el Támesis.

Se sintió volar.

Oliver se unió a ella, y Alondra oyó su voz, pero no

entendió sus palabras, ni le importó. Él se entregó con un profundo temblor, y la besó, sorprendiéndola con su propio sabor. Alondra no supo cuánto duró aquel instante. La eternidad podía alcanzarse en un abrir y cerrar de ojos. Un solo latido del corazón tenía el sabor de lo eterno.

Alondra volvió en sí lentamente, como una pluma empujada por una brisa caprichosa que la mecía despacio, adelante y atrás, descendiendo hacia un estupor cargado de plenitud.

—¿Estás...? —Oliver se interrumpió, se aclaró la garganta. Alondra notó una extraña nota de asombro en su voz—. ¿No te he molestado? Por el bebé, quiero decir.

Ella sonrió al notar su azoramiento y metió los dedos entre el vello dorado de su pecho.

—No, por alguna razón que no puedo nombrar, me siento llena de la más exquisita melancolía.

Oliver la agarró de la barbilla y le hizo volver la cara hacia él.

—Entonces, tú también lo has sentido. Los franceses lo llaman *la petite mort*.

Ella tragó saliva, con el corazón todavía acelerado.

—No, no ha sido como si muriera. Me has dado placer muchas veces, Oliver. Pero esta mañana me has hecho dichosa.

Él esbozó su amada sonrisa de soslayo, casi triste.

—Entonces es mi deber darte muchos de esos momentos.

El cansancio se abatió sobre ella en una gran oleada cálida, y sus párpados se cerraron.

—Tu hijo es tan terco como su padre —explicó ella—. Hace lo que quiere conmigo. Exige dormir cuando yo quiero seguir despierta contigo.

—Duerme, mujer —ordenó él bruscamente, en broma—. Más tarde habrá tiempo de sobra para hablar.

—Más tarde —susurró ella—. Más tarde quizá te demuestre que yo puedo hacer el amor con tanta malicia como tú.
—Señora, pienso tomaros la palabra —respondió él.

Oliver despertó de un sueño espléndido a una espantosa pesadilla. Al principio, no pudo localizar aquellos golpes sofocados, aquel curioso estrépito.

Parpadeó y, al despejarse, vio que habían pasado el día durmiendo. El ocaso, el alba penumbrosa de la noche, amorataba el pedazo de cielo que veía por la ventana.

Se preguntó si era un postigo que golpeaba la pared. Quizás ese fuese el origen del ruido. Empezó a desasirse de Alondra, cuyo cabello se esparcía como seda salvaje sobre su pecho desnudo.

Estaba tan dulce allí tendida, con un hombro desnudo inclinado hacia él, los labios fruncidos como si fuera a besarlo y el pelo enmarañado... El sólo hecho de verla evocaba en él una ternura frágil y melancólica que se mezclaba extrañamente con el deseo feroz de conquistar no sólo su amor, sino su respeto. De ser digno de la mejor mujer de Inglaterra.

De repente, en el silencio que se hizo entre dos golpes, pensó que estaría dispuesto a morir por ella.

Voluntariamente.

Con una sonrisa agridulce, salió de la cama, le echó la colcha sobre los hombros y se puso las medias, las calzas y las botas.

Mientras se ataba las cintas de la coquilla, la puerta se abrió violentamente. Media docena de soldados provistos de antorchas entraron en la alcoba.

Impulsado por su instinto, Oliver desenvainó la espada que había dejado a los pies de la cama.

—Oliver de Lacey —dijo una voz hosca y formal.

Las antorchas escupieron brea y su luz se avivó. Oliver

reconoció la librea de los intrusos. Era el uniforme blanco y gris de los hombres de monseñor Bonner.

¡Aún no! Estaba convencido de que tendría más tiempo. Richard Speed necesitaba más tiempo.

Oliver oyó el susurro de las sábanas y se movió para tapar a Alondra.

—Soy Oliver de Lacey, señor de Wimberleigh —dijo con su voz más fría y ofendida—. Si tenéis algún asunto que tratar conmigo, tendréis que esperar en el salón de abajo. Allí os recibiré.

Alondra sofocó un grito. Él le hizo una seña, confiando en que la entendiera. «No hagas ruido».

Los soldados no se movieron.

—Debéis acompañarnos —dijo el que mandaba.

Oliver probó una sonrisa que le había funcionado muchas otras veces.

—Me halaga la invitación —dijo. Y luego, con la velocidad de un latigazo, blandió su espada y apoyó su punta en el hueco de la garganta de su interlocutor.

El soldado miró la hoja.

—Milord...

—He dicho —repitió Oliver— que esperéis abajo.

El soldado dio un paso atrás. Sus hombres se dirigieron a la puerta.

Luego, como salida de la nada, una mano enguantada tomó la punta de la espada y la apartó.

—La partida acaba de empezar; no debería derramarse sangre tan pronto —dijo una voz heladora, por conocida.

Oliver oyó que las sábanas se movían cuando Alondra se incorporó. Una figura envuelta en un manto negro se colocó ante los soldados.

Oliver bajó la espada.

—Wynter. Qué casualidad veros aquí. Vos sí que ponéis rostro a una pesadilla.

CAPÍTULO 15

En el caso improbable de que viviera cien años, Oliver no olvidaría nunca el sonido que profirió Alondra cuando se dio cuenta de que los habían traicionado.

Fue un sollozo, pero algo distinto: tan leve y sutil como la brisa, pero cargado de angustia. En ese momento, antes de que Wynter dijera una sola palabra más, Alondra lo supo.

Supo, como lo sabía Oliver, que el delicado tesoro de su amor, su esplendor, la dicha inefable que habían encontrado al fin, estaba a punto de serles arrebatada.

Alguien quitó la espada de sus dedos inermes. Oliver la soltó: el acero desnudo ya no le serviría de nada. Se volvió y cerró violentamente las cortinas de la cama, sin permitirse mirar a Alondra. Luego se volvió para enfrentarse a Wynter.

—¿Ésos son los modales que os enseñaron en la corte? —preguntó con voz gélida y llena de odio—. ¿A irrumpir en una alcoba privada?

El rostro de Wynter permanecía quieto y perfecto como el de un ídolo.

—Milord, vuestra señora y vos perdisteis vuestro derecho a la intimidad cuando os convertisteis en un traidor.

—¡En un traidor! ¿De dónde, en nombre de lo más sagrado, habéis sacado esa idea?

—Y un hereje —añadió Wynter.

Oliver era muy consciente de que estaba indefenso y con el pecho desnudo ante un grupo de hombres armados. En otro tiempo habría aceptado de buena gana el reto de esquivarlos. Los habría obligado a emprender una alegre persecución por las calles y pasadizos de Londres, y habría disfrutado de cada minuto.

Pero ahora no. Ya nunca podría huir sin importarle lo que dejaba atrás. Ahora tenía que pensar en Alondra. En Alondra y en su futuro hijo.

Entornó los ojos, mirando a Wynter.

—¿Con qué autoridad os presentáis aquí?

Un frío brillo de triunfo apareció en los ojos de Wynter. Le tendió un pergamino. El propio Edmund Bonner había firmado la orden.

—Tendré que recoger algunas cosas —Oliver sabía lo que le esperaba, pero no sentía pánico. De hecho, lo esperaba, conocía desde el principio los riesgos de ayudar a escapar a Richard Speed. Aun así, no esperaba que lo arrestaran tan pronto. Planeaba negarlo todo y seguir negándolo hasta cuando le presentaran pruebas irrefutables. Porque ahora tenía mucho que perder si se demostraba su implicación.

—Vos y vuestros hombres podéis esperar abajo —dijo.

Wynter miró un instante la ventana abierta, con sus amplias vistas sobre los jardines. Oliver casi se echó a reír. Sí, el Oliver de antes habría huido alegremente. El de ahora sabía, con un sereno estoicismo que era nuevo para él, que debía mantenerse firme.

Wynter y él emprendieron una guerra de miradas. Al fijar los ojos en aquel rostro bello y ascético, en aquellos ojos oscuros e inexpresivos, Oliver comprendió que al fin se había topado con una batalla que no ganaría.

Y entonces sucedió lo imposible. Wynter parpadeó.

—Esperaremos abajo —dijo, y sus hombres y él se retiraron.

Oliver permaneció inmóvil. Había conseguido que Wynter se doblegara a su voluntad. ¿Cómo? ¿Acaso había encontrado una nueva fuerza dentro de sí?

El ruido de las cortinas de la cama lo sacó de sus cavilaciones. Oliver se acercó y estrechó a Alondra en sus brazos.

Durante unos instantes, ninguno de los dos habló. Ella tenía aún la piel caliente por el sueño; sus labios seguían hinchados por sus besos; ambos conservaban aún el olor leve y prosaico de su encuentro amoroso.

Oliver quería olvidar (o quitar importancia) a lo que les deparaba el futuro, pero esos días se habían acabado. Metió los dedos entre la seda oscura del cabello de Alondra. La besó en la boca, saboreando cien años de amor, de anhelo y remordimientos.

—Nos han traicionado —su voz sonó extrañamente firme.

—Oliver, tengo miedo por ti.

—No temas nada —se obligó a hablar con seguridad.

—¿Significa esto que han apresado a Richard Speed?

—No, claro que no —Oliver sabía que tal vez estuviera mintiendo, pero no quería preocuparla—. Si lo tuvieran a él, no se molestarían conmigo.

—¿Quién puede habernos traicionado?

Él no dijo nada. Lo que había hecho no era tanto una traición como una maniobra de diversión. Conocía los riesgos. Estaba preparado para sufrir las consecuencias.

Alondra se estremeció y buscó su camisa.

—¿Se le habrá escapado algo a Natalya?

—No —se apresuró a decir él—. Ya te lo he dicho, Alondra, si supieran dónde está Speed, no estarían aquí.

Ella levantó su camisa vaporosa y él se la quitó.

—Espera —dijo—. Déjame ayudarte. Pero primero deja que te mire.

Ella se quedó sentada, sin timidez, mirándolo con desconcierto. Oliver comprendió que no entendía lo que pasaba. No del todo. No aún.

—Dios mío —musitó, luchando porque no le temblara la voz—. Eres más hermosa que la luna —y lo era: plena y resplandeciente, redondeada, con los pezones oscurecidos, los pechos blancos como la leche y el vientre levemente hinchado. Tenía las caderas algo más anchas, quizá, listas para acomodar una nueva vida. Su cara tenía una expresión de asombro, y Oliver le acarició la mejilla.

—No sé cómo expresarlo con palabras —dijo por fin—. Si digo sólo que eres preciosa, no lo entenderás.

Ella sonrió tímidamente.

—Intentaré soportarlo.

Oliver besó su frente. Él, que siempre había sido tan elocuente, no podía describir cómo se sentía en ese momento. Alondra era preciosa, pero su belleza procedía del corazón de Oliver. Su amor era un filtro, un panel de cristal de colores suspendido ante la llama de una vela. No cambiaba lo que veía Oliver, sino cómo lo veía.

En lugar de hablar, la besó, abrazándola con tierna fiereza. Luego la ayudó a ponerse la camisa y la levantó de la cama. Se lavaron en la jofaina y acabaron de vestirse.

Alondra se estaba peinando con los dedos cuando preguntó:

—¿Qué crees que va a pasar?

¿Era posible que no lo supiera? Tal vez, en su fragilidad, estuviera protegiéndose inconscientemente de la verdad.

Él le dio un suave beso en la nariz.

—Me harán unas cuantas preguntas —dijo—. Pero teniendo en cuenta mi posición y la de mi padre, no se atreverán a retenerme mucho tiempo. Y, naturalmente, yo estaba en casa con mi bella esposa, que espera un hijo. ¿Qué sé yo de barcos fantasmas que zarpan con la marea en plena noche?

—En efecto —musitó ella, cruzando la habitación y abrazándolo con una fuerza que Oliver ignoraba que tuviera.

Él la besó una vez más, pausadamente, guardando para siempre en su memoria el recuerdo de aquel abrazo, la cadencia de su aliento y del latido de su corazón, la suavidad de sus labios.

Se preguntaba si ella podía saborear su amor y su pena cuando le devolvió el beso. Se preguntaba si sentía las lágrimas que él no derramaba, o si oía la única palabra que se negaba a pronunciar.

«Adiós».

—Os advierto, amigo —dijo Oliver desde el rincón de su lúgubre celda en la Torre de Londres, en una zona conocida como los Aposentos del Teniente—, que llevo seis semanas sin compañía.

El nuevo reo se pegó a la pared de enfrente.

—Señor, soy un hombre pudoroso...

En alguna parte, en lo hondo de su desesperación, Oliver encontró fuerzas para soltar una carcajada.

—Santo cielo, hombre, no es eso. Vuestra virtud está a salvo conmigo —levantó la mano para echarse hacia atrás el pelo largo—. Pero puede que os maree de tanto hablar.

—De tanto... —el recién llegado se acercó, arrastrando los pies por la paja del suelo—. ¡Rayos y centellas! —el prisionero se apartó la capucha de la cara—. ¡Sois vos, Oliver!

—¡Phineas!

Snipes se recostó en la pared y se dejó caer a su lado. Le tendió una mano: la mano de su brazo bueno. Los dedos estaban aplastados, torcidos y llenos de pus.

—Intenté mantenerme firme —dijo, afligido—. Os juro por Dios que lo intenté. Y aguanté hasta que... hasta que llegaron al pulgar —apenas podía mover el dedo destrozado.

—Todos tenemos un límite —dijo Oliver en voz baja. Aquello también era nuevo para él. La paz, la resignación.

La sensación de que no podían tocar su alma.

Claro que no podían. Su alma, su corazón, todo su ser, eran de Alondra.

Tal vez era allí donde hallaba aquella nueva entereza. En el hecho de haber sufrido ya el peor tormento que podían infligirle: separarlo de Alondra.

—¿Qué les dijisteis? —le preguntó a Snipes.

Phineas dejó caer los hombros. De pronto parecía más menudo. Más viejo. Más derrotado.

—Todo lo que sabía.

Un escalofrío recorrió a Oliver.

—¿Todo?

Él asintió con la cabeza.

—Lo del refugio en Shoreditch. Las actividades de mi dulce esposa para la Sociedad de los Samaritanos.

—Maldita sea, Phineas. ¡Vuestra esposa!

—Fue el dolor. No pude soportarlo —su brazo lisiado se movió—. Hace años, cuando era joven y fuerte, fallé. Toda mi vida he llevado este apéndice inútil como un testamento de mi cobardía. Volví a ayudar a escapar a prisioneros. Era una forma de penitencia, pero no podía durar. Ojalá hubiera muerto en sus manos, en lugar de traicionar a gente inocente.

—Maldito seáis, Phineas. Si no me repugnara tanto la sangre de un traidor, acabaría el trabajo yo mismo.

—Y yo os daría las gracias, milord.

Aquella serena declaración quedó suspendida entre ellos, resonando en los viejos muros que rezumaban humedad.

Al fin, Oliver se obligó a hablar.

—Continuad. Implicasteis a vuestra esposa. ¿Qué más?

—Pues a vos, claro, milord. Supongo que por eso estáis aquí.

No era por eso, pero Oliver no lo sacó de su error.

—Les dije que habíais ayudado a Richard Speed a escapar de Smithfield y a huir de Inglaterra. Les dije cómo y cuándo había partido.

Oliver soltó el aliento que había estado conteniendo sin darse cuenta. Menos mal. No se había equivocado cuando, guiado por su intuición, le había dado a Snipes datos erróneos y había cambiado el mensaje cifrado.

—¿Milord? —la voz de Snipes estaba cargada de remordimientos.

—¿Sí?

—Mencioné a lady Alondra.

El terror se apoderó de Oliver.

—¡Maldita sabandija traicionera! Implicar a mujeres... —se interrumpió, juntó las manos con fuerza y se obligó a permanecer donde estaba. Matar a Phineas en un ataque de ira sólo lograría hacerle partícipe de la locura que atenazaba Inglaterra. Phineas sufriría la angustia de lo que había hecho, un castigo mucho peor del que podía infligirle Oliver.

Su familia protegería a Alondra. Tenía que creerlo.

Un nuevo temor lo asaltó de pronto. ¿Sabía Phineas lo de su viaje a Hatfield, la visita que habían hecho a la princesa Isabel?

Isabel no mostraba favoritismo ni por la fe de la reina, ni por la fe reformada. La reina María, dispuesta a dar a su hermana el beneficio de la duda, prefería creer que, si subía al trono, Isabel profesaría la fe católica.

Si se enteraba de lo contrario... Oliver pensó en lady Jane Grey, decapitada tras un reinado de apenas nueve días, y se llevó la mano al cuello sin darse cuenta. Su antiguo gusto por el peligro le parecía una estupidez ahora que tenía tanto que perder.

Muchas horas después, Oliver consiguió dormir, pero no descansó. Su angustia se disolvió en una negra tormenta de pesadillas, y cuando alguien lo zarandeó, se despertó maldiciendo.

—¡Oliver! ¡Soy yo! ¡Kit!

Oliver parpadeó y se frotó los ojos.

—¿Kit? ¿Qué demonios haces tú aquí?

Kit miró con enojo la recia puerta de madera, con su minúscula rejilla de hierro.

—Lo mismo que tú, amigo mío.

Oliver miró a Snipes con ira.

—Supongo que también mencionasteis a Kit.

—Milord —dijo Phineas con voz entrecortada—, no sabéis lo que me hicieron. Los hierros candentes, las tenazas...

—¡Alondra! —musitó Oliver y, cerrando el puño, golpeó el suelo—. Mencionó a Alondra, Kit.

—Si te sirve de consuelo, Belinda está con ella.

—Alondra... —Oliver rememoró su imagen, envuelta en fulgor, y su rabia se acrecentó—. Ella me salvó la vida, Phineas. Vos estabais allí esa noche. Lo visteis todo, tomasteis parte en ello. ¡Y la habéis traicionado! —bramó—. Si fuera sólo ella a la que habéis condenado, habríais cometido un pecado sin remisión. Pero está encinta, maldita sea vuestra negra alma. ¡Está encinta!

—Entonces puede alegar su embarazo —dio Kit—. Puede que su proceso se posponga durante meses. He oído... —bajó la voz—... he oído que no se espera que la reina pase de este año.

—No le quedan meses de embarazo —Oliver sintió que el miedo le llenaba de hiel la garganta—. Le quedan semanas.

Kit dejó escapar una exclamación de asombro y luego estuvo un rato callado. Los sollozos de Phineas llenaban la celda. Pasado un tiempo, se quedó quieto y su respiración adquirió la cadencia trabajosa del sueño profundo.

—¿Por qué no me han interrogado aún? —se preguntó Oliver en voz alta.

—Esas cosas tienen lugar a su debido tiempo —Kit se rascó el pelo enmarañado—. Ahora importa ya poco, pero averigüé que Spencer llevaba meses planeando tu matrimonio.

—¿Qué quieres decir?

—En cuanto se dio cuenta de que se estaba muriendo, empezó a buscar un modo conveniente de asegurar el futuro de Alondra. Creo que sabía desde el principio lo de la ley de redención de propiedades reales, que incluso lo arregló todo para que nosotros la «descubriéramos».

—Estás loco. ¿Por qué iba a elegirme a mí, nada menos, para Alondra?

—Apreciaba a tu padre. Supongo que veía cómo eras, por debajo de las apariencias.

—¿Ah, sí? ¿Y cómo soy, si me haces el favor?

Los labios agrietados de Kit se curvaron en una sonrisa.

—Vamos, Oliver. Tú la quieres. Más de lo que te creía capaz.

—¿De veras?

—Querías que el mundo te viera como un hombre frívolo. Presto para amar, sin duda, pero más presto aún para perder interés y pasar a otra cosa. ¿Quién iba a pensar que el golfo de Oliver de Lacey llegaría a compartir un amor tan profundo con una mujer como Alondra?

Oliver deseó poder tocar a su amigo, rodearlo en un abrazo y decirle lo que sus muchos años de amistad habían significado para él. Pero dijo:

—Kit, quiero que me digas qué hacer.

—¿Hacer?
—Cuando me interroguen. Quiero saber cómo impedir que arresten a Alondra.

Kit se quedó pensando largo rato.

—No estoy seguro, pero puede que haya un modo.
—¡Pues dímelo! ¡Dímelo, por Dios!
—Oliver, temo que...
—¿Qué?
—Si lo haces, puede que salves a Alondra, pero a costa de tu vida.

Al principio, aquellas palabras tuvieron poco significado para Oliver. Su vida. ¿Qué era su vida sin Alondra, de todos modos?

—Kit —dijo—, dime exactamente qué decir.

Alondra tomó a Belinda de las manos.

—Intento no desanimarme, pero la desesperación se apodera de mí en oleadas.

—Lo sé —musitó Belinda, inclinando su rubia cabeza de modo que la luz del sol que entraba por las ventanas del despacho hacía brillar como fuego sus mechones dorados—. Yo sentí lo mismo —miró las cartas esparcidas por la mesa—. En cuanto supe lo que le había ocurrido a Oliver, mandé aviso a mis padres. Pero su barco ya había zarpado de Bristol.

Alondra asintió con la cabeza.

—Naturalmente, tenían que ir tras Natalya. Fue absurdo y peligroso casarse en secreto y abandonar Inglaterra con un fugitivo. Pero en parte admiro su coraje —apartó las manos y sin darse cuenta hizo añicos un trozo de pergamino manchado de tinta—. Imagínate, dejar todo lo que conoces, tu familia y tu hogar, para estar con el hombre al que amas.

Belinda sonrió melancólicamente.

—Tú y yo habríamos hecho lo mismo.

Alondra se removió en su silla de madera. El bebé, que crecía deprisa, presionó su tripa con un minúsculo apéndice. Alondra sintió tal torrente de amor que estuvo a punto de sollozar de dulce dolor.

—Daría cualquier cosa por estar con Oliver ahora mismo. Al principio, cuando le conté lo del bebé, no se alegró, pero cuando se le pasó la impresión, compartió mi alegría.

Belinda rompió a llorar.

—Al menos teníais esa dicha que compartir —agarró una de las cartas desesperadas que habían escrito y la hizo pedazos—. ¡Cómo se atreven a prender a mi Kit! ¡Cómo se atreven a llevárselo cuando aún soy virgen! —luego ya no pudo hablar: los sollozos se apoderaron de ella.

Alondra se levantó pesadamente y se arrodilló en el banco, junto a la muchacha llorosa. Estuvieron abrazadas hasta que Belinda exhaló un largo suspiro y se limpió la cara con la manga del vestido.

—Qué egoísta por mi parte, y qué imperdonable —dijo, firme de nuevo cuando el orgullo de los de Lacey hizo a un lado la desesperación—. Lamentar mi virginidad mientras Kit y Oliver se pudren en la Torre.

Intentando sacar a Belinda de su melancolía, Alondra le ofreció un pañuelo de seda y preguntó:

—¿Cómo lo consigues?

—¿El qué?

—Estar tan guapa hasta cuando lloras.

Belinda acarició el cabello negro de Alondra.

—Dentro de diez años no seré tan guapa. Pero tú, hermana mía, seguirás teniendo esa mirada.

—¿Qué mirada?

—Ésa que brilla llena de... No estoy segura de qué es, pero fue una de las primeras cosas en las que me fijé al conocerte. Eres serena y apacible, como si supieras exactamente quién eres, adónde vas y qué quieres.

Alondra se rió por primera vez desde hacía semanas.

—No sé nada de eso. El amor de Oliver me da fuerzas —dijo, tocando el broche que le había regalado Juliana. Lo llevaba siempre puesto desde que se habían llevado a Oliver. Los días se habían convertido en semanas, y luego en meses, y aún no había encontrado el modo de ver a su marido. Oficialmente, Kit y él eran «huéspedes de la Corona» y, como tales, tenían derecho a alojamientos y comida decentes. Pero Alondra sabía que no debía confiar en las promesas de los oficiales que respondían ante monseñor Bonner.

Deseaba haber confesado a Oliver sus verdaderos sentimientos, haberle dicho que lo amaba tal y como era, no como quería que fuera. Deseaba haberle dicho que le bastaba con su modo de quererla, que con eso era más que suficiente. Pero él había ido a prisión convencido de que seguía sin fiarse de su amor.

—Belinda —dijo—, quiero que veas una cosa —con manos temblorosas abrió el cofre que había encima de la mesa. Dentro había tinteros, plumas y plumines afilados. Pero al fondo había también un pergamino muy desgastado, escrito con la letra apresurada de Oliver.

Alondra lo había leído hasta que aquellas palabras quedaron grabadas a fuego en su memoria. Oliver había escrito consejos y palabras cariñosas, como si no esperara vivir.

Con su franqueza característica, aconsejaba a su hijo que comiera verduras y evitara usar el mondadientes en la mesa, que respetara y quisiera a su madre y, por encima de todo, que disfrutara de la vida. Era una idea de lo más sencilla, pero hasta conocer a Oliver, Alondra no había conocido la verdadera felicidad.

Al final de la misiva, el tono cambiaba. *Cuando el viento acaricie tus mejillas*, había escrito, *cuando las olas rompan en la orilla, serán mis besos, mis caricias, siempre tiernas sobre tu frente. Así de cerca estoy de ti, hijo mío. Nunca estarás solo.*

Belinda comenzó a llorar en silencio. Dobló cuidadosamente la carta y volvió a dejarla en el cofre.

—Sabía que iban a arrestarlo, ¿verdad? —preguntó Alondra.

—Quizá. Pero... —Belinda se mordió el labio y luego respiró hondo—. Puede que también sea su enfermedad. No habla mucho de ella, pero de vez en cuando aún lo atormenta.

Alondra se estremeció.

—Quería que yo creyera que la enfermedad ya no lo molestaba. Si se encontraba mal cuando escribió esto, estar en prisión podría suponer... —no se atrevió a acabar la frase.

Belinda dio un golpe en la mesa con el puño.

—No entiendo cómo es posible que ignoren tu ruego de ver a tu marido —miró con enfado las cartas. Eran copias de copias enviadas diariamente, en tandas, a la reina a Hampton Court, a monseñor Bonner en Londres, al alcaide de la Torre y al doctor Feckenham, deán de Saint Paul. Habían escrito a la princesa Isabel a Hatfield, pero aún no habían enviado las cartas. Eran su último recurso, ya que dar a entender cualquier trato íntimo con ella podía ser un peligro mortal para todos ellos.

Alondra exhaló un profundo suspiro.

—No recibo otro mensaje que «esperad y ya veremos». Estoy cansada de esperar.

Belinda y ella miraron las cartas que habían escrito a la princesa Isabel. Eran tres, todas ellas en clave y lo bastante pequeñas como para enrollarlas y guardarlas en un guante o una alhaja.

—¿Nos atrevemos? —murmuró Belinda.

—Debemos hacerlo. Estoy pensando en levantar un ejército y asaltar la... —Alondra se interrumpió cuando Nance Harbutt asomó la cabeza por la puerta del despacho.

—Tenéis una visita, milady.

Alondra y Belinda recogieron sus faldas y salieron apresuradamente de la habitación.

—Quizá por fin te hayan dado permiso para ir a la Torre —dijo Belinda.

—Ojalá —Alondra abrió la puerta, entró en la habitación y sofocó una exclamación de sorpresa—. Wynter...

Sólo por un momento, Wynter, cuya lengua podía cortar como un cuchillo, se quedó sin habla. Sus ojos de ónice brillante se clavaron en la tripa de Alondra.

Alondra comprendió de pronto, con una certeza implacable y cargada de frialdad, que sería capaz de matar para proteger a su hijo. Se imaginó desenvainando el puñal y hundiéndolo en el pecho o el cuello de Wynter, y ni siquiera sintió una punzada de desagrado.

No había nada, se dijo, tan fiero e implacable como el amor de una madre.

Al fin, Wynter sonrió y ejecutó una reverencia llena de galantería. Su sempiterno florete tocó el suelo de baldosas un instante.

—Señoras —dijo, incluyéndolas a ambas con una inclinación de cabeza.

—No finjáis cortesía conmigo —contestó Alondra—. La última vez que perturbasteis la paz de mi casa fue para arrestar erróneamente a mi marido. ¿Cuándo van a ponerlo en libertad?

—Eso depende de él. Es un peligro. Para vos tanto como para la verdadera fe.

—¿Por qué no se me permite verlo? —preguntó ella. Su voz, cargada de aplomo, era la de una desconocida.

Wynter levantó una ceja.

—Así que el ratón se ha convertido en leona. Estoy impresionado.

—Eso a mí me trae sin cuidado —replicó ella—. Quiero recuperar a mi marido.

—Mi señora —dijo Wynter—, debéis venir conmigo.

Sus palabras reproducían como un eco las que le dijeron a Oliver la última mañana que Alondra lo vio, la mañana en que descubrió la hondura de su amor por él.

—¿Estoy arrestada? —preguntó.

—Desde luego que no. Voy a llevaros a ver a vuestro esposo.

Belinda, tan bella y altiva como una princesa extranjera, se aproximó.

—Tendrá que recoger algunas cosas.

Sólo Alondra percibió el destello desesperado de su mirada y el temblor sutil de su mano al agarrar la de ella.

Las cartas. Su última esperanza.

—Pedid que os las traigan, pues —ordenó Wynter.

—Iré a buscarlas yo misma —dijo Belinda—. Será más rápido, y estoy segura de que deseáis marcharos cuanto antes.

Un rato después, mientras los criados miraban apenados desde lo alto del jardín, Wynter estaba en el muelle con Alondra.

—Alondra...

Su tono indeciso la sobresaltó. Siempre había sido ella quien se sentía insegura y acobardada en su presencia, no al revés.

—¿Qué queréis?

—Perdonadme.

Alondra sintió ganas de reír, de llorar y gritar de rabia. En otro tiempo, había querido que Wynter la agradara, había querido comprenderle, ganarse su cariño. Pero de eso hacía mucho tiempo. Aquel hombre le había arrebatado a su marido cuando más lo necesitaba.

Miró fijamente el rostro hermoso y austero de Wynter y dijo:

—Decidme, Wynter. ¿Por qué se me permite ver a Oliver ahora? ¿Por qué no se me permitió la primera vez que lo pedí?

Wynter se quedó muy quieto un momento. Su rostro era más bello que nunca.

—Porque —dijo con voz suave y amable— ha sido condenado a muerte.

CAPÍTULO 16

Oliver estaba encadenado por las muñecas, con los brazos en cruz, sujeto a dos postes de madera. Intentaba recordar cuándo lo habían sacado de los Aposentos del Teniente y llevado a aquella especie de cripta en las entrañas de la Torre de Londres, pero los días se emborronaban en su cabeza.

Un fuego rugía en una chimenea tosca y redondeada. No tenía por objeto calentar a Oliver, por supuesto, sino poner al rojo los hierros de marcar.

El fulgor del fuego iluminaba otros horrores: la Doncella de Hierro, diseñada para aplastar a una persona. Las tenazas, la mancuerda, los tornillos para los pulgares. Oliver veía otros instrumentos tan extraños, tan nuevos y perversamente ingeniosos que ni siquiera sabía cómo se llamaban.

Sin embargo, ya los conocía bien. Aquel gran gancho lo había sujetado en alto mientras lo interrogaban sobre la misteriosa desaparición de Richard Speed. Las botas de hierro, forradas de pinchos, habían ceñido sus piernas y sus pies mientras le preguntaban por sus visitas a Hatfield. Los hierros al rojo vivo lo habían dejado casi inconsciente de dolor mientras sus interrogadores especulaban sobre el súbito viaje de su padre al extranjero.

Tan exhausto que ya no podía dormir, Oliver miraba el corazón del fuego. Le habían privado de todo para debilitarlo, y eso (aunque ellos no lo supieran) había sido un error. Era durante esos momentos cuando encontraba sus mayores fuerzas.

En algún momento había dejado de importarle estar prisionero, haber sido torturado. Se había enseñado a mirar fijamente el fuego y a volar muy, muy lejos, como un pájaro. Podía elevarse muy lejos de su alcance, a un lugar en el que era libre, verdaderamente libre, y estaba a salvo.

Ellos creían, naturalmente, que se estaba volviendo loco. Tal vez fuera así, pero era la locura aguda e inteligente de la pura determinación. No iban a quebrantarlo.

Intentaban que admitiera que Alondra era una samaritana, pues los balbuceos aterrorizados de Phineas Snipes no eran lo bastante concluyentes para los hombres de Bonner. En Londres, los ánimos estaban cambiando; la indignación contra los horrores de Smithfield iba en aumento, y el consejo debía proceder con cautela.

El pobre e infeliz Snipes había suplicado en vano que lo sacaran de la Torre. Hacía ya quince días que había logrado colgarse de una viga. Su lastimosa muerte ni siquiera había despertado a Kit y Oliver. Tan rápida y voluntariamente había muerto Snipes.

Phineas era un cobarde, pero no era tonto.

Había cosas, Oliver lo sabía ahora sin lugar a dudas, mucho peores que la muerte.

Últimamente había experimentado unas cuantas.

Aun así, la tortura surtía sobre él un efecto de lo más sorprendente: fortalecía su voluntad. Al principio, había lanzado respuestas llenas de engreimiento, culpándose de todo tipo de desgracias y fechorías, desde el asesinato de los infantes en el reinado de Ricardo III a la aparición de la peste en Londres.

Había confesado todo tipo de crímenes, salvo aquéllos que podían incriminar a Alondra.

Pero la diversión de jugar con sus captores pronto se había desvanecido.

Ahora, se limitaba a aguardar la siguiente tanda de torturas. Tal vez la siguiente sesión le trajera el olvido de la muerte. Saboreaba la amarga ironía de todo aquello. Siempre se había resignado a morir joven. Nunca le había preocupado mucho. Ahora, en cambio, tenía una razón para vivir. Tenía a Alondra.

Ignoraba si era de día o de noche, porque la cámara no tenía ventanas. Sus piernas habían cedido una o dos veces, y se había desplomado, pero sus brazos, encadenados y abiertos, le impedían caer al suelo. Aquella postura le permitía apreciar la agonía sufrida por Cristo en la cruz. Pero mientras se sumía en un estado de letargo cada vez más profundo, no era la cara del Señor la que veía, sino la de Alondra.

Más tarde, la puerta baja, de dintel curvo, se abrió con un chirrido de bisagras oxidadas y entraron numerosos guardias que se situaron, como un muro, alrededor del hombre al que protegían.

—Monseñor lord Edmund Bonner —anunció uno de los soldados con la vista al frente.

Se adelantó un hombre ataviado con una túnica negra y escarlata. Oliver miraba fascinado, pues aquél era su primer encuentro cara a cara con el temido obispo.

Resultaba interesante que un hombre al que se atribuía una crueldad tan inhumana tuviera un aspecto tan corriente. Tan tosco, incluso, como si fuera un obrero de los muelles de Londres. La cara rubicunda y los ojos marrones e insulsos que estudiaban a Oliver, fijándose en su pecho desnudo y lacerado, podrían haber pertenecido a cualquiera. Bonner podía haber sido un granjero que llevaba sus productos al mercado, un herrero, un marinero, o un escribano de Gravesend.

Sin embargo, el hecho de que aquel hombre vulgar fuera el responsable de torturas y muertes, y del humo con olor a carne quemada que pendía sobre el West End, lo hacía más temible que el diablo mismo.

Rodeó a Oliver describiendo un amplio círculo.

—Yo también estuve preso. Más de una vez. Primero en Marshalsea y luego aquí, en la Torre.

—¿Sentís nostalgia? —preguntó Oliver, levantando una ceja.

Bonner completó el círculo y se detuvo delante de él. Luego, como si se le ocurriera de pronto, le propinó una bofetada tan fuerte que Oliver vio estrellas ante sus ojos. Oliver se limitó a parpadear, negándose a ofrecerle siquiera un gruñido de protesta.

—La fe y la constancia fueron mi salvación —Bonner tocó la gruesa cadena que simbolizaba su puesto. El reluciente collar estaba sujeto a sus hombros y cruzaba su pecho, brillante, sobre su vestidura negra y roja.

—Milord —continuó el prelado—, me han dicho que no os habéis liberado aún de la carga de vuestras muchas herejías. No habéis reconfortado vuestra alma devolviéndola al seno de la verdadera fe.

—Ah —dijo Oliver con la voz enronquecida por los gritos—. Decidme, ¿es esa fe verdadera la misma que condena a muerte a hombres y mujeres inocentes?

Los guardias de Bonner juntaron las cabezas y comenzaron a cuchichear entre ellos.

—La inocencia —repuso Bonner— es cuestión de opiniones. Y aquí sólo mi opinión cuenta. Puedo...

—Podéis arder en el infierno —sus palabras sorprendieron al propio Oliver. Una vez, hacía casi un año, había suplicado por su vida. Ahora allí estaba, encadenado como un animal, vapuleado, pero no roto. Ni de lejos.

Alondra, pensó, y en su corazón se alzó una oleada de amor. Alondra le había enseñado que un hombre necesitaba un lugar en el que erguirse, un propósito que lo impulsara.

—¿Es ésa vuestra última palabra, milord? —preguntó Bonner.

—Lo es.

Los párpados ensombrecían los ojos oscuros de Bonner, como si guardara algún conocimiento secreto. Inclinó la cabeza hacia el guardia apostado junto a la puerta.

—Puede que aún cambiéis de idea —dijo.

Los guardias abandonaron en silencio la sala. Sólo se quedaron el obispo y el carcelero. La cara carnosa de Bonner tenía una expresión de placer expectante.

El fuego saltaba y crepitaba, y una brasa rodó fuera del hogar. Al oír un gemido en la puerta, Oliver levantó la vista. Su corazón pareció detenerse.

—Alondra —susurró.

Lo miraba fijamente, pálida por la impresión. Un voluminoso manto con capucha la envolvía, y Oliver pensó fugazmente que el verano se había convertido en otoño mientras estaba preso.

En aquel instante congelado en el tiempo, se vio a sí mismo a través de sus ojos. Tenía el tronco desnudo y repleto de heridas. Las cadenas tensaban su pecho fibroso y sus hombros, y un sudor frío corría por su piel. Le había crecido el pelo; lo tenía largo y lacio, y llevaba la poblada barba sin recortar.

Sacudiéndose la impresión de ver a Alondra allí, se irguió y, al tirar de las cadenas, sintió la fría quemadura de los grilletes y se alegró de experimentar dolor, de sentir algo que no fuera miedo por ella.

Bonner rompió el silencio.

—Bajadlo —ordenó.

El carcelero se adelantó, acompañado de un tintineo de llaves. Los grilletes cayeron. Oliver necesitó todas sus fuerzas para sostenerse en pie. Se tambaleó y se le nubló la vista mientras veía a Bonner y al carcelero desaparecer por la puerta.

En cuanto la puerta se cerró, Alondra dejó escapar un grito angustiado y corrió hacia él. Lo apretó contra su pecho.

Parecía firme y limpia, como si la corrupción de la cárcel no la hubiera mancillado en absoluto.

—No intentes mantenerte en pie, amor mío —dijo.

Cayeron juntos al suelo. Oliver sentía arder todas sus articulaciones, pero apretó los dientes para no gritar. Alondra se desató el manto, se lo quitó y lo extendió junto al fuego.

Miró las quemaduras y laceraciones de su pecho y su espalda. Pareció estudiarlas una a una, y cuando vio que Oliver la miraba dijo:

—Siento cada una como si fuera mía —besó su hombro, en el que se veían las cicatrices de los latigazos de la semana anterior—. No puedo ver todas las heridas como un todo, porque, si lo hago, el dolor será demasiado grande.

—Ah, Alondra —se abrazaron en silencio, y su corazón y sus ojos dijeron lo que sus voces no podían.

Pasado un rato, Oliver tomó su cara entre las manos. ¿Había sido el invierno anterior cuando ella lo había salvado de la horca? ¿Tan poco tiempo hacía?

—Eres la misma, y sin embargo no lo eres —dijo.

Ella le lanzó una sonrisa trémula y pasó la mano por su tripa.

—Supongo que no te refieres a lo evidente.

Oliver la besó en la frente, justo en la línea del pelo, y respiró hondo. Su olor era tan fresco como el de los alhelíes en primavera, y Oliver siempre pensaría en ella así, cálida, limpia y fresca.

—No —dijo—. Cuando nos conocimos, eras una mujercita terca, severa y con muy malas pulgas.

Ella intentó reír.

—Sí. Supongo que era mi forma de esconderme.

—Sólo tenías que confiar en ti misma —su tono se hizo más bajo y grave, por si los hombres de Bonner tenían la oreja pegada a la puerta—. Te vi vencer a un bandido, salvas a hombres condenados a muerte y dar a la princesa Isabel una lección de humildad, todo ello sin darte cuenta de que estabas haciendo algo extraordinario.

Deslizó las manos hacia abajo para agarrar sus hombros. En sueños, la había abrazado mil veces así.

—Mírate ahora —intentó que su voz no se quebrara—. Resplandeciente y segura.

—Eso es aún más extraordinario —dijo ella—. Nunca en mi vida me había sentido tan poco segura de mí misma.

Oliver la estrechó contra su pecho y se limitó a abrazarla. Apenas le parecía posible que en otro tiempo hubiera pensado que abrazar a una mujer sin llevarla a la cama fuera una pérdida de tiempo.

Eso había sido antes de Alondra. Cuando creía que el amor era algo que se repartía como la calderilla que se arrojaba a las multitudes en un desfile.

Ahora sabía que no era así. El amor era un regalo demasiado precioso para desperdiciarlo. Su verdadero valor sólo se conocía cuando más difícil era darlo: quizás a la persona que menos lo quería.

—¿Por qué sonríes? —preguntó Alondra, acariciándole la mandíbula.

—Me estaba acordando de la primera vez que intenté hacerte el amor. Que me rechazaras fue toda una novedad.

Ella abrió la boca con aire de disculpa, pero Oliver le impidió hablar.

—Tuviste razón al rechazarme. Tenía que ganarme un sitio en tu vida —mirándola a los ojos, le pareció que veía llover.

Ella parpadeó deprisa.

—Encontré la carta. La que le escribiste a nuestro bebé.

Él exhaló.

—¿Y?

—Si no te quisiera tanto, te odiaría.

—¿Quererme? Pero dijiste...

—Estaba equivocada —Oliver notó el tono amargo de su voz—. Me creía una mujer cultivada. Capaz de citar las Escrituras con la misma facilidad con que hilaba y tejía —por fin, respiró hondo—. Pero nada me había preparado para esta forma de quererte.

De la desesperación más negra brotó la más radiante alegría.

—Dilo otra vez, Alondra.

—Te quiero. ¿Tanto te sorprende?

—Dijiste que no podías. Que era frívolo y falso. Que no podía amar con todo el corazón.

—Era yo quien no podía —dijo ella—. Quería que cambiaras. Que te volvieras serio, lógico y convencional. Ahora me doy cuenta de que te quiero porque tienes un corazón salvaje. Porque ríes y bromeas y desafías las convenciones. Porque eres todo lo que yo no soy. Te quiero, Oliver de Lacey. Te quiero con todo mi ser, tanto que jamás volvería a dudar de ti.

Oliver se preguntó si tenía idea de lo que valía el regalo que acababa de hacerle. Ella hacía que todo su sufrimiento valiera la pena, que todo lo que había sido o hecho cobrara sentido.

—¿Por qué no me hablaste de tu enfermedad? —preguntó ella.

—¿Qué enfermedad?

—Belinda me contó que todavía tienes asma. Me dejaste creer que los habías superado, pero sigues teniendo ataques.

—Te habrías preocupado.

—Tuviste un ataque la noche en que te dije lo del bebé, ¿verdad?

—Sí.

—Te rociaste con vino y fingiste que habías estado de juerga, en lugar de admitir que estabas enfermo.

—Sí.

—Por el amor de Dios, ¿por qué?

Oliver tomó su mano y se la acarició.

—Por eso, Alondra, por amor. Preferiría que me despreciaras a que te compadecieras de mí. Mi enfermedad no tiene remedio. Desde que era un bebé, mi padre consultó a médicos y astrólogos, a sanadores de todas clases. Ninguno de ellos le dio esperanzas. Consideran un milagro que haya sobrevivido tanto tiempo.

—Oh, Oliver —Alondra se aferró a su mano.

—Creo que Juliana fue quien más me ayudó. Me sacó de mi cuarto de enfermo y me llevó al mundo, me dio efedra y, a pesar de todas las predicciones, florecí —con una punzada agridulce, pensó en su bulliciosa infancia en Lynacre—. Hasta me atrevería a decir que me curé, porque para cuando empezó a crecerme la barba había dejado de tener ataques. Pero de vez en cuando, la enfermedad volvía a asediarme.

—Debiste decírmelo. Es demasiado aterrador afrontarlo solo.

—Alondra, he visto la muerte cara a cara. No tiene nada de temible, excepto el hecho de separarme de ti —se quedaron callados un momento, escuchando el arañar de una rata en la oscuridad y el murmullo de la conversación de los guardias en el pasillo.

—Lo sabes, ¿verdad? —preguntó él suavemente.

—¿Saber qué? —su mirada rehuyó la de Oliver. De pronto parecía muy interesada por las cosas de la habitación: las brasas de la chimenea, la vela torcida del rincón, la humedad de las paredes, el dintel arqueado sobre los tres escalones que llevaban a una puerta cerrada.

—Que he sido condenado a muerte.

—Te indultarán —contestó ella—. Tienes que...

—Hay poco tiempo, Alondra. Escúchame. No puede haber indulto.

—¿Por qué no? —el rubor de la rabia y el miedo tiñó sus mejillas.

—Porque me niego a abjurar.

Los ojos de Alondra se agrandaron, y al fin volvió a mirarlo.

—¿Tú?

Oliver sintió que una sonrisa tiraba de las comisuras de su boca.

—Incluso a mí me sorprende. Pero es cierto. Ceder ante ellos ahora desacreditaría todo aquello por lo que hemos trabajado, por lo que hemos luchado. No voy a arriesgar mi honor, ni la seguridad de Richard Speed y mi hermana —«ni la tuya», pensó, pero no lo dijo—. No puedo pagar el precio que me exige Bonner, Alondra. Ahora no.

—¿Serviría de algo que te lo rogara?

—Tú sabes que no, cariño.

—Oliver... —se puso en cuclillas y lo miró con furia—. Quiero que abjures. Diles que reconoces los sacramentos y que crees en la transubstanciación y en el poder absoluto de Roma...

—¡Basta! —apartó su mano—. Escucha lo que dices. ¡Tú, Alondra! La mujer que me dijo que merece la pena morir por la causa de la Reforma.

—Eso fue antes de que mis creencias pusieran en peligro tu vida.

La amargura heló a Oliver.

—Ahora entiendo por qué te han traído a verme —dijo—. ¿Te han ordenado que me supliques que abjure? ¿Te han dicho exactamente qué palabras debía decir, o se te han ocurrido a ti sola?

—Oliver, por favor...

—No me vengas con ésas. Piensa en lo que me estás pidiendo, Alondra. ¿Debo vender mi alma inmortal para pasar unos pocos años más en la tierra? —la tomó de las manos y se las apretó con fuerza, como si quisiera grabar sus palabras en su carne—. Me estoy muriendo, Alondra. Estuve a punto de morir la noche que me dijiste lo del bebé. Esa noche, cuando la enfermedad se apoderó de mí, tuve una visión fabulosa, oí una voz que no era una voz. Y tuve la extrañísima sensación de que lo único que tenía que hacer era alargar los brazos y tocaría la mano de Dios.

Ella lo miraba boquiabierta, y Oliver se rió sin ganas.

—Nunca me había preocupado por cuestiones de fe, pero esa experiencia me afectó profundamente.

—¿Por qué no me lo dijiste?

—No es fácil hablar de ello.

—Si te pierdo —dijo ella solemnemente—, yo también moriré.

—¡No! —la violencia de su reacción le sobresaltó—. Eso equivaldría a derrotarme por completo. Tú tienes que seguir viviendo, Alondra. Y criar a nuestro hijo, y hablarle algún día de mí —su voz se suavizó—. Nunca he sido un hombre de honor, Alondra. Nunca me he comprometido con nada, excepto con mis propios placeres. Era frívolo e insensatamente feliz. Hasta ahora, mi vida ha sido una promesa insatisfecha –sonrió–. Una vez dijiste que te quería porque era fácil. ¿Qué dices ahora, Alondra?

Ella agitó las manos como si quisiera ahuyentar aquella pregunta.

–¿Qué hay de nuestro hijo, Oliver? Una carta es mal sustituto para un padre.

Él cerró los ojos, intentando no ver a un bebé sonriente en una cuna, a un niño de cabello rubio remando en un riachuelo, a un muchacho muy serio inclinado sobre un libro.

–Dile que morí bien –dijo con calma.

–No...

–Es mejor tener a un mártir muerto por padre que a un cobarde vivo –no quería que ella se derrumbara y se echara a llorar. Aunque odiaba su propia vanidad egoísta, temía que, si ella se deshacía, él corriera la misma suerte.

Distancia, se dijo. La distancia mantendría la desesperación a raya y les permitiría ocuparse de asuntos prácticos.

Pero primero, ah, primero se permitió rozar subrepticiamente su cabello con los labios. Luego la apartó y miró fijamente su cara. La barbilla pequeña y redondeada. Los ojos grandes. Los labios que temblaban sin permitir que un solo gemido de desesperación brotara de ellos.

Su sinceridad le rompía el corazón, pero no dejó que se le notara.

–Alondra...

–¿Sí?

–Quiero que hablemos de cosas prácticas.

Sin emitir sonido, ella pronunció la palabra «prácticas» como si perteneciera a otra lengua.

–Debes poner las fincas de Eventide, Blackrose y Montfichet en fideicomiso. Mi padre te ayudará con eso. O Kit —carraspeó—, si sobrevive.

Ella lo miró con el alma en los ojos, y Oliver no supo si le estaba escuchando. Continuó:

—Quiero que abandones Londres. Llévate a Nance y vete a Lynacre...

—¡Basta! —se tapó los oídos—. ¡No quiero escucharte!

Él le apartó las manos tan suavemente como pudo, agarrándola de las muñecas. Al notar el latido de su corazón bajo los dedos, estuvo a punto de desfallecer. Se acordó de cómo solía besarla allí, de cómo sentía su pulso bajo los labios. Le soltó las manos casi con brusquedad.

—¿Lo harás, Alondra? ¿Te irás a Lynacre?

—Sí.

—Vete pronto. Mañana. Tenemos que estar casi en noviembre. Las carreteras estarán inundadas de barro, así que asegúrate de viajar cuando no llueva. Creo que deberías ir en barca al menos hasta Wimbledon...

—Oliver...

—... y no te alojes en cualquier posada por el camino. No quiero que...

—Oliver...

—¿Qué, por el amor de Dios?

—Escucha lo que estás diciendo.

—Se supone que eres tú quien tiene que escuchar. No tengo todo el día, ¿sabes?

Las mejillas de Alondra palidecieron aún más.

—¿Cómo puedes hacer una broma en un momento así? —estaba muy tiesa y erguida. Su cara parecía tallada en mármol, blanca e inmóvil—. Estás tan distante, Oliver... Es como si ya te hubieras ido y un horrible desconocido estuviera aquí sentado, planeando mi futuro.

—Bueno, no tiene mucho sentido planear el mío, ¿no te parece? —preguntó él—. ¿O quieres que lo hagamos?

¿Qué diré mañana? ¿Me quedaré ahí, con la mirada levantada hacia el cielo y diré: «Señor, aquí estoy, ¿soy digno a tus ojos?» —oyó el filo cruel de su voz, vio la expresión dolida y confusa de Alondra. Avergonzado, bajó la mirada.

Ella llevaba un vestido de corpiño alto, y las faldas de terciopelo cubrían el enorme vientre donde crecía su hijo. Su hijo. El hijo de ambos.

Mientras la miraba con asombro, algo se movió.

Él debió de hacer algún ruido, o su mirada lo delató, porque Alondra tomó su mano y él notó por su contacto que su furia se había disipado.

Alondra se puso su mano sobre el vientre. Estaba tenso y duro. Le hizo abrir los dedos.

—Tengo las manos sucias —musitó él.

—¿Crees que eso importa ahora?

Fue aquel «ahora» lo que rompió la barrera. Aquella simple palabra expresaba, en un solo aliento, la fatalidad de lo que iba a suceder.

—Oh, Dios —masculló él.

Alondra cubrió su mano con la suya. Ella también había sentido desplomado el muro de su reserva. Y, bendita fuera, no se había derrumbado.

—Por primera vez en mi vida —dijo él—, me encuentro sin habla.

—No hace falta que digas nada.

Oliver la miró fijamente.

—No, ¿verdad? A ti no.

Ella sonrió, y sus labios temblaron sólo un poco.

—Quédate muy quieto —susurró.

—¿Qué?

—La mano. No la muevas.

Él se quedó inmóvil. Un suave siseo llegaba del fuego. En alguna parte, el agua goteaba sobre una piedra.

El bebé se movió bajo la mano de Oliver. Aquel prodigio recorrió su brazo y se extendió por todo su ser. Estaba sintiendo la vida. Una vida que él había ayudado a crear, una vida surgida de su extraordinario amor por aquella mujer.

Cuando se atrevió a mirar a Alondra, vio que le sonreía entre lágrimas.

—Es un milagro —dijo.

—Sí.

—¿Crees que es niño o niña?

—Ni siquiera lo he pensado. ¿Y tú?

—No. Sólo rezo porque el parto vaya bien.

—Así será, Oliver. Te doy mi palabra.

—No le pongas mi nombre —dijo de pronto. A pesar de sí mismo, se imaginó un bebé de hermosa cara redondeada y cabello oscuro y ondulado. Y ojos azules, como los suyos.

Apartó la mano.

—¿Por qué no? —preguntó ella.

Él compuso una sonrisa.

—Si fuera niña y se llamara Oliver, tendría que soportar demasiadas bromas.

Ella también sonrió, y Oliver la amó por ello, la amó por su entereza, por no hacerle más difíciles aquellos últimos momentos tirándose al suelo, deshecha en lágrimas.

El tiempo se agotaba. Ambos lo sabían y, curiosamente, su conversación languidecía. Oliver quería decirle que la amaba, que era preciosa, que había dado hondura y finalidad a su vida.

Pero ella ya lo sabía. Él lo notaba en sus ojos.

Alondra tocó nerviosamente su rodilla a través de un agujero en la media.

—Debería haber traído aguja e hilo —balbució.

—Cariño —le tocó la barbilla—, no hace falta —vio que

ella estaba a punto de derrumbarse, así que la tomó en sus brazos y dijo–: ¿Sabes qué quiero?

–¿Qué?

–Bailar con mi mujer.

Ella contuvo el aliento, y Oliver temió que se negara. Pero se levantó y lo ayudó a ponerse en pie. Oliver no se sintió humillado por apoyarse en ella; sólo sintió que la ternura atenazaba su corazón.

–Debería haber bailado contigo el día de nuestra boda –musitó ella.

–Estamos bailando ahora –dijo él con una mano sobre su cintura y los dedos de la otra entrelazados con los de Alondra. Con voz ronca, tarareó una canción de amor. Por un instante mágico, las paredes húmedas y mohosas se desvanecieron. Oliver no sentía dolor, sólo un amor inmenso y sincero que colmaba su pecho y encendía su sangre. La canción acabó cuando su voz se quebró, y ambos se pararon y se miraron el uno al otro.

Oliver tomó su cara entre las manos y trazó su forma con dedos temblorosos. Quería memorizar cada aspecto de ella. La suavidad de su piel bajo los dedos. La forma de su boca, de su nariz, de sus pómulos. El color de sus ojos y cómo le recordaban a la lluvia.

Como un ciego, deslizó las manos sobre ella, guardando aquellas sensaciones en su corazón y encomendándolas a su memoria eterna.

–No olvidaré –dijo ella, comprendiendo exactamente lo que estaba haciendo él–. Oliver, nunca, nunca te olvidaré.

Se oyó un ruido al otro lado de la puerta. Oliver pasó la mano por su cabello sedoso.

–Pronto tendrás que marcharte. Siento como si tuviera que decir una gran verdad que arregle esto de alguna manera. Pero por mi vida que no se me ocurre nada.

La puerta se abrió. Ninguno de los dos miró para ver quién había entrado. Su silencio hablaba por sí solo.

Y entonces los guardias, ataviados con su espléndida librea, se la llevaron, y un grito terrible escapó de su garganta:

—¡Alondra!

Ella se volvió, se desasió de su escolta y Oliver la abrazó. Quiso suplicar con todo su corazón, quiso abjurar, quiso confesar todos los secretos que conocía.

Miró a Alondra a la cara. Y fue allí donde encontró fuerzas. La besó largamente, guardando su sabor en la memoria. Luego se apartó.

—No me pregunto cómo es el cielo, amor mío. Ya lo sé.

Oliver sintió su miedo frenético, pero ella logró dominarse.

—¿Sí?

—Soy uno de los pocos afortunados que lo hallaron en la tierra. Aquí, en tus brazos —besó la palma de su mano y le cerró el puño—. No tengo más recuerdo que dejarte, excepto éste.

Siguieron con las manos unidas mientras ella retrocedía hacia la puerta. Con los ojos cerrados, Oliver la agarraba tan fuerte que le hizo daño. El amor fluía entre ellos como un río, y su milagro le iluminó el alma como un incendio. Sus dedos se separaron al fin, y los guardias condujeron a Alondra fuera de la sala.

Oliver se quedó solo en medio de aquel silencio vacío. No estaba solo, sin embargo, porque incluso después de que le arrebataran a Alondra, siguió sintiendo la presión de su mano.

Alondra sintió una presencia a su espalda y, levantándose del escritorio, miró hacia la puerta.

Wynter entró en la habitación, un despacho en el piso principal de Wimberleigh House, con el sigilo de un gato.

—Podríais haber pedido que os anunciaran —dijo ella con frialdad. Era un prodigio que aún le quedara voz. Al llegar a casa, se había echado a llorar, había desgarrado las sábanas, había chillado y sollozado hasta quedar ronca. Belinda y ella habían pasado en vela toda la noche, intentando encontrar un modo de salvar a Oliver. Su plan era desesperado, y dependía de una sucesión muy precisa de los acontecimientos que no incluía una visita de Wynter.

—Lo he hecho —contestó Wynter con una sonrisa engañosa y encantadora—. Pero me han dicho que no me recibiríais.

—Y os han dicho bien. ¿Habéis asesinado a mi lacayo en el acto, o sólo le habéis dado una paliza?

Wynter se echó a reír.

—Vos me conocéis. Sabéis que no haría eso.

Ella lo conocía, sí. Wynter la había dominado durante una época, la había hecho sentirse débil e insignificante, suscitando en ella la necesidad irresistible de buscar su favor.

Conocer a Oliver había cambiado todo eso. Mientras formulaba esta idea, Alondra se giró de modo que sus grandes faldas, ensanchadas para tapar su enorme vientre, ocultaran las cartas que había sobre el escritorio. Rechinó los dientes, llena de frustración. Había pasado toda la mañana perfilando los detalles de su plan con Belinda. No podía permitir que la atraparan ahora. Estaba previsto que ese día llevaran a Oliver a Smithfield para quemarlo en la hoguera.

—Planeasteis el encuentro de ayer creyendo que, llevándome a ver a Oliver, conseguiríais doblegarlo —dijo con voz venenosa.

La firmeza de Oliver la había maravillado. El día anterior, había visto a su marido (lo había visto de verdad) bajo una nueva luz. Su despreocupación, su frivolidad, no eran más que una pose premeditada. En el fondo de su ser había un núcleo acerado de honor inquebrantable. Era un campeón disfrazado de bufón.

La dignidad de Oliver le había dado fuerzas para abandonar la Torre con compostura, para no avergonzar a su marido llorando y suplicando en vano delante de sus captores.

—Quiero que vengáis conmigo —dijo Wynter.
—¿Adónde?
—Al palacio de Saint James. Y luego a ver la ejecución.

El corazón de Alondra golpeó su pecho. La reina estaba en el palacio, había llegado hacía poco desde Hampton Court. Tal vez Alondra pudiera encontrarla. Verla. Suplicarle que indultara a Oliver.

—Iré con vos —en cuanto Wynter se dio la vuelta, agarró su carta y se la guardó en la manga.

Sabía que el palacio era grande. Sabía que sería un hervidero, repleto de ministros, escribanos, pajes, nobles y sirvientes. A ninguno de ellos le importaba que un hombre estuviera a punto de ser ejecutado. El único hombre que a ella le importaba.

Para lo que no estaba preparada Alondra era para el comportamiento de Wynter. Llegaron casi furtivamente, acompañados por un par de guardias que hablaban español y entraron en el palacio como ladrones, por una puerta trasera. Wynter solía fanfarronear de la posición que ocupaba en la corte; ahora, Alondra sospechaba que había exagerado su importancia.

La condujo por pasadizos estrechos y mal iluminados.

Recorrieron una galería semiabierta y subieron por la escalera estrecha y sinuosa de una torre, dejando abajo a los guardias.

En el primer descansillo, una tronera dejaba entrar la penumbra de fines de octubre. Alondra sintió una punzada de inquietud.

—Quiero ver al alcaide del palacio.

Wynter se limitó a mirarla un momento. Y su mirada, que antes tenía el poder de acobardarla, sólo consiguió aumentar su impaciencia.

—¿Y bien?

Vio entonces un destello de maldad en su rostro, pero Wynter se apresuró a disiparlo con un parpadeo.

—Y lo veréis, mi señora. A su debido tiempo.

—Ahora.

Su tono pareció sorprenderlo, porque entornó los ojos y dio un paso atrás.

«Sí», pensó ella con amarga satisfacción, «he cambiado». Su voluntad era más fuerte que la de Wynter. Y también su desesperación. Antes de dejar Wimberleigh House, había entregado furtivamente a Nance la carta que llevaba escondida en la manga, suplicándole que se la entregara a Belinda.

—Disculpadme —dijo y, pasando a su lado, empezó a bajar de nuevo las escaleras.

Pero Wynter alargó bruscamente la mano y la sujetó con fuerza del brazo. Tan aislada estaba aquella torre que nadie la oyó gritar.

Vestida con hábito de monja, Belinda de Lacey cometió varios delitos. Mintió sin ambages, apretando sus hermosos y blancos dientes, para entrar en la Torre de Londres; le birló las llaves a un carcelero mientras fingía orar en su latín de colegiala, y maldijo como el hijo de un curtidor cuando entró en la celda cubierta de paja de los Aposentos del Teniente y la encontró vacía.

Su plan desesperado se estaba torciendo.

Su retahíla de juramentos, pronunciada con igual fluidez en inglés y en ruso, fue interrumpida por un gemido sofocado.

—¿Quién anda ahí? —preguntó, escudriñando las sombras.

El gemido sonó otra vez, y se dio cuenta de que procedía de detrás de la puerta. Con las prisas, había abierto de golpe la puerta y golpeado a su víctima, dejándola casi sin sentido.

—¿Estáis bien? —enderezó al pobre hombre. El fulgor anaranjado de la antorcha cayó de refilón sobre su cara cubierta por una densa barba—. ¡Kit! —sollozó—. ¡Santo Dios!

Él parpadeó.

—¿Belinda? Dios mío, ¿has hecho votos?

—De esa clase no, amor mío —mientras hablaba, sacó otro disfraz de entre los voluminosos pliegues de su hábito—. Ten, ponte esto. Aprisa. ¿Dónde está Oliver?

—No lo sé. No han vuelto a traerlo.

Ella volvió a jurar.

—¿Puedes caminar?

—Cariño, por ti correría como el viento.

Ella sintió una oleada de afecto, pero se detuvo sólo un segundo para besarlo.

—¿Cuándo se llevaron a mi hermano?

Kit se puso la áspera túnica y dio una patada al bajo.

—He perdido la cuenta de los días. Ah, Belinda, ¿cómo has llegado aquí?

—Luego te lo contaré. Alondra y yo llevamos meses intentando veros. Pero siempre nos lo impedían. Ojalá lo hubiéramos conseguido antes de que se llevaran a Oliver. ¿Qué ha sido del doctor Snipes?

—Está muerto.

Ella cerró los ojos con fuerza, sintiendo una punzada de rabia y futilidad.

—Descanse en paz.

—¿Qué clase de disfraz es éste? —preguntó él, sacudiendo las mangas de su túnica.

—Un hábito de monja, como el mío —le tendió la toca y el velo. Al ver que retrocedía, susurró—. No seas crío, Kit Youngblood. Me he tomado muchas molestias para rescatarte. Y sólo así podré sacarte de aquí —le puso el velo, ocultando su pelo, y echó la toca hacia delante para tapar su cara peluda.

Unos minutos después, un borracho salió tambaleándose de una taberna de Saint Katherine's Lane y estuvo a punto de chocar con las dos monjas más raras que había visto nunca. Corrían hacia el río con las faldas subidas hasta las rodillas, las tocas al aire y los velos volando tras ellas.

Al llegar a lo alto de los escalones del embarcadero, dejaron de correr, se abrazaron y se besaron. Apasionadamente.

El borracho se estremeció y dio media vuelta.

—Puaj —masculló, y escupió en la cuneta—. ¡Católicos!

—Estáis loco —le dijo Alondra a Wynter. Pero mientras lo decía, comprendió que estaba muy cuerdo—. ¿De qué puede serviros retenerme aquí?

Él sonrió y paseó la mirada por la habitación. El mobiliario era escaso, pero adecuado, el suelo estaba limpio y las ascuas brillaban en un brasero colocado en alto, junto a la ventana.

—¿No lo adivináis? —preguntó—. Os estoy ofreciendo la oportunidad de salvar la vida a vuestro esposo.

—¿Desde cuándo tenéis el poder de indultar a un reo al que vos mismo hicisteis arrestar?

—Os sorprenderían las libertades que me han concedido.

—¿Quién?

Él no respondió.

—¿Cuándo daréis a luz, Alondra?

Un escalofrío de miedo se apoderó de ella, pero esta vez no se dejó paralizar por el terror.

—Dentro de dos semanas, quizá.

—Interesante —dijo él, acercándose a ella con paso felino—. Es justamente cuando la reina espera al heredero al trono.

Alondra ya no sentía sólo un escalofrío, sino una gélida oleada de puro horror. Santo cielo. Wynter quería robarle a su hijo para entregárselo a la reina. Estaba loco. Todo el mundo sabía ya que la reina se estaba muriendo. Las noticias sobre su enfermedad hacían que la gente se congregara frente al palacio, esperando el fatídico anuncio. Hacía más de un año que la reina María ni siquiera veía a su esposo.

Alondra se acercó a la ventana de la torre. Era alta y estrecha y estaba cubierta con un cristal incoloro que hacía que todo lo de fuera pareciera ondulado. Fingiendo que era el aire frío lo que sentía, se acercó al brasero. Pero ni siquiera las ascuas, que brillaban como ojos iracundos, lograron reconfortarla.

Recordó lo que había dicho la princesa Isabel en Hatfield. El deseo de la reina de tener un hijo se había convertido en la comidilla de todo Londres. Alondra creía que lo que se decía sobre su intención de robar el niño de otra mujer no era más que una broma cruel. Pero el horrible temblor que notaba en las entrañas la convenció de que Wynter no estaba bromeando.

—¿Qué decís? —preguntó él con voz suave como la melaza. Estaba justo detrás de ella—. ¿Ordeno que se respete la vida a de Lacey el traidor? Podría hacerlo, ¿sabéis?

En ese momento, Alondra sintió algo tan turbio y prohibido que se despreció a sí misma. Por un instante, deseó decir que sí. «Sí, llévate a mi hijo, este pequeño desconocido, y devuélveme a mi esposo».

La idea era tan feroz y dolorosa como un lanzazo. Amaba demasiado a Oliver.

Y luego, tan rápidamente como había surgido, aquel pensamiento se disipó. ¿Dar a su hijo? ¿Permitir que, bajo engaños, fuera entregado a Inglaterra como heredero?

Eso sí era una locura.

—Naturalmente —dijo Wynter con su hermosa voz—, Oliver de Lacey tendría que esconderse. Y en ese caso no os haría falta el priorato de Blackrose, ¿no es cierto?

—Blackrose. Todo se reduce a eso, ¿verdad, Wynter?

—¡Debería haber sido mío, padre! —golpeó violentamente la mesa con las dos manos. En sus ojos oscuros como la noche se agitaba una tormenta.

Ella se mordió el labio para sofocar un gemido. Qué lapsus tan extraño y elocuente. Por un momento se compadeció de Wynter, privado del amor de un padre, que tanto había ansiado.

—¿Queréis Blackrose? —preguntó ella—. Muy bien. Es vuestro —se preguntó si, en el más allá, Spencer se lo estaría reprochando, pero no le importó. Ahora, era su pasión por Oliver la que guiaba sus actos, no las lecciones que le habían hecho aprender de memoria durante años. Quería suplicarle a Wynter que aceptara su oferta, pero miró su cara pálida y tensa y comprendió que eso era lo que él quería: verla débil, indefensa, dispuesta a prometerle cualquier cosa, como había hecho ya una vez.

—Ni siquiera podéis imaginar lo que quiero —él se movió mientras hablaba, acercándose cada vez más. El viento metía sus dedos helados por las rendijas de la ventana. Alondra veía el cielo sombrío y nublado del invierno que se avecinaba. Sintió el aliento cálido de Wynter en su nuca y cerró los ojos con fuerza, apretando los dientes.

«No, no, no...».

Entonces sus labios rozaron la piel de su nuca.

—Hay mucha altura desde aquí —dijo. Pronunció las mismas palabras, con el mismo susurro sedoso, que había pronunciado ya una vez antes.

Una oleada de desesperación arrastró a Alondra al pasado, a otra cámara de paredes de piedra con una ventana alta. Wynter estaba de pie tras ella, igual que en ese momento. El aturdimiento la asaltó como un enjambre de abejas enfurecidas. Empezaron a sudarle las palmas de las manos y cerró los puños.

«Me deseas, Alondra. Lo veo en tus ojos cuando me miras».

—¡Te dije que no! —susurró con fiereza.

Igual que entonces, él deslizó un dedo por su cuello.

—Nunca dijiste que no, Alondra. Ni lo dirás ahora. Todavía piensas en ello, ¿verdad? Todavía piensas en esa noche y en cómo te rendiste a mí.

El pasado volvió bramando, y una espantosa vergüenza embargó a Alondra. Un sollozo se atascó en su garganta. Se tambaleó hacia la ventana. Podía escapar así. Podía buscar el olvido, un lugar donde no sintiera ya el horror del pecado que había cometido, donde nunca volvería a llorar por Oliver.

—¡No! —se giró para mirar a Wynter a la cara. Tenía

que negar la verdad o ardería en el infierno–. ¡Tú me forzaste!

Él sonrió, acercándose, y su siniestro olor a ámbar gris le recordó el pasado.

–No, Alondra. Tú te acuerdas tan bien como yo. Me suplicaste...

–Te supliqué que... que... –se interrumpió, y los recuerdos la zarandearon. La neblina de su mente se abrió como una pesada cortina, y por primera vez vio lo que había pasado de verdad esa noche. Finalmente, después de años de esconderse, avergonzada, afrontó la verdad–. Te supliqué que me amaras –dijo, sintiendo una náusea–. Que Dios me perdone, así fue.

–Sí, Alondra, y me lo pedirás de nuevo –Wynter alargó los brazos hacia ella.

El pasado se rompió como una ventana que estallara en medio de una tormenta. Decir la verdad la liberó por fin. Le había suplicado. Había dejado que tomara su cuerpo, que la llenara con su lujuria seductora y vengativa, y había gritado, presa de un éxtasis terrible. Ahora, después de tanto tiempo, podía admitirlo. En lugar de condenarla a las tinieblas, la verdad la había hecho salir a la luz. Wynter había ejercido su poder sobre ella; ella había sucumbido. Para él había sido un acto de venganza contra su padre. Alondra había sido simplemente el objeto de su desafío.

La vergüenza se disipó porque había encontrado a Oliver, que la quería de verdad, incondicionalmente y que seguiría queriéndola aunque lo supiera.

En ese momento, al enfrentarse a su torturador, se sintió poseída por una repugnancia tan violenta y oscura que dejó de reconocerse.

–Ya no me asustas –le dijo, con una ira tan ardiente como las ascuas del brasero–. Has perdido tu poder sobre mí.

—Entonces eres una necia, pequeña Alondra —antes incluso de acabar de hablar, Wynter se abalanzó hacia ella, listo para apresarla.

—¡No! —Alondra agarró el brasero por su base y lo lanzó, describiendo un amplio arco. Las ascuas volaron hacia él.

Alondra oyó su grito animal de rabia y dolor. Enloquecida, saltó hacia la puerta y la abrió. Se precipitó escaleras abajo y vio, con efímero alivio, que los guardias se habían marchado. Los salones y galerías del palacio se sucedieron en un borroso torbellino.

Al pasar junto a una ventana abierta que daba al río y los pantanos, sólo tuvo un pensamiento lúcido.

Oliver.

Tropezó y cayó de rodillas. Tenía que escapar, tenía que llegar hasta Oliver antes de que...

—¡Detente! —el áspero grito de Wynter resonó en la galería abierta.

Alondra se recogió las faldas y echó a correr tambaleándose, lastrada por su barriga. Estaba perdida en el palacio, perdida en los pasillos oscuros y las salas estrechas. Su único objetivo era escapar, llegar hasta Oliver, impedir que lo asesinaran.

Dobló cada recodo y tomó cada escalera que encontró. Llegó a un estrecho pasadizo que llevaba a un agujero sin luz.

Una de las puertas del corredor estaba entreabierta.

Tras ella se oían pasos veloces sobre el suelo de piedra.

Ahogando un sollozo desesperado, se deslizó por la puerta. La habitación era una capilla, pequeña y elegante como una joya, con dos cirios encendidos y el santo guardado en una custodia.

Alondra parpadeó y se apretó los nudillos contra la boca.

La mujer se volvió lentamente, como si le doliera moverse. Su rostro había sido hermoso alguna vez, pero ahora estaba blanco y macilento, y tenía los ojos vidriosos y los labios azulados.

Espantada, Alondra se olvidó de respirar, de moverse. Luego, recuperándose un poco, hizo la reverencia más profunda de que fue capaz.

—¡Majestad! —dijo con voz trémula.

La reina María le tendió la mano.

CAPÍTULO 17

–¿Que la habéis perdido? ¿Qué queréis decir? –el obispo Edmund Bonner miraba con ira a Wynter–. Creía que era una tarea bastante simple, hasta para vos.

Wynter echó los hombros hacia atrás. Los reproches de Bonner le dolían más que las ascuas ardientes que le había arrojado Alondra. Wynter sabía que tenía un aspecto abominable, que olía mal. Algunas brasas le habían dado en la cara, levantando ampollas, una de ellas en la comisura del ojo. Aquella zorra había estado a punto de dejarlo ciego. Otras ascuas habían chamuscado su pelo y abierto agujeros en su ropa.

–Monseñor, esa mujer está loca, no hay duda. Ignoraba que pudiera atacarme con tanta violencia.

–Deberíais haber llevado un guardia o un criado con vos.

–Debía tener cuidado, vos lo sabéis –replicó Wynter–. Sólo me atreví a llevar a esos patanes españoles, y se escabulló sin que la vieran, o hicieron la vista gorda.

–Nunca habéis aprendido en quién confiar, ¿no es cierto, milord? –Bonner tenía un semblante tosco y vulgar, una expresión implacable. Él, quizá más que cualquier otro hombre del reino, tenía motivos para desear un heredero católico para el trono, y no la astuta y veleidosa Isabel, que tenía la audacia de pensar por sí misma.

El único que deseaba un heredero católico más que Bonner era el propio Wynter. La semilla había arraigado hacía mucho tiempo en la mente de un niño confuso y abandonado por su padre. Había sido alimentada por el brutal esplendor de su niñez y había crecido con los años pasados a la sombra de una madre bella y amarga.

Doña Elena era tan fría y distante como una virgen de alabastro. Había enseñado a Wynter dos cosas por encima de todo: a servir a Dios y a buscar venganza.

Arrebatando su hijo a Alondra y entregándoselo a la reina, Wynter podía conseguir ambas cosas. Más aún: por fin podría dominar por completo a Alondra.

Siempre la había amado, ¿acaso no lo veía ella? Había tenido que someterse a él. Wynter había pasado años intentando dominar su voluntad, apelando primero a su necesidad de afecto e intentando convencerla luego de que su valía se medía únicamente por la estima que él le concedía.

Hasta la aparición de Oliver de Lacey, Wynter había tenido esperanzas de éxito. Pero aquel redomado bribón había sabido darle aplomo, había afilado su determinación. En más de un sentido, Alondra había escapado de sus garras. Su actitud desafiante en la torre lo demostraba.

Miró la ampolla que iba creciendo en el dorso de su mano. Tenía que recuperar a Alondra. La doblegaría a su voluntad. Su honor dependía de ello.

Wynter detestaba que Bonner tuviera que tomar parte en su plan para mantener a Inglaterra en el seno de la fe verdadera. Regalarle a la reina un recién nacido era, sencillamente, una idea demasiado brillante para compartirla. Hacer realidad el deseo más profundo de su amada soberana era un honor del que Wynter pensaba disfrutar solo.

—Esa mujer es un peligro para nuestros planes —Bonner se paseaba de un lado a otro. Sus faldas rozaban con un susurro las alfombras turcas de sus fastuosos aposentos—. No debe encontrarla nadie, excepto vos o vuestros sirvientes. ¿Entendido?

—Desde luego, monseñor.

—Si no, sería un desastre sin paliativos. Es joven, está encinta y pertenece a la nobleza. ¿Necesito decir más?

—No, monseñor.

—Cuando la encontréis —añadió Bonner mientras elegía una gruesa naranja del frutero que había sobre la mesa—, ocupaos de que muera dando a luz.

Mentir era un pecado en general, pero mentir a la propia soberana era impensable.

De rodillas ante la reina María, Alondra le contó la verdad acerca de la promesa que le había hecho a Spencer en su lecho de muerte y su apresurada boda con Oliver de Lacey.

—¿De Lacey? —preguntó la reina con voz cansada y quebradiza. Se inclinó sobre su vientre hinchado. No estaba embarazada; aquella protuberancia tenía mal aspecto. Arrugas de melancolía y cansancio agrietaban sus flácidas mejillas.

Se estaba muriendo. Alondra lo supo con heladora certeza.

—De los de Lacey de Lynacre —intentó no parecer impaciente lanzando miradas hacia atrás—. Su padre es el conde de Lynley.

—Lo sé. Lo último que se sabe de Stephen de Lacey es que se embarcó en pos de su hija y de cierto rebelde protestante. ¿Vos sabéis algo de eso, milady?

A Alondra le dio un vuelco el corazón. Le dolían las rodillas de tenerlas apoyadas sobre el suelo. El redoble distante de la procesión a Smithfield resonaba en el silencio. Más que pánico, sentía una fría determinación. Si era necesario, desafiaría a la reina de Inglaterra para llegar a tiempo hasta Oliver.

La reina sacudió la cabeza.

—No contestéis. La verdad os condenaría a ojos de la ley. Y una mentira os condenaría a ojos de Dios.

Alondra exhaló un suspiro de alivio. No sentía pasmo por ver por primera vez a su soberana. Sentía, en cambio, una extraña empatía por aquella mujer cuyos dogmas implacables habían arrebatado a los ingleses su libertad, y con frecuencia sus vidas.

Las manos de la reina nunca se quedaban quietas. Tenía entre los dedos un rosario de cuentas de coral al que daba vueltas incesantemente. Alondra tuvo la sensación de que un asunto sin concluir atormentaba a la reina María.

—Señora, ¿os encontráis bien? —preguntó por fin—. ¿Queréis que llame a alguien?

—No —María señaló una campana de cristal que había a su lado—. Vendrá alguien cuando llame. Vine aquí para estar sola. Para alejarme de médicos solícitos y mujeres que no saben más que retorcerse las manos.

Leves gritos se colaban por la ventana sin emplomar. Las comisuras de la boca de la reina se curvaron hacia abajo.

—¿Sabéis por qué se reúne la gente frente a las puertas del palacio?

—No, señora.

—Sí lo sabéis, pero, como los demás, teméis decírmelo. Están esperando mi muerte.

Alondra se mordió el labio y miró el suelo de piedra. Las grietas antiguas estaban llenas de polvo marrón.

—Algunos de mis nobles, aunque supongo que ya no

puedo llamarlos mis nobles, ya se han ido a Hatfield. Me pregunto cómo los habrá recibido ella –los nudillos de María se ponían blancos y tensos cuando abría y cerraba las manos alrededor de las cuentas del rosario.

Fuera, en el pasadizo que llevaba a la capilla, se oyó un eco de pasos que se acercaban. Alondra se quedó paralizada; luego, sin pedir permiso, se levantó y retrocedió hacia las sombras de un pilar de piedra.

María la miraba con los ojillos oscuros de los Tudor. Alondra contuvo el aliento, preguntándose si la reina la traicionaría.

Guardó silencio. Los pasos se alejaron.

–Señora, mi marido va a ser ejecutado hoy mismo –dijo Alondra.

María levantó la barbilla.

–Lo sé. Estoy enferma, pero aún me entero de las cosas.

Alondra no se atrevió a seguir poniendo a prueba su paciencia.

–Os suplico que le concedáis el indulto –dijo.

–Vuestro marido es un hereje confeso.

Oliver había confesado sólo para impedir que la interrogaran a ella, Alondra lo sabía ya.

–No puedo interferir en la sagrada labor de la Iglesia –dijo María–. Sin duda lo entendéis.

–Entonces lloro por Inglaterra –dijo Alondra, furiosa. Ya nada le importaba–. Lloro por un país en el que los hombres buenos son enviados a la muerte y los malvados medran en la corte.

Las finas y grises cejas de María se levantaron.

–¿A quién os referís? –preguntó–. Si lanzáis acusaciones contra un miembro de mi corte, quiero saber su nombre.

Alondra vaciló sólo un momento. Era arriesgado. Pero la ira la impulsó a citar el nombre de Wynter.

María acogió la noticia con un tibio interés que se reflejó en su rostro de cera.

—Su madre, Elena, era una de las favoritas de mi madre. Wynter ha sido un súbdito devoto... mío y de la verdadera fe.

—Pero ¿y cuando la devoción se convierte en obsesión? ¿Queréis a un consejero capaz de robar a un bebé de los brazos de su madre?

María pareció montar en cólera de pronto, doblándose hacia delante como una fina llama empujada por el viento.

—¿Por qué lo acusáis de un complot tan horrendo?

—Porque ha amenazado con hacerlo —Alondra posó sus manos sobre su vientre.

—Dios nos ampare —María volvió a apoyarse en el reclinatorio—. Esos rumores corren por Londres desde el día en que me casé con Felipe de España —miró fijamente la vela casi consumida que había sobre el altar. Su semblante pareció suavizarse. Alondra reconoció la mirada de la reina. Pobre María: enferma, abandonada, moribunda, y aún enamorada de su esposo.

—Wynter me está buscando por el palacio en este mismo instante —dijo Alondra.

—¿Sí? —María hizo sonar su campana de cristal.

Alondra estuvo a punto de llorar de rabia y frustración. La reina sólo había estado jugando con ella, retrasándola. Ahora la apresarían, la dejarían en manos de un loco y...

—Aprisa —le dijo la reina al guardia que apareció en la capilla—. Y que nadie te vea —levantó la mirada hacia Alondra—. Disponéis de una escolta y de una barcaza de ocho hombres para que os lleve a donde os plazca.

Alondra miró a la reina. El mensaje tácito que se habían comunicado no admitía error. La reina no pondría fin a la ejecución, pero no impediría que Alondra lo intentara.

—Venid —dijo, tendiéndole sus frágiles brazos—. Abrazadme.

Parecía tan frágil como una brizna de paja, pensó Alondra mientras estrechaba suavemente los hombros de la reina. Su olor le resultó familiar. Era el mismo que recordaba de los últimos días de Spencer. Un perfume tenue y mohoso. El olor de la muerte.

—Id con Dios —susurró María para que sólo Alondra la oyera—. Y cuando nazca vuestro hijo, quizá podáis llamarlo Felipe —aquella voz dolorosamente melancólica perseguiría a Alondra hasta el día de su muerte.

Trémula por aquel encuentro, se halló camino de Smithfield. Y rezó por no llegar demasiado tarde.

Mientras era conducido a la explanada de Smithfield, Oliver parecía un hombre distinto, incluso a sus propios ojos. Era una tremenda ironía que lo llevaran de nuevo a su ejecución.

¡Pero cómo habían cambiado las cosas desde entonces! La otra vez, se había comportado como un patán y había suplicado por su vida sin pudor alguno. Hoy, un núcleo duro y firme mantenía su dignidad intacta.

Alondra le había dado aquello. Oliver se preguntaba si ella lo sabía. Gracias a su amor, había superado el miedo y la angustia, y había encontrado consuelo y resignación.

Se reconfortaba pensando que Richard Speed estaba a salvo y casado con Natalya. Y que Alondra también estaría a salvo en el seno de la bulliciosa y amable familia de Lacey.

La vida continuaría. La princesa Isabel subiría al trono. Alondra podría criar a su hijo.

Se preguntaba cuánto tiempo lo lloraría.

El viento aullaba y fustigaba al gentío reunido en Smithfield. Oliver miró la explanada y vio su destino: el verdugo encapuchado y su ayudante, las astillas y juncos amontonados alrededor de la estaca ennegrecida, clavada en el foso de arena.

«Por ti, Dickon».

Aquella idea surgió de un pasado borroso y distante, y lo pilló por sorpresa. Nunca había conocido a Dickon. Entonces comprendió que toda su vida había llevado sobre sí el peso de la culpa. Su hermano había muerto. Él había seguido viviendo.

Apenas oyó el zumbido de una voz leyendo los cargos, los espantosos crímenes que había confesado voluntariamente. No prestó atención a la salmodia de las oraciones, al susurro de los incensarios oscilantes, al tenue rugido de la multitud. Rechazó su última oportunidad de abjurar: se rió en la cara del sacerdote, de hecho.

Muchos lo increpaban y lo maldecían, pero otros pedían a gritos su indulto. El mundo estaba cambiando. Había hombres y mujeres que estaban aprendiendo a mantenerse firmes. Algún día, su número sería tan formidable que ni siquiera la muerte podría detenerlos.

Los soldados lo llevaron a la estaca y le hicieron levantar las manos encadenadas. Una gruesa cadena rodeó su pecho. Para sofocar una repentina oleada de horror, Oliver miró a uno de ellos fijamente y le guiñó un ojo.

El hombre apartó la mirada y se santiguó. Oliver sintió que el viento frío golpeaba su cara. Oyó una orden, vio que dos antorchas tocaban la leña menuda situada al borde del foso de arena. La muchedumbre era un vasto mar de caras y ruidos, y sin embargo nunca había estado tan solo.

Haría aquel viaje en perfecta soledad. Su destino era el misterio de la eternidad.

Oyó el crepitar de la leña. Las llamas, rápidas y aún pequeñas, seguían al borde del foso, quizás a dos metros de distancia, pero se acercaban, consumiendo su combustible. Se preguntó si sería capaz de soportar el dolor.

Entre el gentío, un niño empezó a llorar.

Oliver se dijo que la agonía sería fugaz.

El siseo y el chisporroteo de la leña se convirtieron en un estruendo.

Así pues, allí acababa todo. La espera había terminado. Su viaje final comenzaba allí.

Para su sorpresa, una plegaria, inarticulada y sentida, cruzó su cabeza.

Con menos sorpresa, sintió ganas de vomitar.

«No. Te has preparado para esto. Hazlo, al menos. Por el bien de tu hijo, muere dignamente».

Prepararse. Se preguntó si ello era posible. Horribles palabras de súplica se agolpaban en su garganta. Se convirtió en un animal salvaje, aterrorizado por las llamas que ardían a sus pies.

Así pues, fracasaría después de todo, abriría la boca y abjuraría, y les suplicaría que lo estrangularan.

Encontrar fuerzas fue tan fácil como evocar la imagen de Alondra. Se endureció, se llenó de terquedad, más hombre que nunca. Y en su fuero interno, en un lugar secreto y oscuro, encontró una parte de sí que ansiaba conocer el misterio más profundo de todos. La emoción final.

Un fuerte viento se apoderó de las llamas antes de que envolvieran a Oliver. Con el hálito del fuego en la cara, cerró los ojos y pensó de nuevo en Alondra y en el hijo al que nunca conocería.

—Rayos y truenos —masculló el verdugo.

—Hoy el viento no va a amainar —dijo su ayudante con un tartamudeo nervioso.

Oliver abrió los ojos y miró a los encapuchados con expresión de reproche.

—Me he resignado a convertirme en un mártir. A este paso, nos tiraremos aquí toda la tarde.

—¡Traedme pólvora! —gritó el verdugo. Su voz era áspera, su acento ordinario; seguramente era un reo al que le habían ofrecido el indulto a cambio de convertirse en asesino. Parecía un hombre joven, pero dentro de las ranuras de la capucha, sus ojos se asemejaban a los de un anciano.

El gentío se alborotó al oír hablar de pólvora. La pólvora se usaba cuando no bastaba con el fuego, y añadía dramatismo al espectáculo. Rostros ávidos miraban por entre los hilillos del humo. La gente se apretaba contra la barandilla del borde del foso.

—¡Muerte al hereje Oliver de Lacey! —gritó alguien.

—¡Oh, libradme de las maldiciones de los idiotas! —respondió Oliver con un grito—. ¡Qué vergüenza, señor! Tenéis el ingenio de un trasgo.

—Y vos os quemaréis en el infierno —vociferó el otro.

—Besadme las calzas —Oliver lamentó no poder acompañar su réplica con el gesto apropiado.

—¡Gloria a Dios en las alturas! —gritó otra voz.

Y mucha gente, mucha más gente de la que Oliver esperaba, comenzó a pedir el indulto.

—¡Quémate en el infierno, Oliver de Lacey! —chilló una vieja.

Oliver la miró por entre el humo. Por un momento sus ojos le sobresaltaron, porque eran del mismo gris lluvioso que los de... Sacudió la cabeza. No, no se parecían.

Aquella arpía sucia, de dientes escasos y ennegrecidos, volvió a maldecirlo agitando el puño.

—¡Quémate en el infierno, Oliver de Lacey!

—Vuélvete al corral, gallina desplumada —dijo él, y dejó que su mirada se deslizara por el gentío—. ¿Qué horrendo crimen he cometido para que ésta sea mi última visión en la tierra?

La muchedumbre prorrumpió en estruendosas carcajadas.

Oliver no pudo resistirse a la tentación de jugar con ella.

—La mayoría de los mártires ven bandadas de ángeles. Y a mí me toca una vieja fea y fastidiosa. ¡Por Dios, que alguien traiga un escudo para taparle la cara!

Para entonces, el verdugo había colocado gruesas bolsas de pólvora sobre la madera chisporroteante. Una de las bolsas prendió con un siseo.

Oliver apretó los dientes, preparándose para morir despedazado por la explosión.

Un chorro de humo amarillo se elevó bruscamente hacia el cielo. El humo, oscuro y tupido como una cortina de terciopelo, se alzó ante los ojos de Oliver. La vieja chillona y el resto del gentío fueron desapareciendo poco a poco.

Oliver cerró los ojos. Nunca había visto que la pólvora produjera un humo tan denso y opaco.

Como un último golpe bajo, comenzó la asfixia. Ah. Así que, a fin de cuentas, sería su enfermedad la encargada de matarlo. ¿Por qué había creído que podría engañarla? Era casi un consuelo morir asesinado por un viejo enemigo.

Sintió que resbalaba por un pasadizo estrecho y negro. Había estado allí otras veces. Pero en esas ocasiones había siempre un puntito de luz que alumbraba el camino de regreso.

Ahora, todo era negro e infinitamente vacío.

Invirtió sus últimas fuerzas para susurrar una sola palabra:

—Alondra...

Alondra pasó bajo la valla y se abalanzó hacia la densa barrera de humo. El humo de las bolsas de pólvora que

Belinda había preparado era tan denso que pareció que se ocultaba tras un biombo. Su túnica hecha jirones, comprada a una mendiga por un chelín de plata, se prendió con las llamas.

—¡Vuelve aquí, vieja piojosa! —gritó un borracho.

—¡Esa pólvora está a punto de estallar! —bramó otra persona. Un leve rugido de confusión se alzaba entre el gentío.

Alondra ya no veía a la gente.

—¡Kit! —Alondra ignoró los gritos—. Kit, ¿estás ahí?

—Estoy aquí —envuelto en el humo amarillo, parecía faltarle el aliento—. Creo que ha funcionado. ¡Dios mío! ¡Está inconsciente! —cubierto con la capucha del verdugo, Kit había desencadenado a Oliver y parecía asustado.

Su esbelto ayudante, también encapuchado, ahogó un sollozo.

—¡Ya está muerto!

—¡No, Belinda! —gritó Alondra, furiosa por la angustia—. Aprisa. Las bombas de humo no durarán mucho más —tardaron más de lo previsto porque no contaban con que Oliver estuviera inmóvil. Lo envolvieron en el traje más voluminoso que habían podido encontrar: un hábito de fraile.

Kit y Belinda se quitaron las capuchas negras y los antifaces y los echaron al fuego.

—¡Dejad paso! —gritó Alondra, apartando a la multitud a golpe de bastón—. ¡Este buen hombre está enfermo! ¡Apartaos! ¡Necesita ayuda!

Rezaba por que, en la confusión, nadie notara que parecían haber salido de una nube. Miró hacia atrás. De las bolsas de falsa pólvora seguían saliendo enormes e impenetrables columnas de humo amarillo. Bendita fuera Belinda. Había recordado su fórmula para fabricar humo sin chispa.

Kit llevaba a Oliver en brazos como a un niño. O como a un muerto.

«Por favor, que esté bien», pensó Alondra cuando dejaron atrás Saint Bartholomew. «Por favor, por favor, por favor».

—¡Es un milagro! —gritó alguien.

Convencida de que los habían descubierto, Alondra se preparó para huir. Miró hacia atrás. El humo se había despejado lo suficiente para dejar ver la estaca desnuda.

—La mano de Dios se lo ha llevado al cielo —proclamó otra persona.

—¡Alabado sea Jesucristo!

—¡Ni siquiera ha dejado sus restos mortales como reliquias!

—¡Bendito sea este día!

—¡Es un milagro!

La gente caía de rodillas. Oliver fue declarado mártir y muchos se convirtieron allí mismo a la fe reformada. Sacerdotes atemorizados y perplejos hacían aspavientos y exhortaban a la gente a calmarse, intentando sin éxito acallar sus alabanzas.

Cuando abandonaron la explanada y se internaron entre las sombras de la muralla de la ciudad, a lo largo de Fleet Ditch, Alondra tuvo una sensación muy extraña. Un brusco movimiento en el vientre. Un chorro de calor.

Belinda, ágil con sus calzas negras y su túnica, la rodeó con los brazos.

—Tienes mala cara.

—Ha sido un día muy largo —dijo Alondra débilmente. Luego recordó su disfraz. La cera renegrida que se había puesto en los dientes sabía a rayos. La ropa de la pordiosera tenía un olor espantoso—. ¿Oliver está bien?

—Más le vale —dijo Kit—. Esto es mucha molestia para robar un cadáver.

Llegaron al río y subieron al bote que los esperaba. Kit empezó a remar. Belinda y Alondra se inclinaron sobre Oliver. Tenía la cara manchada de hollín. Alondra tomó su cabeza entre las manos y le quitó parte de la suciedad. Qué pálido estaba, excepto alrededor de la boca. Sus labios parecían azules.

–¡Oliver! –dijo, y se alegró de que una fuerte racha de viento los impulsara río abajo, hacia las barcas que se agolpaban allí, entre las que podrían confundirse–. ¡Oliver!

Le roció la cara con agua del río. Él tosió, respiró hondo bruscamente y la miró parpadeando.

–¡Sálvame, Señor! –dijo–. ¡He muerto y he ido al infierno!

Alondra frunció el ceño y ladeó la cabeza.

–¡Atrás, arpía! –exclamó Oliver, intentando apartarse de ella, y estuvo a punto de volcar la barca.

Alondra se rió de pura alegría. Escupió la cera ennegrecida y se quitó la caperuza para que su melena se derramara, libre.

Siempre recordaría la expresión de Oliver.

–¡Alondra! –su voz sonaba extraña, al mismo tiempo estrangulada, densa y exultante.

–Sí, amor mío. Vamos a llevarte a un lugar seguro.

Él sonrió a Kit y Belinda.

–Supongo que esto es obra vuestra.

–¡Rayos y truenos! –dijo Kit, poniendo su áspera voz de preso.

–¿Mi hermana y mi mejor amigo, verdugos? –un asombro lleno de alegría brilló en los ojos de Oliver–. Magnífico espectáculo. No tenía ni idea.

–Estabas tan pagado de ti mismo pensando que ibas a morir... –dijo Belinda, enjugándose una lágrima y fingiendo que era polvo–. Si hubieras creído que tenías ocasión de escapar, te habrías puesto insufrible.

—Y nos habrías delatado —añadió Kit.

Oliver se sentó, puso la mano bajo la barbilla de Alondra y la besó. Fue el beso más dulce y mágico que ella había sentido nunca, porque no creía que pudiera volver a verlo con vida. A pesar de que notó un fuerte calambre en la tripa, se limitó a sonreír.

—Supongo que ya no crees que siempre escojo el camino fácil —dijo Oliver.

Ella deseaba decirle que lo había querido y confiado en él desde el principio, que lo amaba con intensidad prohibida, que adoraba cada momento maravilloso, angustiado y frustrante que había pasado con él.

Pero no podía hablar. El dolor la atenazaba de pronto, envolviendo su cuerpo como un fuego desbocado y obligándola a doblarse.

Kit sacó una petaca y se la ofreció a Oliver.

—¿Un clarete?

—Al diablo el vino —dijo Oliver, mirando a Alondra con los ojos desorbitados—. El bebé ya está aquí.

CAPÍTULO 18

–Es una niña –susurró Belinda, saliendo de puntillas de la alcoba de Hatfield.

–¿Quién? –masculló Oliver, y se pasó las manos por la cara. A pesar de que el riesgo era considerable, la princesa Isabel les había dado cobijo en uno de los edificios de los jardines de Hatfield y hasta les había ofrecido los servicios de su médico, que rápidamente mandó llamar a la comadrona del pueblo. El parto de Alondra había durado toda la noche y casi todo el día siguiente. Oliver lo había soportado en un estado de espantosa angustia, paseándose de acá para allá, maldiciendo y estorbando en general.

–Tu bebé –dijo Belinda con una risa cansada y feliz–. Tienes una hijita, Oliver, y con mucho genio, por cierto. ¿Quieres verla? –lo tomó de la mano y lo llevó a la alcoba en penumbra. Olía a ungüentos de hierbas y a sangre, y por un momento Oliver quiso escapar de allí. Alondra yacía reclinada sobre un montón de almohadas con un bulto en brazos. Estaba pálida y el pelo húmedo se le pegaba a la frente y las mejillas. Sus ojos ya no parecían del color de la lluvia, sino de un gris azulado claro, como el mar iluminado por el sol un día de pleno verano.

Oliver cayó de rodillas junto a la cama. La incertidumbre enredaba sus emociones.

–Hola, amor mío.

Ella estaba sutilmente distinta: su cara reflejaba alegría y cansancio, sus ojos tenían una expresión soñadora y distante, como si estuviera pensando en un lugar muy lejos del alcance de Oliver. De hecho, se había alejado de él, había experimentado el milagro del alumbramiento, algo que él jamás podría compartir.

Un terrible desasosiego inquietaba a Oliver. Ella había dicho amarlo, pero eso había sido cuando ambos estaban seguros de que iba a morir. ¿Lo había dicho de veras, o sólo para ofrecerle consuelo en sus últimos momentos?

No lo sabía. Aquella pregunta, que no se atrevía a formular, ardía en su mente atormentada. Sencillamente, no lo sabía.

Ella le mostró aquel bulto envuelto en paños.

–Saluda a tu hija, Oliver.

Con mano temblorosa, él apartó la manta y vio una carita enrojecida y amoratada cuya boca abierta emitía una especie de maullido.

–¿Eso es nuestra hija?

–¿No es preciosa?

–¡No! –pero no podía apartar los ojos de aquella cara de duendecillo. Con infinita ternura, absolutamente aterrorizado e intentando ocultar su miedo, se sentó en la cama y las estrechó en sus brazos.

El bebé dejó de llorar.

–Es más que preciosa. Si no me hubiera pasado toda la noche loco de preocupación, se me ocurriría una palabra mejor.

Rezó por haber dicho lo correcto. Temió que no fuera así, pues Alondra se quedó sencillamente sentada a su lado, mirando la cara de su hija.

Oliver empezó a sudar, pensando lo peor: que, en efecto, ella había mentido al decirle que lo quería.

El silencio se prolongó.

Él estuvo a punto de asfixiarse de miedo.

—Te quiero, Oliver —dijo Alondra, levantando la mirada hacia él.

Oliver le lanzó una sonrisa de soslayo.

—Ya lo sabía.

El bautizo tuvo lugar en la capilla de uno de los aposentos superiores de Hatfield.

Mientras esperaba a Kit y Belinda, que iban a ser los padrinos de la niña, Alondra miraba por la gran ventana en forma de rueda y pensaba en los días anteriores.

Un viento lúgubre azotaba Inglaterra. La gente murmuraba que la reina estaba en cama. Algunos de sus ministros intentaban desesperadamente encontrar un modo de asegurar la sucesión católica. Unos pocos se atrevían a sugerir que el rey de España debía casarse con la princesa Isabel. Muchos otros abandonaron a la reina y huyeron del palacio de Saint James, camino de Hatfield. Era un fin lamentable para el reinado de María.

No mejoraba las cosas el hecho de que los londinenses aseguraran que en Smithfield había sucedido un milagro. Tampoco ayudaba el que Wynter Merrifield, declarado fugitivo por la reina, hubiera reunido una banda de mercenarios y anduviera recorriendo el campo en busca de Alondra.

Pero en el luminoso aposento de Hatfield House, Alondra se hallaba por encima del clamor de los aduladores. Era un lugar apacible y silencioso. La enorme ventana redonda, coloreada formando la rosa de los Tudor, dejaba entrar a borbotones el sol tintado como una joya. La pila bautismal era un círculo de agua quieta en una jofaina de plata.

Oliver entró en la habitación con el bebé dormido en sus brazos.

—Lo he hecho —dijo.

—¿Qué? —Alondra intentó mantener una expresión solemne.

—Cambiarla... ya sabes —sus orejas enrojecieron. Al final, Oliver de Lacey había aprendido a sonrojarse... y le había enseñado su hija—. Qué lío arma para ser tan poquita cosa.

—¿Dónde están Kit y Belinda?

—Estarán a punto de llegar —Oliver se mecía suavemente adelante y atrás, una costumbre que había adquirido a fuerza de tener en brazos a su hija cuando lloraba por las noches—. Me pregunto si vendrá Bess. Le mandé recado. Pero he oído que estaba leyendo en el jardín.

Alondra se imaginó a la princesa sentada bajo su roble preferido, haciendo oídos sordos al tumulto de fuera.

—Tiene otras cosas en la cabeza —le recordó Alondra—. Espera que en cualquier momento le digan que su hermana ha muerto —sintió un hormigueo de angustia. En muchos sentidos, el reinado de María había sido un desastre. Había perdido Calais, la última fortaleza inglesa en Francia. Su cruzada para restaurar los monasterios había vaciado las arcas de la Corona. Se había rodeado de españoles a los que sus súbditos detestaban.

Pero en una capilla íntima, en un momento de quietud, la mujer, no la reina, se había ganado la simpatía de Alondra.

María moriría sola e infeliz, mientras que Alondra tenía todo tipo de alegrías, incluso aquéllas con las que nunca se había atrevido a soñar. Tenía un marido que la amaba con locura, una hija perfecta y a la maravillosa y delirante familia de Lacey.

A las puertas del palacio sonaron gritos y trompetas.

—Otros que buscan favor, sin duda.

Alondra se miró las manos y vio que las había unido y que tenía los nudillos blancos. Antes de que su felicidad fuera completa, tenía que concluir un asunto pendiente.

Tenía que confesarse ante Oliver, tenía que contarle toda la verdad sobre su pasado.

—Oliver...

Él seguía mirando con ternura al bebé.

—¿Sí, amor mío? ¿Te has fijado en cómo me mira? Sabe que soy su papá, el que la quiere más que a...

—Oliver, tengo que contarte una cosa.

Él pareció notar la nota de tensión que había en su voz, porque levantó la mirada.

—¿Sí?

—Es sobre... —se interrumpió. La tentación de mirar hacia otro lado, avergonzada, era grande, pero se forzó a sostenerle la mirada—. Es sobre Wynter.

—Adelante —dijo él con esfuerzo.

—Esa noche...

Un músculo vibró en la mandíbula de Oliver.

—Eso no importa.

—Sí que importa. No quiero ocultarte nada.

Oliver dejó escapar un siseo, como si se hubiera quemado.

—Pues no lo hagas.

Ella asintió con la cabeza, notando que palidecía.

—Debo contártelo todo. Hace tres años, cuando Wynter llegó a Blackrose... —hizo una pausa y respiró, trémula.

—¿Te violó?

Alondra titubeó. Sabía que podía seguir mintiendo, sabía que Oliver se compadecería de ella, que no la censuraría si creía que había sido una víctima inocente. Pero no podía mentirle.

Debía decirle que aquella apariencia de doncella virtuosa era sólo una máscara; que, en el fondo, era tan impura como cualquier mujerzuela de Southwark.

—Oliver, Wynter no me forzó. Me sentía fascinada por él. Era ingenioso, atractivo. Hacía que me sintiera atractiva. Pero fue un error. Pequé. Traicioné a Spencer.

—Ah, Alondra...

—Wynter me utilizó, y yo se lo permití. Mientras temí que Spencer lo descubriera, fue prisionera de Wynter —escudriñó la cara de Oliver en busca de una expresión de censura, de repugnancia, pero sólo vio un brillo de compasión en sus ojos—. Yo... creía que debías saberlo —concluyó, exhausta.

—Y ahora lo sé —dio un paso hacia ella, sonrió y la besó, con el bebé suavemente apretado entre ellos—. ¿Crees que, después de todo lo que hemos pasado, podría importarme lo más mínimo?

Alondra dejó escapar un sollozo y le echó los brazos al cuello. El calor reparador de su cariño la embargó por completo. Mientras cubría de besos su cara, se alzaron gritos desde el patio.

Oliver se acercó a una ventana lateral, se apoyó en el alféizar y miró hacia abajo.

El juramento que profirió hizo que Alondra corriera a su lado. Allá abajo, en el patio de piedra, un guardia corría hacia la armería. Tenía sangre en el brazo y gritaba órdenes.

—¡Oliver! —el miedo se apoderó de ella—. ¿Qué...?

La puerta se abrió de golpe. Como una negra llamarada, Wynter entró en la habitación. Llevaba la espada en alto y una tropa de soldados le cubría las espaldas.

—Santo cielo —musitó Alondra.

Oliver le puso a la niña en brazos y desenvainó su espada.

—No escarmentaste la primera vez, Wynter —dijo—. Te advertí que no te acercaras a mi mujer.

—No puedes enfrentarte a él —dijo Alondra. Se sentía vulnerable, indefensa, con el bebé en brazos—. Son demasiados.

Oliver sonrió sin apartar los ojos de Wynter.

—¿Acaso no sabes que por ti me enfrentaría a un ejército, Alondra? ¿Acaso no sabes que vencería?

Wynter se abalanzó hacia él. Oliver retrocedió hacia la pared forrada de paneles de madera. La punta de la espada de Wynter se clavó en la madera. La sacó de un tirón y volvió a atacar. Los mercenarios invadieron la habitación vociferando en inglés y español.

Alondra estrechaba al bebé contra su pecho. Intentó gritar, pero el miedo paralizaba su garganta. Miró a su alrededor buscando un modo de ayudar a Oliver. El aposento no tenía muebles, salvo la pila improvisada y un largo asiento construido bajo la ancha ventana. Con la mano libre, agarró el broche que llevaba prendido al hombro.

Oliver lanzó una estocada, hiriendo a uno de los soldados. Como una jauría de perros, lo rodearon, arrinconándolo. Él retrocedió hacia la ventana y saltó al alféizar.

En la puerta se oyó un alboroto. Alondra vio a Kit y a Belinda, ambos armados hasta los dientes. La larga y anticuada espada de Kit segó a dos soldados a la entrada. El fino florete de Belinda, que ella manejaba con agilidad pese a sus pesadas faldas de terciopelo, hirió a un español en la cara. El soldado gritó, cayó de rodillas y se llevó las manos a un ojo.

A pesar de que el tiempo que había pasado en prisión había agotado sus fuerzas, Oliver luchó como un campeón. Sus ligeros pasos de baile parecían regulados por una especie de ritmo interior. Encajó cada estocada y cada golpe de la espada de Wynter. Permanecía en alto, con la ventana a su espalda. La luz del cristal coloreado lo bañaba de rubí y esmeralda. No parecía humano, sino un dios invencible.

Sin embargo, lo único que lo separaba del aire era aquel frágil cristal. Wynter lo obligó a apoyarse en la ventana. Alondra sintió que un grito brotaba en su pecho. Empujados por el hombro y la cadera de Oliver, los paneles de cristal emplomado se combaron hacia fuera con un chirrido.

Sin previo aviso, Wynter agachó la cabeza y pasó por debajo de la espada de Oliver y saltó al asiento de la ventana. Pero en lugar de atacar a Oliver desde allí, apartó la cofia de Alondra de un manotazo y la agarró del pelo. Tiró de ella hacia atrás y le puso el filo de la espada en el cuello.

El grito de Alondra paralizó a cuantos había en la habitación. La espada de Wynter no le hacía daño, pero ella sabía que podía degollarla ejerciendo una leve presión.

En medio del silencio, oyó el latido de su propio corazón y los gemidos del bebé, que empezaba a tener hambre. Sintió la fría tersura del puñal en la mano, oculto entre los pliegues del faldón de su hija. Oyó los jadeos de los mercenarios, extenuados, y el clamor cercano de una trompeta.

Un heraldo que traía noticias, pensó.

Se preguntó si viviría para oírlas.

—Bajad las espadas —dijo Wynter. Bajó del asiento de la ventana y se colocó detrás de Alondra.

La espada de Oliver cayó al suelo con estrépito. Kit y Belinda también obedecieron.

La ira se apoderó de Alondra.

—¡Eres odioso y vengativo, Wynter!

—Cuidado con lo dices, querida mía —su suave susurró rozó, cálido, el oído de Alondra. Acarició su cuello vulnerable con la punta de la espada—. La reina está en cama —explicó—. Algunos dicen que para dar a luz a un heredero —con aquella misma voz musical, añadió—: Llévatelo, Diego.

Uno de los soldados se adelantó.

—Os mandaré al infierno, loco hijo de perra —dijo Oliver con una voz en la que retumbaba la furia.

Alondra sintió moverse el pecho de Wynter contra su espalda cuando él se echó a reír.

—Vos vivís en el infierno, milord. Yo os puse allí. Os puse allí la noche que deshonré a Alondra, cuando era mi nombre el que gritaba, cuando era a mí a quien deseaba. Nunca habéis tenido una novia virgen, porque yo os la arrebaté.

Oliver palideció. Alondra no se atrevía a respirar. Oliver había dicho que no le importaba, pero oír a Wynter proclamar su poder sobre ella recrudecía la ofensa.

Oliver habló por fin.

—Ahora no significáis nada para ella, Wynter. Destruisteis la ternura que pudiera sentir hacia vos.

—¡La reina ha muerto! —se oyó gritar en el patio. En las escaleras se oyeron pasos.

Alondra sintió que Wynter aflojaba la presión de la espada contra su cuello.

—¡Larga vida a la reina Isabel!

Los gritos se hicieron más fuertes, resonaron por los jardines y los salones de Hatfield.

Incrédulo, Wynter emitió un gemido inarticulado. Alondra le apartó el brazo de un empujón. Con el mismo movimiento, le clavó el puñal en el brazo. Una cinta de sangre brotó de la herida, y Wynter lanzó una maldición.

Como un felino acorralado, saltó al asiento de la ventana y se agachó, en guardia, blandiendo su espada.

Alondra agachó la cabeza bajo su hoja. Cayó al suelo, protegiendo al bebé contra su pecho. Oliver saltó del alféizar y asió su espada. Antes de que Alondra pudiera incorporarse, había apoyado la punta del arma en la entrepierna de Wynter.

—Siempre he sabido que no teníais nada para luchar como un hombre, maldito...

—¿Se puede saber qué está pasando aquí?

Isabel estaba en la puerta, el rostro severo, el cuerpo rígido como una vara.

Los mercenarios de Wynter se postraron ante ella.

—Adiós a la lealtad —dijo Oliver alegremente—. Majestad —pareció regodearse en el tratamiento—, me temo que este hombre tenía un plan sumamente pernicioso.

—Eso me ha parecido. Mi mariscal me advirtió de que había llegado una banda de truhanes muy poco recomendables.

—¡Larga vida a la reina Isabel! —aquel grito alegre se alzaba de todas partes y parecía sacudir los cristales de las ventanas. Isabel cerró los ojos un momento y volvió a abrirlos.

Alondra la miraba masajeándose distraídamente la garganta. Aunque apenas hacía unos minutos que era reina, Isabel tenía ya un aire majestuoso, espléndido y feroz que dejaba en suspenso el corazón. La cara pálida no era suave; los negros ojos de los Tudor no eran amables.

Sería una reina magnífica.

Y tenía corazón, como se demostró cuando fijó la mirada en Wynter, que seguía aún de pie en el asiento de la ventana. El dibujo del cristal coloreado lo rodeaba, realzando su extraordinaria belleza viril. Por un momento, Alondra vio brillar la piedad y la pena en los ojos de Isabel.

¿Se mostraría soberbia o misericordiosa con él?

—Arrestad a ese hombre —ordenó. Al instante, un grupo de soldados entró en la habitación.

Oliver envainó su espada. Alondra se acercó y se apoyó débilmente en él.

El rostro sudoroso de Wynter se llenó de un éxtasis extraño y fantasmal.

—Maldito sea tu reinado, Isabel Tudor, bastarda de una puta, engendro del diablo —su voz cargada de ponzoña paralizó a todos los presentes—. Que seas tan desgraciada y estéril como tu hermana.

Con un grito feroz (Alondra no supo si era una carcajada o un sollozo), Wynter se lanzó contra el cristal de la ventana. Los paneles emplomados se combaron hacia fuera, empujados por su hombro. La guardia se precipitó hacia él. Wynter volvió a abalanzarse contra el cristal. Esta vez, consiguió romperlo.

Incluso cuando cayó a través del cristal roto poseía una belleza turbia y oscura. Su rostro de facciones duras parecía lleno de júbilo y sus mangas negras se sacudían como alas rotas.

Alondra dejó escapar un grito estrangulado y escondió la cara en el hombro de Oliver.

Isabel pareció más pálida que nunca, pero rechazó el brazo que le ofreció William Cecil. Sus faldas susurraron cuando se acercó a Oliver y Alondra.

—Señora —dijo Oliver—, sus maldiciones no significan nada. No son más que los desvaríos de un loco. Es...

—Está olvidado. Éste es un día para la alegría —ella compuso una sonrisa y Alondra comprendió con sobresalto que, en efecto, el incidente estaba olvidado porque la reina así lo había decretado.

Isabel bajó la voz para que nadie más pudiera oírla.

—No sé qué hacer.

Oliver le lanzó una sonrisa azorada.

—Yo tampoco —susurró—. Supongo que debería postrarme ante vos y buscar vuestro favor, pero bien sabe Dios, Bess, que tengo todo lo que quiero aquí, en mis brazos.

—Tenéis razón —las mejillas de la joven reina se colorearon y su voz se tornó alta y firme—. Milord, esta niña necesitará mi bendición, porque tiene por padre a un granuja incorregible.

EPÍLOGO

–La llamamos Philippa porque la reina María así lo quiso –le dijo Oliver a su nieta menor, una niñita de cabello color zanahoria sentada sobre su regazo.

–Yo insistí –dijo Alondra suavemente. Estaban sentados en un largo sillón, delante del hogar, en el gran salón del priorato de Blackrose, con sus galgos rusos tumbados entre los juncos del suelo. La niña miraba con asombro a su apuesto abuelo.

Oliver sorprendió la mirada de Alondra y le guiñó un ojo. Habían criado a un montón de hijos y nietos, y sin embargo un guiño suyo aún encendía dentro de ella un suave fulgor. El rey Jacobo ocupaba el trono. Oliver, convencido antaño de que moriría joven, había servido a la reina Isabel durante todo su reinado.

Bessie lo miró con ojos brillantes y dijo:

–Abuelito, me has contado cuentos maravillosos sobre la abuela y sobre ti. ¿Qué hay de mis padres?

Sólo por un instante, una sombra oscureció la perfecta felicidad de Alondra. Sin darse cuenta, tocó el broche de los Romanov, regalo de Juliana, en el que brillaban ahora nuevas piedras preciosas que habían sustituido las que Philippa se había visto obligada a vender, una a una.

Oliver pareció sentir su estado de ánimo y la rodeó con el brazo. El amor y el consuelo fluyó entre ellos, y Alondra suspiró, llena de contento, sintiendo la plenitud de los años compartidos.

—¿Y bien? —preguntó Bessie, y sus rizos se agitaron con impaciencia.

Oliver se rió, puso a la chiquilla en el suelo y la mandó a jugar con un leve azote en el trasero.

—Ésa, mi dulce chismosa, es otra historia.

Cuando Bessie se marchó, Oliver besó apasionadamente a su esposa en la boca hasta que ella se echó a reír, casi sin aliento.

—¿Qué clase de abuelo eres tú? —preguntó—. ¡Hacerle el amor a tu esposa en vez de contarle historias a Bessie!

—Ya contaré historias cuando esté viejo y decrépito —su sonrisa despertó la antigua magia, y abrazó a Alondra antes de añadir—: Nosotros, los de Lacey, las tenemos a montones.

Títulos publicados en Top Novel

Inesperada atracción – DIANA PALMER
Última parada – NORA ROBERTS
La otra verdad – HEATHER GRAHAM
Mujeres de Hollywood... una nueva generación – JACKIE COLLINS
La hija del pirata – BRENDA JOYCE
En busca del pasado – CARLY PHILLIPS
Trilby – DIANA PALMER
Mar de tesoros – NORA ROBERTS
Más fuerte que la venganza – CANDACE CAMP
Tan lejos... tan cerca – KAT MARTIN
La novia perfecta – BRENDA JOYCE
Comenzar de nuevo – DEBBIE MACOMBER
Intriga de amor – ROSEMARY ROGERS
Corazones irlandeses – NORA ROBERTS
La novia pirata – SHANNON DRAKE
Secretos entre los dos – DIANA PALMER
Amor peligroso – BRENDA JOYCE
Nuevos amores – DEBBIE MACOMBER
Dulce tentación – CANDACE CAMP
Corazón en peligro – SUZANNE BROCKMANN
Un puerto seguro – DEBBIE MACOMBER
Nora – DIANA PALMER
Demasiados secretos – NORA ROBERTS
Cartas del pasado – ROSEMARY ROGERS
Última apuesta – LINDA LAELL MILLER
Por orden del rey – SUSAN WIGGS